Erle Stanley Gardner · Die Abenteuer des Paul Pry

ERLE STANLEY GARDNER

Die Abenteuer des Paul Pry

KRIMINALGESCHICHTEN

AUS DEM AMERIKANISCHEN
VON
INGE LEIPOLD

HAFFMANS VERLAG

Die Originalausgabe
›The Adventures of Paul Pry‹
erschien 1989 bei The Mysterious Press Books, New York.

Ersterscheinungsdaten der Geschichten
im Anhang

Veröffentlicht als
Haffmans-Kriminalgeschichten Nr. 28, Sommer 2000
Umschlagbild von einem
unbekannten Fotografen aus den
dreißiger Jahren.

Gesamtherstellung: Ebner Ulm
ISBN 3 251 30128 4

Inhalt

PAUL PRY & CO.

Vorwort von Robert Weinberg

In nahezu jedem Artikel über die großen Autoren, deren Kriminalgeschichten in den zwanziger und dreißiger Jahren in Groschenheften erschienen, werden an erster Stelle Dashiell Hammett und Raymond Chandler genannt. Diese beiden Autoren gelten als die bedeutendsten Verfasser von Bestsellerkrimis, die den Sprung aus den billigen Magazinen auf den Hardcover-Markt schafften. Einfluß und Bedeutung dieser zwei Giganten des Kriminalromans sind nicht zu leugnen. Die Ehre, der populärste Kriminalschriftsteller zu sein, der aus dem Umfeld der Groschenhefte hervorging, gebührt jedoch einem anderen: Erle Stanley Gardner.

Der Grund, weshalb die meisten Experten für sogenannte Schundliteratur Gardner schlichtweg übersehen, ist folgender: Er war einer der wenigen Autoren, die ihren Erfolg als Verfasser von Krimiserien nicht als Sprungbrett für ihre Karriere als »richtige« Autoren benutzten. Beide, Hammett wie auch Chandler, griffen frühere, in billigen Magazinen veröffentlichte Geschichten auf und brachten sie in Buchform, um sich als Autoren von Kriminalromanen einen Namen zu machen. *The Maltese Falcon (Der Malteser Falke)*, *The Dain Curse (Der Fluch des Hauses Dain)*, *Red Harvest (Rote Ernte)*, *The Glass Key (Der gläserne Schlüssel)* und *Blood Money (Blutgeld)* von Hammett sind Aufbereitungen von Geschichten, die im *Black Mask*-Magazin erschienen waren. Chandlers *The Big Sleep (Der große Schlaf)* und *Farewell My Lovely (Lebwohl, mein Liebling)* basierten auf Stories, die ursprünglich ebenfalls in *Black Mask* veröffentlicht worden waren. Gardner hingegen griff auf keine einzige seiner in

Groschenheften abgedruckten Geschichten zurück, als er Romane zu schreiben begann. Zwar bedienten sich die Perry-Mason-Bücher der Technik rasanter Handlungsabläufe, die für die Groschenhefte charakteristisch war, bauten jedoch nicht auf bereits veröffentlichtem Material auf.

Der unglaubliche Erfolg von Gardners Romanen – in den letzten fünfzig Jahren wurden schätzungsweise dreihundert Millionen Exemplare verkauft – ließ seine Beliebtheit als Autor von Groschenheftserien in den Hintergrund treten. Gardner war nicht nur einer der meistgekauften Kriminalschriftsteller auf dem Hardcover- und Paperback-Markt, sondern auch einer der erfolgreichsten Serienautoren; der unglaublich produktive Schriftsteller Gardner verfaßte über fünfhundert Geschichten, dem Umfang nach Erzählungen oder Kurzromane, für Kriminalmagazine. Er schuf etliche Dutzend Gestalten, etwa Ed Jenkins, den Phantomgauner, Señor Lobo, Sidney Zoom und Speed Dash, die Menschliche Fliege. Sein beliebtester Serienheld, Lester Leith, trat in den Jahren von 1929 bis 1943 in vierundsechzig Geschichten auf. Bei zahlreichen Kriminalzeitschriften war Gardner der führende Autor, unter anderem bei *Black Mask*, *Detective Fiction Weekly* und *Dime Detective*. Sein Name erschien regelmäßig auf dem Umschlag, und jede neue Geschichte aus seiner Feder wurde in der jeweiligen Zeitschrift schon einen Monat vor Erscheinen groß angekündigt.

Paul Pry war von 1930 bis 1939 der Held in siebenundzwanzig Geschichten. Ihren Anfang nahm die Serie in *Gang World* und wurde dann in *Dime Detective* fortgeführt, in der Zeit, in der das Magazin sich seiner größten Beliebtheit erfreute. Eine Anmerkung zu dem erstaunlichen Ausstoß Gardners für die billigen Magazine jener Zeit: Im selben Monat, als die erste Paul-Pry-Geschichte erschien, verfaßte Gardner auch die Aufmacherstories in

Detective Action, *Argosy* und *Detective Fiction Weekly*. 1930, als die ersten drei Paul-Pry-Stories veröffentlicht wurden, erschienen noch vierundfünfzig weitere Kriminal- und Abenteuergeschichten von Gardner in Groschenheften.

Die Paul-Pry-Stories sind typisch für die Gardner-Prosa in Krimizeitschriften. Der Titelheld ist ein weltläufiger Stadtmensch, der von seiner Kombinationsgabe lebt. Seine nur andeutungsweise vorhandene Persönlichkeit wird mit wenigen Zügen knapp umrissen. Entsprechend dem Stil der Groschenhefte verlieh Gardner ihm einen Hauch von Individualität in Form eines Hobbys (des Sammelns und Spielens ungewöhnlicher Trommeln), einer besonderen Waffe (eines Stockdegens) sowie in Gestalt seines Assistenten (Mugs Magoos). Er bemühte sich kaum, realistische Charaktere oder Schauplätze zu entwerfen. Das Wesentliche war der Plot, und der Plot dominierte die Paul-Pry-Stories.

Wie viele andere Gardner-Helden jener Zeit lebt Paul Pry von den Gangstern. Lester Leigh ist ein raffinierter Macher, der Gaunern ihre unrechtmäßig erworbene Beute abknöpft. Paul Pry holt sich, in einer Variation dieses Themas, die Beute von den Gaunern und kassiert die Belohnung dafür. In den ersten Geschichten der Serie tritt Pry immer erst dann auf den Plan, wenn das Verbrechen bereits geschehen ist. Später verfolgt er die kriminellen Pläne von Anfang an und greift im richtigen Moment ein.

Im Lauf der Jahre veränderten sich die Paul-Pry-Stories in Stil und Klasse, in dem Maße, wie Gardner zu einem Meister seines Fachs wurde. Waren die frühen Geschichten noch handlungsarm und zeigten zumeist Pry, wie er ein ungewöhnliches kriminelles Komplott aufdeckt und die Gangster austrickst, so führen die späteren Stories einen charmanten, aber unnachgiebigen Pry vor, der auch die schwierigsten Fälle knackt und die Beute der Verbrecher in gewagten, mörderischen Aktionen an sich bringt. Beide Arten von Geschichten wurden in diese erste Sammlung von Paul-Pry-Stories aufgenommen.

Erle Stanley Gardner hat, nachdem er von den Groschenheften zu Büchern übergegangen war, nie zurückgeblickt. Als Verleger seine in Magazinen erschienenen Geschichten später sammeln und herausgeben wollte, weigerte er sich standhaft. Er wollte an seinen neuen Werken gemessen und nicht aufgrund von Geschichten beurteilt werden, die er vor vielen Jahren geschrieben hatte. Nur wenige Sammlungen von Kriminalgeschichten aus seiner Feder sind je gedruckt worden. Vorliegende Zusammenstellung von Kriminalgeschichten, die im *Dime Detective* erschienen, enthält einige seiner besten Stories.

PAUL PRY JONGLIERT

Für den oberflächlichen Betrachter war Paul Pry nichts weiter als ein gutgekleideter junger Mann, der ein paar Minuten lang die Zeit totschlug, ehe er sich wieder ernsthaft der Kunst des Müßiggangs widmete. Die makellose Kleidung, der auf Hochglanz polierte Spazierstock, der Ausdruck äußersten Desinteresses der Welt im allgemeinen gegenüber, all dies ließ ihn in der Tat als das erscheinen, für was der oberflächliche Betrachter ihn gehalten hätte.

Ein etwas sorgfältigerer Beobachter hätte bemerkt, daß die Augen stählern glitzerten; daß die raschen, geschmeidigen Bewegungen aus dem Handgelenk, mit denen er seinen polierten Spazierstock schwang, einen geübten Fechter verrieten; daß er die vorbeiströmende Masse mit hellwachem Interesse beobachtete.

Nur ein Gedankenleser wäre jedoch auf die Idee gekommen, daß es irgendeine Verbindung zwischen Paul Pry und der an der Straßenecke zusammengekauerten Gestalt gab, deren einer Jackenärmel leer herunterbaumelte und deren mit Schwielen bedeckte Hand einen Hut hielt, in der ein paar Bleistifte und etliche kleine Münzen lagen.

Eine teuer gewandete Dame mit einem Ansatz zum Doppelkinn blieb demonstrativ stehen, nestelte an ihrer Geldbörse und ließ eine Münze in den Hut fallen. Die hockende Gestalt murmelte ein paar Worte des Dankes, warf Paul Pry einen flüchtigen Blick zu und senkte die Augen.

Die Frau ging weiter. Die glasigen Augen der Gestalt musterten erneut die Leute, die an ihr vorbeihasteten.

Blitzschnell und ausdruckslos glitten sie über die Gesichter. Es waren große Augen, starr blickend und feucht – Augen, die nie ein Gesicht vergaßen. Denn die zusammengekauerte Gestalt war niemand anderer als »Mugs« Magoo, »Visagen«-Magoo.

Seinen Spitznamen hatte er von seiner unheimlichen Begabung, sich an Gesichter zu erinnern. Bei einem Unfall hatte er seinen rechten Arm eingebüßt, der an der Schulter abgetrennt worden war. Ein politischer Umschwung hatte ihn seine Stelle als Detective der Polizei einer großen Stadt gekostet. Den Rest hatten Arbeitslosigkeit und der Suff besorgt.

Und dann hatte Paul Pry ihn aus der Gosse geholt und war mit ihm eine einzigartige Partnerschaft eingegangen, die die Polizei und die Gangster gleichermaßen in heillose Verwirrung stürzte.

Denn Paul Pry lebte von seinem Köpfchen. Und kein Mensch außer Paul Pry selber wußte, wie er das machte. Nicht einmal Mugs Magoo war es immer klar, wie sein Arbeitgeber die Informationen nutzte, die er ihm mit Hilfe eines komplizierten Zeichensystems übermittelte.

Ein Mann in maßgeschneiderter Kleidung mit vorstehendem Unterkiefer und einer Melone auf dem Kopf ging vorbei. Sein Gang, seine Art, die Schultern nach vorne zu schieben, sein Gesichtsausdruck hatten etwas Großspuriges an sich: ein Mann, der sich seiner Macht bewußt war.

Mugs Magoos glasige Augen glitten über das Gesicht des Mannes. Er hob seine Hand, in der er den mit Bleistiften gefüllten Hut hielt, mit dem er jetzt einen Halbkreis beschrieb.

Dieses Signal teilte Paul Pry mit, daß der Mann der Killer einer Bande war. Ein leichtes Anheben des Spazierstocks informierte Mugs, daß er Paul Pry im Augenblick nicht interessierte.

Ein Taxi fuhr an den Randstein. Der Mann, der sich aus dem Wagen schob und dem Fahrer in einer fleischigen, sorgfältig manikürten Hand die genau abgezählten Münzen hinhielt, war der Typ, den man als wohlhabenden Bankier, Senator oder Rechtsberater einer großen Firma eingestuft hätte.

Rasch ließ Mugs Magoo den Hut sinken, ein Zeichen dafür, daß der Mann ein großes Tier war. Der Hut bewegte sich hin und her, dann nickte Mugs Magoo zweimal.

Paul Pry betrachtete das imposante Individuum mit neuem Interesse. Mugs Magoos Signale bedeuteten, daß es sich um den Kopf einer Bande handelte, die alles im Programm hatte, von verbotenem Glücksspiel bis zu Juwelendiebstahl, und daß er zu gerissen war, als daß die Polizei ihm irgend etwas hätte anhängen können.

Und Mugs Magoo irrte sich nie. Seine einzige Funktion war es, die Unterwelt von A bis Z zu kennen, und Mugs Magoo vergaß nie etwas.

Paul Pry hob die Hand, rückte sorgfältig seinen Hut zurecht, schnippte mit dem Spazierstock und schlenderte auf den Randstein zu.

Mugs Magoo, der seinen Hut zwischen den Knien hielt, suchte die übriggebliebenen Bleistifte zusammen, verstaute die paar Münzen in seiner Tasche, stülpte sich den Hut auf und rappelte sich hoch. Paul Prys Signale hatten ihm mitgeteilt, daß er interessiert war, und das bedeutete, daß Mugs Magoo für heute seine Pflicht erfüllt hatte.

Der distinguierte Herr, der ein Gauner war, stand auf dem Gehsteig und blickte suchend um sich. Die rastlosen Augen unter den buschigen Brauen funkelten wie Rapiere. Als Paul Prys Augen diesem Blick begegneten, stieß er einen Seufzer der Befriedigung aus. Das war ein Gegner, der seines Stahls würdig war.

Ein Mädchen bog um die Ecke, blieb einen Augenblick lang stehen und trat in das Blickfeld der durchdringenden Augen.

»Ah, Miss Montrose!«

Abrupt blieb sie stehen und schaute mit dem verstohlenen Blick eines Menschen, der nicht gesehen werden möchte, um sich. Dann, und erst dann, lächelte sie zurückhaltend.

Der Dicke bahnte sich mit den Ellbogen einen Weg zu ihr, verneigte sich höflich, umfaßte mit seiner fleischigen Hand ihren Arm und führte sie auf den Eingang eines Restaurants zu.

Wenige Minuten später folgte Paul Pry.

Sie saßen an einem Ecktisch. Das Mädchen stocherte mit Messer und Gabel herum, während der Dicke sich halb über den Tisch beugte und rasch und energisch auf sie einredete. Ein- oder zweimal schnellte sein Zeigefinger gebieterisch in ihre Richtung.

Der Blick des Mädchens wanderte nervös vom Teller zu dem Mann ihr gegenüber, huschte durch den Raum und kehrte auf ihren Teller zurück. Schließlich nickte sie.

Daraufhin lehnte der Mann sich in seinem Stuhl zurück, senkte seine Augen auf den Teller und machte sich mit der für fette Männer typischen Gefräßigkeit über sein Essen her.

Das Mädchen aß keinen Bissen. Ein paarmal stellte es eine Frage. Der Mann reagierte mit einem Grunzen, nickte oder schüttelte heftig den Kopf, je nachdem. Es hatte den Anschein, daß er bereits alles gesagt hatte, was er sagen wollte.

Paul Pry bestellte sich ein Sandwich, verzehrte es und schlenderte auf die Straße hinaus. Zehn Minuten später tauchten der Mann und das Mädchen auf. Erneut durchbohrte der Mann das Mädchen mit seinem Blick und erteilte ihr schnelle, knappe Anweisungen, begleitet von einem Vorschnellen seines Zeigefingers.

Das Mädchen war ungeduldig, nervös. Sie nickte ein halbes dutzendmal und machte Anstalten zu gehen, aber der Mann hielt sie mit einem Wort zurück und gab ihr letzte Anweisungen.

Dann trennten sich die beiden. Der Mann bestieg ein Taxi, das Mädchen mischte sich unter die mittägliche Menge.

Paul Pry entschied sich, dem Mädchen zu folgen.

Sie hastete einen Block entlang und trat in einen Geschenkeladen.

Es dauerte eine Zeit, bis sie gefunden hatte, was sie suchte: eine kleine Räuchervase. Sie begutachtete sie von allen Seiten, von oben und unten, hielt sie in besseres Licht, ehe sie schließlich ihre Geldbörse zückte.

In den folgenden fünf Minuten wickelte der Verkäufer das Geschenk ein, holte Holzwolle, ein Holzkistchen und Packpapier.

Es war klar: das Mädchen wollte die Räuchervase verschicken und legte großen Wert darauf, daß sie nicht zu Bruch ging. Zweimal unterbrach sie den Verkäufer beim Packen, um sicherzustellen, daß alles so gemacht wurde, wie sie es haben wollte.

Schließlich klemmte sie sich das Päckchen unter den Arm und verließ den Laden.

Durch das Schaufenster hatte Paul Pry die Prozedur mit großem Interesse verfolgt. Jetzt ging er dem Mädchen nach, schwang dabei seinen Spazierstock und summte ein Liedchen.

Das Mädchen überquerte zwei Plätze und blieb schließlich vor einem Kurierdienst stehen: ein privates Unternehmen, das den Kunden Blitzzustellungen in die Vorstädte anbot; zu diesem Zweck schwärmte regelmäßig eine Reihe von Lastwagen vom Stadtzentrum in alle Himmelsrichtungen aus.

Jetzt hatte das Mädchen nicht mehr den gehetzten Blick eines schuldbeladenen Gewissens wie vorhin, als sie mit dem gewichtigen Gentleman gesprochen hatte. Ihr Verhalten wirkte überlegt, gezielt, selbstsicher.

Sie legte eine so absichtsvolle Gelassenheit an den Tag, daß Paul Pry, unter dem Vorwand, sich nach einem Päckchen zu erkundigen, fast ihren Ellbogen berühren konnte, als er an den Schalter neben sie trat.

Das Mädchen wollte die Räuchervase spedieren lassen. Zwar gelang es Paul Pry nicht, den Namen und die Adresse der Person, für die sie bestimmt war, zu lesen, aber er sah, wie das Mädchen die Auftragsbestätigung in Empfang nahm; er hörte sie leise lachen und konnte einen Blick in ihre Brieftasche werfen, als sie eine Silbermünze herausnahm, um die Zustellgebühr zu bezahlen. Die Brieftasche war mit Banknoten gespickt.

Anschließend eilte sie mit hastigen Schritten weg und schaute dabei von Zeit zu Zeit auf ihre Uhr; nach jedem Blick auf das Zifferblatt ging sie ein wenig schneller.

Unter der rotierenden gestreiften Säule eines Friseurladens blieb sie stehen, öffnete schwungvoll die Tür, marschierte hinein und nahm im Gehen ihren Hut ab. Dem Mann, der mit mürrischem Gesicht neben dem Eingang saß, schenkte sie ein strahlendes Lächeln. Er sah auf die Uhr, und sein Gesichtsausdruck wurde noch mürrischer.

Das Mädchen lächelte den anderen Friseuren zu, einem nach dem anderen, während sie durch den mit Spiegeln verkleideten Laden ging und hinter einem grünen Vorhang verschwand.

Paul Pry machte auf dem Absatz kehrt, rief ein Taxi und wurde binnen zehn Minuten zu einem Apartmenthotel verfrachtet.

Er hatte die Angewohnheit, sich eine Unterkunft im

belebtesten Viertel einer Stadt zu suchen. Er liebte Menschenmassen, er liebte das ruhelose Trappeln Tausender Füße über das Pflaster der Gehsteige; er liebte das pausenlose Hupen der Autos, die sich durch den Verkehr kämpften; er liebte das Schrillen der Trillerpfeifen der Polizisten, die die Menschenmassen dirigierten.

Mugs Magoo erwartete ihn bereits.

Paul nahm seinen Hut ab, machte mit dem Spazierstock ein paar rasche Ausfälle und faßte den Griff mit der einen, den eigentlichen Stock mit der anderen Hand.

Das Knirschen von Stahl auf Metall war zu hören, dann blitzte eine Klinge auf, glänzend poliert, perfekt austariert, geschmiedet von Handwerkern, die aus ihrer Arbeit ein heiliges Ritual machten.

Das Handgelenk des jungen Mannes drehte sich elegant und schwungvoll, als er mit dem Degen einen blitzenden Bogen beschrieb. Zweimal stieß er auf einen imaginären Gegner ein. Er vollführte ein paar schnelle, rhythmische Schritte auf dem Parkett, dann schnellte die Klinge erneut vor, schwebte einen Augenblick lang reglos in der Luft und glitt dann in ihre Scheide zurück. Der Degen war wieder Teil eines äußerst harmlos wirkenden Spazierstocks.

Mugs Magoo verfolgte diese Darbietung mit wachem Interesse.

»Sie haben 'n ganzes Weilchen nicht mehr gefochten, Sir. Das Turnier im Sportclub ist verschoben worden, stimmt's?«

»Ja, Mugs, leider. Aber ich werde bald wieder damit anfangen. Ich bin nur auf einen Sprung vorbeigekommen. Erzähl mir was von dem dicken Kerl.«

»Name Gilvray. In der Unterwelt ›Big Front‹ Gilvray genannt. Das muß man dem Kerl lassen, Sir: sie können ihm nichts anhängen, rein gar nichts, und wenn ich das sag, meine ich: gar nichts. Die Schnüffler haben ihn schon lange auf dem Korn. Sie überwachen ihn, aber das ist auch schon alles, was sie machen können. Was hat er getan?«

»Mit einer Maniküre zu Mittag gegessen, Mugs. Kennst du sie? Blond, ziemlich jung, blaue Augen, eins siebenundfünfzig groß, trägt am kleinen Finger der linken Hand einen Siegelring, und direkt unter dem linken Auge hat sie eine kleine Narbe. Lieblingsfarbe blau – blaue Handtasche, blauer Hut, blauer Gürtel. Heute hat sie ein braunes Kleid angehabt, aber ich habe das Gefühl, daß sie meistens blaue Sachen anzieht. Schuhe so eine Art Kombination aus braun und blau. Wiegt ungefähr hundertzehn. Schien vor Gilvray Angst zu haben und hat wahrscheinlich einen Packen Banknoten von ihm gekriegt. Hatte es eilig, von ihm wegzukommen. Arbeitet im Friseurladen Palace in der Nähe des Broadway, ungefähr drei Blocks von deinem Posten entfernt.«

Mugs Magoo massierte sich mit den schwieligen Fingern seiner einen Hand das Kinn und verdrehte die Augen.

»Kann sie nirgends unterbringen, Chef, nichts zu machen. Bin keinen roten Heller wert, wenn's drum geht, Leute auf die Weise einzuordnen. Wenn ich probier, sie mir vorzustellen, fällt mir nichts ein. Nur wenn ich sie seh und nicht versuch, über sie nachzudenken, dann kommt's mir in den Sinn. Ich seh einen Kerl, und prompt erinner ich mich an ihn und an alles, was ich über ihn gehört habe, seine Vorlieben und Abneigungen, was er macht und ob er im Photoalbum ist oder nicht. Aber wenn ich versuch, an den einen oder anderen zu denken, muß ich passen.«

Pry nickte. »Es ist eine Gottesgabe«, meinte er, zog sich einen Stuhl heran und öffnete die Tür zu einem Wandschrank.

Eine Sammlung von Trommeln hing an der Wand des geräumigen Schranks: große Trommeln, kleine Trommeln, mittelgroße Trommeln. Verzierte Trommeln, schmucklose Trommeln und indianische Kriegstrommeln mit Ornamenten.

Er nahm eine schwarz-braune, kunstvoll gearbeitete indianische Trommel herunter, mit weißen Ringen eingefaßt, das Fell mit Riemen festgezurrt.

»Navajo-Indianer, Mugs. Weißt du etwas über sie?«

»Ich doch nicht, Sir.«

»Wunderbare Leute, machen wunderbare Trommeln. Die hier spielen sie beim Regentanz. Paß auf, Mugs. Das ist ein Ton, den man auf einer modernen Trommel nie hinkriegt. Man hört ihn nach dem ersten Schlag, bevor der Ton zu einem leichten Grollen erstirbt. Ein Widerhall, der aus dem Inneren kommt. Die Trommel besteht aus einem ausgehöhlten Baumstamm, teilweise ausgebrannt, und der Klang hat etwas Wildes an sich.«

Mugs schüttelte den Kopf.

»Nichts für mich, Sir. Sie kennen mich, ich kann keine Melodie behalten; ich kann die eine Art Musik nicht von der anderen unterscheiden. Ich besteh nur aus Augen. Als ich gemacht worden bin, haben sie mein Gedächtnis in die Augen gesteckt. Der Rest von mir taugt nichts.« Er schwieg einen Augenblick und warf Paul einen fragenden Blick zu.

»Sagen Sie, Sir, ob ich mir jetzt wohl einen Schluck genehmigen kann? Ich bin für heute fertig.«

Paul nickte.

»Bedien dich, Mugs. Ich muß dahinterkommen, warum Big Front Gilvray dem Mädchen ein Bündel Banknoten zugesteckt hat, damit sie eine Räuchervase kauft und per Kurier in einen Vorort schickt.«

Mugs seufzte tief auf und ging zu einer Anrichte. Paul

Pry nahm einen Filzschlägel und begann, sanft auf die Regentanztrommel zu tippen.

Bumm ... bumm ... bumm ... bumm! Langsam, methodisch, rhythmisch entlockte er der Trommel ergreifende, wilde Töne, Töne, die in den Ohren pochten, im Blut hämmerten. In dem übersinnlichen Dröhnen roch man den Geruch von Lagerfeuern, hörte das gleichförmige Stampfen von Füßen auf sandigem Boden, sah verschwommene Umrisse sich hinter züngelnden Flammen geisterhaft biegen und winden.

Aber Mugs Magoo war unempfänglich für das pochende Singen des gestrafften Fells und des ausgehöhlten Stammes. Er schenkte sich einen steifen Drink ein, kippte ihn, schenkte sich noch einen ein und ging mit dem Glas zu seinem Stuhl zurück.

Nach wenigen Augenblicken verstaute Paul Pry die Trommel wieder im Wandschrank und nahm eine andere heraus, eine kleine Militärtrommel. Ein paar Minuten lang saß er da und wirbelte ein gedämpftes Ratatata. Seine Augen verengten sich zu Schlitzen. Er war nur mehr Denken. Die schlanken, sensiblen Hände und Finger bewegten die Schlägel mit gerade so viel Kraft, um der Trommel Laute zu entlocken.

Es war Paul Pry zur zweiten Natur geworden, daß er immer, wenn er sich auf ein Problem konzentrierte, eine Trommel zwischen den Knien hatte.

»Mugs«, erklärte er fast träumerisch, untermalt vom gedämpften Schnarren der Trommel, »dieses Mädchen wurde bezahlt, um ein Verbrechen zu begehen.«

»Hm-hm«, brummte Mugs.

»Der Kauf der Räuchervase war nur ein kleiner Teil. Da kommt noch mehr. Es war der zweite Teil, der dem Mädchen Angst eingejagt hat.«

»Mag sein«, kommentierte der Einarmige. »Bei den jungen Dingern heutzutage weiß man nie, wo man dran ist. Früher brauchten sie länger, um aufzutauen, als heute, um abgebrüht zu werden.«

»Sie schien ein schlechtes Gewissen zu haben, als Gilvray mit ihr redete.« Ratatatat, ram-ti-tam-tam. »Sie hat sich bereit erklärt, etwas zu tun, was sie eigentlich nicht tun wollte.« Ratatata-ti-ta-tappeti-tap.

Mugs betrachtete nachdenklich sein leeres Glas.

»Und? Was wollen Sie jetzt machen? Damit können wir kein Geld machen, daß so 'n Püppchen beschließt, irgendwas zu machen, was sie nicht machen will, und dafür 'n Bündel Banknoten kriegt.«

»Ganz im Gegenteil, Mugs«, rappeti-tap, »genau damit verdienen wir unser Geld.« Rampeti-tam, rampeti-tam. »Wir sind Opportunisten, Leute, die bestimmte Situationen nutzen, Mugs, und wir biegen diese Situationen so zurecht, wie es uns paßt.« Ta-ti-tat-tat, a-rattitatat. »Wir jonglieren mit Verbrechen, um Profit daraus zu schlagen.«

»Mag ja sein, Sir. Sie kennen sich da aus. Ich liefer Ihnen das Drumrum . . .«

Er unterbrach sich, als Paul Pry auf den Boden stampfte.

»Natürlich!« erklärte er. »Sie ist Maniküre, sie sieht gut aus, sie arbeitet in einem bestimmten Laden und – Mugs, ich war ein Narr, daß ich das Spielchen nicht gleich durchschaut habe.« Mit drei schnellen Schritten ging Paul Pry zu dem Wandschrank hinüber, verstaute die kleine Trommel, grinste seinem Kompagnon zu und langte nach seinem Hut.

»Wenn ich bis zum Abendessen nicht zurück bin, Mugs, dann setz dich mit Big Front Gilvray in Verbindung und sag ihm, daß mein Essen kalt wird. Glaubst du, daß du rauskriegst, wie du ihn erreichen kannst?«

»Natürlich, Chef, natürlich. Ich kenn sein Stammlokal und die Kerle von seiner Bande. Aber der ist gefährlich. Ein gescheiter Kopf, und traut sich was.«

Pry nahm den Stockdegen.

»Also nicht ganz unriskant, hm, Mugs?«

»Sie sagen es, Sir.«

»Ahhh!«

Paul Prys Seufzer war der Seufzer eines Genießers, wenn seine Nasenflügel den Duft einer perfekt zubereiteten Mahlzeit einsaugen, der Seufzer eines Forellenfischers, wenn ein schwarzer Schatten durch das Wasser auf seinen Köder zuschnellt.

»Mugs, sei brav und betrink dich nicht so, daß du nicht mehr Kontakt mit Gilvray aufnehmen kannst, falls ich nicht nach Hause komme.«

Der Mann musterte seinen Arbeitgeber glasigen Blicks, doch würdevoll.

»Mein Freund«, erklärte er traurig, »es gibt nicht genug Schnaps auf dieser Welt, um mich in einen Zustand zu versetzen, daß ich nicht noch mehr will. Und ich vergeß nie was.«

Paul Pry lächelte, zog die Tür zu seinem Apartment hinter sich ins Schloß und ging zum Friseurladen Palace.

Er stellte fest, daß man das Innere des Ladens von der Straße aus gut einsehen konnte. Dann ging er zu einer Leihwagenfirma, mietete einen flotten Zweisitzer, fuhr vor den Friseurladen und blieb zehn Minuten in zweiter Reihe stehen, bis er an den Randstein fahren konnte. Nach zwanzig Minuten hatte er den Parkplatz, den er wollte, direkt vor dem Schaufenster.

Miss Montrose saß an ihrem Arbeitsplatz, einem kleinen Tischchen, wo das Licht gut war. Von Zeit zu Zeit warf sie einen Blick auf ihre Uhr. Als die Zeiger sich drei Uhr näherten, wurde sie sichtlich nervös und sah häufiger auf die Uhr.

Paul Pry beobachtete sie; er klopfte mit seinen sensiblen Fingern auf das Lenkrad und lächelte.

Um zehn nach drei spazierte ein junger Mann in den Laden, nickte gönnerhaft den Friseuren zu, legte Hut, Mantel und Schal ab, machte es sich auf dem vordersten Stuhl bequem und nickte der Maniküre zu.

Paul Pry, der ein sehr genauer Beobachter war, kam zu dem Schluß, daß die Maniküre der eigentliche Grund für den Besuch des jungen Mannes beim Friseur war.

Er hatte absichtlich zuerst die Friseure angesprochen, als er in den Laden gekommen war. Erst nachdem er sie alle begrüßt hatte, hatte er sich lässig zu dem Tischchen umgewandt, an dem das Mädchen saß, mit weitaufgerissenen Augen und leicht geöffneten Lippen. Und sein Nicken war dann so einstudiert unpersönlich gewesen, daß es schon wieder gewollt gewirkt hatte.

Nachdem er es sich in dem Stuhl bequem gemacht hatte, musterte er einen Augenblick lang prüfend seine Finger, als überlege er sich, ob er sie maniküren lassen solle oder nicht. Daraufhin nickte er dem Mädchen erneut zu und lehnte sich zurück.

Als das Mädchen jedoch seine Hand nahm, drückte es sie leicht, und Paul Pry bemerkte, wie die Finger des Mannes sich um ihre schlossen.

Paul Pry nickte bedächtig, nachdenklich, wie ein Theaterbesucher, wenn der Vorhang sich zum zweiten Akt hebt und er genau die Szene sieht, mit der er nach dem Ende des ersten Aktes gerechnet hat. In seinem Nicken lag eine gewisse Befriedigung, aber auch ein gespanntes Interesse.

Das Mädchen sah nicht mehr auf die Uhr.

Paul Pry richtete seine Aufmerksamkeit auf den Mantel, den Schal und den Hut, die den Garderobenständer des Friseurladens schmückten.

Der Friseur breitete ein heißes Handtuch über das Gesicht des Kunden. Die Maniküre stand auf und ging zu ihrem Tischchen. Nervöse Hände fingerten an den kleinen Cremetöpfen herum. Dann drehte sie sich um, ging auf den Garderobenständer zu, blieb stehen, blickte rasch um sich und ließ ihre wohlgeformte Hand blitzschnell in die Innentasche des Mantels gleiten.

Paul Pry stieß einen überraschten Pfiff aus. Das war nicht das nervöse Herumfummeln eines Amateurs. Das war der geübte, flinke Griff eines Profis. Kein Zweifel, das Mädchen verstand sein Geschäft. Das war eine Gangsterbraut, die schon so manche Tasche leergeräumt hatte.

Die Brieftasche aus Leder wanderte aus der Manteltasche unter das Handtuch, das das Mädchen über ihren Arm gelegt hatte. Das Mädchen setzte sich wieder auf den Hocker vor dem Kunden, nahm seine Hand und bearbeitete die Nägel geschickt mit Nagelfeile und Orangenholzstäbchen.

Ein- oder zweimal hielt sie inne, um nach irgendeinem Utensil zu suchen, aber sie saß da, unübersehbar, und verließ kein einziges Mal den Raum. Zweimal schlüpften ihre Hände unter das Handtuch, das jetzt auf ihrem Schoß lag und unter dem offensichtlich die Brieftasche verborgen war, die sie aus der Manteltasche gefischt hatte. Aber kein Herumfummeln, kein zögerndes Herumtasten. Die Hände verschwanden einfach unter dem Tuch, blieben eine Sekunde dort und waren dann wieder zu sehen.

Als sie die linke Hand des Kunden fertig manikürt hatte, stand sie auf, stellte den Hocker auf die andere Seite von dem Stuhl, drehte sich wieder zu ihrem Tischchen um, und dann passierte es ein zweites Mal: sie blieb kurz vor dem Garderobenständer stehen, eine rasche, kaum wahrnehmbare Bewegung unter dem Handtuch, das war alles.

Einzig und allein die aufmerksamen Augen Paul Prys hatten bemerkt, wie die Brieftasche wieder in die Manteltasche wanderte.

Der Friseur war mit der Rasur fertig. Der Stuhl des

Mannes wurde wieder in eine senkrechte Position gebracht. Das Mädchen legte letzte Hand an die Maniküre. Sie lachte und plapperte fröhlich. Der Kunde musterte sie mit Augen, die das Geheimnis verrieten, das er so angestrengt hinter lässigem Desinteresse zu verbergen versucht hatte, als er den Laden betreten hatte. Es gab keinen Zweifel, er war verrückt nach dem Mädchen.

Der Mann zog seinen Mantel an, setzte seinen Hut auf, wechselte mit der Vertrautheit eines Stammkunden noch ein paar Worte mit dem Friseur, warf dem Mädchen verstohlen einen flammenden Blick zu und verließ den Laden.

Paul Pry fuhr vom Randstein weg.

Der Mann bog um die Ecke. Pry suchte sich einen kleinen, schäbigen Wagen aus, schätzte sorgfältig den Abstand ab und stieg auf das Gaspedal. Man hörte das Krachen eines Aufpralls, das Knirschen eines Kotflügels, das Geschimpfe eines wütenden Autofahrers, und schon stieg Paul Pry aus seinem Wagen, betrachtete den Schaden und beschuldigte lauthals den Fahrer des kleinen Autos der Unachtsamkeit.

Um seine Anschuldigungen zu untermauern, stürmte er auf den Gehsteig, packte den frisch rasierten und frisch manikürten Mann am Mantel und zerrte ihn zum Unfallort, wo sich bereits eine kleine Menschenmenge angesammelt hatte.

»Sie haben es gesehen. Sie haben gesehen, daß er mich geschnitten hat!« behauptete er.

Der frisch rasierte Mann war verlegen.

»Wieso, nein. Das heißt, ich habe ein Krachen gehört und habe geschaut, und da waren die beiden Autos ineinander verkeilt. Aber ich kann Ihnen die Position der Autos direkt nach dem Zusammenstoß sagen. Der kleine Wagen stand da, und Sie waren ungefähr hier.«

»Na und, was sagt das schon«, knurrte der andere Autofahrer. »Der Kerl ist in mich reingefahren. Ha, da kommt ein Polizist. Der wird das gleich klären.«

Paul streckte seine Hand dem Zeugen entgegen, den er angeschleppt hatte.

»Ihre Karte, bitte, dann können Sie verduften. Hat keinen Zweck, sich hier auf der Straße zu streiten. Wenn es zu einem Gerichtsverfahren kommt, werde ich Sie als Zeugen benennen. Wenn nicht, wird man Sie nicht weiter belästigen. Ich werd ein anständiges Sümmchen zahlen, um das in Ordnung zu bringen, aber ich will nicht, daß die mir was anhängen. Geben Sie mir Ihre Karte und handeln Sie, wie sich das für einen guten Zeugen gehört.«

Der Mann nickte und lächelte vor Erleichterung. Die frisch manikürte Hand schob sich in die Tasche seines Mantels und tauchte mit der Brieftasche wieder auf, der er eine Karte entnahm.

»R. C. Fenniman, Juwelenhandel en gros«, las Paul; in der unteren linken Ecke stand: »Überreicht von Samuel Bergen«.

Das Geschäft des Juweliers war nur vier Blocks vom Unfallort entfernt. Nach einem flüchtigen Blick auf die Karte nickte Paul und drehte sich zu einem Polizeibeamten um, der sich mit gewichtiger Miene einen Weg durch die Menge bahnte.

»Na los, na los«, brüllte er. »Is' doch bloß 'n verbeulter Kotflügel. Deswegen braucht ihr doch nicht gleich den Verkehr zu blockiern. Schafft die Karren da rüber, an den Randstein. Na los, Bewegung. Macht schon, Jungs. Wohl noch nie 'n verbeulten Kotflügel gesehn, oder was?«

Der Fahrer des kleinen Wagens protestierte.

»Ich wollte, daß die beiden Autos da stehenbleiben, wo sie waren, damit Sie sehen, wie dieser Kerl in mich reingefahren ist. Ich bin gerade um die Ecke gebogen und hab meinen linken Arm draußen, und ich bin nicht schneller gefahren als zehn Meilen . . .«

Der Polizist schnaubte verächtlich.

»Is' ja gut, is' ja gut! Ich hab's gesehn. Is' aber kein Grund, den ganzen Verkehr aufzuhalten. Steigen Se ein, stoßen Se zurück und fahrn Se da rüber. Der Kotflügel is' sowieso im Eimer. Zurück, zurück! Los schon. Na bitte. Klauben Se mal den Kotflügel zusammen. Na schön, Leute, hier rüber, dann sehn wa mal, was eigentlich passiert is'. Moment, muß mich erst um den Verkehr da kümmern. Kein Linksabbiegen, Mister. Fahrn Se weiter, bis die Kreuzung wieder frei is'. Das is' . . . Nein, Ma'am . . . gradeaus. In Ordnung, ihr Vögel, jetzt wolln wa uns mal unterhalten. Wer war schuld?«

Paul Pry sprach gedämpft, unterwürfig.

»Ich schätze, es war meine Schuld, Herr Wachtmeister.«

»So isses recht. Wieviel war der wert, der Kotflügel?«

»Na ja«, meinte der Fahrer des kleinen Flitzers, »der Reifen ist kaputt und . . .«

»Vergessen Sie's, vergessen Sie's«, fiel ihm der Polizist ins Wort. »Ich regle das gleich hier, auf der Stelle. Der Kotflügel war schon verbeult und is' runtergerissen worden. Is' sowieso 'ne Schrottkarre. Wieviel wolln Sie?«

»Zwanzig Dollar.«

Der Polizist schnaubte.

»Ich zahle«, erklärte Paul verdächtig bereitwillig.

»In Ordnung«, meinte der Polizist. »Is' Ihre Sache. Die ganze Karre is' keine vierzig Kröten wert.«

Paul machte jedoch keinerlei Anstalten, seine Brieftasche zu zücken.

»Na, kommen Sie schon damit rüber«, drängte der andere Fahrer.

Paul Pry senkte den Blick.

»Ich habe das Geld nicht bei mir«, erklärte er schuldbewußt.

»Hab ich mir's doch gedacht«, höhnte der Fahrer des kleinen Wagens.

»Er hat 'n Auto«, bemerkte der Polizist.

»Pah, einen Leihwagen. Das Geld, das er hinterlegt hat, wird für die Reparatur seines Kotflügels draufgehen«, knurrte der erboste Fahrer.

»Wissen Sie was«, schlug Pry vor, »ich habe eine Schwester, die arbeitet in einem Friseursalon ganz in der Nähe. Sie wird mir das Geld vorstrecken. Sie bleiben hier bei den Autos, und der Wachtmeister kann mich begleiten, falls Sie Angst haben, daß ich türme. Ich bin in fünf Minuten wieder da, mit dem Geld.«

Der Mann nickte und spuckte in den Gully.

»Ist mir recht«, meinte er, »vorausgesetzt, der Polizist geht mit und bleibt bei Ihnen.«

»Na los, na los«, mischte sich der Polizist ein. »Wir ham nich' den ganzen Tag Zeit. Hab auch noch was andres zu tun.«

Sie machten sich auf den Weg.

»Da ist es, das Friseurgeschäft Palace«, erklärte Pry.

»Hm«, schnaubte der Uniformierte, »wenn Sie sich 'nen Job suchen würden, statt lauter piekfeine Sachen anzuziehn und mit so 'nem Stöckchen rumzuspieln, bräuchten Sie nicht jedesmal Ihre Schwester anhaun, wenn Sie 'ne Karre zu Schrott fahrn.«

Paul Pry steckte den Tadel demütig ein.

»Jawohl, Herr Wachtmeister, ich werde mein Bestes tun; würde es Ihnen etwas ausmachen, draußen zu warten? Ich möchte Schwesterchen nicht aufregen oder riskieren, daß der Mann, dem der Laden gehört, denkt, ich möchte eine Szene machen. Sie ist furchtbar nervös, mein Schwesterchen, und würde gleich glauben, daß ich in fürchterlichen Schwierigkeiten stecke. Sie können direkt vor dem Schaufenster stehenbleiben, damit Sie reinschauen können und sehen, daß ich keinen Fluchtversuch mache.«

»Geht klar, aber machen Sie fix.«

»Ich werde mich beeilen. Aber passen Sie auf, daß Sie so stehen, daß Schwesterchen Sie sehen kann. Sonst glaubt sie vielleicht, ich möchte sie anpumpen. Ich hab's heute schon mal probiert, und sie hat sich geweigert. Sie muß sehen, daß ich wirklich ein bißchen in Schwierigkeiten bin . . .«

»Is gut, is gut«, grummelte der Polizist, »obwohl, eigentlich müßt ich Sie einbuchten. Warum gehn Sie nich' arbeiten, Sie Fatzke? Komm mir vor wie ein Trottel, daß ich Ihnen helf, von 'nem arbeitenden Mädchen Geld abzustauben. Weiß auch nich', warum ich das mach. Marsch, rein jetzt und dalli-dalli.«

Paul Pry öffnete die Tür. Die Friseure blickten auf. Das Mädchen am Maniküretisch blickte auf.

Sie sah, wie Paul Pry sich umdrehte und noch etwas zu dem Polizisten sagte. Sie sah, wie der Beamte nickte und direkt vor dem Schaufenster Stellung bezog. Sie sah, wie er aus den Augenwinkeln argwöhnisch Paul beobachtete, sie sah seine drohende Haltung. Das Mädchen griff sich mit der Hand an die Kehle.

Paul trat auf sie zu und beugte sich über sie.

»Schwesterchen«, setzte er an, »ich habe nicht die Absicht, hier einen Skandal zu veranstalten.«

Das Mädchen wollte etwas sagen, brachte aber kein Wort hervor; ihre Kehle war wie zugeschnürt. Totenbleich starrte sie ihn in sprachlosem Entsetzen an.

»Wenn Sie alles beichten, kann ich Ihnen vielleicht helfen, ungeschoren davonzukommen«, erklärte Paul Pry, immer noch über das Mädchen gebeugt. »Aber beeilen Sie sich und werden Sie nicht bockig.«

Einen kurzen Augenblick überlegte sie, ob sie sich weigern sollte.

»Was wollen Sie eigentlich?« brauste sie auf, sprach aber gedämpft, damit die Friseure nichts von der Unterhaltung mitbekamen.

»Es Ihnen leichter machen, Schwesterchen«, beruhigte Paul sie. »Da draußen steht ein uniformierter Bulle. Sie haben ein Vorstrafenregister wegen Taschendiebstahls. Dann ist da Big Front Gilvray. Und Samuel Bergen, der arme Gimpel. Damit hätten wir einen Fall. Also, rücken Sie mit der Wahrheit raus, und ich lasse Sie laufen.«

»Ganz bestimmt werden Sie das!«

»Das ist mein Ernst. Beichten Sie alles, und ich verschwinde hier. Ich bin hinter was Größerem her. Sie sind ein Mädchen und in die ganze Geschichte verwickelt worden. Gilvray mußte ziemlich nachhelfen, damit Sie mitmachen.«

Das Mädchen nickte.

»Und ob er das mußte. Ich habe den Job hier bekommen, und alles ist prima gelaufen, bis er mich aufgespürt hat und mich gezwungen hat, diese Nummer abzuziehen. Er hat gesagt, er würde meinem Boß und den Bullen alles erzählen, wenn ich nicht mitspiele. Verstehen Sie, er hat den Kerl aufgestöbert, mit dem ich beim Klauen zusammengearbeitet habe, und als der Junge den Mund aufgemacht hat, da hat er ihn gar nicht wieder zugekriegt. Gilvray weiß genug, um mich auffliegen zu lassen – also mußte ich das Ding drehen. Hat so ausgesehen, als wär's eine Kleinigkeit. Mußte nur diesem Bergen ein bißchen schöntun, solange, bis ich bekommen habe, was ich wollte.«

Paul Pry warf Samuels Karte auf den Tisch.

»Baby«, stieß er leidenschaftlich hervor, »Sie haben's geschafft. Ich glaube Ihnen. Ich schätze, dieser Kerl hält Sie für das Höchste überhaupt, und ich habe nicht vor,

Ihnen einen Strich durch die Rechnung zu machen. Ich werde ihm kein Wort davon sagen.«

Sie schnaubte verächtlich.

»Der – ein verheirateter Trottel, der sich einredet, daß seine Frau ihn nicht versteht. Ich hab ihn nur eingewikkelt, weil Big Front mir keine andere Wahl gelassen hat. Ich werd ihn derart abschmettern, daß er an der nächsten Wand kleben bleibt.«

Der Polizist klopfte an die Scheibe.

Sie drehten sich um und sahen, wie er mit gerunzelter Stirn ungeduldig auf die Tür deutete.

»Machen Sie schnell«, flüsterte Paul Pry, »rücken Sie raus, was Sie aus der Brieftasche genommen haben.«

Ihre Hand schlüpfte in ihren Ausschnitt und holte zwei Zettel hervor.

»Was sollten Sie damit machen?«

»Mich mit einem Kerl mit einer rosa Nelke im Knopfloch treffen, und zwar beim Cody-Haus, um Punkt fünf Uhr fünfundzwanzig, und ihm die Zettel geben. Und, glauben Sie mir, Mister, das ist alles, was ich weiß, außer daß ich einen Packen Knete habe. Ich schätze, das muß ich auch ausspucken«, meinte sie und langte nach ihrer Geldbörse.

Paul Pry schüttelte den Kopf.

»Nein, Schwesterchen. Die Moneten gehören Ihnen. Vergessen Sie das alles. Wenn irgend jemand Ihnen Fragen stellt, dann sagen Sie ihm, er soll sich an die Polizei wenden. Dort erfährt er alles, was er wissen will. Machen Sie's gut.«

Der Polizist öffnete die Tür.

»Sagen Sie, werden Sie . . .«

Paul Pry grinste.

»Ich hab gekriegt, was ich wollte, altes Haus. Bis dann, Schwesterchen, sei schön brav, bis wir uns wiedersehen.«

»Brav – und vorsichtig«, erklärte sie mit Nachdruck.

Paul Pry nahm den Arm des Polizisten und drückte ihm einen zerknitterten Zwanzig-Dollar-Schein in die Hand.

»Bitte sehr, Herr Wachtmeister. Das wird reichen, um den Schaden zu begleichen. Ich hab's gekriegt, wie ich vorausgesagt habe.«

Der Polizist schüttelte seine Hand ab.

»Ich sollte Sie als Rumtreiber einbuchten«, knurrte er. »Läßt sich von seiner kleinen Schwester aushalten, der Kerl. Bah!«

Sie gingen zu der Kreuzung zurück. Der Fahrer des kleinen Wagens bekam sein Geld, der Polizist schrieb seinen Bericht. Die Leute, die stehengeblieben waren, weil sie sich einen Streit erhofft hatten, seufzten und zerstreuten sich. Die Autos fuhren weg. Die Straßenecke sah wieder aus wie immer.

Paul Pry faltete die Zettel auf, die das Mädchen ihm gegeben hatte: das Original und die Kopie eines Lieferscheins, ausgestellt von der Interurban Motor Express Company. Laut Lieferschein sollte ein von Samuel Bergen aufgegebenes Päckchen an einen gewissen Herbert Dangerfield in Midland geliefert werden.

Paul Pry lachte in sich hinein. Allmählich nahmen die Dinge Gestalt an. Er wußte mittlerweile, daß das Mädchen eine Räuchervase gekauft hatte; er wußte, warum das Mädchen unter ihrem Handtuch herumgefummelt hatte: sie hatte ihre Auftragsbestätigung für die Räuchervase in Bergens Brieftasche gesteckt und statt dessen die Quittung Bergens herausgenommen, die er jetzt in der Hand hielt.

Paul Pry sprang in seinen Wagen und fuhr los. Vor dem Geschenkeladen, in dem das Mädchen die Räuchervase gekauft und für den Versand hatte einpacken lassen, hielt er, stieg aus und schlenderte hinein.

Paul Pry suchte ebenfalls eine Räuchervase aus. Er ließ

sie ebenfalls für den Versand einpacken und achtete ebenfalls genau darauf, daß sie richtig verpackt wurde, fragte, ob sie auch wirklich nicht zerbrechen könnte, und steuerte entsprechende Anweisungen bei, damit sie sicher und unbeschädigt zum Empfänger gelangte.

Er bezahlte und verließ den Laden. Auf der Stelle ging er zur Interurban Motor Express Company und gab das Päckchen an Herbert Dangerfield in Midland auf; Absender: Samuel Bergen.

Er verstaute das Original und die Kopie des Lieferscheins, die er erhalten hatte, und auch diejenigen, die er der Maniküre abgeluchst hatte, in seiner Jackentasche. Dann schlenderte er aus dem Geschäft und betrachtete die Menschenmenge, die sich durch die Straßen wälzte. In seinen Augen spiegelten sich die Gelassenheit und Ruhe eines Menschen, der im Frieden mit sich und der Welt ist, weil er eine Aufgabe zu seiner Zufriedenheit erledigt hat.

Er stieg in seinen Wagen und fuhr zu R. C. Fenniman, Juwelenhandel en gros.

»Ich hätte gerne Mr. Fenniman gesprochen, in einer äußerst wichtigen Angelegenheit«, erklärte er dem Mädchen hinter dem vergitterten Schalterfenster.

Sie schüttelte den Kopf.

»Er hat Anweisungen gegeben, daß er heute nachmittag nicht gestört werden will. Er ist in einer Besprechung.«

Paul Pry lächelte, gönnerhaft und selbstsicher.

»Sagen Sie ihm, daß ich hier warte, um ihn vor einem großen Verlust zu bewahren, und daß er genau drei Minuten Zeit hat, sich zu entschließen, ob er mich empfangen möchte oder nicht.«

Das Mädchen nickte und verschwand; irgend etwas an Pauls Verhalten hatte sie beeindruckt.

R. C. Fenniman hatte noch genau zwei Minuten und zehn Sekunden von der Frist, die Paul Pry ihm eingeräumt hatte, als das Mädchen zurückkehrte und ihm zunickte.

»Hier entlang.«

Sie geleitete den Besucher an einer Reihe von Vitrinen, verschlossenen Safes und Schreibtischen vorbei, von denen Angestellte neugierig aufblickten. Einer von ihnen stieß einen Ruf des Erstaunens aus und stand auf.

Es war Samuel Bergen, frisch rasiert und manikürt.

»Wie ist es ausgegangen?«

Paul Pry grinste.

»Prima. Wir haben uns geeinigt, dank Ihnen. Ich habe ja Ihre Karte, und da habe ich mir gedacht, ich schau mal vorbei und statte Ihrem Boß einen Besuch ab – Versicherungen gegen Diebstahl, vor allem für Großhändler, das ist mein Metier.«

Bergen fuhr zusammen und wurde blaß.

»Um Gottes willen, sagen Sie ihm ja nicht, daß Sie wegen mir hierhergekommen sind!«

Paul machte ein langes Gesicht.

»Herrje, ich hab' mir gedacht, das wäre eine gute Einleitung.«

»Gütiger Gott, Mann! Sie kennen den Boß nicht«, stöhnte Bergen.

»Schon gut, alter Freund, schon gut«, gab Paul nach. »Ich werde kein Sterbenswörtchen verlauten lassen. Falls Sie zufällig reinkommen, während ich drin bin, lassen Sie sich einfach nicht anmerken, daß Sie mich schon mal gesehen haben. Ich werde Sie auch nicht kennen. Schließlich haben Sie mir aus einer ziemlichen Klemme geholfen . . . Schon gut, mein Fräulein, ich komme ja schon. Habe gedacht, ich kenne diesen Herrn, aber das war ein Irrtum. Er hat mich nur an jemanden erinnert, den ich kenne.«

Und Paul Pry wandte sich nach links und ging durch die Tür, die das Mädchen ihm aufhielt.

Ein mißmutiger Zeitgenosse mit dem faltigen, zerfurchten Gesicht eines Mannes mit Verdauungsstörungen musterte Pry mürrisch.

»Was wollen Sie?«

Paul setzte sich, schlug seine Beine übereinander, achtete dabei auf die Bügelfalte seiner Hose, holte eine Zigarette aus seinem Etui, zündete sie an, stieß eine Rauchwolke aus, grinste.

»Sie werden beraubt werden.«

Das hagere Gesicht verzog sich zur Andeutung einer Gemütsregung. Die rotgeränderten Augen blinzelten. Die Lippen kniffen sich zusammen.

»Bah!« versetzte der Mann; der saure Geruch seines Atems verpestete die Luft in dem Büro und verursachte Paul Pry Übelkeit.

Pry zuckte die Schultern.

»Ich biete Großhändlern einen neuartigen Service an. Ich kann bestimmte Verbrechen verhindern. Auf Ihr Eigentum ist ein Anschlag geplant, und es steht in meiner Macht, ihn zu vereiteln.«

Der Griesgram verschluckte sich fast.

»Raus hier!«

»Na, na, kommen Sie. Nicht so hastig. Was ist mit einer gewissen Lieferung heute am frühen Nachmittag, eine Lieferung an einen Herrn namens Dangerfield? Ziemlich wertvoll, stimmt's?«

Der Mann stieß geräuschvoll seinen Stuhl zurück, zog seine Füße an, richtete sich in seiner vollen, dünnen Länge auf und schaute ihn aus rotgeränderten Augen finster an. Dann drückte er mit dem Finger auf einen Knopf.

Samuel Bergen streckte sein leicht beunruhigtes Gesicht durch die Tür.

»Bergen«, schnarrte der Mann, »haben Sie sich um die Lieferung an Dangerfield gekümmert?«

»Ja, Sir.«

»Haben Sie die Auftragsbestätigung?«

»Ja, Sir.«

»Zeigen Sie mal her.«

»Ich habe sie im Aktenordner abgeheftet und muß sie erst holen.«

»Na schön, dann holen Sie sie.«

Der Mann zog sich zurück, schweigend, unterwürfig.

Paul Pry grinste.

»Wäre doch ein ziemlicher Witz, wenn die Lieferung gestohlen würde. Wertvoll?«

»Natürlich wertvoll. Und sie wird nicht gestohlen werden.«

»Nein?«

»Nein. Natürlich nicht. Dangerfield ist eine erstklassige Adresse. Seine Glaubwürdigkeit ist 1a. Wickelt die Spitzengeschäfte in Midland ab. Wenn er sagt, daß er etwas braucht, kriegt er es. Er hat diese Bestellung telephonisch durchgegeben und festgelegt, wie die Lieferung erfolgen soll. Von dem Augenblick an, in dem wir die Auftragsbestätigung der Lieferfirma erhalten, trägt er die Verantwortung. Wir verschicken unser Zeug frei Schiff vom Ort des Versands aus.«

Die Tür öffnete sich: Samuel Bergen mit der Kopie eines Lieferscheins. In seiner anderen Hand hielt er einen Brief und das Original des Lieferscheins.

»Bitte sehr, Sir.«

»Hm.«

Fenniman blickte finster auf die Quittungen.

»Vielleicht würde sich, wenn Sie Dangerfield anrufen, herausstellen, daß der Auftrag getürkt ist«, schlug Paul Pry vor. »Nicht, daß ich Ihnen kostenlos Ratschläge erteilen würde. Ich will Ihnen nur zeigen, wie lückenlos mein Informationssystem ist.«

R. C. Fenniman sprang auf; sein fahles Gesicht wurde rot vor Zorn. Die winzigen Äuglein über den faltigen Tränensäcken starrten wütend, die Lippen bebten vor Ärger.

»Raus hier! Raus hier, ehe ich die Polizei rufe. Eine Unverschämtheit, mir zu erzählen, wie ich meine Firma zu leiten habe! Ich soll Ferngespräche führen und einen Kunden beleidigen, nur damit Sie als Neunmalkluger dastehen. Verschwinden Sie!«

Paul Pry lächelte geheimnisvoll. Er nahm seinen Spazierstock, rückte seine Krawatte zurecht, setzte seinen Hut auf und verbeugte sich tief.

»Falls Sie zu dem Schluß kommen sollten, daß Sie sich geirrt haben, falls sich herausstellt, daß ich recht hatte, dann rücken Sie einfach eine Anzeige in die Spalte ›Private Mitteilungen‹ im *Examiner* ein, in der Sie die Höhe der Belohnung für die Wiederbeschaffung Ihres gestohlenen Eigentums angeben. Ich ziehe es eigentlich vor, ein Verbrechen zu verhindern, natürlich gegen ein gewisses Entgelt. Wenn mir das nicht möglich ist, kann ich zumindest das gestohlene Eigentum wiederbeschaffen – gegen ein höheres Entgelt. Guten Tag, Mr. Fenniman, und darf ich Ihnen einen guten Rat geben? Etwas Pepsin für den Magen. Und versuchen Sie, sich nach jeder Mahlzeit zwei Stunden lang nicht zu ärgern. Das bringt nämlich Ihre Verdauung durcheinander. Es gibt hervorragende Pepsinpulver ...«

Mit einem unartikulierten Brüllen hechtete der Mann auf die Tür zu. Paul Pry, die Hand bereits auf dem Türknauf, zog sie lässig zu, und der Juwelengroßhändler stand zitternd vor Empörung der glatten Fläche einer geschlossenen Tür gegenüber.

Schnurstracks marschierte Paul Pry zum Büro der Interurban Motor Express Company.

»Ich habe heute ein Päckchen aufgegeben«, vertraute er dem Angestellten an. »Hier ist der Lieferschein.« Er reichte ihm die Auftragsbestätigung, die die Maniküre aus der Brieftasche Bergens geholt hatte und in deren Besitz er unter so merkwürdigen Umständen gelangt war. »Machen Sie bitte den Auftrag rückgängig, falls das Päckchen noch nicht rausgegangen ist.«

»Dann muß ich Ihnen aber eine Bearbeitungsgebühr berechnen«, warnte ihn der Angestellte.

Paul Pry nickte lächelnd.

»Selbstverständlich«, erklärte er entgegenkommend. Der Angestellte verschwand und kam mit dem Päckchen zurück.

»Das sollte mit dem Wagen um sechs Uhr geliefert werden. Sind Sie sicher, daß Sie es nicht doch schicken wollen?«

»Ganz sicher. Der Auftrag ist storniert worden. Haben Sie vielen Dank.«

»Fünfundzwanzig Cent Bearbeitungsgebühr. Die Liefergebühr ist bereits bezahlt. Sie haben also ein Guthaben bei uns.«

»Kaufen Sie sich davon eine Zigarre«, gab Paul Pry zurück, als er mit dem Päckchen, das ursprünglich von Samuel Bergen an Herbert Dangerfield aufgegeben worden war, durch die Tür ging.

In seiner Tasche hatte er immer noch den Lieferschein für eine Räuchervase, adressiert an Herbert Dangerfield in Midland, die mit dem Wagen um sechs Uhr spediert werden sollte – den Lieferschein für die Räuchervase, die er selbst gekauft hatte, und zwar aus gutem Grund.

Er sah auf seine Uhr und unterdrückte einen Ausruf der Überraschung.

»Wie schnell doch die Zeit vergeht«, murmelte er vor

sich hin und spazierte zu der Straßenecke, an der das Cody-Haus stand.

Ein Mann mit einer rosa Nelke im Knopfloch wartete schon, als Paul anlangte. Er machte einen äußerst ungeduldigen Eindruck.

Paul neigte den Kopf und lächelte.

»Eine gewisse junge Dame, die nicht von ihrem Arbeitsplatz wegkonnte, hat mich gebeten, Ihnen ein gewisses Schriftstück zu überbringen und Sie zu fragen, ob Sie weitere Anweisungen haben«, sagte er schleppend.

Der Mann schnappte sich den Lieferschein.

»Wurde aber auch Zeit«, beschwerte er sich und tauchte in der Menge unter, sorgsam darauf bedacht, daß niemand ihm folgte.

Es bestand jedoch gar keine Notwendigkeit für Paul Pry, ihm nachzugehen.

Er kehrte zu seinem geliehenen Zweisitzer zurück, der in Sichtweite des Ausgangs der Büros der Interurban Motor Express Company geparkt war. Auf dem Rücksitz lag das Päckchen, das ihm ausgehändigt worden war, als er die Spedierung von Bergens Päckchen storniert und den Lieferschein zurückgegeben hatte.

Er schwang sich auf den Fahrersitz, stützte seinen Fuß am Armaturenbrett ab, zündete sich eine Zigarette an und betrachtete entspannt lächelnd die Gesichter der dahineilenden Leute.

Big Front Gilvray hatte es so arrangiert, daß der Lieferschein seinem Mann während der Rush-hour übergeben wurde, wenn die Straßen völlig verstopft waren. Sein Mann legte die Papiere, die Paul ihm gegeben hatte, vor, als in der Interurban Motor Express Company Hochbetrieb herrschte, Angestellte herumhetzten, Päckchen vom Förderband purzelten, Motoren aufheulten, Männer schwitzten, Telephone schrillten.

Der Mann mit der Nelke tauchte mit einem würfelförmigen Päckchen unter dem Arm in der Tür des Kurierdienstes auf. Verstohlen blickte er die Straße entlang und tauchte dann in die Menschenmenge ein.

Zehn Sekunden später wurde der Mann in einem geschlossenen Wagen weggebracht, der am Randstein geparkt hatte; am Steuer saß ein farbiger Chauffeur in Livree.

Hinter dem geschlossenen Wagen lenkte Paul Pry seinen geliehenen Zweisitzer mit vollendeter Geschicklichkeit durch den dichten Verkehr.

Die Jagd führte zu einem Apartmenthaus, das jenem sehr ähnlich war, in dem Paul Pry sein Quartier aufgeschlagen hatte.

Der Mann sprang aus dem Wagen und rannte auf eine Tür zu.

Paul Pry stieß einen gellenden Pfiff aus.

Der Mann drehte sich um. Seine Hand schnellte zu seiner Gesäßtasche.

Paul Pry stieg auf die Bremse und fuhr an den Randstein.

»Ich habe vergessen, meine Karte beizulegen«, erklärte er und reichte dem Mann eine längliche Karte.

»Wie, zum Teufel, kommen denn Sie hierher?« wollte der wissen.

Paul neigte lediglich den Kopf und lächelte.

»Danke, haben Sie vielen Dank.«

»Nicht so hastig«, knurrte der Mann. Seine Augen wanderten blitzschnell die Straße auf und ab. »Rein ins Haus, Sie verdammter Idiot, und nehmen Sie die Hände hoch.«

Paul Pry trat ins Haus, auf seinem Gesicht einen gequälten Ausdruck blanken Erstaunens.

Der Mann mit der Nelke stürzte auf ihn zu. Bläulicher Stahl blitzte in seiner rechten Hand auf.

»Flossen hoch«, befahl er.

Blitzschnell beschrieb Paul Pry aus dem Handgelenk mit seinem Stock einen Bogen, zu schnell, um ihm mit den Augen zu folgen. Es gab ein knirschendes Geräusch, als das Holz auf den bläulichen Stahl traf, dann war ein zischendes Ausatmen zu hören, als die Stockspitze sich in die Magengrube des Mannes bohrte.

»*Touché!*« stieß Paul Pry hervor, als er an der Gestalt vorbeihastete.

Der Mann tastete nach seiner Kanone; sein schmerzverzerrtes Gesicht verfärbte sich grünlich, sein Mund stand offen, und er schnappte nach Luft.

Paul Pry schwang sich auf den Sitz seines Wagens. Dahinter hatte sich eine lange Schlange hupender Autos gebildet. Paul Pry rammte den Gang hinein, und der Zweisitzer schoß los. Die ungeduldigen Fahrer schlossen sofort auf. Als der Mann mit der Nelke den geschlossenen Wagen erreichte, war es aussichtlos, die Verfolgung aufzunehmen. Paul Pry fuhr an der Spitze einer zäh sich dahinquälenden Kolonne.

Als er sein Apartment betrat, langte Mugs Magoo gerade nach dem Telephon.

»Oh, da sind Sie ja, Sir. Hab mich gefragt, ob's nicht besser ist, wenn ich rausfinde, wo Gilvray sich verkrochen hat, und mich mit ihm in Verbindung setze. Hab mir allmählich 'n bißchen Sorgen gemacht, Sir.«

»Kein Grund zur Sorge, Mugs. Ich habe einen äußerst angenehmen Nachmittag verbracht. Nur eines hat mir Kopfzerbrechen gemacht: daß Gilvray möglicherweise das Mädchen verdächtigt, ein doppeltes Spiel zu treiben, und ihr die Hölle heiß macht. Ich mußte ihm also meine Karte überbringen lassen, um mich zu bedanken und ihm zu erklären, wie ich zwei und zwei zusammengezählt habe.«

»Und, ist vier rausgekommen?« fragte Mugs.

»Ich denke doch, Mugs, ich denke doch. Wir werden in

den nächsten paar Tagen auf die ›Privaten Mitteilungen‹ im *Examiner* achten. Und stell dir nur die Überraschung von Big Front Gilvray vor, wenn er das Päckchen aufmacht und feststellen muß, daß er eine Messing-Räuchervase bekommen hat, nicht mehr und nicht weniger. Und weißt du was, Mugs, ich bin bei einem Spezialgeschäft vorbei und habe zwei Pfund erlesenen Weihrauch in sein Apartment schicken lassen. Sein Name steht auf der Klingeltafel des Apartmenthauses: B. F. Gilvray – kannst du dir das vorstellen? Ich vermute, die Initialen stehen für Big Front?«

»Nee, die bedeuten Benjamin Franklin. Die Jungs nennen ihn alle Big Front. Ist doch klar, daß er in der Öffentlichkeit unter seinem richtigen Namen lebt.«

Paul Pry lächelte.

»Benjamin Franklin, so, so«, wunderte er sich.

R. C. Fenniman war ein Sturkopf. Erst nachdem er alle nur erdenklichen Hilfsquellen ausgeschöpft und sich an die Polizei und etliche Privatdetektive gewandt hatte, machte er von Paul Prys Angebot Gebrauch. Eines Tages, gut zwei Wochen nach dem Vorfall mit den vertauschten Päckchen, sah Mugs Magoo vom *Examiner* auf.

»Da ist es, Sir – eine Anzeige, unterzeichnet mit den Initialen R. C. F.«

> Bezüglich Angebot, gegen Belohnung Päckchen wiederzubeschaffen: Sie hatten recht. Auftrag war gefälscht. Belohnung: zweitausend Dollar. Das Ding ist sechstausend wert, mehr nicht.

Paul Pry lachte stillvergnügt in sich hinein.

»Staffier dich als Bettler aus. Bring das Päckchen bei ihm vorbei. Mach ihn darauf aufmerksam, daß es nicht geöffnet worden ist. Wenn er versucht, dich auszufragen, sag ihm einfach, du hättest die Straßen abgeklappert, als ein Mann dir den Auftrag gegeben hat, das Päckchen abzugeben, die Belohnung einzustreichen und in diesen Umschlag zu stecken.«

»Könnte sein, daß er sich das Päckchen greift und sich weigert, die Belohnung rauszurücken.«

»Das wäre wundervoll, Mugs. Dann könntest du ihm sagen, wenn er nicht zahlt, dann würde der Mann, der dir das Päckchen gegeben hat, sich die Belohnung holen, plus Zinsen, und zwar nach seiner Methode.«

Mugs kicherte.

»Ich schätze, von den Methoden hat er genug, Sir. Jede Wette, der hat erst mal 'n fürchterlichen Wutanfall gekriegt. Die Quittung, die er bei dem Kurierdienst vorgelegt hat, hat zu der Nummer auf dem Päckchen gepaßt, das er zurückbekommen hat. Wahrscheinlich ist er überhaupt nicht auf die Idee gekommen, daß die Lieferscheine vertauscht worden sind. Die haben bestimmt nach einem schwarzen Schaf bei dem Kurierdienst gesucht.«

Paul Pry zündete sich eine Zigarette an.

»Möglicherweise, Mugs. Aber mit solchen Kleinigkeiten können wir uns nicht abgeben. Übrigens, schau auf dem Rückweg bei den Caledonia-Apartments vorbei und sieh nach, ob Gilvray noch dort wohnt. Ich kann mir vorstellen, daß ich noch ein bißchen mehr Geld aus den kriminellen Aktivitäten dieses Herrn herausschlage. Benjamin Franklin! Man stelle sich vor!«

DAS HUHN, DAS GOLDENE EIER LEGT

Paul Pry, elegant gekleidet, stand lässig an einer Straßenecke im Geschäftsviertel, durch das sich zäh der Verkehr wälzte. Von Zeit zu Zeit warfen vorübergehende Frauen ihm aufreizende Blicke zu. Die Augen Paul Prys waren jedoch auf die zusammengekauerte Gestalt »Mugs« Magoos geheftet.

Seinen Spitznamen hatte man Mugs Magoo vor vielen Jahren wegen seines photographischen Gedächtnisses verpaßt. Damals hatte er noch für die Polizei gearbeitet. Ein politischer Umschwung hatte ihn um seine Stellung gebracht, ein Unfall um seinen rechten Arm. Den Rest hatte der Alkohol besorgt.

Als Paul Pry auf Mugs Magoo gestoßen war, hatte dieser auf der Straße Bleistifte verkauft. Der Mann war ihm irgendwie sympathisch gewesen, und nachdem er sich seine Geschichte angehört hatte, waren die beiden zum wechselseitigen Vorteil eine Partnerschaft eingegangen. Denn Paul Pry war ein ungemein geschickter und effizienter Opportunist.

Nicht einmal dem genauesten Beobachter wäre aufgefallen, daß es zwischen dem schlanken, eleganten jungen Mann an der einen Straßenecke und der zusammengekauerten, verkrüppelten Gestalt des Bleistiftverkäufers an der anderen eine Verbindung gab. Zwischen den beiden wälzte sich ein Strom von Menschen dahin, und sie alle wurden von Mugs Magoo, der jeden, aber auch jeden Bürger der Unterwelt kannte, einer schnellen, sorgfältigen Überprüfung unterzogen.

Eine junge Frau, bescheiden gekleidet, auffällig hübsch, starrte benommen auf das Verkehrsgewühl. Ihre

Kleidung verriet, daß sie vom Land kam. Der Ausdruck ungläubigen Staunens paßte gut zu ihrem unschuldigen, harmlosen Gesichtchen.

Mugs Magoo ließ den Hut mit seinem Bleistiftvorrat um fünf, sechs Zentimeter sinken. Als Paul Pry dieses Signal sah, wußte er, daß die Kleine eine Taschendiebin war.

Seine durchdringenden Augen musterten sie flüchtig, dann wanderte sein Blick wieder zu Mugs Magoo zurück, und der wußte, daß sein Arbeitgeber nicht interessiert war.

Ein gedrungener Mann im Maßanzug stolzierte vorbei, das Kreuz durchgedrückt und das Kinn in die Höhe gereckt. Sein Gesicht war ein wenig zu teigig, sein Auftreten ein wenig zu selbstsicher.

Mugs Magoo ließ seine glasigen Augen kurz über das Gesicht des Mannes gleiten, dann hob sich die Hand mit dem Hut und beschrieb einen Halbkreis. Auf diese Weise erfuhr Paul Pry, daß der Mann ein Gangster, ein Killer war, Kopf einer Bande und auf seinem Gebiet ein As.

Paul Pry jedoch würdigte den Gangster nicht einmal eines zweiten Blickes. Er wartete darauf, daß ihm ein besonderer Leckerbissen ins Netz ging.

Eine halbe Stunde verstrich, ohne daß irgendwelche Signale ausgetauscht wurden. Mugs Magoo, der zusammengekauert an der Wand eines Bankgebäudes saß, verkaufte ein paar Bleistifte, murmelte ein paar Worte des Dankes, wenn Münzen in seinem Hut klimperten, und musterte mit glasigen Augen, denen nichts entging, die Gesichter der vorbeihastenden Fußgänger.

Ein hagerer, griesgrämiger Typ mit argwöhnischen Rattenaugen trippelte mit schnellen, nervösen Schritten den Gehsteig entlang. Mugs Magoos Gesten bedeuteten Paul Pry, daß der Mann der Buchhalter einer Bande von Alkoholschmugglern war.

Paul Pry schüttelte den Kopf.

Weitere fünfzehn Minuten vergingen, dann blieb ein Mann, der ohne weiteres als Bankier hätte durchgehen können, an der Ecke stehen, fast genau zwischen Mugs Magoo und Paul Pry. Der ging hastig ein paar Schritte weiter, um Mugs Signale sehen zu können.

Der Mann, um die fünfundvierzig, neigte zur Fülle. Seine Wangen waren glattrasiert und glänzten rosig. Er bewegte sich gemessen, gravitätisch, wie einer, der es gewöhnt ist, Befehle zu erteilen. Er hatte nichts von der Gehetztheit eines Menschen an sich, der gezwungen ist, aus eigener Kraft seinen Lebensunterhalt zu verdienen. Nein, er strahlte die ruhige Selbstsicherheit dessen aus, der erntet, was andere gesät haben. Der massige Mann mit dem breiten Brustkorb, über den sich wie angegossen die Weste spannte, wirkte gelassen und selbstgefällig. Er beobachtete die Straße mit einer Miene, als hätte er ein gewichtiges finanzielles Problem vor sich und nicht den Verkehr zur Stoßzeit.

Mugs Magoo nickte, bewegte seinen Hut im Kreis und schüttelte ihn dann leicht. Paul Pry seinerseits tippte an die Hutkrempe, schnippte mit dem Spazierstock, den er in der rechten Hand hielt, und schlenderte ein paar Schritte auf den Randstein zu.

Richtig interpretiert, besagten diese Signale, daß Mugs Magoo das imposante Individuum als Kundschafter einer mächtigen Bande identifiziert hatte und daß besagte Bande von »Big Front« Gilvray angeführt wurde.

Es hätte Pauls Antwortsignals gar nicht bedurft: Mugs Magoo wußte auch so, daß er für heute seine Pflicht erfüllt hatte. Denn es verstand sich von selbst, daß alle Aktivitäten der Gilvray-Bande für Paul Pry von Interesse waren. Seit Paul Pry klar geworden war, daß Gilvray viel zu gerissen war, als daß die Polizei ihm irgend etwas hätte anhängen können, und daß die Initialen B. F., die für die

Unterwelt »Big Front« bedeuteten, in Wirklichkeit für Benjamin Franklin standen, hatte Paul Pry sich Gilvray zu seinem Lieblingsgegner erkoren.

Mugs Magoo sammelte seine Bleistifte und die paar Münzen, die in seinem Hut lagen, ein, verstaute sie in seiner ausgebeulten Tasche, rappelte sich hoch und ging.

Der korpulente Mann stand nach wie vor in tiefes Nachdenken versunken da, die Augen auf die Tür der Sixth Merchants & Traders National Bank geheftet. Seiner Erscheinung nach hätte er ein Wall-Street-Bankier sein können, der abwog, ob es sich lohnte, eine maßgebliche Beteiligung an diesem Unternehmen zu erstehen. Ein durchschnittlicher Polizist wäre wohl nie und nimmer auf die Idee gekommen, ihn als Gangster einzustufen, der Informationen sammelte, die für seine Bande von Wert sein könnten.

Fünf Minuten verstrichen. Der Gangster sah auf seine Uhr, und die Geste, mit der seine wohlmanikürte Hand den Zeitmesser aus der Westentasche zog, hatte etwas Beeindruckendes.

Nach weiteren zwei Minuten war das Dröhnen schwerer Räder zu hören, das etwas tiefer klang als die sirrenden Reifen der anderen Autos. Vor dem Seiteneingang der Bank hielt ein gepanzerter Lastwagen.

Augenblicklich räumten Sonderbeamte den Platz zwischen Tür und Lastwagen. Die Hecktür des Lasters wurde geöffnet, und zwei Männer mit schweren Revolvern in glänzenden Halftern bezogen Stellung. Angestellte der Bank rollten zwei Handkarren aus dem Gebäude, die mit kleinen, aber schweren Holzkisten beladen waren.

Die Kisten wurden kontrolliert und in den gepanzerten Wagen geschoben. Einer der bewaffneten Männer unterschrieb einen Zettel, und die Stahltüren knallten zu.

Die Bewaffneten stiegen durch eine andere Tür in den Laster; sie fiel ebenfalls krachend zu. Dann hörte man das Knirschen von Stangen auf Stahl. Die Sonderbeamten gingen in die Bank zurück. Der Laster reihte sich in den Verkehrsfluß ein, eine rollende, mit Reichtümern gefüllte, uneinnehmbare Festung.

Die Männer in dem Laster hatten Maschinenpistolen und waren von undurchdringlichem Stahl umschlossen. Durch kugelsicheres Glas konnten sie rundherum alles überblicken, durch kleine Schlitze in alle Himmelsrichtungen schießen. Am Bestimmungsort erwartete eine weitere Spezialeinheit die Fracht. Aber jetzt rollten erst einmal Tausende von Dollar in Gold sicher durch die Stadt.

In kleinen Buchstaben stand auf der Seite des Lastwagens der Name einer Firma, die in konservativer Manier Geschäfte mit konservativen Institutionen machte: »Bankers' Bonded Transportation Co.«

Als Paul Pry die Aufschrift sah, verengten seine Augen sich zu Schlitzen, ein Zeichen dafür, daß er konzentriert nachdachte. Der Laster bog um die Ecke und verschwand aus dem Gesichtsfeld. Der Gangster zog ein Notizbuch aus seiner Tasche, holte seine Uhr hervor und notierte sich etwas, offenbar die genaue Uhrzeit.

Es gelang Paul Pry, einen Blick auf das Gesicht des Gangsters zu werfen: ein zufriedenes Lächeln lag darauf.

Gravitätisch setzte der Mann sich in Bewegung, und Paul Pry heftete sich an seine Fersen.

Er ging zwei Blocks weiter und trat an den Randstein. Fast augenblicklich rollte eine riesige, auf Hochglanz polierte Limousine heran, gesteuert von einem schmächtigen Kerlchen mit aschfahlem Gesicht und winzigen, starren Augen. Auf dem Rücksitz saß ein massiger Mann, aus dessen Augen Blicke wie funkelnde Rapiere schossen. Buschige braune Brauen verdeckten diese Augen wie

Sturmwolken die ersten Blitze eines aufkommenden Gewitters.

Das war Big Front Gilvray. Er hätte ohne weiteres ein Senator der Vereinigten Staaten oder der Rechtsberater eines großen Unternehmens sein können. In Wirklichkeit war er ein Gangster, und zwar einer der ganz Großen. Die Polizei hatte Big Front Gilvray nie etwas anhängen können.

Der Mann, dem Paul Pry gefolgt war, stieg in den Wagen und flüsterte Gilvray etwas zu. Zur Bekräftigung zog er das in Leder gebundene Notizbuch hervor, in das er die genaue Uhrzeit eingetragen hatte, zu der der Lastwagen mit Gold beladen worden war.

Die Information schien Gilvray nicht so zufriedenzustellen wie vorhin den Mann, den Pry beschattet hatte. Gilvrays Augenbrauen zogen sich zusammen, und für einen Moment verschleierte sich sein Blick: er dachte nach. Dann schüttelte er langsam den Kopf, wie ein Richter, der es aufgrund unzureichender Beweise ablehnt, ein Urteil zu fällen. Mit leisem Summen verließ der Wagen den Randstein.

Paul Pry hielt ein Taxi an. Der Fahrer schaffte es, trotz des Verkehrsgewühls dicht hinter der Limousine zu bleiben. Auf freien Strecken holte er sogar etwas auf. Die Limousine rollte genau mit der zulässigen Geschwindigkeit dahin. Big Front Gilvray hielt nichts davon, der Polizei eine Chance zu geben, ihn festzunageln, und sei es auch nur wegen eines winzigen Verstoßes gegen die Straßenverkehrsordnung.

Eigentlich hätte Paul Pry dieselbe Information auch in dem Telephonbuch gefunden, das er sich für sieben Dollar fünf Cent von einem Taxifahrer hatte besorgen lassen. Denn die große, auf Hochglanz polierte Limousine fuhr geradewegs zum Domizil von B. F. Gilvray.

Paul Pry wußte, daß die Adresse im Telephonbuch

stand und daß neben der Haustüre ein Namensschild angebracht war: »Benjamin F. Gilvray«.

Big Front Gilvray hatte seine Stadtwohnung aufgegeben und war in einen Vorort gezogen. Das Haus stand ein Stück von der Straße zurückgesetzt und wirkte ziemlich protzig: eine Schotterauffahrt, eine riesige Garage, eine dichte Hecke, ein paar Zierbäume und ein gepflegter Rasen.

Paul Pry sah sich das Ganze an, zuckte die Schultern und ließ sich von dem Taxi in die Stadt zurückbringen.

Paul Prys Wohnung lag im Zentrum der belebtesten Gegend. Er liebte das Gefühl, sich im Mittelpunkt des Geschehens zu befinden, umgeben von Tausenden von Menschen. Er brauchte nur sein Fenster zu öffnen, und schon schwappte der Verkehrslärm in die Wohnung. Und wenn für einen kurzen Augenblick der Verkehr ruhte, hörte er das ununterbrochene Trappeln Tausender Füße auf den Gehsteigen.

Mugs Magoo war schon da. Neben ihm stand eine Flasche Whiskey, und in der Hand hielt er ein halbleeres Glas. Mit wäßrigen Augen blickte er auf, als Paul Pry eintrat.

»Was rausgekriegt, Chef?«

»Nichts, rein gar nichts, Mugs. Der Mann, den du mir gezeigt hast, wollte anscheinend herausfinden, um welche Uhrzeit genau ein gepanzerter Wagen von der Sixth Merchants & Traders National wegfuhr.«

»Das paßt.«

»Und das heißt?«

»Der Kerl war Sam Pringle. Einer von Gilvrays besten Männern. Gelernter Mechaniker, der Wert drauf legt, gründlich zu arbeiten. Wenn dieser Kerl 'ne Sieben hinschreibt, dann bedeutet das sieben. Es bedeutet nicht sechseinhalb und auch nicht ungefähr sieben oder sieben und ein Zehntel. Es bedeutet sieben.« Damit kippte Mugs Magoo den Rest des Whiskeys.

Seine Stimme klang belegt. Seine leicht verschleierten Augen waren wäßrig, und er war redselig, wie immer, wenn der Alkohol ihn beflügelte. Aber Paul Pry akzeptierte das; es gehörte zum Wesen dieses Mannes. Mugs hatte diese Gewohnheit schon zu lange gepflegt, um sie von einem Augenblick auf den anderen ablegen zu können.

»Was weißt du über die Bankers' Bonded Transportation Company?« fragte Paul Pry.

»Ein niedliches Pfänzchen. Die illegalen Gauner haben sie für die legalen Gauner gegründet. Jetzt, wo sie eine Menge Bankfilialen und eine lange Lohnliste und all das haben, müssen sie ab und zu Gold transportieren. Die Gauner haben ein bißchen übertrieben und hätten das Huhn, das die goldenen Eier gelegt hat, beinahe abgemurkst. Daraufhin hat sich ein Haufen Banker zusammengetan und ein paar gepanzerte Laster gekauft. Mordsdinger. Keine Chance, einen von denen zu knakken, außer man nimmt eine Tonne Dynamit. Dann haben sie für alle Angestellten Bürgschaftsversicherungen abgeschlossen und eine Gesellschaft überredet, jede Fracht zu versichern. Jetzt ist die Bank so lange verantwortlich, bis das Zeug im Laster ist. Danach brauchen sie sich um nichts mehr zu kümmern.«

Mugs schenkte sich noch ein Glas ein und fuhr dann fort: »In ein paar Städten haben die Banken eigene Laster. Hier erledigt das alles diese Transportfirma. Schaut man ihnen beim Einladen zu, dann sieht man eine Menge Wachleute auf den Gehsteigen. In dem Augenblick, in dem die letzte Kiste Gold im Laster ist und der Fahrer eine Empfangsbestätigung unterschreibt, holt die Bank ihre Sicherheitsleute wieder rein. Wenn dann in der nächsten Sekunde ein Überfall passiert, würden die von der

Bank nur gähnen. Sie sind gedeckt, durch die Versicherung, durch Bürgschaften und Garantien. Sollen die anderen sich drum kümmern.«

Paul Pry nickte nachdenklich. »Und warum interessiert sich die Gilvray-Bande so dafür, wann genau die gepanzerten Fahrzeuge auftauchen? Glaubst du, die wollen in dem Augenblick, wenn das Gold aus der Bank gebracht wird, einen Überfall inszenieren? Mit Maschinenpistolen vielleicht ein Blutbad anrichten?«

Mugs Magoo schüttelte energisch den Kopf.

»Die nicht. Die schwören auf exakte Planung. Bei denen läuft ein Job wie ein Uhrwerk ab. Ich sag Ihnen, die Polizei hat Big Front nie was anhängen können. Sie wissen zwar eine Menge, aber beweisen können sie nichts. So raffiniert ist der.«

Mugs Magoo langte nach seinem Glas.

»Laß dich nicht vollaufen«, warnte Paul Pry.

»Mein Freund, es gibt auf der ganzen Welt nicht genug Whiskey, um mich abzufüllen.«

»Jede Menge Leute haben gegen Brüderchen Alkohol angekämpft, Mugs.«

»Schon. Aber ich will gar nicht kämpfen. Ich zahl die Rechnung, wenn's soweit ist. Was, zum Teufel, bleibt einem Kerl mit nur einem Arm und ohne Job denn sonst noch im Leben?«

»Vielleicht könntest du irgendwo wieder zur Polizei.«

»Das ist vorbei. Die wissen zu genau Bescheid.«

Und weil die Unterhaltung Mugs melancholisch gestimmt hatte, leerte er das Glas in einem Zug und füllte es erneut.

Paul Pry ging zur Nordwand seiner Wohnung. Hier hingen Trommeln, Trommeln aller Art. Riesige Kriegstrommeln, indianische Kulttrommeln, Militärtrommeln, Tamtams der Kannibalen. Paul Pry suchte sich seine

Lieblingstrommel aus, wie ein Geiger sein bevorzugtes Instrument auswählt.

Es war eine Trommel, wie sie die Hopi-Indianer beim Regentanz verwenden. Sie bestand aus dem ausgehöhlten Strunk einer Pappel; das Holz war so lange mit Feuer präpariert worden, bis es die richtige Stimmung und Resonanz hatte. Es war mit Fell bespannt und mit Rohlederriemen verzurrt. Der Schlägel aus Lärchenholz war mit einem kleinen Stoffballen gepolstert.

Paul Pry setzte sich auf einen Stuhl und entlockte der Trommel ein paar feierlich dröhnende Töne.

»Hörst du diesen geheimnisvollen Nachhall, Mugs? Weckt das nicht irgendwelche wilden Instinkte in deinen schlummernden Gedächtniszellen? Du hörst das Stampfen nackter Füße auf einem Tanzfelsen, siehst ein flakkerndes Lagerfeuer, funkelnde Sterne, sich windende Gestalten, die mit Klapperschlangen zwischen den Zähnen tanzen.«

Bumm – bumm – bumm – bumm!

Die Trommel verströmte eine rhythmische Folge seltsamer Klänge – Klänge, die ins Blut drangen und in den Ohren hämmerten. Ein Ausdruck wilden Entzückens trat auf Paul Prys Gesicht. Dies war seine Methode, sich aufs äußerste zu konzentrieren.

Mugs Magoo jedoch trank einfach Whiskey und fixierte mit seinen trüben Augen einen Punkt auf dem Teppich.

Allmählich änderte sich das Tempo. Das Dröhnen der Trommel wurde leiser und ging langsam in ein sanftes Wirbeln über, bis es ganz erstarb. Paul Pry befand sich im Zustand nahezu entrückter Konzentration.

Mugs Magoo schenkte sich noch einen Drink ein.

Fünfzehn Minuten verstrichen und dehnten sich zu einer halben Stunde, dann fing Paul auf einmal leise an zu lachen. Sein Lachen zerriß die Stille: ein durchaus unpassendes Geräusch.

Mugs Magoo zog eine Augenbraue hoch.

»Was rausgekriegt?«

»Ich glaube schon, Mugs. Weißt du, ich habe so eine Idee, daß ich mir ein Auto kaufen sollte.«

»Noch eins?«

»Noch eins. Und ich glaube, ich sollte es auf den Namen von B. F. Gilvray, 7823 Maplewood Drive, eintragen lassen.«

»Dann würde es ja ihm gehören.«

»Richtig.«

»Aber Sie bezahlen es.«

»Ebenfalls richtig. Aber ich wollte Gilvray schon immer mal ein Geschenk machen.«

Paul Pry stand auf, immer noch leise lachend, hängte die Kulttrommel weg und griff nach seinem Spazierstock, in dem ein Degen aus feinstem Stahl verborgen war, nach seinem Hut und seinen Handschuhen.

»Die Flasche, Mugs, muß für den ganzen Tag reichen«, erklärte er und ging.

Mr. Philip Borgley, Erster Vizepräsident der Sixth Merchants & Traders National Bank, musterte den eleganten Herrn, der ihn mit weltmännischer Selbstsicherheit anlächelte, und blickte dann auf die kleine Karte, die er in der Hand hielt.

»Mr. Paul Pry, hm?«

Paul Pry fuhr fort zu lächeln.

Der Bankier rückte auf seinem Stuhl hin und her und runzelte die Stirn. Es paßte ihm gar nicht, wenn jemand im Verlauf einer Unterredung mit ihm lächelte. Dem großen Gott des Geldes hatte man sich in einem Geist ehrerbietiger Hochachtung zu nähern. Und Philip Borgley wollte seinen Kunden den Eindruck vermitteln, daß er der Hohepriester des großen Gottes war.

»Sie haben kein Konto bei uns?« In der Frage schwang so etwas wie eine Anklage mit.

»Nein«, erwiderte Paul Pry und lächelte noch etwas nachdrücklicher.

»Aha«, bemerkte Borgley in einem Ton, der schon vielen Bittstellern, die vor den Thron des Reichtums getreten waren, jegliche Hoffnung genommen hatte.

Aber das Lächeln wich nicht aus Paul Prys Gesicht.

»Und?« sagte der Bankier ungeduldig.

»Die Bank hat, glaube ich, eine Belohnung für die Wiederbeschaffung von gestohlenem Geld ausgesetzt?«

»Ja, falls welches gestohlen wird.«

»Ah, ja. Und bietet die Bank vielleicht auch irgendeine Belohnung dafür, daß man einen Diebstahl verhindert?«

»Nein, Sir, keineswegs. Und falls Sie aus bloßer Neugierde um dieses Gespräch nachgesucht haben, würde ich vorschlagen, daß wir es beenden.« Bankier Borgley erhob sich.

Mit dem Ende seines Spazierstockes tippte Paul Pry auf die Spitze seines wie angegossen sitzenden Schuhs. »Sehr interessant. Die Bank zahlt also für die Beute, nachdem das Verbrechen begangen worden ist, aber sie tut nichts, um das Verbrechen zu verhindern.«

Der Bankier ging zu der Mahagonischranke in der Marmorbalustrade, die den hinteren Teil seines Büros abtrennte.

»Der Grund dafür ist ganz einfach«, erklärte er barsch. »Wenn wir eine Belohnung für die Vereitelung eines Verbrechens aussetzen, könnte eine Bande so tun, als würde sie einen Überfall planen, und dann einen geschickten Verhandlungspartner hierherschicken, der uns erpreßt, damit das Verbrechen, das sie selber geplant hat, nicht ausgeführt wird.«

Er machte gar nicht den Versuch, seinen Argwohn zu verhehlen.

»Tut mir leid«, erklärte Paul Pry, »aber ich fürchte, unter diesen Umständen muß ich zulassen, daß das Verbrechen geschieht, und mir anschließend die Belohnung für die Wiederbeschaffung der Beute holen.«

Philip Borgley zögerte, und an seiner Miene ließ sich ablesen, daß er überlegte, ob er die Polizei rufen sollte.

Paul Pry beugte sich vor.

»Mr. Borgley, ich möchte Ihnen ein Geständnis machen.«

»Aha!« brauste der Bankier auf und kehrte zu seinem Stuhl zurück.

Paul Pry senkte seine Stimme, bis fast nur mehr ein Flüstern zu hören war. »Werden Sie mein Eingeständnis vertraulich behandeln?«

»Nein. Ich behandle nur Einzahlungen vertraulich.«

»Schade«, meinte Paul Pry.

»Sie wollten ein Geständnis machen?«

»Ja. Ich werde es Ihnen sagen. Aber es ist ein Geheimnis. Ich habe das noch nie eingestanden.«

»Nun?«

»Ich bin Opportunist.«

Der Bankier richtete sich auf, sein Gesicht verfinsterte sich.

»Belieben Sie zu scherzen, oder versuchen Sie nur, besonders klug zu erscheinen?«

»Weder noch. Ich bin vorbeigekommen, um Sie zu warnen, daß innerhalb der nächsten paar Tage eine beträchtliche Geldsumme gestohlen wird. Aber, wie gesagt, Mr. Borgley, ich bin Opportunist, ich lebe von meinem Verstand, und meine Informationen gebe ich nie kostenlos weiter.«

»Ich verstehe«, erklärte der Bankier höhnisch. »Darf ich Sie darauf hinweisen, Mr. Pry, daß diese Bank mit Gaunern nicht verhandelt. Diese Bank ist hervorragend gesichert, und die Wachleute haben Anweisung, gezielt zu schießen. Diese Bank ist mit dem neuesten Alarmsystem ausgerüstet und durch Vorrichtungen geschützt, über die ich mich nicht näher äußern will. Wenn irgendein Gauner glaubt, uns ausrauben zu können, bitteschön, soll er es versuchen. Und wenn ein Gauner das versucht, wird die Bank diesen Gauner ins Gefängnis bringen. Habe ich mich klar genug ausgedrückt?«

Paul Pry gähnte und stand auf.

»Ich würde meinen, ungefähr zwanzig Prozent wären angemessen. Sagen wir, zweihundert Dollar für jeden Tausender, den Sie einbüßen. Das bezieht sich natürlich auf die Wiederbeschaffung. Für die Verhinderung des Verbrechens würde ich nur zehn Prozent verlangen.«

Bankier Borgley bebte vor Wut.

»Hinaus!« brüllte er.

Lächelnd stieß Paul Pry die Mahagonisperre auf.

»Übrigens«, fügte er noch hinzu, »ich bin mir ziemlich sicher, daß Ihre Art, mit Menschen umzugehen, dazu angetan ist, Sie äußerst unbeliebt zu machen. Ich sehe ein, daß Ihre besten Freunde kein Wort darüber verlieren. Ich erwähne es, weil ich nicht Ihr bester Freund bin. Guten Tag!«

Der Bankier preßte den Finger auf einen Knopf. Eine Alarmglocke schrillte, und ein Angestellter eilte herbei.

»Begleiten Sie diesen Herrn hinaus!« brüllte der Bankier.

Paul Pry verbeugte sich. »Nicht nötig. Zu liebenswürdig von Ihnen«, sagte er gedehnt.

Der Angestellte packte Paul Pry direkt über dem Ellbogen am Arm; auf der Stelle verschwand das Lächeln aus Paul Prys Gesicht. Er wandte sich zu dem Bankier um.

»Wollen Sie mich etwa hinauswerfen lassen? Wollen Sie damit andeuten, daß dieser Herr Hand an mich legen will?«

Irgend etwas in seinem Ton ließ Borgley an Klagen wegen Körperverletzung und an Prozesse denken.

»Nein, nein«, erklärte er hastig, und der Angestellte nahm seine Hand von Paul Prys Arm.

»Der Preis beträgt jetzt zweihundertfünfzig Dollar für jeden wiederbeschafften Tausender. Guten Tag.«

Lastwagen Numero drei der Bankers' Bonded Transportation Company rumpelte aus der Garage. Der Fahrer hatte ein paar gelbe Zettel in seiner Jackentasche stecken: die Route und eine Liste, wo er überall anhalten und wertvolle Fracht übernehmen sollte.

Es war ein heißer Tag, und der Laster war leer. Nicht einmal ein Fünf-Cent-Stück war zu bewachen, und die Wachbeamten genossen den Fahrtwind, der durch die offenen Fenster drang. Später würde der Laster zu einer rollenden Schatztruhe, und die Wachen müßten bei geschlossenen Fenstern in ihrem heißen Gefängnis aus Stahl kauern und mit argwöhnischen Augen den Verkehr beobachten. Triefender Schweiß würde ihre Haut mit einem schmutzigen Film überziehen.

Jetzt waren der Fahrer und der Wachmann guter Dinge und freuten sich ihres Lebens. Ihre Arbeit war zur reinen Routine geworden. Der Inhalt der Kisten, die sie transportierten, bedeutete ihnen nicht mehr, als der Inhalt von irgendwelchen Packkisten für die Ausfahrer eines Warenhauses bedeutet.

Sie rollten jetzt zehn Blocks von der Garage entfernt mit gleichmäßiger, genau kalkulierter Geschwindigkeit die Straße entlang. Dann kam ein Augenblick, in dem keine anderen Autos zu sehen waren.

Der kleine Wagen, der unter Mißachtung der Vorfahrt aus einer Seitenstraße hervorschoß, prallte gegen den Randstein, geriet ins Schleudern und schrammte an dem großen gepanzerten Laster entlang.

Das Knirschen von Metall war zu hören. Der Fahrer des Lasters stieg auf die Bremse. Von der Seite des Lastwagens war nur ein bißchen Lack abgeblättert, aber der kleine Wagen war nur noch ein Schrotthaufen, und der Fahrer hüpfte wild gestikulierend auf und ab.

»Sind Sie wahnsinnig! Sie bilden sich wohl ein, daß die Straße Ihnen alleine gehört! Ich lasse Sie einsperren! Ich ...«

Der Fahrer des Lasters quälte sich hinter dem Lenkrad hervor und sprang aus dem Wagen.

»Mann«, knurrte er. »Was fällt Ihnen eigentlich ein?«

Mit der geübten Präzision eines Profiboxers ließ der Fahrer des kleinen Wagens seine Linke vorschnellen, um den Abstand zu taxieren und den Fahrer, der das Kinn vorreckte, abzulenken. Mit der Rechten zielte er auf das Kinn.

»Hey, Sie«, brüllte der verdutzte Wachmann und sprang ebenfalls aus dem Laster. »Sie waren schuld. Was zum Teufel machen Sie da? Ich bin Sicherheitsbeamter, und ...«

Er ließ den Satz unvollendet. Ein schwarzer, blankpolierter Wagen glitt heran.

»Ich habe es gesehen«, erklärte ein Mann und stieg aus. »Es war die Schuld des Lasters.«

»Was, zum Teufel ...«, brüllte der wütende Wachmann.

Weiter kam er nicht. Eine Kanone bohrte sich in seinen Bauch, und die Augen des Mannes, der die Pistole ruhig in der Hand hielt, glitzerten geschäftsmäßig.

»Rein in die Karre, und zwar schnell, alle beide«, befahl er und schwenkte seine Kanone, um die beiden völlig verblüfften Wachmänner im Visier zu haben.

In dem Augenblick öffnete sich die Wagentür, und zwei weitere Männer sprangen heraus. Vor Überraschung blieb den Wachleuten der Mund offenstehen, denn die beiden waren haargenau so gekleidet wie sie: olivgrüne Baumwollhemden mit den Abzeichen der Bankers' Bonded Transportation Company, Schirmmützen, am Hosengürtel Halfter, in denen Pistolen steckten, Wikkelgamaschen, gewichste Schuhe.

Noch ehe sie sich von ihrer Überraschung erholt hatten, ließ ein Hieb mit einem Totschläger sie wie zwei Mehlsäcke zusammensacken. Männer schwirrten zielstrebig herum, und die beiden bewußtlosen Wachleute lagen in dem schwarz glänzenden Automobil, noch ehe der erste Wagen einer Autokolonne den Unfallort erreichte.

Zwei oder drei Autos scherten aus der Kolonne aus und hielten an. Die Fahrer konnten nichts Ungewöhnliches feststellen. Die Uniformierten neben dem Laster tauschten mit dem äußerst unterwürfigen Fahrer des demolierten kleinen Autos Zulassungsnummern aus.

Die schwarz funkelnde Limousine mit Seitenvorhängen rollte weg. Der Unterwürfige ließ sich von einem Autofahrer mitnehmen. Der gepanzerte Laster rumpelte davon. Jetzt stand nur noch der gestohlene kleine Wagen am Randstein: der erste Schritt in Big Front Gilvrays genau kalkulierten Plänen.

Von da an lief alles glatt. Die Sixth Merchants & Traders National Bank hatte telephonisch für einen bestimmten Zeitpunkt einen Laster vor den Eingang der Bank bestellt, um eine beträchtliche Menge Gold transportieren zu lassen.

Der Laster traf auf die Minute genau ein. Die Tür zum Nebeneingang öffnete sich, und die Sonderbeamten patrouillierten auf dem Gehsteig auf und ab. Die Fußgänger bekamen große Augen, als sie sahen, wie die schweren Kisten in den Lastwagen gehievt wurden. Wachsam musterten die Sonderbeamten die Gesichter der Passanten. Der Lastwagenfahrer gähnte, als er die Empfangsbestätigung für soundso viele Kisten unterschrieb.

Die Leute von der Bank nahmen das Ganze ziemlich gelassen. Für die Fahrer waren Bürgschaftsversicherungen abgeschlossen worden, der Inhalt des Lasters war versichert. Die Ladung war vorschriftsmäßig der Bankers' Bonded Transportation Company übergeben worden. Nichts, worüber man sich Sorgen machen müßte. Alles reine Routine.

Der Wachmann warf die Tür zu. Der Fahrer zwängte sich hinter das Steuer, und der Laster rumpelte im Verkehr davon.

Als er das nächste Mal gesehen wurde, stand er verlassen in einem Vorort. Anwohner hatten bemerkt, wie Kisten in einen Lieferwagen umgeladen worden waren. Ansonsten konnten sie kaum Informationen beisteuern. Die Leute, die die Kisten umgeladen hatten, waren ganz normale Uniformierte gewesen, und die Anwohner waren nicht sonderlich neugierig – zumindest anfangs nicht.

Die gekidnappten Wachmänner wurden zwei Stunden später freigelassen. Sie waren ziemlich angeschlagen; der Schädel brummte ihnen, und sie waren furchtbar wütend. Von den Männern, die den Lastwagen gekapert hatten, konnten sie nur eine sehr vage Beschreibung liefern. Da sie unmaskiert gewesen waren, mußte es sich um eigens für diesen Zweck eingeschleuste Gangster gehandelt haben, soviel war der Polizei klar.

Ansonsten kam die Polizei nicht weiter, wollte das aber nicht eingestehen. Vielmehr wurden mit großem Aufwand Fingerabdrücke von dem gepanzerten Wagen abgenommen; aber das hätten sie sich genausogut sparen können.

Philip Borgley setzte unverzüglich die Polizei von seiner Unterhaltung mit Paul Pry in Kenntnis und beharrte darauf, daß Pry einer der Räuber sein müßte. Die Polizisten lächelten nur milde. Ihre Wege hatten sich schon vorher mit denen Paul Prys gekreuzt. Dieser junge Mann war genau das, was er zu sein behauptete: ein Opportunist. Er hatte etliche Fälle gelöst und jedesmal die Belohnungen einkassiert, die sich zu einem recht ansehnlichen Betrag summiert hatten.

Die Polizei hatte Paul Pry auf Herz und Nieren überprüft. Seine Methoden blieben im dunkeln. Seine Vorgehensweise war verblüffend. Aber er arbeitete mit keinem Gangster zusammen.

All das lenkte die Aufmerksamkeit der Bankdirektoren, die zu einer Sitzung zusammengetreten waren, auf Paul Pry.

Ungefähr zu diesem Zeitpunkt legte der Anwalt der Bank seine Stellungnahme vor. Die Bankers' Bonded Transportation Company war für den Verlust nicht verantwortlich. Sie hatten keinen Laster zu der Bank geschickt, kein Fahrer von ihnen hatte die Entgegennahme einer Lieferung bestätigt. Der Laster war gestohlen worden, ehe er bei der Bank vorfuhr. Folglich hatte die Bank den Gaunern das Gold freiwillig übergeben.

Unverzüglich setzten die Direktoren eine Belohnung für die Wiederbeschaffung des gestohlenen Goldes aus. Gold ist jedoch schwer zu identifizieren und leicht aufzuteilen. Es sah ganz so aus, als müßte die Bank eine ziemlich große Summe mit roter Tinte in ihre Bücher eintragen.

Binnen einer halben Stunde erfuhr Paul Pry, daß eine Belohnung ausgesetzt worden war. Er rief bei der Bank an, um sich die Information bestätigen zu lassen, und schlenderte dann zu dem Parkhaus, das sich bei seinem Apartment um die Ecke befand.

Er hätte der Polizei genügend Informationen vorlegen können, um einen Hausdurchsuchungsbefehl für die Villa von Benjamin F. Gilvray auszustellen und – daran bestand kein Zweifel – dort das gestohlene Gold sicherzustellen. Paul Pry hatte jedoch keineswegs die Absicht, das Huhn umzubringen, das goldene Eier für ihn legte. Indirekt hatte Big Front Gilvray in den letzten paar Monaten Paul Pry mit einem recht hübschen Einkommen versorgt.

Im Parkhaus legte Paul Pry einen Parkschein vor und fuhr einen funkelnagelneuen Wagen heraus.

Das Automobil war auf den Namen von Benjamin F. Gilvray, 7823 Maplewood Drive, zugelassen. Allerdings wäre diese Information für Benjamin F. Gilvray wohl reichlich überraschend gekommen.

Paul Pry steuerte den neuen Wagen in eine ruhige Gegend, parkte ihn und stieg in einen roten Zweisitzer um, der auf seinen Namen eingetragen war. Diesen fuhr er zu einem Platz ungefähr eineinhalb Blocks von der Villa 7823 Maplewood Drive entfernt und stellte ihn dort ab. Anschließend hielt er ein Taxi an und ließ sich zu der Stelle zurückbringen, wo er den neuen Wagen geparkt hatte, den er unter dem Namen des Erzgauners angemeldet hatte.

Mit diesem fuhr er in eine menschenleere Seitenstraße, hielt an, öffnete die Werkzeugkiste und holte einen großen Hammer heraus, mit dem er den linken vorderen Kotflügel traktierte.

Als er fertig war, bot der Wagen einen erstaunlichen Anblick: das fabrikneue Aussehen stand in auffälligem Kontrast zu seinem linken vorderen Kotflügel, der wie zerknittertes Stanniolpapier aussah. Der Lack war abgesplittert; der Kotflügel war mit Dellen und Kratzern übersät und sah aus, als hätte er Bekanntschaft mit einem Telephonmasten gemacht.

Inzwischen dämmerte es bereits. Vergnügt bog Paul Pry mit seinem neuen Wagen in die Hauptstraße ein.

In einer Seitenstraße, die gerade so häufig befahren wurde, daß es sich gelohnt hatte, eine Ampel zu installieren, parkte Paul und wartete auf eine günstige Gelegenheit.

An der südwestlichen Ecke stand ein Verkehrspolizist direkt unter der Ampel und hatte ein wachsames Auge auf die vorbeifahrenden Autos. Er war hier, um Verkehrssünder anzuhalten, denn die Summe an Strafgeldern, die er auf diese Weise kassierte, überstieg, so hatte er sich ausgerechnet, sein Gehalt bei weitem.

Als Paul Pry einen günstigen Augenblick gekommen sah, fuhr er langsam vom Randstein weg. Weit und breit war kein anderes Auto zu sehen. Die Ampel stand für ihn auf Rot.

Der Rest war grotesk einfach.

Wie ein etwas verwirrter und zudem reichlich einfältiger Anfänger fuhr er langsam auf die Kreuzung und blieb erst stehen, als der Polizist ihm mit seiner Trillerpfeife zum dritten Mal signalisierte, daß er anhalten solle.

Sein Wagen stand jetzt so, daß er auf beide Straßen in beiden Richtungen freie Sicht hatte, fast genau in der Mitte der Kreuzung.

Entschlossenen Schritts ging der erboste Verkehrspolizist zur linken Seite des Autos; er registrierte den zerdetschten Kotflügel wie auch den fabrikneuen Lack des Wagens. In jenem Ton langmütigen Überdrusses, mit dem eine Mutter ihr ungehorsames Kind schilt, dessen Ungehorsam zur Gewohnheit geworden ist, sagte er:

»Ich schätze, Sie sind blind und sehen nichts, und Sie sind taub und hören nichts. Sie haben nicht gesehen, daß da eine Ampel ist, und Sie haben nicht gehört, wie ich gepfiffen habe, daß Sie stehenbleiben sollen.«

Paul Pry richtete sich selbstbewußt auf.

»Fahren Sie zur Hölle«, erklärte er langsam und deutlich. »Ich bin B. F. Gilvray, Benjamin Franklin Gilvray.«

Der Polizist, der mit demütig gemurmelten Entschuldigungen gerechnet hatte und durchaus geneigt gewesen wäre, Nachsicht mit dem Fahrer eines neuen Wagens walten zu lassen, prallte zurück, als hätte ihm jemand eine Ohrfeige versetzt. Sein Gesicht lief rot an, und von herablassender Geduld war nichts mehr zu merken.

»Sie halbe Portion von einem Salonlöwen! Wenn Sie solche Töne anschlagen, geb ich Ihnen was auf die Nase, bis sie Ihnen zum Nacken wieder rauskommt! Mit wem, verdammt noch mal, glauben Sie, daß Sie es zu tun haben?«

Er streckte sein wutverzerrtes Gesicht in den Wagen und musterte Paul Pry finster.

Paul Pry sagte nichts. Rein gar nichts.

Ganze fünf Sekunden lang starrte der Polizist ihn an und hoffte, daß der Sünder ihm einen Vorwand liefern würde, ihn wegen Widerstands gegen die Staatsgewalt festzunehmen.

Paul Pry jedoch saß reglos da.

»Ihr Kotflügel ist im Eimer. Ist wohl erst kürzlich passiert, wie?«

»Das, mein Freund, geht Sie nichts an.«

Die Hand des Polizisten schnellte ins Wageninnere; er packte Paul Pry am Mantelkragen und zerrte ihn hinter dem Steuer hervor.

»Jetzt hören Sie mal gut zu. Sie müssen noch eine Menge lernen. Zeigen Sie mir Ihren Führerschein, und zwar ein bißchen dalli. Sie werden einen Abstecher aufs Polizeirevier machen. Jawohl, genau dahin werden Sie fahren!«

Mit der einen Hand hatte er nach wie vor Paul Pry am Kragen, mit der anderen zerrte er den Führerschein heraus.

Beide Straßen lagen verlassen da: Keine Scheinwerfer leuchteten in der Ferne auf, kein einziger Fußgänger war in Sicht. Paul Pry hatte Zeit und Ort sorgfältig ausgewählt. Unvermittelt wurde aus dem passiven, unachtsamen Bürger ein Bündel stählerner Muskeln und drahtiger Sehnen.

Peng! Der Aufprall seiner Faust auf der Schläfe des Polizisten klang wie ein gedämpfter Revolverschuß.

Der Polizist taumelte nach hinten; auf seinem Gesicht malten sich Wut, Verblüffung und Schmerz. Mit der Präzision, die einen trainierten Kämpfer auszeichnet, plazierte Paul Pry seine Linke.

Der Schlag wirkte fast bedächtig, so exakt war er abgestimmt, so geschmeidig die Bewegung von Arm und Schulter. Aber der Polizist ging zu Boden wie ein Mehlsack; seine linke Hand hielt immer noch den Führerschein umklammert.

Paul Pry stieg wieder in seinen Wagen, legte den Gang ein und rollte die Straße hinunter. An der nächsten Ecke bog er in die Hauptstraße ein und fuhr direkt vor die Villa von Big Front Gilvray, wo er das Automobil parkte.

Dann schlenderte er auf die andere Straßenseite, setzte sich in den Schatten einer Hecke und rauchte eine Zigarette.

Das Haus von Big Front Gilvray wirkte düster und ruhig. Durch die Fenster drangen kein Licht, kein Laut, der auf die Anwesenheit irgendwelcher Leute hätte schließen lassen. Das Haus war in undurchdringliche Stille gehüllt. Aber es war eine spannungsgeladene Stille. Man hatte das Gefühl, daß möglicherweise ein vorsichtiges Gesicht sich gegen die Scheibe eines der Fenster im oberen Stockwerk preßte und die Straße beobachtete, daß andere Gesichter an den vier Hausecken wachsam in das Dunkel starrten.

Eine volle halbe Stunde dauerte es, bis Paul das Heulen von Sirenen hörte. Das Straßenpflaster reflektierte das rote Licht eines Scheinwerfers: Die Polizei hatte offenbar vor, ein regelrechtes Ritual zu zelebrieren. Einen Gefangenenwagen hatten sie auch mitgebracht.

Paul Pry ging die Straße entlang bis zu der Stelle, wo er seinen Zweisitzer geparkt hatte, stieg ein, startete den Motor und ließ ihn warmlaufen. Dann stellte er ihn wieder ab, um besser zu hören, was sich in der Dunkelheit tat.

Der Gefangenenwagen kam quietschend vor der Villa zum Stehen.

»Da ist es, Jungs!« rief jemand. »Guckt euch die Karre an. Sieht genauso aus, wie Bill gesagt hat. Der vordere Kotflügel ist verbeult.«

Eine andere Stimme brummte: »Schnappt ihn euch.«

Aus dem Polizeiwagen kletterten Gestalten, die mit grimmiger Entschlossenheit auf die Villa zugingen. Ihre Stiefel polterten die Stufen zum Vordereingang hinauf, ihre Schlagstöcke trommelten rhythmisch auf Holzbohlen.

Die Tür öffnete sich jedoch nicht sofort.

Aus dem Haus drangen gedämpfte Laute. Dann ging ein Licht auf der Veranda an, und Big Front Gilvray erschien in der Tür; seine massige Gestalt hob sich vor dem gedämpften Lichtschein in der beleuchteten Halle ab.

Big Front machte seinem Namen alle Ehre. Er zelebrierte einen großen Auftritt. Hinter ihm hatten sich mit Maschinenpistolen ausgerüstete Männer versteckt, die so verteilt waren, daß sie die Halle und die Treppe mit tödlichem Feuer bestreichen konnten.

Paul Pry hörte Gilvrays Stimme dröhnen:

»Was, zum Teufel, hat diese Unverschämtheit zu bedeuten?«

Es war Gilvrays Taktik, imposant aufzutreten und den anderen immer in die Defensive zu drängen.

Seine Frage wurde mit der Gegenfrage eines Polizisten beantwortet.

»Sind Sie Benjamin F. Gilvray, wohnhaft 7823 Maplewood Drive?«

»Das bin ich. Und ich möchte wissen . . .«

Was Big Front Gilvray wissen wollte, ging im dumpfen Krachen eines gewaltigen Fausthiebs unter, der weiches Fleisch traf. Dann hörte man das Scharren von Füßen, das dumpfe Klatschen von Schlägen. Dann eine Weile nichts. Schließlich hörte man jemand sagen: »Sie sind verhaftet.« Ein Gewirr miteinander ringender Gestalten bahnte sich einen Weg zu dem Gefangenenwagen.

Eine Glocke ertönte, eine Sirene heulte auf, ein Auspuff röhrte, dann fuhr der Gefangenenwagen los. Im Inneren sah man sich hin und her bewegende Gestalten, deren Umrisse sich von der beleuchteten Fahrbahn abhoben.

Big Front Gilvray widersetzte sich seiner Verhaftung, und die Gestalten taten ihre Pflicht.

Paul Pry ließ den Motor seines Wagens an und fuhr in die Seitenstraße. Von seinem Standpunkt aus konnte er die Garagentore und die Schotterauffahrt überblicken.

Im Haus flammten Lichter auf und verlöschten wieder. Türen knallten. Man hörte das Trappeln eiliger Schritte. Ein Wagen schoß aus einer der Garagen, geriet beim Einbiegen in die Seitenstraße ins Schleudern und brauste weiter, in die Nacht hinein. Er war bis auf den letzten Platz besetzt.

Dem Auto folgte ein Lastwagen. In der Fahrerkabine saßen zwei Männer. Die Ladung des Lasters war mit einer Plane zugedeckt und schien nicht sonderlich sperrig zu sein.

Paul Pry folgte den roten Schlußlichtern des Lasters.

Er hielt ziemlich großen Abstand, hatte aber, da sein Gefährt einen starken Motor hatte und sehr wendig war, die Situation völlig unter Kontrolle. Der Lastwagen konnte ihm nicht entkommen. Paul Pry hatte die Scheinwerfer nicht eingeschaltet und blieb für die Insassen des Lasters unsichtbar.

Die Jagd ging ungefähr über eine Meile, dann fuhr der Wagen in eine öffentliche Garage. Paul Pry umrundete den Block und steuerte seinen Zweisitzer in dieselbe Garage.

Der Laster war in einer Ecke abgestellt. Ein verschlafener Wächter tauchte auf, einen Parkschein in der Hand. Seine Augen waren vom Schlaf verquollen; er gähnte ausgiebig und streckte sich.

»Ich glaube, es ist besser, wenn ich ihn hier abstelle«, meinte Paul Pry. »Der Rückwärtsgang klemmt ein bißchen.«

Der Mann, der einen schmutzigen Overall trug, gähnte erneut und schob träge einen Parkschein unter den Scheibenwischer. Auf dem Schein stand eine Nummer: eine schwarze Zahlenkolonne auf rotem Grund. Die andere Hälfte des Scheins, auf der die gleiche Nummer stand, drückte er Paul Pry in die Hand.

»Gleich neben dem Laster?« fragte Paul beiläufig und wartete die Antwort gar nicht erst ab.

Er fuhr den Wagen durch den nur schwach beleuchteten Gang der Garage, stieß rückwärts in die freie Box neben dem Laster, schaltete den Motor und die Lichter ab und stieg aus.

Vielleicht hatte es irgendeine Bedeutung, daß er auf der Seite aus seinem Wagen kletterte, die dem Laster zugekehrt war, und beim Verlassen der Box mit seiner Hand über die Haube des starken Motors strich?

Jedenfalls merkte der verschlafene Parkwächter in dem trüben Licht nichts davon, daß Paul Pry die Parkscheine vertauschte und daß der rote Zettel, der unter dem Scheibenwischer des Zweisitzers gesteckt hatte, jetzt den Lastwagen zierte, während der Parkzettel des Lasters nun auf dem Zweisitzer klebte.

Paul Pry hatte durchaus nicht die Absicht gehabt, sein Spiel auf die Weise zu spielen. Er war sich sicher gewesen, daß die Gangster, aufgeschreckt durch die Verhaftung Big Front Gilvrays, das Gold an einen anderen Ort bringen würden, aber mit einem so gewagten Schachzug hatte er nicht gerechnet.

Es war so einfach. Und gerade die Tatsache, daß es so einfach war, stellte den besten Schutz dar. Sie hatten das Gefühl, daß die Polizei ihnen möglicherweise auf der Spur war. Daher war es notwendig, die gestohlene Ladung an einem Ort unterzubringen, wo man sie bestimmt nicht suchen würde. Was für eine einfachere Lösung dieses Problems hätte man sich denken können, als die Goldkisten wie eine ganz gewöhnliche Ladung zu behandeln, den Laster über Nacht irgendwo abzustellen und nichts weiter zu unternehmen, bis sie Nachricht von Gilvray hatten?

Falls die Polizei irgend etwas gegen Gilvray in der Hand hatte, konnten die Gangster die Ladung holen, sie auf schnelle Personenwagen umladen und die Stadt verlassen. War es jedoch nur falscher Alarm, dann hatten sie für alle Fälle das Gold aus der Villa weggebracht, die die Polizei schon aus Prinzip durchsuchen würde. Falls die Polizei umfassend informiert war und über die Einsatzzentrale Bescheid wußte, die die Bande für Notfälle eingerichtet hatte, würde ihr bei einer Razzia nichts Belastendes in die Hände fallen.

Paul Pry war jedoch Opportunist. Seine ursprüngliche Absicht war es gewesen, sich zu vergewissern, daß alles Gold sich an einem Ort befand, dann der Polizei mitzuteilen, wo das Versteck war, und die Belohnung zu kassieren. So, wie die Dinge jetzt lagen, bot sich ihm jedoch die Gelegenheit, die Wiederauffindung des Schatzes viel beeindruckender zu gestalten und die

Bande ungeschoren zu lassen – diese Organisation hoffnungsloser Krimineller, die mit Sicherheit noch weitere Verbrechen begehen würde, aus denen Paul Pry Kapital schlagen konnte.

So kam es, daß Paul Pry, als er die Garage verließ, einen Zettel bei sich hatte, auf dem eine Nummer stand, und daß an dem Laster mit seiner illegalen Fracht ein weiterer Zettel mit der gleichen Nummer steckte.

Paul Pry lachte leise in sich hinein, als er in die Nacht hinausging.

Er rief Sergeant Mahoney im Polizeipräsidium an.

»Pry hier, Sergeant. Es ist doch eine Belohnung für die Wiederbeschaffung des Goldes ausgesetzt, das der Sixth Merchants & Trades National Bank so raffiniert gestohlen worden ist?«

»Das möchte ich wohl meinen. Sie haben nicht zufällig eine Spur, hm?«

»Doch. Was halten Sie davon, wenn Sie zur Ecke Vermont/Harrison kommen? Ich treffe Sie dort, mit dem Gold. Sie verbuchen die Wiederbeschaffung als Ihren Erfolg und lassen meinen Namen aus dem Spiel. Die Belohnung teilen wir uns, halbe-halbe.«

Der Sergeant räusperte sich.

»Da hätte ich nichts dagegen, Pry. Aber zufällig haben Sie in letzter Zeit zwei oder drei solcher Belohnungen eingestrichen. Wie kommt es, daß Sie so leicht an die Informationen rankommen?«

Paul Pry lachte: »Betriebsgeheimnis, Sergeant. Warum?«

»Na ja, sehen Sie, jemand könnte auf die Idee kommen, daß Sie hinter den Verbrechen stecken, um die Belohnungen zu kassieren.«

»Seien Sie nicht albern, Sergeant. Wenn ich das Risiko eingegangen wäre, so ein Ding zu drehen, würde ich nicht die Beute für einen Bruchteil ihres Werts abliefern. In den

Kisten sind keine Juwelen. Sie enthalten Gold und Geld. Ich könnte das Zeug einfach rausnehmen und ausgeben. Allerdings habe ich eigentlich die Absicht, es zurückzugeben. Wenn Sie aber glauben, daß es irgendwelche Probleme geben könnte, dann vergessen wir die Sache einfach, und Sie machen weiter und bearbeiten den Fall auf Ihre Weise.«

»Nein, nein, Pry! Ich habe nur laut gedacht. Sie haben recht. Ecke Harrison/Vermont? Ich bin in zwanzig Minuten dort.«

Paul Pry hängte ein und rief anschließend in seiner Wohnung an. Mugs Magoo nahm ab.

»Betrunken, Mugs?«

»Nein.«

»Nüchtern?«

»Nein.«

»In Ordnung. Schnapp dir ein Taxi und besorg einen Overall und eine Kappe, außerdem einen Pullover. Wenn du keinen Pullover findest, dann nimm einen Ledermantel; bring mir die Sachen so schnell wie möglich. Du findest mich in einem Drugstore in der Vermont, in der Nähe der hundertzehnten Straße. Beeil dich.«

Anschließend machte Paul Pry es sich in dem Drugstore bequem, blätterte in einer Illustrierten und kaufte sich ein Päckchen Zigaretten.

Mugs Magoo brauchte eine halbe Stunde, um die Sachen herzuschaffen. Im Taxi zog Paul Pry sich um und kam in verdreckter Arbeitskleidung bei der Garage an. Er hatte sich ein wenig Tabak in die Augen gerieben, so daß sie gerötet und entzündet aussahen.

Er fluchte, als der verschlafene Parkwächter, der in einem gegen die Wand seines Kabäuschens gekippten Stuhl vor sich hin gedöst hatte, mechanisch seine Hand ausstreckte.

»Verdammter Laster. Das darf einfach nicht wahr sein.

Kaum hab ich mich aufs Ohr gelegt, da ruft der Boß an und sagt der Frau, ich muß noch heute nacht die Ladung zum Warenhaus runterbringen, einen Kumpel abholen und noch 'ne Fuhre machen.«

Der Parkwächter sah Paul Pry stirnrunzelnd und leicht verwirrt an.

»Sind Sie der, der den Laster gebracht hat?«

Paul gähnte und schnippte ihm den roten Zettel hin.

»Hm-hm«, meinte er.

Der Parkwächter ging zu dem Laster, verglich die Nummern auf den Zetteln und nickte.

»Ihr Gesicht ist mir bekannt vorgekommen, aber ich hab gedacht . . .«

Er verriet nicht, was er sich gedacht hatte.

Paul Pry stieg in den Laster, betätigte die Zündung, ließ den Motor aufheulen, schaltete die Scheinwerfer ein und fuhr auf die Straße hinaus. Mugs Magoo saß im Taxi, eine Automatik in seiner linken Hand, und deckte ihn von hinten. Der Lastwagen mit dem Gold rumpelte die Hauptstraße hinunter.

An der Ecke Harrison wartete Sergeant Mahoney in einem Polizeiwagen. Er schüttelte Paul Pry die Hand und rannte zu der mit einer Plane zugedeckten Fracht auf dem Laster. Ein kurzer Blick überzeugte ihn.

»Herrje, da müßte eine Beförderung drin sein!«

Paul Pry nickte.

»Sie bringen den Laster zum Präsidium. Sie behaupten einfach, Sie hätten den Tip von einem Spitzel bekommen. Ich fahre mit Ihrem Wagen zu meiner Wohnung. Sie können ihn später von einem Ihrer Leute abholen lassen. Übrigens, ich habe einen roten Zweisitzer in der Magby's Garage stehenlassen, ungefähr eine Meile die Straße runter. Den Parkschein habe ich verloren. Wäre nett, wenn Sie ein paar Leute hinschicken könnten, die dem Parkwächter erzählen, daß es sich um ein gestohlenes Auto handelt. Sie können es dann vor meiner Wohnung abstellen, wenn Sie Ihren Wagen abholen.«

Sergeant Mahoney kniff die Augen zusammen und musterte Paul Pry argwöhnisch.

»Haben Sie Parkscheine vertauscht und den Laster geklaut, Mann?«

Paul schüttelte den Kopf. »Diese Frage kann ich schlecht beantworten.«

»Haben Sie vor irgend etwas Angst? Sie können Polizeischutz bekommen, wenn Sie formell einen Laster gestohlen haben, der Gangstern gehört.«

Paul Pry lachte. »Nein. Der Grund ist eher persönlicher Art.«

»Nämlich?«

»Ich will nicht dem Huhn den Hals umdrehen, das die goldenen Eier für mich legt.«

Sergeant Mahoney stieß einen leisen Pfiff aus.

»Goldene Eier, das kann man wohl sagen! Aber Sie spielen mit Dynamit, mein Freund. Sie können bald die Radieschen von unten betrachten, wenn Sie sich auf ein solches Spielchen einlassen.«

»Mag schon sein«, räumte Paul Pry ein. »Aber das ist es doch, was das Spiel erst interessant macht. Außerdem ist das eine Sache ausschließlich zwischen mir und . . .«

»Und wem?« fragte der Beamte eifrig.

»Und einem Herrn, dem ich ein neues Auto geschenkt habe«, schloß Paul Pry. Mit dieser geheimnisvollen Bemerkung drehte er sich um und ging zu dem Polizeiwagen.

»Passen Sie gut auf den Laster auf, und gute Nacht, Sergeant. Lassen Sie es mich wissen, wenn Sie befördert worden sind.«

Der Sergeant kletterte auf den Fahrersitz des Lasters, während Paul Pry den Polizeiwagen startete. Am Morgen würde erneut eine Lieferung goldener Eier zu ihm unterwegs sein – die Hälfte der Belohnung, die die Bank für einen Verlust abbuchte, den sie hätte vermeiden können.

DER RADIESCHENFREUND

Paul Pry vertrieb sich müßig die Zeit an einer der wohl belebtesten Ecken einer erstklassigen Einkaufsgegend.

An diesem frühen Nachmittag flanierten die Kauflustigen in beiden Richtungen an ihm vorbei: ein bunter Strom von Menschen. Gelegentlich warf eine Dame ihm einen aufreizenden Blick zu. Umsonst, denn Paul Prys Aufmerksamkeit konzentrierte sich ausschließlich auf ein Individuum, das an der Wand eines Bankgebäudes hockte und einen Hut mit Bleistiften in der Hand hielt.

Die zusammengekauerte Gestalt war der Inbegriff der Heruntergekommenheit – ein Arm an der Schulter abgetrennt, in schäbige, schmutzstarrende Lumpen gehüllt, unrasiert, vor Hoffnungslosigkeit glasige Augen.

Nur einem äußerst scharfsichtigen Beobachter wäre aufgefallen, daß es eine Verbindung zwischen diesem armseligen menschlichen Wrack und der schlanken, gutgekleideten Gestalt Paul Prys gab, der lässig an der Straßenecke stand.

Bei dem Bleistiftverkäufer handelte es sich nämlich um »Mugs« Magoo, den Mann, der nie ein Gesicht vergaß.

Jahre zuvor war Mugs Magoo das offizielle Kamera-Auge der Polizeibehörde einer großen Stadt gewesen. Ein politischer Umschwung hatte ihn seine Stellung gekostet. Bei einem Unfall hatte er seinen rechten Arm eingebüßt, und den Rest hatte der Alkohol besorgt.

Paul Pry hatte zufällig die Bekanntschaft von Mugs Magoo gemacht, und als er entdeckte, über welch einzigartige Begabung dieser Mann verfügte, hatte er ihn in seinen Dienst genommen.

Paul Pry ließe sich am treffendsten wohl als Opportunist beschreiben. Seine Aktivitäten wickelte er immer im Rahmen der Gesetze ab. Die Polizei runzelte die Stirn angesichts dieser Aktivitäten, empfand jedoch dem jungen Mann gegenüber einen heilsamen Respekt. Denn Paul Prys Einkommen belief sich alljährlich auf eine ansehnliche Summe. Und doch lebte er ausschließlich von seinem Verstand.

Mit glasigen Augen starrte Mugs Magoo auf das Hin und Her der Fußgänger und gab von Zeit zu Zeit mit dem Kopf und der Hand Signale. Mit diesen Zeichen klassifizierte er die verschiedenen kleinen Gauner, die die Einkaufsstraßen unsicher machten. Ein unschuldiges Mädchen vom Land wurde unter Mugs Magoos forschendem Blick zu einer Taschendiebin. Auf einen sonnengebräunten Mann mit kantigem, ehrlichem, offenem Gesicht reagierte Mugs mit dem Signal: Hochstapler. Das übliche Sortiment von Schwarzhändlern und kleinen Kriminellen war vertreten.

Nur ein einziges Mal senkte Mugs leicht den Kopf und gab damit zu verstehen, daß der Mann, der gerade an ihm vorbeiging, ein großes Tier war. Aber nicht einmal jetzt reagierte Paul Pry, denn Paul Pry wartete auf einen Durchbruch.

Seit sieben Tagen schon waren die beiden ununterbrochen auf dem Posten. Sieben fruchtlose Tage des Beobachtens und des Austauschs von Signalen, sieben Tage des pausenlosen Musterns von Gesichtern.

Mugs Magoo wußte, worauf Pry wartete: auf eine Gelegenheit, an die Bande von »Big Front« Gilvray heranzukommen.

Die glasigen Augen blickten zu den vorbeiziehenden Gesichtern auf.

»Bleistifte, Mister?« sagte Mugs Magoo mit unterwürfig-monotoner Stimme.

Der Mann schlenderte vorbei.

Mugs Magoo blickte den nächsten Passanten an.

»Bleistifte, Mister?«

Unwillkürlich verlor seine Stimme ihren monotonen Klang; sie bebte vor unterdrückter Erregung, und eine gewisse Anspannung schwang mit.

Die Ohren des Passanten waren jedoch nicht auf die subtilen Modulationen in der Stimme eines Bettlers eingestellt. Er ging vorbei und würdigte die zusammengekauerte Gestalt keines Blickes.

Mugs Magoo senkte den Kopf, beschrieb mit seinem Hut einen Kreis und schüttelte ihn leicht. Augenblicklich tippte Paul Pry an seine Hutkrempe, schnippte mit dem Spazierstock, den er in seiner Rechten hielt, und schlenderte ein paar Schritte auf den Randstein zu.

Mugs Magoo suchte seine Bleistifte zusammen, fischte die paar Münzen aus seinem Hut, seufzte und stülpte ihn sich auf. Für heute hatte er seine Pflicht erfüllt.

Paul Pry heftete sich an die Fersen des Mannes, der seine Aufmerksamkeit auf sich gezogen hatte: ein Individuum mit einem unbewegten, mürrischen Gesicht, auf dem sich blasierte Unnahbarkeit spiegelte. Mit peinlich genau bemessenen, langsamen Schritten stolzierte er einher. Seine Lippen waren zu einem Strich hartnäckiger Verschwiegenheit zusammengekniffen.

Er war Kundschafter der mächtigen Bande von Big Front Gilvray. Das hatten Mugs Magoos Signale Paul Pry mitgeteilt. Und weiterer Informationen bedurfte Paul Pry nicht, um sich in ein neues spektakuläres Abenteuer zu stürzen.

Der Gangster überquerte die Straße, blieb einen Augenblick lang vor einem Schaufenster stehen, und bog dann zielstrebig in eine weniger belebte Seitenstraße ein.

Paul Pry folgte ihm.

Noch ehe sie die Hälfte des Blocks hinter sich hatten,

fielen Paul Pry zwei seltsame Umstände auf. Zum einen beschattete der Mann, dem er folgte, seinerseits einen anderen. Zum anderen fuhr ein Automobil langsam neben ihnen her und hielt genau Schritt mit dem Gangster.

Paul Pry warf einen Blick auf die Insassen des Wagens. Der Mann am Steuer hatte unstete, wachsame Augen. Seine schlanken Hände wirkten gepflegt und elegant. Der ziemlich breite Nacken war in den Kragen eines Seidenhemdes gezwängt und mit einem Zehn-Dollar-Schal umhüllt. Sein linkes Ohr sah aus wie ein Blumenkohl.

Der Mann auf dem Rücksitz hatte eine Hand aus dem Wagen gestreckt, in der er einen länglichen Gegenstand hielt. Paul Pry runzelte die Stirn, als er sah, was es war: eine Filmkamera.

Mittlerweile hatten sie den Block ganz abgeschritten. An einer Ampel beschleunigte das Automobil und verschwand. Der Kundschafter ging stetig weiter.

Paul Pry beschloß, sich den Mann anzusehen, dem ein Beschatter folgte, der seinerseits beschattet wurde. Er ging etwas schneller, an dem Gangster vorbei und auf den Mann zu, an den der Gangster sich gehängt hatte. An der Ecke blieb er stehen und starrte verwirrt auf einen Umschlag, den er aus der Tasche gezogen hatte. Dann blickte er sich um, als würde er nach einer Hausnummer suchen.

So war er in der Lage, einen Blick auf das Gesicht des Mannes zu werfen, den er beobachten wollte.

Nur mit Mühe unterdrückte er einen Ausruf des Erstaunens: er sah ein unbewegtes, mürrisches Gesicht, auf dem sich blasierte Unnahbarkeit spiegelte. Die Lippen waren zu einem Strich hartnäckiger Verschwiegenheit zusammengekniffen. Kurz gesagt: sein Gesicht war das genaue Abbild von dem des Gangsters.

Es war, als hätte dieser plötzlich einen Zwilling bekommen. Paul Pry blickte verdutzt von dem Mann an der Spitze zu dem Gangster, der ihm folgte.

Ihre Anzüge waren aus dem gleichen Nadelstreifenserge geschneidert. Die Kragen waren die gleichen. Die Krawatten waren die gleichen. Die Schuhe waren die gleichen. Ihr Gesichtsausdruck war der gleiche. Mit entschlossener Würde schritten sie gemessen im Abstand von nur wenigen Metern hintereinander her.

Paul Pry betrachtete angestrengt die Rückseite des Umschlags, den er in seiner linken Hand hielt, damit der Gangster nicht die Neugierde in seinen Augen sah. Dieser schien sich jedoch ausschließlich auf die Gestalt zu konzentrieren, der er folgte.

Erneut setzte Paul Pry sich an den Schluß der kleinen Prozession.

Von dem Automobil, aus dem ein Mann gefilmt hatte, war weit und breit nichts mehr zu sehen. Der Mann an der Spitze betrat einen Laden und tauchte nach wenigen Augenblicken wieder auf, unter dem Arm zwei Pakete. Der Gangster blieb zurück, als hätte er mit einem Mal das Interesse verloren. Der an der Spitze winkte ein Taxi heran. Der andere drehte sich um und schlug die entgegengesetzte Richtung ein. Seine Gangart wechselte von dem gemessenen, würdevollen Schreiten zu einem schnellen, nervösen Trippeln.

Kaum zwei Sekunden lang zögerte Paul Pry, dann trat er an den Randstein und hielt ein Taxi an. Er hatte sich entschlossen, dem Doppelgänger des Gangsters zu folgen.

Das erwies sich als nicht weiter schwierig. Es war sogar grotesk einfach. Der Mann in dem Taxi vor ihm ließ sich geradewegs in die exklusive Wohngegend am Longacres Drive bringen. Vor der Nummer 5793 hielt der Wagen an, und der Mann reichte mit einer Geste herablassender Würde dem Fahrer das abgezählte Geld. Dann ging er in eisigem Schweigen auf das Haus zu.

»War's das, Boß?« wollte der Fahrer von Paul Prys Taxi wissen.

»Das war's. Bringen Sie mich an die Ecke Broadway/Gramercy.«

Der Taxifahrer riß das Steuer herum und bog um die Ecke.

Gedankenverloren betrat Paul Pry seine Wohnung.

Mugs Magoo lümmelte sich in einem Sessel herum, eine Flasche Whiskey auf dem Tisch neben sich, in der Hand ein Glas. Mit trüben Augen blickte er auf und hob sein Glas.

»Alsdann, Prost!«

Paul legte seinen Hut und seinen Stock ab, ließ sich in einen anderen Sessel fallen und betrachtete seinen Kompagnon mit zusammengekniffenen Augen.

»Seit du nach Hause gegangen bist, hast du schon die halbe Flasche geleert, Mugs«, meinte er.

Der anklagende Ton ließ Mugs Magoo zusammenzukken.

»Das ist das letzte Glas bis heute abend«, erklärte er.

Paul Pry zündete sich eine Zigarette an.

»Das ist deine Sache, Mugs«, sagte er. »Ich bin nicht der Typ, der seinen Mitmenschen seinen Willen aufzuzwingen versucht, nur wirst du fit bleiben müssen, wenn du weiter mit mir zusammenarbeiten willst. Mit einem von Alkohol umnebelten Gehirn kann ich nichts anfangen.«

Mugs Magoo lachte, aber das Lachen klang etwas gequält.

»Vergessen Sie's. Mein Hirn braucht Alkohol als Schmieröl. Was haben Sie auf dem Herzen, Chef?«

»Der Gangster, wer war das?«

Mugs Magoo trank das Glas bis zum letzten Tropfen aus, blickte sehnsuchtsvoll zu der Flasche und stellte das Glas auf den Tisch.

»Komischer Kerl. Hab ihn sechs Jahre lang nicht gesehen, aber ich hab was läuten hören, daß er jetzt bei Gilvray ist. Man kennt ihn als das ›Double‹ Phil Delano. War mal Schauspieler, und zwar kein schlechter. Kann jeden doubeln, der ungefähr seine Größe und Statur hat; ein Experte mit Make-up und so Zeugs.

Sie setzen ihn ein, wenn sie ein Alibi brauchen. Double Phil Delano richtet sich wie der Kerl her, der ein Alibi möchte, und hängt in seiner Nähe rum. Der Kerl geht in das Restaurant, das er sich ausgesucht hat, redet mit allen seinen Freunden, albert mit ein paar Damen rum, und dann läßt er sich vollaufen.

Nach einer Weile geht er auf die Toilette und schlüpft raus. Double Phil Delano schlüpft rein und setzt sich auf den Platz, von dem der Kerl, der ein Alibi braucht, gerade aufgestanden ist. Er ist ein bißchen beduselt, verhält sich aber ruhig und geht den anderen nicht auf die Nerven. Alle sehen ihn. Er sitzt da, süffelt vor sich hin und schlägt die Zeit tot, bis jemand ihm ein Zeichen gibt.

Dann geht er wieder auf die Toilette. Der, dem er ein Alibi geliefert hat, schlüpft rein, kippt noch ein paar Drinks, zieht dann los und quatscht mit dem Besitzer des Ladens oder sonst jemand; unter Umständen läßt er seine Uhr fallen und zerbricht sie. Das hilft, die Zeit genau zu bestimmen.

Später, wenn die Bullen anfangen herumzustochern, wo der Verdächtige zu der Zeit war, kann der ein hieb- und stichfestes Alibi vorweisen. Das ist die Masche von Double Phil Delano. Scheffelt ganz schön Geld damit, als Ersatzmann für irgendwelche Gauner einzuspringen, die es auf die Weise durchziehen wollen.

Heute hatte er sich verkleidet. Er hatte seinen Mund so komisch zusammengekniffen und irgendwie einen würdevollen Ausdruck in seiner Visage, aber der kleine Finger von seiner linken Hand ist gebrochen. Ein seltsamer Bruch. Wenn man das einmal gesehen hat, vergißt man's nicht mehr. Ich hab's gleich gesehen. Aber ich mußte zweimal hingucken, bis ich sicher war, daß es Phil ist.«

Mugs Magoo langte nach dem leeren Glas, zog dann aber seine Hand zurück.

»Ach, was soll's«, murmelte er mit belegter Stimme.

Paul Prys Pupillen verengten sich in äußerster Konzentration.

»Kennst du den Mann, den er beschattet hat?«

»Nie gesehen, Chef.«

Paul Pry nickte, tippte mit den Fingerspitzen auf die Armlehnen des Sessels, stand auf und ging durch das Zimmer zu einem Wandschrank. Hinter der Glastür des Schranks hing eine Kollektion Trommeln: Stammestrommeln von Kannibalen, Kriegstrommeln, indianische Kulttrommeln, Militärtrommeln und Tamtams.

Paul Pry wählte eine Kulttrommel aus der Südsee: ein über einen ausgehöhlten Bambusstamm gespanntes Fell. Er ging zu seinem Stuhl zurück und begann, sanft auf die Oberfläche der Trommel zu schlagen.

Die Wohnung schien erfüllt von den Klängen: ein Pochen, das das Blut schneller pulsieren ließ, das Hirn in Schwingungen versetzte, in aufreizenden Rhythmen von den Wänden zurückgeworfen wurde.

»Herrgott noch mal!« rief Mugs Magoo, der unruhig auf seinem Stuhl hin und her rutschte. »Von diesem Getrommel wird mir immer ganz anders. Ich krieg dadurch Pulsjagen.«

Paul nickte verträumt.

»Das soll es auch. Es ist ein primitiver Gesang von Macht, von Lust, von Leben. Fast hört man das Klatschen nackter Fersen auf dem Boden, die Schreie der Frauen. Es erinnert mich an flackerndes Feuer, um das Krieger tanzen, an hüpfende Federbüsche, an das Schütteln von Speeren, an das Stampfen von Füßen. Hör zu, Mugs!«

»Bumm . . . bumm . . . bumm.«

Mugs Magoo stand auf.

»Sie hypnotisieren sich mit diesem Getrommel, Chef. Das ist schon zur Gewohnheit geworden. Sie sollten das besser bleibenlassen.«

Paul Pry schüttelte träumerisch den Kopf.

»Nein ... Das beruhigt meine Nerven. Fahr raus zum Longacres Drive 5793 und stell fest, wem das Haus gehört. Erzähl ihnen, du kommst vom Wasserwerk. Verschaff dir so viele Informationen wie möglich. Nimm für die Hin- und Rückfahrt ein Taxi, und mach schnell. Ich habe so eine Ahnung, daß wir uns bei dieser Sache beeilen müssen.«

Mugs Magoo warf einen sehnsüchtigen Blick auf die Whiskeyflasche.

»Natürlich, wenn ich da raus muß ...«

Paul Pry hörte auf zu trommeln und fixierte seinen Kompagnon.

»... dann machst du dich besser auf den Weg«, beendete er den Satz für Mugs, der noch zögerte.

»Ja, Sir«, gab Mugs nach, rappelte sich hoch, nahm seinen Hut, und weg war er.

Hinter ihm hallten Paul Prys getrommelte Rhythmen durch die Wohnung, dumpf hämmernde Klänge, die von nirgendwoher zu kommen schienen.

Er saß noch im selben Stuhl, als Mugs zurückkehrte. Zwar hatte er aufgehört zu trommeln, aber seine Augen waren nur noch stecknadelgroß vor Konzentration; in seiner Hand hielt er Zettel und Bleistift.

Er grinste Mugs entgegen.

»Ehe du auch nur ein Wort sagst, Mugs, will ich wissen, ob der Mann der Butler ist. Wenn ja, kenne ich die Antwort.«

Mugs Magoos glasige Augen weiteten sich vor Überraschung.

»Stimmt, er ist der Butler, ein Kerl mit Namen Pete Filbert, und der Kerl, dem das Haus gehört, heißt Rodney Goldcrest. Sind lausig betucht. Der Butler hat dort das Sagen. Die Leute da draußen sind Neureiche, schrecklich neu und schrecklich reich.«

Das Grinsen Paul Prys wurde noch breiter.

»Aha«, sagte er, und in seiner Stimme schwang ein Schnurren mit, wie bei einem großen Tiger, der sich an sein Opfer heranpirscht.

»Sie wollen sich wieder mal mit Big Front Gilvray anlegen, Chef?«

»Natürlich. Wieso?«

»Das ist nicht gesund. Gilvray ist ein großes Tier. Ich sag Ihnen was. Der hat die von der Polizei wie Vollidioten dastehen lassen. Die können ihm einfach nichts anhängen, und er gönnt sich keine Pause.«

»Und was heißt das, Mugs?«

»Nichts. Nur daß ich mich ein Weilchen auf jemand anderen konzentrieren würde. Big Front Gilvray ist Dynamit.«

Paul Pry beugte sich vor und tippte mit seinem Zeigefinger Mugs an die Stirn.

»Weißt du, was der ist? Ein Gauner. Er trägt den Namen B. F. Gilvray, und B. F. steht für Benjamin Franklin. Die Jungs nennen ihn Big Front, und dem Namen macht er alle Ehre: er ist ein Wichtigtuer. Wenn ich mit ihm fertig bin, gibt es nichts mehr, womit er sich wichtig machen kann. Ich werde den Mann aus dem Geschäft rausdrängen. Mag ja sein, daß die Polizei es nicht schafft, mit ihm fertigzuwerden. Ich schaff es. Er ist das Huhn, das die goldenen Eier für mich legt. Seine Verbrechen haben mir im letzten Vierteljahr Tausende von Dollar eingebracht, und sie werden mir noch mehr einbringen.«

Mugs Magoo schüttelte den Kopf.

»Der ist eine Nummer zu groß, Boß«, warnte er. »Eines schönen Tages werden Sie auf einem Marmortisch liegen, mit einem Zettel an Ihrem großen Zeh.«

Paul Pry lachte in sich hinein.

»Na ja, immerhin ist es ein fairer Kampf«, meinte er. Dann nahm er seinen Hut und seinen Stock und ging.

Kaum war die Tür ins Schloß gefallen, als Mugs Magoo nach der Whiskeyflasche griff und sie an die Lippen setzte. Dann ließ er sich mit einem zufriedenen Seufzer in den Sessel zurücksinken und entspannte sich.

Am frühen Abend weckte ihn das Läuten des Telephons aus dem Schlummer, in den er abgedriftet war. Seinem »Hallo« antwortete Paul Prys Stimme.

»Hallo, Mugs. Bist du nüchtern?«

Mugs Magoo rieb sich seine vom Schlaf verquollenen Augen. Er blinzelte in das Licht der Leselampe, warf rasch einen Blick auf die leere Whiskeyflasche und knurrte:

»Ich bin seit sieben Jahren nicht mehr nüchtern. Warum sollte ich gerade jetzt damit anfangen?«

»Bist du betrunken?«

»Mein Freund, ich werd nicht betrunken. Soviel ich auch in mich reinschütte, das verdammte Zeug verdunstet durch die Poren von meiner Haut, genauso schnell, wie ich's reinkippe. Gibt's was zu tun?«

»Ja«, erwiderte Paul Pry. »Fahr zum Hotel Bargemore und frag nach George Crosby.« Und damit legte er auf.

Mugs Magoo rieb sich den Schlaf aus den Augen. »Na, dann wollen wir mal hoffen, daß dieser Crosby einen Schluck Whiskey hat«, murmelte er vor sich hin und langte nach seinem schäbigen Hut.

Im Hotel Bargemore weiteten sich seine Augen vor Überraschung, als er feststellte, daß George Crosby niemand anderer war als Paul Pry, der sich unter falschem Namen eingetragen und ein Zimmer genommen hatte und sich bereits ganz zu Hause zu fühlen schien.

»Ich wollte dir nur die neueste Nachricht zeigen«, meinte Pry.

Er warf dem Ex-Detective eine noch druckfrische Abendzeitung zu.

Mugs Magoo überflog die Schlagzeile:

DAME DER GESELLSCHAFT
ZUSAMMENGESCHLAGEN
GOLDCREST-JUWELEN VERSCHWUNDEN

Mugs Magoo tat knurrend sein Interesse kund, setzte sich in einen der üppig gepolsterten Sessel, mit denen das Hotelzimmer ausgestattet war, und las stirnrunzelnd den Artikel.

Als er damit fertig war, musterte er Paul Pry fragend.

»Sie hat sich für einen Ball hergerichtet«, äußerte er.

»Genau.«

»Und der Butler war betrunken und hat sie zusammengeschlagen. Als sie wieder zu sich kam, war ihr Diamantcollier im Wert von hunderttausend Dollar verschwunden.«

»Richtig.«

»Aber der Butler war noch da.«

»Genau.«

»Sternhagelvoll.«

»So steht's in der Zeitung.«

»Und er konnte sich an nichts erinnern. Er hat sich ein Glas genehmigt und behauptet, daß es nur ein einziges war. Aber er war bis über die Ohren abgefüllt.«

»Und?«

»Oh, nichts, nur ist mir ziemlich klar, was da passiert ist. Die haben ihm was in den Drink gemischt. Big Front Gilvray hat 'ne Gangsterbraut ins Haus geschleust, wahrscheinlich extra zu diesem Zweck. Und die hat dem Butler 'n Pülverchen in seinen Drink geschüttet. Dann ist

Double Phil Delano reingeschlüpft, hat so getan, als wär er besoffen, hat die Lady aufgestöbert, 'n Streit vom Zaun gebrochen, sie zusammengeschlagen und den Butler zurückgelassen, um die Suppe auszulöffeln.«

Paul Pry nickte.

»Genau das ist passiert, Mugs. Nur daß der schlaue Mr. Delano noch einen Schritt weitergegangen ist. Er hat dem bewußtlosen Butler ein paar gestohlene Edelsteine, die nicht besonders wertvoll sind, in die Tasche gesteckt, die die Polizei natürlich gefunden hat.«

»Raffinierter Trick«, bemerkte Mugs Magoo. »Double Phil Delano hat also seine Taktik geändert. Früher hat er nur die Masche mit den Alibis abgezogen. Aber jetzt, wo Big Front ihn sich geholt hat, erledigt er auch Knochenarbeit. Aber darin ist er auch nicht schlecht!«

Paul Pry nickte nachdenklich.

»In der Zeitung steht einiges über die Geschichte der Goldcrests, Mugs. Sieht so aus, als hätten sie ihr Vermögen bei dem großen Börsenkrach gemacht und mit dem Unglück anderer Leute eine Menge Geld verdient.«

»Ja«, stimmte Mugs Magoo zu. »Ich hab Ihnen doch gesagt, die sind neureich, schrecklich reich und schrecklich neu.«

Paul Pry lachte vergnügt in sich hinein.

»Ich bin auf dem Weg zu ihnen. Ich möchte, daß du hier die Stellung hältst. Wenn irgendwelche Anrufe kommen, nimm sie entgegen. Gib keinerlei Informationen raus. Schreib einfach die Nummern von den Leuten auf, die angerufen haben.«

Mugs Magoo schaute verdutzt drein.

»Sie erwarten Anrufe?«

»Ja.«

»Von wem?«

»Von den Zeitungen.«

»Was werden die wissen wollen?«

»Das«, meinte Paul Pry, »hängt von verschiedenerlei ab.« Und damit ging er, fröhlich pfeifend, hinaus.

Mugs Magoo ächzte und machte es sich in dem Sessel bequem.

Paul Pry inszenierte seinen Auftritt im Hause Goldcrest, als die Aufregung nach den Zeitungsinterviews, den Blitzlichtphotographen und den polizeilichen Untersuchungen sich etwas gelegt hatte.

Er läutete an der Tür und lächelte der jungen Frau, die ihm öffnete, gönnerhaft zu.

»Sagen Sie Mr. Goldcrest, daß George Crosby hier ist.«

Das Mädchen starrte ihn verständnislos an.

»Erwartet er Sie?«

Durch den Korridor näherten sich hastige Schritte, und ein massiger Kerl schob sie zur Seite.

»Treten Sie doch ein, Mr. Crosby, treten Sie doch ein. Ich habe furchtbar schlechte Neuigkeiten für Sie. Vor ein paar Stunden habe ich Ihr Telegramm erhalten, aber, können Sie sich das vorstellen, ich habe die Diamanten nicht mehr.«

Paul Pry, der den Namen George Crosby angenommen hatte und eine herablassende Freundlichkeit an den Tag legte, brachte sein Mitgefühl zum Ausdruck.

»Ich hoffe doch, daß nichts Ernstes passiert ist.«

Der schmerbäuchige Mann mit purpurroten Wangen und vorquellenden Augen wedelte mit seinen erhobenen Händen, die Handflächen nach oben gekehrt.

»Etwas Ernstes? Meine Frau zusammengeschlagen, das Collier weg! Ist das etwa nichts Ernstes? Aber kommen Sie doch herein und nehmen Sie Platz. Darf ich Ihnen eine Zigarre anbieten, einen Drink? In Ihrem Telegramm hieß es, daß Sie im Auftrag eines privaten Sammlers, dessen Name nicht genannt werden soll, das Halsband kaufen wollen. Wie haben Sie überhaupt von dem Collier erfahren?«

Paul Pry folgte seinem Gastgeber in das mit Möbeln vollgestopfte Wohnzimmer und ließ sich auf den Stuhl fallen, auf den dieser deutete.

»Aber das ist ja schrecklich!« rief er.

»Natürlich ist es schrecklich. Das Collier ist hunderttausend Dollar wert!«

Paul Prys Augen nahmen einen forschenden Ausdruck an.

»Sie haben hunderttausend Dollar dafür bezahlt?« fragte er.

Rodney Goldcrest lockerte mit seinem wurstförmigen Zeigefinger seinen durchschwitzten Kragen.

»Na ja, zugegeben und unter uns gesagt, nicht ganz soviel. Aber es war eine beträchtliche Summe, und meine Frau sieht so gerne ihren Namen gedruckt, also habe ich für die Leute von der Zeitung hunderttausend draus gemacht.«

»Und es ist verschwunden?«

»Spurlos verschwunden, Mr. Crosby. Als ich Ihr Telegramm bekommen habe, war mir klar, daß sich alles gegen mich verschworen hat. Wissen Sie, wenn irgendein Sammler einen hohen Preis für das Halsband gezahlt oder auch nur ein phantastisches Angebot gemacht hätte, dann wäre meine Frau in der Zeitung groß rausgekommen. Meine kleine Frau liebt es, wenn ihr Bild in den Zeitungen erscheint. Sie wissen ja, wie Frauen sind. Man muß sie bei Laune halten.«

Paul Pry nickte bedächtig.

»Ja. Ich verstehe. Das ist wirklich Pech. Die Edelsteine dieses Colliers stammen von einer Quelle, die ich im Augenblick nicht nennen möchte. Aber ich glaube, mein Auftraggeber wäre mit seinem Angebot bis auf zweihundertfünfzigtausend Dollar gegangen.

Sehen Sie, Diamant ist nicht gleich Diamant. Das bezieht sich sowohl auf die Steine an sich als auch auf die

Art und Weise, wie sie geschnitten und geschliffen worden sind. Nun, es gab einen Edelsteinschleifer, der mit Diamanten von einem bestimmten Herkunftsort wundervolle Ergebnisse erzielt hat.

Ich kann mich natürlich nicht näher dazu äußern, Mr. Goldcrest, weil ich einerseits den Namen meines Klienten nicht preisgeben, andererseits auch ein Emporschnellen des Preises für bestimmte Diamanten verhindern will. Ich kann Ihnen jedoch versichern, wäre es nicht zu diesem unglückseligen Diebstahl gekommen, dann wäre das Bild Ihrer Frau in der Tiefdruckbeilage eines jeden Gesellschaftsmagazins im ganzen Land erschienen. Sie wäre die stolze Besitzerin eines kostbaren Juwels gewesen, das sie als Frau mit Stil und Geschmack ausgewiesen hätte.«

Goldcrests Augen glitzerten.

»Genau das ist es! Genau das wünscht sich meine kleine Frau, Stil und Geschmack. Das ist die magische Grenze, über die sie drüber will. Wissen Sie, es ist nicht leicht, einfach so aus dem Stand in die besseren Kreise vorzudringen. Wir sind in diese Gegend gezogen, um auf unserem Briefkopf die richtige Adresse stehen zu haben, und wir haben uns sehr bemüht, alles richtig zu machen. Aber wir hatten nicht viel Erfolg dabei.

Mir macht das ja nichts aus. Es ist nur wegen meiner kleinen Frau. Sie hat ihr Herz daran gehängt. Die Zeitungen helfen uns einfach nicht dabei, den Durchbruch zu schaffen. Wir versorgen die Jungs mit Zigarren und Whiskey und auch mit Bildern, aber die drucken sie nicht.«

Paul Pry fiel ihm ins Wort:

»Es ist bestimmt ein schwerer Schlag für Sie. Vor allem weil mein Auftraggeber sehr prominent ist. Allerdings sieht es ganz danach aus, als wäre da nichts zu machen. Bewahren Sie bitte Stillschweigen über mein Telegramm und meinen Geheimauftrag. Falls man auf eine Spur stößt, die zu den Juwelen führen könnte, finden Sie mich im Hotel Bargemore. Trotzdem, zu niemandem ein Wort.«

Goldcrest nickte.

»Ich kann den Mund halten. Aber ich möchte gerne, daß Sie meine kleine Frau begrüßen. Sie ist ein bißchen mitgenommen, aber sie wird sich freuen, Sie zu sehen. Wir haben uns lange über Ihr Telegramm unterhalten. Warten Sie hier, ich hol sie eben.«

Damit hievte Rodney Goldcrest seinen massigen Körper aus dem Sessel und watschelte würdevoll aus dem Zimmer.

Nach fünf Minuten kam er zurück. Er strahlte über das ganze Gesicht.

Eine zur Fülle neigende Matrone hatte sich bei ihm untergehakt. Über ihrer linken Schläfe prangte ein Bluterguß, aber das vorgereckte Kinn und der breite Nacken ließen darauf schließen, daß es mehr bedurfte als eines Hiebs mit einem Totschläger, um die Dame für längere Zeit außer Gefecht zu setzen.

Paul Pry wußte, daß sie Kellnerin in einer Flüsterkneipe gewesen war, als der kometenhafte Aufstieg ihres Gatten begonnen hatte. Jetzt bemühte sie sich, den Eindruck von Kultiviertheit zu erwecken.

»Das ist meine kleine Frau höchstpersönlich«, erklärte Goldcrest. »Das, meine Liebe, ist George Crosby, der Herr, der uns telegraphiert hat, daß er Interesse daran hätte, uns ein ansehnliches Angebot für dein Collier zu machen.«

Die Frau lächelte affektiert. Paul Pry verbeugte sich.

»Es ist mir wirklich eine Ehre und ein Vergnügen, Mrs. Goldcrest. Eine Dame, die ein so erlesenes Gespür hat, sich ein derart exquisites Schmuckstück auszuwählen, kann man nur beglückwünschen. Sein Verlust ist doppelt bedauernswert. Falls es sich bei dem Schmuckstück um das gehandelt hätte, was ich vermute, dann wäre Ihr Photo binnen achtundvierzig Stunden auf den Titelseiten sämtlicher Tageszeitungen erschienen. Man hätte Sie als eine Dame mit Stil und Geschmack bejubelt. Und wenn Sie verkauft hätten, wäre Ihr Name in Verbindung mit einem der berühmtesten und wohlhabendsten Sammler genannt worden.«

Die Frau stieß einen Seufzer aus, einen Seufzer, bei dem sich ihr Kleid vorne kräuselte wie bei einem Miniaturerdbeben.

»Ist das nicht grausam«, erklärte sie herausfordernd. »Auf einen solchen Durchbruch habe ich gewartet.«

Paul Pry nickte.

»Nun, vielleicht ergibt sich später eine Gelegenheit. Sie müssen mir aber versprechen, daß Sie kein Wort über meinen Auftrag verlauten lassen und den Zeitungen meinen Namen nicht verraten.«

»Selbstverständlich«, beruhigte ihn Goldcrest, »das versprechen wir Ihnen.«

Seine kleine Frau zögerte jedoch ein wenig, ehe sie einwilligte.

»Nun ja, ich schätze, das geht in Ordnung«, erklärte sie. »Aber könnten wir nicht zumindest durchsickern lassen, daß das Halsband ein Kunstwerk ist und ich eine Dame mit Stil und Geschmack bin?«

Entsetzt richtete Paul Pry sich auf.

»Nein, nein. Meinem Auftraggeber würde es aufs äußerste mißfallen, wenn meine Mission hier erwähnt würde, jetzt, da das Halsband verschwunden ist.«

»Ich verstehe«, seufzte Mrs. Goldcrest.

Paul Pry verbeugte sich ehrerbietig, murmelte ein paar höfliche Floskeln, daß es ihm ein Vergnügen gewesen sei, nahm Hut, Stock und Mantel und ging.

Als die Tür ins Schloß fiel, warf Goldcrest seiner Frau einen Blick zu.

»Rodney«, verkündete sie mit entschlossener Stimme. »Ruf die Reporter an und bestell sie hierher. Sag ihnen, wir hätten eine Story für sie.«

Goldcrest sah zu Boden.

»Das können wir schlecht machen, Liebes, wir dürfen ihnen nichts von diesem Juwelensammler sagen.«

Die »kleine Frau« stampfte ungeduldig auf den Boden.

»Rodney«, erklärte sie mit schneidender Stimme, »sei nicht albern! Ruf die Reporter an!«

Paul Pry trat in sein Hotelzimmer und musterte Mugs Magoo, der in einem Stuhl lümmelte, das Telephon auf seinem Schoß.

»Irgendwelche Anrufe?« wollte Paul Pry wissen.

»Pausenlos.«

»Von den Zeitungen?«

»Ja. Die haben alle alten Tricks ausprobiert. Wollten George Crosby sprechen.«

Paul Pry grinste.

»Hast du ihnen irgendwelche Informationen gegeben?«

»Hab gesagt, daß Sie ausgegangen sind und daß ich nicht weiß, wann Sie zurückkommen.«

»Was wollten sie denn wissen?«

»Was Sie für Geschäfte machen, wo Sie herkommen, wie alt Sie sind, ob Sie daran interessiert sind, die Goldcrest-Diamanten zu kaufen, ob Sie schon eine Idee haben, wie man die Beute sicherstellen könnte, ob es wahr ist, daß Sie eine Belohnung von fünfundzwanzigtausend Dollar für die Rückgabe der Diamanten ausgesetzt haben, und alle möglichen anderen Sachen.«

»Wird nicht lange dauern, bis sie hier aufkreuzen.«

»Bestimmt nicht. Soll ich hierbleiben?«

»Nein. In dem Koffer da ist eine Flasche Whiskey. Geh in die Wohnung zurück und warte, bis ich dich anrufe.

Ein Mann mit einem Schreibtisch ist nicht zufällig aufgetaucht?«

»Hm, ein Schreibtisch? Wieso, ich hab gedacht, das wär einer von diesen Reportertricks. Doch, schon. Der Dienstmann hat gesagt, daß ein Schreibtisch für Sie geliefert worden ist.«

»Das«, erklärte Paul Pry mit einem Lächeln, »war kein Trick. Laß den Schreibtisch raufbringen.«

Es dauerte genau zwanzig Minuten, bis der Schreibtisch ins Hotelzimmer geschoben wurde. Paul Pry kümmerte sich darum, daß er dort hingestellt wurde, wo er ihn haben wollte.

»Und wozu soll der gut sein?« fragte Mugs Magoo, als die Dienstmänner weg waren.

»Ein Schrankmacher hat den ganzen Nachmittag daran gearbeitet«, erklärte Paul Pry. »Sieh genau zu.«

Er faßte an eine Ecke des Schreibtisches, scheinbar ein kompaktes Stück Holz, und zog daran. Das Eck schwang nach oben und gab den Blick auf ein Geheimfach frei, das einladend offenstand.

»Ein gutes Versteck, hm?«

»Prima«, meinte Mugs Magoo, »aber was soll das Ganze?«

Paul Pry langte mit der anderen Hand unter den Schreibtisch und drückte dagegen. Man hörte das Geräusch von Holz, das auf Holz gleitet, und vor den verdutzten Augen Mugs Magoos verschwand das Geheimfach, und an seiner Stelle erschien ein anderes.

»Ich will verdammt sein.«

Paul Pry lachte nur. »Könnte sein, daß dir ein paar Reporter auflauern, wenn du rausgehst. Schick sie rauf.«

Mugs Magoo nickte und verschwand.

Fünf Minuten später drängelten sich Reporter in das Hotelzimmer.

Unter dem Namen George Crosby sorgte Paul Pry

dafür, daß seine Mission überall bekannt wurde: Er bestand einfach darauf, daß die Angelegenheit geheimgehalten werden müsse und er nicht darüber sprechen wolle. Er gab sich redliche Mühe, nichts zu verraten, verlor dann jedoch die Geduld und gab einige Einzelheiten preis, woraufhin er zu schimpfen und zu fluchen begann.

Das Ergebnis war, daß die Morgenausgaben die Nachricht verbreiteten, ein bekannter Juwelensammler sei auf die Goldcrest-Diamanten aufmerksam geworden und nahe daran gewesen, eine glatte Viertelmillion Dollar dafür hinzublättern, als die Juwelen gestohlen wurden.

Darüber hinaus erwähnte eine Zeitung, der Bevollmächtigte dieses Sammlers, ein gewisser George Crosby, habe sich im Hotel Bargemore, Zimmer 6345, einquartiert, mache ein großes Geheimnis aus dem Auftrag, der ihn in die Stadt geführt habe, leugne aber nicht, daß ein prominenter Sammler sich für das Schmuckstück interessiere und daß er beauftragt worden sei, es zu kaufen.

Die gleiche Morgenausgabe enthielt auch eine Verlautbarung Rodney Goldcrests, in der er für die Rückgabe des Halsbandes zehntausend Dollar bot, verbunden mit der Zusicherung, keine Fragen zu stellen.

Die Polizei ging von der Annahme aus, daß der Butler nicht so betrunken gewesen war, wie er vorgegeben hatte, daß er einen Komplizen gehabt und daß der Komplize das Halsband an sich genommen hatte.

Beim Frühstücken in seinem Hotelzimmer blätterte Paul Pry die verschiedenen Zeitungen durch. Auf seinem Gesicht breitete sich ein zufriedenes Lächeln aus.

Um zehn Uhr dreißig läutete das Telephon. »Ist dort Mr. George Crosby?« fragte eine argwöhnische Stimme.

»Am Apparat«, bestätigte Paul Pry.

»Mein Name wird Ihnen nichts sagen, aber ich würde

Sie gerne in einer geschäftlichen Angelegenheit sprechen.«

»Wann?«

»Sobald wie möglich.«

»Wie war doch gleich Ihr Name?«

»Simms, Sidney Simms.«

»Nie von Ihnen gehört.«

»Das möchte ich auch meinen, aber es wird nicht zu Ihrem Nachteil sein, wenn Sie sich mit mir unterhalten.«

»Na schön«, sagte Paul Pry im Tonfall eines Mannes, der spontan eine Entscheidung getroffen hat. »Ich erwarte Sie in einer Viertelstunde.«

»Ist in Ordnung«, erklärte der andere und legte auf.

Er kam pünktlich zu seiner Verabredung: Auf die Sekunde genau fünfzehn Minuten später hörte Paul Pry ein verstohlenes Klopfen an seiner Tür.

Er riß sie auf.

»Mr. Simms?«

»Ja. Sie sind George Crosby, hm? Erfreut, Sie kennenzulernen.«

Damit schlüpfte Sidney Simms in das Hotelzimmer, ungefähr so, wie eine Schlange in ein Rattenloch schlüpft.

Groß und schlank war er, dieser Sidney Simms; er hatte abstehende Ohren und hervorquellende Augen. Sein riesiger Mund verzog sich zu einem schiefen Lächeln, und sein dünner Hals rieb sich am Kragen seines Anzugs.

»Sie sind in einer geschäftlichen Angelegenheit hier?«

»Richtig. Und Sie sind also der Edelsteinexperte?«

»Nicht gerade ein Experte. Ich interessiere mich für ganz bestimmte Steine.«

»Ja. Ich weiß Bescheid. Na ja, ich habe da ein paar Diamanten, und ich hätte gerne, daß Sie sich die mal ansehen.«

»Aber, guter Mann, das Schätzen von Edelsteinen ist

nicht mein Geschäft«, protestierte Paul Pry. »Meine Beurteilung könnte sich als äußerst wertlos für Sie erweisen. Ich schlage vor, Sie gehen damit zu einem Juwelengroßhändler.«

»Ja, ja, ich weiß«, zischte Sidney Simms; er hatte eine merkwürdige Art, halblaut zu wispern. »Aber werfen Sie doch mal einen Blick auf die Klunker.«

Er ließ zwei Diamanten auf den Schreibtisch fallen.

Mit einem Gesicht, das deutliches Interesse verriet, musterte Paul Pry die Steine.

»Sehr ansprechend«, erklärte er, »sehr ansprechend, in der Tat, und nicht uninteressant.«

Er griff nach den Edelsteinen.

Sidney Simms beobachtete ihn mit seinen hervorquellenden Augen, die plötzlich kalt glitzerten.

Paul Pry prüfte die Diamanten.

»Diese Steine«, verkündete er gedehnt, »befanden sich in einer Fassung und wurden herausgebrochen.«

Halblaut flüsternd antwortete Sidney Simms:

»Das macht sie noch lange nicht wertlos.«

Paul Pry nickte.

»Ganz recht. Aber für solche Steine interessiere ich mich nicht. Das sind ganz gewöhnliche Diamanten von guter Qualität. Aber nichts Besonderes, weder was die Steine als solche noch was die Verarbeitung betrifft. Mein Interesse ist das eines Sammlers. Trotzdem, danke, daß Sie gekommen sind.«

Sidney Simms nickte, blieb aber ansonsten reglos stehen.

»Sie sind hergekommen, weil Sie hinter den Goldcrest-Diamanten her sind, hm?«

»Das«, erklärte Paul Pry würdevoll, »ist eine rein private Angelegenheit.«

»Ich habe mich nur an das gehalten, was in der Zeitung gestanden hat.«

»Die Zeitungen haben sich eindeutig zu viele Freiheiten herausgenommen.«

Sidney Simms beugte sich vor.

»Nehmen Sie mal an, Sie könnten die Goldcrest-Diamanten kriegen.«

Paul Pry, der an seinem Schreibtisch saß, lehnte sich zurück und legte die Fingerspitzen aneinander.

»Jetzt«, erklärte er, »jetzt bin ich interessiert.«

»Ja«, bemerkte Simms, und seine abstehende Ohren wackelten, »das sollten Sie auch sein.«

Paul Pry erwiderte nichts.

»Wie wär's«, fuhr Simms fort, »wenn wir erst mal auf die beiden Diamanten zurückkommen, die ich Ihnen gezeigt habe?«

»Wieviel?« fragte Paul Pry. »Wieviel wollen Sie dafür haben?«

»Zweihundert Dollar.«

»Pro Stück?«

»Für beide.«

»Das«, erklärte Paul Pry, »entspricht in etwa der Hälfte dessen, was sie im Großhandel kosten. Das ist entweder zuviel oder zuwenig.«

Simms setzte sich auf die Kante eines Stuhls und streckte seinen langen Hals vor. Dadurch schienen seine Fledermausohren noch größer zu werden und seine Augen noch weiter vorzuquellen.

»Was wollen Sie damit sagen?« fragte er.

Paul Pry stand auf und ging zur Tür. Er riß sie auf und blickte in beiden Richtungen den Korridor entlang. Dann machte er die Tür zu und verriegelte sie. Er ging zu den Fenstern und vergewisserte sich, daß sie fest verschlossen waren. Anschließend wandte er sich wieder seinem Besucher zu.

»Wenn die Ware legal ist, dann ist der Preis zu niedrig. Wenn die Steine heiß sind, ist der Preis zu hoch.«

»Nun«, meinte Simms, dem die Vorsichtsmaßnahmen Paul Prys, damit niemand sie belauschte, nicht entgangen waren, »angenommen, sie sind heiß. Was dann?«

»Einhundert Dollar«, erklärte Paul Pry knapp.

»Im Einzelhandel würden sie an die tausend bringen«, jammerte Simms.

»Einhundert Dollar. Entweder Sie nehmen das Angebot an oder nicht, ganz wie Sie wollen.«

»Ich nehme es an.«

Paul Pry beugte sich nach vorne. Vor den hervorquellenden Augen Sidney Simms' zog er den oberen Teil des Schreibtisches hoch, so daß das Geheimfach aufsprang. Es war vollgestopft mit zusammengerollten Banknoten.

Paul Pry nahm zwei Fünfzig-Dollar-Scheine heraus und schnippte sie zu Simms hinüber, sammelte die zwei Diamanten ein, ließ sie lässig in die Schublade fallen und brachte den oberen Teil des Schreibtisches wieder an Ort und Stelle.

Die hervorquellenden Augen registrierten jede einzelne Bewegung.

»Ganz schön raffiniert«, meinte Simms.

»Ja. Sehr gute Konstruktion.«

»Hören Sie, diese Diamanten sind ziemlich heiß.«

»Mir ist es verdammt egal, wie heiß sie sind.«

Simms strahlte seinen Gastgeber an. »Ich schätze«, bemerkte er, »wir verstehen uns ganz prächtig.«

Paul Pry wurde geschäftsmäßig.

»Diese Goldcrest-Diamanten sind mir genau einhunderttausend Dollar wert – in bar.«

»Oh, in der Zeitung steht aber, daß sie für einen Sammler zweihundertfünfzigtausend Dollar wert sind . . .«

»Für mich einhunderttausend, und zwar nur dann, wenn Qualität und Schliff dem entsprechen, was man mir gesagt hat.«

Sidney Simms zappelte nervös herum.

»Wann kann ich Sie noch mal sprechen?«

»Heute abend um acht Uhr.«

»Geht klar. Dann setzen wir unser Gespräch fort. Die Diamanten werde ich dann allerdings noch nicht bei mir haben. Aber ich werde mich inzwischen mit ein paar von den anderen treffen und sehen, was sich machen läßt.«

Paul Pry erhob sich und hielt die Tür auf.

»In diesem Raum werden um Punkt acht Uhr einhunderttausend Dollar in bar bereitliegen. Übrigens, ich warte nie länger als fünf Minuten, wenn ich mit jemandem verabredet bin. Auf Wiedersehen, Mr. Simms.«

Sidney Simms schlängelte sich durch die Tür auf den Korridor.

»Ich werde da sein«, flüsterte er.

Was nun folgte, war einfach. Paul Pry ging in die Halle hinunter und verwickelte einen Herrn mit weißem Bakkenbart in ein Gespräch. Schließlich kamen sie auf Prohibition und Whiskey zu sprechen. Paul Pry erwähnte beiläufig, er habe eine Lieferung noch aus der Zeit vor dem Krieg; er habe das Glück gehabt, sie von einer über jeden Zweifel erhabenen Quelle zu bekommen. Der Whiskey gehe runter wie Öl.

Der Herr mit dem weißen Backenbart war mit einem Mal äußerst interessiert. Er wünschte sehnlichst, er könnte sich einen Teil der Lieferung sichern.

Paul Pry zog ein Notizbuch heraus, nannte einen Preis und notierte eine Zahl.

»Mein Name ist George Crosby«, erklärte er. »Kommen Sie heute abend um Punkt drei Minuten nach acht auf Zimmer 6345. Ich bekomme den Stoff erst um acht Uhr, wenn mein Partner kommt.«

Der Herr mit dem weißen Backenbart murmelte ein paar Worte des Dankes.

Paul Pry bemerkte, daß ein Mann, der Schuhe mit breiten Kappen trug und einen Stiernacken hatte, sich für ihr Gespräch zu interessieren schien, vor allem, nachdem er sein Notizbuch hervorgezogen hatte.

Er ging in einen anderen Teil der Halle und verwickelte einen hageren Mann mit traurigen Augen in ein Gespräch. Die Unterhaltung wandte sich der Prohibition und der miserablen Qualität des derzeit gebrannten Whiskeys zu. Von da an verlief das Gespräch genau wie das erste.

Der stiernackige Mann mit den breitkappigen Schuhen zeigte nunmehr deutliches Interesse, als Paul Pry eine weitere Eintragung in sein Notizbuch vornahm und weiterging.

Er nahm neben einem Mann mit Pferdegesicht Platz, der in eine Zeitung vertieft war, und bat ihn um Feuer. Das Pferdegesicht sah auf, gab ihm Feuer, sagte ein paar Worte. Aus den paar Worten wurde eine Unterhaltung. Schließlich kamen sie auf die Prohibition und die Qualität von Whiskey zu sprechen.

Nach diesem Gespräch verstaute Paul Pry sein Notizbuch in seiner Tasche, schlenderte auf die Straße hinaus und stieg in ein Taxi.

Er blieb ein paar Stunden weg. Als er zurückkehrte, sah der Vorsteher der Hotelpagen die Gelegenheit gekommen, ihn anzusprechen.

»Hier im Haus läuft alles über mich«, erklärte er.

»Was wollen Sie damit sagen?« fragte Paul Pry, vorsichtshalber mit gedämpfter Stimme.

»Sie wissen genau, was ich meine. Wenn Sie irgendwas hier im Haus abwickeln, dann lassen Sie das über mich laufen.«

Paul Pry schien einen Augenblick lang zu überlegen. »Scheren Sie sich zum Teufel«, sagte er und ging.

Um Punkt drei Minuten vor acht fuhr ein Lieferwagen

beim Lieferanteneingang vor; der Dienstmann quittierte den Empfang etlicher sperriger Pakete für George Crosby, Zimmer 6345.

Der Dienstmann war rechtschaffen geschmiert worden, und die sperrigen Pakete wurden hinaufbefördert und in dem Hotelzimmer abgestellt, wobei man äußerste Sorgfalt walten ließ.

Um acht Uhr schlängelte sich Sidney Simms zur Tür herein.

»Und?« meinte er fragend. Seine Glotzaugen erspähten die Pakete.

Paul Pry ging zum Schreibtisch. »Eine kleine Lieferung«, erklärte er.

Plötzlich hämmerte jemand gegen die Türfüllung. Paul Pry runzelte die Stirn. Sidney Simms ließ blitzschnell die Hand in seinen Mantel gleiten.

»Im Namen des Gesetzes, öffnen Sie«, dröhnte eine Stimme.

Paul Pry schnappte nach Luft, fluchte leise und ging rasch zur Tür.

Sidney Simms zögerte nur den Bruchteil einer Sekunde. Dann, als Paul Pry ihm den Rücken zuwandte, schob er das Oberteil des Schreibtisches hoch, so daß das Geheimfach zum Vorschein kam, mit zusammengerollten Banknoten vollgestopft; er ließ ein glitzerndes, funkelndes Diamanthalsband in das Geheimfach fallen. Dann brachte er das Oberteil des Schreibtisches wieder an Ort und Stelle und befand sich in angemessener Entfernung von dem Schreibtisch, als die Beamten eintraten.

»Was, zum Teufel, hat diese Unverschämtheit zu bedeuten?« fragte Paul Pry.

»Das wissen Sie sehr wohl, George Crosby«, brüllte einer der Beamten. »Sie sind im Besitz einer größeren Menge illegalen Schnapses.«

»Oh«, sagte Paul Pry; er machte einen erleichterten Eindruck.

Sidney Simms, der mit verschränkten Armen dastand, die Fingerspitzen auf dem Kolben seiner Doppelautomatik, stieß einen Seufzer aus und grinste.

»Was ist in den Kisten?« wollte der Beamte wissen.

Paul Pry zuckte die Schultern.

»Ich habe sie nicht geöffnet.«

»Nun, das erledige ich schon«, schnaubte der Einsatzleiter.

Das Öffnen der Kisten erfolgte auf äußerst gründliche Weise. Die Kisten waren mit Flaschen gefüllt. Auf die Flaschen waren Etiketten mit der Aufschrift »Whiskey« geklebt, und sie enthielten eine bernsteinfarbene Flüssigkeit.

»Schätze, wir haben Sie auf frischer Tat ertappt«, erklärte der Beamte. »Und wer sind Sie?« fragte er, an Sidney Simms gewandt.

»Wieso, ich habe diesen Kerl da auf der Straße getroffen und irgendwie sind wir darauf zu sprechen gekommen, daß er hervorragenden Schnaps hat. Ich weiß nicht mal, wie er heißt. Er hat mich eingeladen, mit ihm raufzukommen und einen Schluck zu probieren. Hier ist meine Karte, Herr Wachtmeister. Ist wahrscheinlich besser, wenn Sie wissen, wer ich bin.«

Streitlustig trat der Beamte einen Schritt näher.

»Darauf können Sie wetten, daß das besser ist!«

Simms führte ihn in eine Ecke des Zimmers und redete leise auf ihn ein. Der Beamte brachte brummend seine Überraschung zum Ausdruck und inspizierte einige Papiere, die Sidney Simms aus seiner Innentasche zog. Diese Dokumente waren eindeutig überzeugend. Er nickte.

»Okay, Männer«, sagte er.

Einer der Beamten hatte mittlerweile eine der Flaschen geöffnet.

»Verdammt«, erklärte er, »da ist nur gefärbtes Wasser drin!«

Mit schnellen Schritten durchmaß der Einsatzleiter den Raum.

»Was!?«

»Ehrlich!«

Während dieses Augenblicks allgemeiner Aufregung gelang es Paul Pry, unauffällig den Schieber zu betätigen, der die Anordnung der Geheimfächer in dem Schreibtisch veränderte.

Man hörte das Quietschen von Holz auf Holz und ein Klicken, als würde etwas herunterfallen. Diese Geräusche gingen jedoch im Gebrüll der Beamten unter, die das Zimmer durchsuchten.

»Es ist doch kein Verbrechen, gefärbtes Wasser zu besitzen, oder, Herr Wachtmeister?« fragte Paul Pry und zwinkerte Simms zu.

Der Beamte brüllte los:

»Nein. Aber es ist ein Verbrechen, wenn man versucht, es zu verkaufen, und genau das haben Sie gemacht.«

»In diesem Fall«, schlug Paul Pry vor, »hätten Sie in der Halle warten sollen, bis ich das Wasser verkaufe und Geld dafür nehme. Ihre Durchsuchung gründete sich aber lediglich auf den Verdacht des Besitzes, vermute ich.«

Der Einsatzleiter richtete sich zu voller Größe auf, ballte die Fäuste und musterte Paul Pry mit wutverzerrtem Gesicht.

»Sie haben verdammtes Glück gehabt«, stieß er hervor. »Sie haben dieses Zeug in der Annahme gekauft, daß es sich um erstklassigen Whiskey handelt. Man hat Sie beschissen, was den Whiskey betrifft, aber Ihnen damit eine empfindliche Geldstrafe und eine Verurteilung zu einer Gefängnisstrafe, wegen der Schwere des Vergehens, erspart.«

Paul Pry zuckte die Schultern.

»Wenn Sie meinen«, erwiderte er unbeeindruckt.

»Das meine ich«, brüllte der Beamte, »und Sie kommen jetzt mit aufs Revier; Sie sind uns einige Erklärungen schuldig. Dieses Husarenstückchen kostet Sie eine Fahrt im Gefangenenwagen und eine Anklage wegen Herumtreiberei und verschafft Ihnen die Gelegenheit, eine Kaution zu hinterlegen!«

Langsam, mit weit ausholenden Schritten ging er auf Paul Pry zu.

»Ich hoffe, Sie leisten einem Beamten Widerstand«, fügte er hinzu, als wäre ihm das eben erst eingefallen.

Paul Pry streckte ihm jedoch gefügig seine Hände entgegen.

»Tut mir leid, Herr Wachtmeister«, sagte er.

»Es wird Ihnen noch mehr leid tun«, fuhr der Einsatzleiter ihn an.

»Brauchen Sie das als Beweismaterial, Chef?«

»Ja. Nehmen Sie aus jeder Kiste ein paar Flaschen mit. Dreht das Licht aus, und dann los.«

Im allgemeinen Durcheinander des Aufbruchs gelang es Sidney Simms, seinen Hut zurückzulassen. Das fiel ihm allerdings erst wieder ein, als die Tür bereits verschlossen war.

»Ich habe meinen Hut vergessen«, flüsterte er dem Einsatzleiter zu.

Der Typ händigte ihm den Schlüssel aus.

»In Ordnung, aber machen Sie schnell.«

Sidney Simms machte schnell.

Er glitt zu der Tür, sperrte sie auf, schlängelte sich in das Hotelzimmer, schnappte sich mit der einen Hand seinen Hut, während er mit der anderen das Oberteil des Schreibtisches aufklappte.

Er fischte ein glitzerndes Band heraus und ließ es in seine Tasche gleiten. Dann raffte er die Banknotenbündel zusammen; die ganze Zeit lachte er stillvergnügt vor sich hin.

»Wirklich ein Jammer«, murmelte er, »Crosby wird rundum gerupft.«

Er schob das Oberteil des Schreibtisches wieder an Ort und Stelle, ging zur Tür, schlängelte sich hinaus und drehte den Schlüssel im Schloß um. Beim Aufzug stieß er zu den Beamten. Und in der Hotelhalle trennte er sich von ihnen.

Vor dem Hoteleingang parkte ein Polizeiauto, um das sich eine neugierige Menschenmenge angesammelt hatte.

»Herr Wachtmeister«, bat Paul Pry, »darf ich Ihnen die Angelegenheit erklären? Sie lassen einen Verbrecher entkommen . . .«

»Halten Sie den Mund!« fuhr der Beamte ihn an.

Unterwürfig fügte Paul Pry sich. Er wurde durch die Schwingtür hinaus auf den Gehsteig befördert. Die Tür des Polizeiautos öffnete sich, um ihn in Empfang zu nehmen, da ließ eine barsche Stimme alle innehalten.

»Was geht denn hier vor?«

Die Durchsuchungsbeamten drehten sich um und sahen sich Inspektor Quigley gegenüber.

»Alkoholrazzia«, erklärte der Einsatzleiter und salutierte.

»Wieso denn das? Dieser Mann ist Paul Pry. Er hat mich hierherbestellt, um mir das Goldcrest-Halsband auszuhändigen. Irgendwas ist da faul . . .«

»Durchaus nicht, Herr Inspektor. Ich habe versucht, es diesem Herrn da zu erklären, aber er wollte mir nicht zuhören. Ich habe ihm gesagt, daß er einen Kriminellen entwischen läßt, aber . . .«

Der Einsatzleiter fuhr sich nervös mit dem Finger in seinen Kragen und lockerte ihn.

»Gehen wir rein!« schnaubte Inspektor Quigley.

Als sie wieder in Pauls Zimmer waren, setzte dieser zu einer Erklärung an.

»Natürlich konnte ich in Anwesenheit des Verbrechers nichts sagen. Der hätte sich sonst seinen Weg freigeschossen. Außerdem war ich mir nicht hundertprozentig sicher, ob er das Halsband hatte. Aber, Herr Inspektor, wenn Sie diese Stümper rausschicken, dann finden wir vielleicht das Collier, auch wenn uns der Verbrecher abhanden gekommen ist.«

Quigley sah die Männer, die mit offenem Mund dastanden, mißbilligend an.

»Raus hier«, befahl er. Sie verschwanden.

Paul Pry ging zum Schreibtisch und zog den oberen Teil hoch. Eine Schublade kam zum Vorschein. Sie war leer; der Inhalt war spurlos verschwunden.

»Hmmm«, knurrte Inspektor Quigley.

Paul Pry griff unter die Schreibtischplatte und betätigte einen Hebel. Die leere Schublade glitt fast geräuschlos zurück. An ihrer Stelle schnellte eine andere Schublade heraus. Diese Schublade war randvoll mit zusammengerollten Banknoten gefüllt, und auf ihnen lag ein glitzerndes Band, in dem sich das Licht brach, daß es Funken sprühte.

»Also, ich will verdammt sein«, stieß Inspektor Quigley hervor und nahm die Diamanten an sich. »Ich will verdammt sein.«

Er sah sie sich genau an.

»Es ist das Halsband, zweifelsohne. Pry, irgendwas kommt mir komisch vor an der Sache.«

»Tatsächlich?«

»Sie wissen das, verdammt noch mal, genausogut wie ich. Das Halsband hätte denen an die zwanzigtausend gebracht, wenn sie es an einen Hehler verhökert hätten. Offiziell würde man achtzigtausend dafür bekommen. Und wo finde ich es – hier, wo Sie offenbar irgendeinen

Verbrecher dazu überredet haben, es einfach dazulassen.«

»Mit einem Trick dazu verleitet, Inspektor.«

»Nämlich?«

»Hören Sie, Inspektor, für die Wiederbeschaffung des Halsbandes ist eine Belohnung von zehntausend Dollar ausgesetzt. Ich bin nicht gierig. Sie nehmen das Collier und heimsen den Ruhm ein. Und Sie bekommen die Hälfte der Belohnung. Ich bekomme die andere Hälfte.«

Inspektor Quigley setzte sich auf die Ecke des Schreibtisches.

»Wissen Sie, Pry, es besteht die Möglichkeit, daß Sie in die Sache verwickelt sind. Das ist die dritte oder vierte recht beträchtliche Belohnung, die Sie kassieren. Wäre besser, wenn Sie mir alles sagen.«

Paul Pry grinste.

»Gerne«, meinte er.

Und erzählte die ganze Geschichte, von dem Zeitpunkt an, als er herausgefunden hatte, daß einer von Gilvrays Leuten den Butler beschattete.

»Aber einzig und allein aufgrund Ihrer Zeugenaussage können wir ihn nicht verurteilen, vor allem, da Sie sich als Komplize ausgegeben haben«, brummelte Inspektor Quigley, als Paul fertig war.

Paul Pry zuckte die Schultern und grinste.

»Jeder von uns beiden kann fünftausend Dollar Belohnung einstreichen. Und mir ist es ganz recht, daß wir der Gilvray-Bande nichts anhängen können.«

»Wie das?«

»Sie sind meine Einkommensquelle, das Huhn, das die goldenen Eier für mich legt.«

Inspektor Quigley seufzte auf.

»Wenn Sie so weitermachen, werden Sie bald die Radieschen von unten betrachten«, meinte er.

Aber Paul Pry lachte nur.

Die Zeitungen machten einen großen Wirbel um die Wiederbeschaffung der Goldcrest-Diamanten. In der Hauptsache war es offenbar Inspektor Quigley zuzuschreiben, daß man sie aufgespürt hatte. In einem gewissen Maße – über das man sich nicht näher ausließ – war es jedoch auch einem ungenannten Amateur zu verdanken, der sich als George Crosby, seines Zeichens Sammler von kostbaren Juwelen, ausgegeben und die Verbrecher dazu gebracht hatte, sich auf ein Geschäft mit ihm einzulassen.

Leider waren die Verbrecher entkommen, aber die Polizei rechnete damit, in Kürze einige Verhaftungen vorzunehmen. Die Belohnung würde ausbezahlt werden. Denn schließlich und endlich: das Halsband war wieder da.

Paul Pry las die Zeitungsberichte und lachte stillvergnügt in sich hinein. Mugs Magoo las sie ebenfalls und brummelte vor sich hin. Inspektor Quigley las sie, und ein zufriedenes Lächeln spielte um seine Lippen. In seiner luxuriösen Villa in einem exklusiven Vorort las Benjamin Franklin Gilvray, in der Unterwelt als Big Front Gilvray bekannt, die Zeitungen und fluchte.

Auf dem Tisch vor ihm lagen ein Halsband aus unechten Steinen und fünf Rollen Banknoten. Jedes Bündel war mit einem Fünfzig-Dollar-Schein umwickelt. Ansonsten bestanden die einzelnen Rollen aus fünfzig Ein-Dollar-Scheinen. Die Gesamtsumme, das Ergebnis eines sorgfältig geplanten Coups, mußte die Gilvray-Bande unter sich aufteilen.

Big Front Gilvray nahm ein Blatt Papier und verfaßte eine Botschaft an Paul Pry. Um sich nicht zu verraten, schrieb er mit der linken Hand, in Druckbuchstaben, und verwendete einen dicken Bleistift. Die Botschaft lautete:

> ICH WEISS JETZT, MIT WEM ICH ES ZU TUN HABE. LANGE GENUG HABEN SIE

MEINE PLÄNE DURCHKREUZT UND SICH IN MEINE UNTERNEHMUNGEN EINGEMISCHT. IN KÜRZE KÖNNEN SIE DIE RADIESCHEN VON UNTEN BETRACHTEN.

Big Front Gilvray beorderte ein Mitglied seiner Bande zu sich.

»Kümmer dich darum, daß dieser Zettel unter der Wohnungstür von diesem Pry durchgeschoben wird«, trug er ihm auf. »Wir geben ihm eine Chance, die Stadt zu verlassen.«

Das Gesicht des Gangsters verzerrte sich vor Wut.

»Sie brauchen nur einen Ton zu sagen, Boß, und wir legen ihn um und . . .«

»Nein«, schnitt ihm Big Front Gilvray das Wort ab. »Wir haben es immer vermieden, uns die Finger schmutzig zu machen, und wir wollen diesem Kerl eine Chance geben. Aber es ist wahr, die Versuchung ist groß, ihn mit einer Knarre zu durchlöchern. Denk nur daran, was für Umstände wir uns gemacht haben!«

Das Gesicht seines Gegenübers lief purpurrot an.

»Bei Gott, jawoll! Wir haben den verdammten Butler gefilmt, um jede einzelne Bewegung und Geste von ihm studieren zu können. Wir haben Delano durch die Stadt stolzieren lassen, um seinen Gang nachzumachen. Wir mußten Mabel in das Haus einschleusen, um das Pülverchen in den Drink zu kippen. Wir mußten . . .«

»Halt's Maul!« fuhr Gilvray ihn an. »Zieh Leine.«

Sein Untergebener unterdrückte den Rest seines Sermons und zog Leine.

Genau zwei Stunden später traf ein vom Empfänger zu bezahlendes Telegramm bei B. F. Gilvray ein. Im Glauben, es gehe um eine seiner zahlreichen Schnapslieferungen, bezahlte der Erzgauner die Gebühr, unterschrieb die Empfangsbestätigung und riß den gelben Umschlag auf.

Mit ungläubig aufgerissenen Augen las er die Antwort auf seine anonyme Botschaft:

> VIELEN DANK FÜR DIE BELOHNUNG, SIE SIND EINE GROSSARTIGE EINKOMMENSQUELLE. DREHEN SIE BALD WIEDER EIN DING, ICH BRAUCHE DIE KNETE.
>
> (unterzeichnet)
> DER RADIESCHENFREUND

WIKER WIRD BEDIENT

Paul Prys durchdringende Augen fixierten die glasigen Äuglein von »Mugs« Magoo, dem Mann, der nie ein Gesicht vergaß.

»Ich soll also umgelegt werden, Mugs?«

Mugs Magoo, einarmig, zerlumpt, unrasiert, langte nach der Whiskeyflasche. Seine glasigen Augen waren auf Paul Pry geheftet.

»Wenn ich's Ihnen sag! Ich hab Sie gewarnt, mindestens fünfzigmal. Jetzt ist es so gekommen, wie ich gesagt habe.«

Paul Pry durchquerte den Raum und ging zu einem Schrank voller Trommeln. Er suchte eines seiner Lieblingsinstrumente aus, eine Hopi-Kulttrommel; er setzte sich hin, klemmte die hölzerne Zarge zwischen seine Knie und trommelte mit einem Schlägel aus Lärchenholz, dessen wattierter Kopf mit Wildleder umwickelt war, auf das gespannte Rohleder.

Ein gedämpftes, pulsierendes Pochen war zu hören, ein dumpf nachhallender Klang, in den sich eine Ahnung von ungezähmter Wildheit mischte.

»Mich gewarnt?« fragte er fast träumerisch.

»Und ob! Nicht einmal, sondern fünfzigmal. Erinnern Sie sich, vor der letzten Sache, da hab ich's Ihnen gesagt. Ich bin hier gesessen, in diesem Zimmer, und ich hab Ihnen erklärt, wenn Sie weiter ›Big Front‹ Gilvray zum Narren halten, wird er Sie abknallen lassen. Und was haben Sie gemacht? Sind hingegangen und haben sich das Goldcrest-Armband unter den Nagel gerissen, nachdem die Gilvray-Bande wochenlang darauf hingearbeitet hatte, die Sache durchzuziehen. Sie haben Inspektor

Quigley dazu gebracht, das Halsband zurückzugeben, damit Sie die Belohnung kassieren können, aber Gilvray hat sich nichts vormachen lassen. Er hat gewußt, wer ihm in die Suppe gespuckt hat.«

Paul Pry hörte auf zu trommeln und grinste. Sein Lachen hatte etwas sympathisch Jungenhaftes, aber seine Augen glitzerten kalt, wie zwei Diamanten.

»Und Gilvray hat mir eine Nachricht zukommen lassen, daß ich bald die Radieschen von unten betrachten würde«, meinte er.

»Richtig«, bekräftigte Mugs Magoo ohne allzu große Begeisterung. »Warum Sie Ihre Tricks nicht bei verschiedenen Banden ausprobieren konnten, übersteigt mein Begriffsvermögen. Nein, Sie mußten sich auf Big Front Gilvray einschießen. Jedesmal, wenn er ein Ding gedreht hat, haben Sie ihn ausgetrickst und eine Belohnung eingestrichen. Kein Gauner läßt sich so was bieten.«

Mugs Magoo ließ seinen glasigen Blick von Paul Pry zu der Whiskeyflasche schweifen, zögerte, griff nach der Flasche, seufzte, zog seine Hand zurück, seufzte erneut und schnappte sich die Flasche.

Mit seinen diamanten glitzernden Augen fixierte Paul Pry seinen Komplizen und schoß eine Frage ab:

»Was genau ist der Grund dafür, daß du schon wieder mal meinen Untergang prophezeist?«

Mugs Magoo schenkte Whiskey in das Glas.

»›Woozy‹ Wiker«, erklärte er und fügte nach einer Weile hinzu: »Aus Chicago.«

Paul Pry lachte auf – ein sorgloses Lachen. Das Lachen eines Mannes, für den das Leben nichts als Annehmlichkeiten zu bieten hat.

»Woozy Wiker, der beduselte Wiker? Ich muß schon sagen, Mugs, deine Freunde haben wirklich herrliche Namen! Als erster Benjamin Franklin Gilvray, bekannt als Big Front Gilvray, weil er sich gerne aufspielt. Und jetzt

Woozy Wiker! Wie kommt dieser schätzenswerte Mr. Wiker zu seinem Spitznamen?«

Mugs Magoo schüttelte verbissen den Kopf.

»Nur zu, lachen Sie ruhig. Ich sag dem Leichenbestatter, er soll Ihre Mundwinkel zu einem Grinsen hinbiegen, damit Sie echt aussehen.«

Pauls Lachen ging in ein Kichern über.

»Komm schon, Mugs, sei kein Spielverderber. Schenk dir noch einen Drink ein, wenn's denn sein muß, und erzähl mir was über Woozy Wiker aus Chicago.«

Mugs Magoo warf der Whiskeyflasche einen mißmutigen Blick zu, seufzte, schüttelte den Kopf, starrte auf sein leeres Glas und sah dann Paul Pry direkt ins Gesicht.

»Woozy Wiker ist ein Killer«, erklärte er. »Besser als irgendeiner sonst auf der Welt kann er so tun, als wär er betrunken. Wenn er ein Ding durchzieht, dann führt er sich mit Vorliebe so auf, als sei er beduselt. Aber er ist tödlich. Man konnte es ihm zwar nicht beweisen, aber er hat Harry Higley umgelegt. Er hat Martha die Gangsterbraut umgepustet, weil man sie in Verdacht hatte, daß sie der Polizei was über den Dugan-Mord erzählt hat. Sie konnten ihn nicht festnageln, aber sie wissen, daß er es war.«

Paul Pry entlockte der Trommel ein paar sanfte Töne.

»Und jetzt hat Big Front Gilvray ihn kommen lassen?«

»Ja. Er ist hier. Hab ihn heute früh auf der Straße gesehen. Ihn und Gilvray. Ich sag Ihnen, die Gilvray-Bande ist nahe am Verzweifeln. Die haben immer erstklassige Arbeit geleistet, und zwar auf die raffinierte Art. Sie haben ihnen die Butter vom Brot genommen, und jetzt werden sie massiv.«

Paul Pry nickte vergnügt.

»Und haben sich Woozy Wiker geholt, den Mann, der so tun kann, als sei er beduselt, stimmt's, Mugs?«

»Genau. Und das ist noch nicht alles. Haben Sie das von dem Marple-Überfall gelesen?«

»Marple – Marple – Augenblick mal, Mugs, war das nicht der Überfall gestern nachmittag? Ein Polizist wurde erschossen, glaube ich.«

Mugs Magoo warf einen Blick auf die Whiskeyflasche und seufzte, dann betrachtete er sein leeres Glas. Er drehte sich zu Paul Pry um.

»Genau«, sagte er. »Und der Bulle hatte überhaupt keine Chance.«

»Warum?« wollte Paul Pry wissen; in seinen Augen blitzte plötzlich Interesse auf.

»Weil dem gar nicht klar war, mit was er es zu tun hatte.«

»Na schön, Mugs, mit was *hatte* er es zu tun?«

»Mit Woozy Wikers gepanzertem Wagen, damit. Erinnern Sie sich – in den Zeitungen hat gestanden, daß nach dem Überfall ein grauer Cadillac die Banditen weggebracht hat? Und daß der Polizist auf seinem Motorrad hinter ihnen her ist? Und daß es zu einer Schießerei gekommen ist?«

Paul Pry nickte. »Weiter, Mugs.«

Mugs ließ seine glasigen Augen wieder zu der Whiskeyflasche wandern und schenkte sich schließlich doch noch einen Drink ein.

»Dieser graue Cadillac ist Woozys Privatlimousine. Eine Spezialkonstruktion für Überfälle. Die Karosserie besteht nicht aus dünnem Metall, sondern aus Panzerplatten. Die Fenster sind aus kugelsicherem Glas.«

Paul Pry stieß einen Pfiff aus.

Mugs Magoo kippte seinen Drink und nickte trübsinnig. »So sieht es aus. Woozy Wiker kommt aus Chicago und tut sich mit Gilvray zusammen. Jetzt machen sie's auf die harte Tour. Und ganz nebenbei pumpen die Sie mit Blei voll. Als ich das mit dem grauen Cadillac gelesen habe, mußte ich an Woozy denken. Und dann habe ich ihn heute morgen zusammen mit Gilvray gesehen.«

Paul Pry nahm den Schlägel aus Lärchenholz.

»Und du glaubst, daß Sie hinter mir her sind?«

»Das glaube ich nicht, das weiß ich. Auf Sie wartet ein Kimono aus Holz – und das meine ich ernst.«

Paul Pry trommelte immer schneller. Seine Augen funkelten vor Konzentration, und die Andeutung eines Lächelns spielte um seine Mundwinkel.

»Mugs«, sagte er träumerisch.

Mugs runzelte gereizt die Stirn.

»Wenn Sie was sagen wollen, dann hören Sie mit dieser verdammten Trommelei auf. Ich kann Sie nicht hören.«

Das Trommeln verebbte zu gedämpften, kaum hörbaren Wirbeln.

»Nein, Mugs. Ich mag die Trommel. Es ist, glaube ich, eine Kriegstrommel. Ich bin mir nicht sicher, aber irgendwie schwingt in dem Klang etwas Wildes mit. Kannst du dir nicht auch ein riesiges nächtliches Feuer vorstellen, rhythmisch stampfende Füße, Kriegsbemalung, das Schütteln von Speeren, wildes Geheul ...«

Mugs Magoo fiel ihm ins Wort.

»Nein. Kann ich nicht. Ich kann mir nichts vorstellen als Maschinenpistolen, die Blei spucken, einen schwarzen Sarg, ein gigantisches Begräbnis und eine Einnahmequelle, die sich künftig die Radieschen von unten beguckt. Wie soll ich an Whiskey rankommen, wenn Sie nicht mehr da sind?«

Paul Pry lachte auf.

»Das lob ich mir, Mugs, du sprichst wie ein Mann! Keine Gefühlsduselei, kein Blabla von wegen einem Freund, den man verloren hat. Für dich bin ich eine Einnahmequelle. Dein Interesse an mir ist absolut eigennützig. Na ja, so ist eben das Leben – wenn wir nur so ehrlich wären, es zuzugeben.«

»Ach, Chef, so habe ich das nicht gemeint. Aber ich

war wirklich unten, bis Sie dahergekommen sind. Seitdem lief alles viel zu gut, das konnte ja auf die Dauer nicht gutgehen. Ich hab gewußt, daß damit mal Schluß ist.«

Paul Pry stellte die Trommel auf den Boden und sah Mugs Magoo an.

»Mugs, wenn du mit dem Trinken aufhörst, bring ich dich wieder bei der Polizei unter, als den Mann mit dem photographischen Gedächtnis.«

Mugs wedelte mit seinem leeren Jackenärmel.

»Nicht mit nur einem Arm.«

»Doch. Auch mit nur einem Arm. Als Kamera-Auge bist du unbezahlbar, und ich kann dir mit Sicherheit einen Job verschaffen.«

Mugs Magoo betrachtete die Whiskeyflasche und schnaubte.

»Nein. Das hat keinen Sinn. Ich kenn mich selber am besten. Ich bin bei der Polizei wegen Sauferei gefeuert worden, ehe der Arm hopsgegangen ist. Ich komme von dem Zeug nicht los – ich hab's aufgegeben, dagegen anzukämpfen. Mit mir ist es immer weiter abwärts gegangen, bis ich schließlich auf der Straße Bleistifte verkauft habe, und dann sind Sie gekommen, haben rausgekriegt, daß ich das Talent habe, mir Gesichter und Zusammenhänge zu merken, und haben mich angeheuert, um Gangster für Sie auszukundschaften. Dazu tauge ich – zu mehr nicht. Aber Sie wollten mir was sagen, als wir uns wegen dem Trommeln in die Haare gekriegt haben. Ich weiß das von der Art, wie Sie geguckt und wie Sie gesprochen haben, irgendwie so verträumt. Was wollten Sie sagen?«

Paul Pry trommelte mit den Fingerspitzen auf die Stuhllehne.

»Erinnerst du dich an das Mädchen, deren Diamanten bei Forman's ausgetauscht wurden?«

Mugs Magoo nickte. »Das hat sie zumindest behauptet. Sie hatte keinen Beweis.«

Paul Prys Augen glitzerten kalt. Das Lächeln war aus seinem Gesicht verschwunden.

»Stimmmt. Sie hatte keinen Beweis. Aber ich habe ihr geglaubt, und du auch, Mugs.«

»Und wenn schon? Wir konnten nichts machen.«

»Ich habe ihren Namen und ihre Adresse, Mugs.«

»Und, was hat das alles mit Woozy Wiker zu tun?«

»Folgendes, Mugs. Angenommen, die Gilvray-Bande zieht einen Überfall durch, bei dem Forman eine Menge Diamanten einbüßt, und angenommen, ich schaffe diese Juwelen wieder her und luchse Forman eine hohe Belohnung dafür ab. Nimm weiter an, ich gebe dem Mädchen einen Teil von der Belohnung. Findest du nicht, daß das ausgleichende Gerechtigkeit wäre?«

Mugs Magoos Hand, die er nach der Whiskeyflasche ausgestreckt hatte, hielt auf halbem Weg inne. Seine glasigen Augen waren weit aufgerissen vor Schreck.

»Um Himmels willen, Chef, setzen Sie sich nicht solche Flausen in den Kopf! Was Sie jetzt brauchen, ist 'n Mauseloch, in das Sie sich verkriechen können und aus dem Sie nicht mehr rauskommen, bis Woozy Wiker erledigt ist. Selbst dann wird es noch teuflisch unangenehm für Sie werden, aber vielleicht schaffen Sie's.

Das ist auch der Grund, warum ich vorbeigekommen bin. Ich habe einen Unterschlupf für Sie aufgetrieben. Sie müssen Tag und Nacht in Ihrem Zimmer bleiben und sich Ihr Essen bringen lassen und einen Leibwächter anheuern. Gilvray hat Feinde. Er wird nicht ewig leben. Aber was Sie da vorhaben, noch mehr Belohnungen einzukassieren – Mann, Chef, Sie sind verrückt!«

Paul Pry schüttelte kurz und mit Nachdruck den Kopf.

»Woozy Wiker kennt mich nicht; nein, natürlich nicht.«

»Nein. Aber jemand wird Sie ihm zeigen. Das ist nicht weiter schwer.«

»Aber angenommen, ich komme ihm zuvor, und du zeigst ihn mir zuerst?«

»Und was bringt das?«

»Möglicherweise ziemlich viel. Du sagst selber, daß die Gilvray-Bande dringend Geld braucht. Der Überfall gestern beweist es. Vorrangig hat Wiker es wahrscheinlich auf wertvolle Edelsteine abgesehen. Ich bin nur so eine Art Randproblem.«

Mugs Magoo seufzte auf.

»Yeah. Harry Higley war auch nur so eine Art Randproblem. Und Martha die Gangsterbraut auch. Und alle zwei gucken sich jetzt die Radieschen von unten an. Dieser Wiker ist ein harter Bursche, glauben Sie mir.«

Paul Pry nickte, aber in seinen Augen war jetzt nicht mehr das kalte Glitzern. Sein Blick hatte etwas träumerisch Konzentriertes, und als er sprach, klang seine Stimme sanft, fast schmeichelnd.

»Ich könnte mir einen Tag lang den Bart stehen lassen und dann mein Gesicht pudern. Das würde so aussehen, als hätte ich mir gerade einen Vollbart abrasiert.«

»Und zu was soll das gut sein?« fragte Mugs Magoo.

»Dann würde man mir eher abkaufen, daß ich Russe bin.«

»Ein Russe! Um Himmels willen, Chef, sind Sie jetzt ganz durchgedreht?«

»Ein Russe«, wiederholte Paul Pry und schenkte dem Zwischenruf keinerlei Beachtung, »dem man es abnimmt, daß er die noch nicht verkauften Kronjuwelen von Rußland hierher, in dieses Land bringt, um sie zu Geld zu machen.«

Mugs Magoo nahm die Whiskeyflasche, hielt sie gegen

das Licht, betrachtete sie zweifelnd und schüttelte den Kopf.

»Nee«, meinte er, »die ist erst halb leer. Das hätte nicht gereicht, um mich abzufüllen. Aber entweder bin ich voll, oder Sie sind verrückt. Und von einem halben Liter Whiskey bin ich nicht voll, nicht einmal vor dem Frühstück!«

Paul Pry war jedoch bereits aufgestanden; er bewegte sich mit der eleganten Behendigkeit eines Sportlers.

»Wie kommen wir an Woozy Wiker ran?«

Mugs schüttelte den Kopf. »Das ist einfach. Wie halten wir uns von ihm fern?«

»Du weißt, wo wir ihn finden?«

»Sicher.«

Paul Pry griff nach seinem Hut.

»Komm, Mugs«, sagte er.

Es war noch früh am Vormittag, und allmählich belebte sich die Einkaufsgegend. Die meisten Leute machten einen Einkaufsbummel: Vorboten der Rush-hour, die in ein paar Stunden einsetzen würde.

In den Banken herrschte geordnete Betriebsamkeit. Gutgekleidete Geschäftsleute kamen und gingen. Es war die Zeit, in der die Stadt sich darauf vorbereitet, dem großen Gott Mammon zu dienen.

Mugs Magoo saß da, an die Wand einer Bank gelehnt. In dem Schoß hatte er seinen mit Bleistiften gefüllten Hut, auf dessen schwarzem Filz ein paar Münzen klimperten. Auf seinem Gesicht malte sich der für Bettler charakteristische Überdruß ab. Er ließ seinen leeren Jackenärmel so baumeln, daß jeder ihn sehen konnte.

Die glasigen Augen, das unrasierte Gesicht, die zerlumpte Kleidung, die hingekauerte Gestalt, typische Attribute der Straßenbettler, die an die Gefühle mitleidiger Passanten appellieren.

Er spielte seine Rolle perfekt; kein Mensch wäre darauf gekommen, daß seine glasigen Augen jedes einzelne Gesicht musterten, daß die Hand, die den Hut drehte und wendete und gelegentlich einladend nach vorne streckte, in Wirklichkeit bestimmte Zeichen gab, so daß der elegant gekleidete Paul Pry, der müßig an der gegenüberliegenden Ecke stand, mühelos jedes einzelne Signal sehen und verstehen konnte.

Denn Mugs Magoo vergaß nie ein Gesicht, und er kannte die Unterwelttypen wie kein anderer. Ein Gesicht, das er einmal gesehen hatte, erkannte er auf der Stelle wieder, selbst zehn Jahre später und in einer anderen Stadt.

Indem er die verschiedenen Gesten, die Mugs Magoo mit seinem Hut ausführte, genau beobachtete, erfuhr Paul Pry eine Menge über die Leute, die vorbeihasteten. Er erfuhr, daß dieser Mann, der einen wohlhabenden Eindruck erweckte, ein Spieler war, daß jener, der wie ein Bankier aussah, ein Experte für Raubüberfälle war, daß das Mädchen mit dem unschuldigen Gesicht der Lockvogel eines Erpresserduos war.

Aber all das interessierte ihn nicht.

Als schließlich ein Mann behende wie eine Katze über das Pflaster trippelte, schwenkte Mugs Magoo seinen Hut auf und ab.

Paul Pry ließ seinen polierten Spazierstock in die Luft schnellen und schlenderte in die gleiche Richtung, die der Schlanke mit den katzengleichen Schritten eingeschlagen hatte.

Mugs Magoo verstaute die Bleistifte in seiner Jackentasche, suchte die paar Münzen in seinem Hut zusammen und stülpte sich diesen auf. Dann sah er sich um, ob nicht bald eine Straßenbahn käme. Für heute hatte er seine Pflicht erfüllt.

Der mit hastigen Schritten dahineilende Mann mit den

unsteten Augen und dem kantigen Gesicht war Woozy Wiker aus Chicago.

Wiker betrat die Bank. Seine Hand umklammerte eine Mappe mit so festem Griff, daß die Knöchel weiß hervortraten.

Er ging auf den Schalter zu, über dem ein vergoldetes Schild mit der Aufschrift »R bis Z« angebracht war. Paul Pry rannte hektisch zum selben Schalter.

Wiker hatte sich angestellt, aber Paul Pry schoß in heller Aufregung an ihm vorbei und drängte sich in die Schlange von einem halben Dutzend Leuten, direkt vor den Gangster.

»Parrrdon!« stieß Paul Pry mit einem Akzent hervor, der zu seiner hektischen Aufgeregtheit paßte. »Ich war hier. Ich gehe für eine Minute, eine Sekunde weg. Sie kommen und stellen sich auf meinen Platz.«

»Na hören Sie mal!« knurrte der Gangster und streckte sein knochiges Kinn vor; mit seiner Rechten hielt er die Mappe auf seinen Rücken.

»Ich will nur eine Frage stellen, es dauert nur eine Minute, mein Freund, eine winzige Frage, aber eine wichtige Frage. Die Sicherheit von einer Million Dollar hängt davon ab.«

Auf dem Gesicht des Gangsters verschwand jegliche Feindseligkeit.

»Tatsächlich?« sagte er mit zurückhaltendem Interesse.

Paul nickte fieberhaft.

»Nur eine Sekunde dauert es, das alles.«

»Na, dann kommen Sie, Mann«, meinte Woozy Wiker und trat einen Schritt zurück, um Paul Pry Platz zu machen.

Paul Pry war gut gekleidet, aber sein Gesicht hatte eine seltsame Tönung, wie bei einem Mann, der sich erst kürzlich seinen Bart abrasiert hat. Aus der Art, wie er sich verhielt, hätte ein scharfer Beobachter geschlossen, daß die

Umgebung, in der er sich befand, ihm nicht sonderlich vertraut war. Und Woozy Wiker war ein scharfer Beobachter.

Die Leute in der Schlange wickelten schnell und reibungslos ihre Angelegenheiten ab. Schließlich und endlich handelte es sich um Geschäftsleute, die genau wußten, was sie zu tun hatten. Ihre Schecks waren korrekt ausgefüllt. Ihre Einzahlungsformulare waren ordentlich und vollständig beschriftet. So konnte der Kassierer die Zahlen mit einem Blick überprüfen, die Endsumme vermerken, lächeln und nach dem nächsten Einzahlungsformular greifen.

Jetzt stand Paul Pry vor dem Schalterfenster. Hinter ihm hielt der Gangster seine Mappe umklammert und neigte seinen Kopf seitlich leicht nach vorne, um besser zuhören zu können.

Durch das vergitterte Fenster musterte Paul Pry das Gesicht des Kassierers und gestikulierte mit seinen Händen auf eine Weise, die den Ausländer verriet.

»Parrrdon!« sagte er.

»Sie wünschen?« fragte der Schalterbeamte, als er bemerkte, daß Paul Pry weder einen Scheck noch einen Einzahlungsschein, noch Banknoten in der Hand hielt.

»Forman, der Juwelier, ist er ehrlich? Kann man ihm Juwelen im Wert von einer Million, eineinhalb Millionen anvertrauen? Juwelen, die – die aus Rußland stammen?«

Der Kassierer betrachtete Paul Pry mit dem Blick eines Mannes, dessen Hirn mit Routineangelegenheiten vollgestopft ist und der unversehens mit einer äußerst ungewöhnlichen Situation konfrontiert wird.

»Forman – Forman – Donnerwetter, was soll das bedeuten?«

Paul Pry senkte seine Stimme.

»Gewisse wertvolle Juwelen sollen einem Kunden gezeigt werden. Er will, daß wir sie bei Forman hinterlegen, damit er sie dort prüfen kann. Aber ich darf kein Risiko eingehen. Dieser Forman, ist er ehrlich?«

Der Kassierer blickte hastig zu dem Uniformierten, der in eindrucksvoller Stattlichkeit über den marmornen Fußboden paradierte – die Verkörperung der majestätischen Würde des Gesetzes.

»Sie sind am falschen Schalter«, beschied er Paul Pry. Dann erhaschte er den Blick des Uniformierten und machte diesem ein Zeichen.

»Aber ich bitte nur um eine einzige Auskunft – ist er ehrlich oder nicht?« beharrte Paul Pry.

Der Uniformierte kam rasch näher.

»Warum sind Sie ausgerechnet hierher gekommen?« erwiderte der Kassierer, um Zeit zu gewinnen.

»Weil er gesagt hat, daß ich bei seiner Bank Erkundigungen einziehen soll.«

Der Kassierer lachte.

»Oh«, meinte er.

In dem Augenblick gesellte sich der Uniformierte zu ihnen.

»Dieser Herr«, erklärte der Kassierer, »ist Ausländer. Er wünscht offenbar einen der Vizepräsidenten zu sprechen. Würden Sie ihn bitte zu Mr. Adams bringen? Er möchte ihn etwas fragen. Ist schon in Ordnung, Jamison. Sorgen Sie einfach dafür, daß er zu Mr. Adams gebracht wird.«

Und so wurde Paul Pry, der nervös die Achseln zuckte, zu den Büros am anderen Ende der Bank geleitet. Die Schlange rückte auf, und Woozy Wiker aus Chicago legte seine Mappe vor den Kassierer.

»Bitte zählen Sie das und eröffnen Sie ein Konto«, forderte er ihn auf.

Der Uniformierte faßte Paul Pry fest am Arm und brachte ihn zum Büro des Ersten Vizepräsidenten, Arthur Adams.

Die Frage, die Paul Pry Mr. Adams vorlegte, war nicht

die gleiche, die er dem Kassierer hinter dem vergitterten Fenster gestellt hatte. Er wollte wissen, ob er auf bestimmte ausländische Obligationen eine kurzfristige Anleihe aufnehmen könnte; seine routinemäßige Frage wurde mit kalter Herzlichkeit beantwortet, mit jener Herzlichkeit, die ein Bankdirektor im allgemeinen einem zukünftigen Kontoinhaber gegenüber an den Tag legt, mit jener Kälte, die ein Bankdirektor sich im allgemeinen zukünftigen Kreditnehmern gegenüber vorbehält.

Paul bedankte sich mit einer leichten Verbeugung und verließ das Büro.

Am Eingang der Bank wartete Woozy Wiker auf ihn.

»Haben Sie die gewünschte Information bekommen?«

Paul Pry zuckte die Schultern.

»Information! Bah! Diese Bankiers haben Angst davor, Fragen zu beantworten. Verstehen Sie, ich habe einen Auftrag, eine Verantwortung. Ich soll eine Million Dollar für die bolschewistische Regierung besorgen. Ich bin Sonderemissär. Ich kümmere mich um meine Angelegenheiten, und ich erwarte von anderen, daß sie sich um ihre kümmern. Ich halte mich an die Gesetze des Landes, in dem ich mich aufhalte, und ich erwarte, daß man meine respektiert.

Gewisse äußerst wertvolle Gegenstände sollen einem Kunden gezeigt werden. Der Kunde sagt, diese Gegenstände sollen bei Forman's hinterlegt werden, damit er sie prüfen kann. Ich kann nicht einem Juwelier eine Million Dollar geben, ohne zu wissen, ob er in Ordnung ist. Ich muß das herausfinden. Und die Bank hält mich für verrückt, weil ich frage. Dieses Land ist mir fremd, obwohl ich hier aufgewachsen bin.«

Woozy Wiker nickte teilnahmsvoll.

»Ich schätze, Forman ist in Ordnung«, meinte er.

Paul Pry nickte. »Das hat die Bank auch gesagt«, erklärte er gewandt. »Aber ehe sie mir das sagen, muß ich soviel Bürokratie überwinden, nur um herauszufinden, ob ein Mann ehrlich ist oder nicht.«

»Warum«, fuhr Wiker fort, »warum haben Sie sich eigentlich bei dem Schalter angestellt, wo dieser Kassierer saß – ich meine, beim Schalter R bis Z?«

Paul Prys Augen funkelten listig.

»Bin ich blöde?« meinte er. »Vor allen anderen Schaltern war eine lange Schlange. Ich habe mir das angesehen. Ich habe den Erstbesten gefragt, den ich erwischt habe. Ich habe gewußt, daß er mich zu dem richtigen Mann bringen würde, der meine Frage beantworten kann. Ich danke Ihnen für Ihre Freundlichkeit, aber jetzt muß ich auf der Stelle los und einige sehr wertvolle Gegenstände abholen und zu diesem Alexander Forman bringen, der ein ehrlicher Mann ist. Sie müssen heute nachmittag um vier Uhr dort sein.«

Woozy Wiker ging neben ihm her. »Kann ich Ihnen irgendwie behilflich sein?« fragte er.

»Schwuchtel!« schnaubte Paul Pry und tauchte in das Verkehrsgewühl ein, wie eine argwöhnische Forelle, die den Schatten eines Anglers sieht. Man hörte die Tür eines Taxis zuknallen, und da stand Woozy Wiker und starrte auf die Stelle, wo eben noch Paul Pry gestanden hatte.

Die bleifarbenen Augen Woozy Wikers waren gedankenverhangen.

Paul Pry ließ sich schnurstracks zu einem Laden bringen, dessen Spezialität ausgefallene Haustiere waren. Die Gänge waren von Käfigen gesäumt, aus denen höchst unterschiedliche Kreisch-, Quietsch- und Pfeiftöne sowie Gerüche drangen.

»Ich hätte gerne eine große Ratte«, erklärte er.

»Weiß?« fragte der Verkäufer gleichmütig.

»Mir wäre eine etwas häuslichere Farbe lieber.«

»Sie meinen braun?«

»Ja.«

»Ich seh mal nach, was wir haben.«

»Und es sollte eine sehr lebhafte Ratte sein, eine, die von Natur aus rastlos ist.«

»Wenn Sie einen Moment warten wollen«, beschied ihn der Verkäufer leicht verdrossen.

Nach drei Minuten tauchte er aus dem Gewirr von Käfigen im Hintergrund des Ladens auf. In der Hand hielt er einen kleinen Drahtkäfig, in dem zwei große Ratten waren.

»Das sind sogenannte Packratten. Sehr groß und sehr rastlos.«

Paul Pry zog seine Brieftasche.

»Ich nehme sie beide«, erklärte er vergnügt. »Sie sind genau das, was ich gesucht habe.«

Fünf Minuten später tauchte er mit einem sperrigen Paket unter dem Arm aus dem Laden auf und hielt erneut nach einem Taxi Ausschau. Diesmal ließ er sich direkt zu einem Geschäft fahren, das auf Safes spezialisiert war. Es führte riesige Wandsafes, kleine tragbare Safes, Stahlkassetten, Wertpapierschatullen, feuerfeste Aktenschränke. Der Verkäufer musterte ihn mit geschäftsmäßiger Freundlichkeit.

»Ich brauche eine verschließbare Metallkassette, die jedem Versuch, sie zu öffnen, ungefähr fünf Minuten lang standhält.«

Die Freundlichkeit des Verkäufers wich großäugigem Staunen.

»Fünf Minuten?« fragte er.

»Fünf Minuten lang muß sie halten«, bekräftigte Paul Pry.

»Gewiß, Sir. Und wie groß soll die Kassette sein?«

»Oh, groß genug, um Kronjuwelen im Wert von einer Million Dollar darin unterzubringen.«

Der Verkäufer schluckte. »Wollen Sie nicht lieber eine

von unseren speziellen diebstahlsicheren, feuersicheren, aufbruchsicheren ...«

Paul Pry fiel ihm ins Wort. »Ich will eine Metallkassette, die ungefähr fünf Minuten lang standhält«, wiederholte er.

Unter dem unnachgiebigen Blick Paul Prys gab der Verkäufer nach.

»Sehr wohl, Sir«, murmelte er und legte einen derart beflissenen Eifer an den Tag, daß es keine zehn Minuten dauerte, bis Paul Pry aus dem Laden spazierte und erneut ein Taxi anhielt. Diesmal hatte er zwei Pakete unter dem Arm.

Mugs Magoo saß in Paul Prys Wohnung, als dieser mit seinen seltsamen Einkäufen zurückkehrte. Neben ihm auf dem Tisch stand eine leere Whiskeyflasche; eine zweite war nur noch halb voll.

Mit seinen glasigen Augen betrachtete Mugs Magoo kummervoll Paul Pry.

»Sind Sie immer noch da?«

»Wo sollte ich denn deiner Meinung nach sonst sein?« wollte Paul Pry wissen.

»Radieschen begucken, von unten«, erklärte Mugs.

Paul grinste, wickelte seine Einkäufe aus und stellte den Käfig mit den riesigen Ratten und die Metallkassette, die schon fast – fast, aber nicht ganz – ein kleiner Safe war, auf den Tisch.

Mugs Magoo nickte bedächtig.

»Völlig in Ordnung«, bemerkte er.

»Was ist völlig in Ordnung, Mugs?«

»Daß Sie sich so verhalten – jetzt.«

»Wie meinst du das: jetzt?«

»Ich meine, als Sie angefangen haben, sich aufzuführen wie ein Irrer, war ich noch nicht voll genug, um wirklich besoffen zu sein, und da habe ich gewußt, einer von uns beiden wird gleich verrückt; ich will aber nicht verrückt werden – zumindest nicht gleich. Aber jetzt bin ich so abgefüllt, daß mir das alles ganz natürlich vorkommt. Ich werd Sie nicht mal fragen, ob das wirklich Ratten sind in dem Käfig da, oder ob das das erste Anzeichen dafür ist, daß ich durchdrehe.« Damit goß Mugs Magoo sich noch einen Drink ein.

Paul Pry betrachtete die Ratten, die ihn mit ihren schwarzen Augen anfunkelten; ihre Barthaare bebten vor Neugierde. Unablässig kratzten sie mit ihren Pfoten an den Käfigstangen.

»Mugs«, verkündete er, »wie man weiß, trägt jedes Ding den Keim seiner Zerstörung in sich.«

»Hm-hm.«

»Das beeindruckt dich anscheinend nicht sonderlich.«

»Was erwarten Sie von mir? Soll ich Ihnen um den Hals fallen und zu heulen anfangen?« fragte Mugs Magoo. »Das weiß ich selber. Ich kann das nicht in so hochgestochene Worte verpacken wie Sie, aber ich kann Ihnen das gleiche verklickern. Predige ich das nicht die ganze Zeit? Ich hab Ihnen gesagt, Sie werden schließlich im Leichenschauhaus landen, wenn Sie weiter auf Big Front Gilvray rumhacken und immer genau in dem Moment die Beute einkassieren, wenn er sie an Land gezogen hat.

Sie waren ganz schön erfolgreich. Ungefähr zwanzigtausend Dollar Belohnungsgelder haben Sie eingesteckt, netto. Aber Sie haben's zu weit getrieben. Das ist der Keim der Zerstörung, von dem Sie reden. Sie waren zu erfolgreich. Wenn Sie es ein- oder zweimal probiert hätten, dann hätte Gilvray sich bloß geärgert. Aber jetzt ist er an den Punkt gelangt, daß er Sie abknallen lassen muß, wenn er im Geschäft bleiben will.«

Paul Pry lachte.

»Gut argumentiert, Mugs. Er muß mich abknallen lassen, wenn er im Geschäft bleiben will. Ich habe jedoch nicht vor, mich abknallen zu lassen. Deshalb muß er aus dem Geschäft raus.

Allerdings hatte ich etwas anderes im Auge, Mugs, als ich gesagt habe, daß alles den Keim seiner Zerstörung in sich trägt. Ich habe dabei an den Plan gedacht, beim Überfall auf Geschäfte ein gepanzertes Auto mit kugelsicheren Fenstern zu verwenden.«

»Hm«, bemerkte Mugs Magoo, »das trägt keinen Keim der Zerstörung in sich. Das hat der Polizei von Chicago den Wind aus den Segeln genommen. Die können rein gar nichts machen. Ein Automobil, das wie ein gewöhnlicher Wagen aussieht, entpuppt sich als Festung. Ein Bulle jagt ihm nach und wird mit Blei vollgepumpt, ohne auch nur die geringste Chance zu haben. Die sitzen hinter ihren kugelsicheren Scheiben und bedienen ihn rundrum und lachen sich dabei ins Fäustchen.«

Paul Pry nickte geheimnisvoll.

»Trotzdem, es gibt da einen Faktor, einen ganz bestimmten Faktor, und der ist die Schwachstelle in dem Plan. Der Wagen muß auf eine spezielle Art und Weise eingesetzt werden, um seinen Zweck zu erfüllen.«

»Und, was ist die Antwort darauf?« fragte Mugs Magoo und starrte aus seinen trüben Augen Paul Pry an.

»Es gibt keine – noch nicht. Aber es wird eine geben, irgendwann heute nachmittag – wenn die Polizei das tut, was ich glaube, daß sie tun wird.«

Mugs Magoo schenkte sich noch einen Drink ein.

»Ach was, gehen Sie doch Radieschen angucken – von unten«, meinte er. Dann, nach einer Pause: »Was, glauben Sie, daß die Polizei tun wird?«

»Zu dem Punkt«, erklärte Paul Pry, »möchte ich deine Meinung hören. Du warst Polizist, und du kennst dich mit der Psychologie der Polizisten aus. Angenommen, in dem Schrank da versteckt sich ein zum äußersten entschlossener Gangster, bereit, mich mit seiner Maschinenpistole niederzuschießen, und weiter angenommen, ich schaffe es, die Polizei zu verständigen. Was würde man in dem Fall unternehmen?«

Noch immer starrte Mugs Magoo Paul Pry unverwandt aus seinen trüben Augen an und wunderte sich.

»Sie meinen, was der Gangster macht, während Sie das tun?«

»Nein. Was würde die Polizei tun?«

»Wenn sie hier eintrifft?«

»Ja, natürlich.«

»Den Leichenbeschauer anrufen, daß er kommt und Ihre sterblichen Überreste zusammenklaubt.«

»Nein. Ich meine, wenn sich der Gangster nach wie vor in dem Schrank versteckt.«

Mugs schnaubte.

»Ach so! Na ja, zu meiner Zeit hätten sie einen Mann vorgeschickt, damit der die Schranktür aufreißt und das Herzchen ins Kittchen schleift. Und wenn der Gangster auf stur geschaltet hätte, dann hätte sein Gesicht in Kürze wie durch den Fleischwolf gedreht ausgesehen. Aber die Zeiten sind vorbei. Heute schicken sie eine ganze Abteilung mit Tränengasbomben und Maschinenpistolen und Straßenkampfwaffen und halten sich erst mal zurück und schmeißen jede Menge Tränengasbomben in das Zimmer, um den Banditen auszuräuchern. Dann bringen sie ihn aufs Revier, und in den Augen der anderen Gangster ist er ein Held. Eine halbe Stunde später haut ein Richter mit seinem Hammer auf den Tisch und verkündet ein Habeas Corpus, weil irgend so ein gewiefter Anwalt bei der letzten Wahl für ihn gestimmt hat. Und der Fall kommt gar nicht erst vor Gericht.«

Paul Pry nickte, ging zum Telephon und rief das Polizeipräsidium an.

»Kommen Sie, schnell«, keuchte er in den Hörer; dabei dämpfte er seine Stimme, die vor Aufregung bebte. »Hier ist Paul Pry. Sie wissen, daß eine gewisse Bande gedroht hat, mich zu erledigen. Und jetzt hat sich ein Gangster in meinem Schrank versteckt; er hat eine Maschinenpistole und wartete nur darauf, daß ich in das andere Zimmer gehe, damit er mich erschießen kann. Schnell, schicken Sie ein paar Leute her. Aber gehen Sie kein Risiko ein. Er ist zu allem entschlossen. Er hat eine Maschinenpistole und mindestens tausend Streifen Munition.«

Und legte auf.

Mugs Magoo goß sich einen Drink ein, schaute sehnsüchtig auf die Flasche und stellte sie wieder auf die Anrichte. Mit jener würdevollen Gelassenheit, die nur demjenigen eignet, der ein ziemliches Quantum Alkohol verträgt, stolzierte er zur Tür.

»Gehst du schon, Mugs?«

»Ja. Sie versuchen es schon wieder mit einem Trick, aber diesmal werde ich nicht mitspielen. Erinnern Sie sich, von wegen Keim der Zerstörung? Na schön, da ist er, da drinnen.«

Damit tippte Mugs Magoo mit dem Zeigefinger bedeutungsvoll an seine Stirn, schnappte sich seinen Hut, öffnete die Tür, ging hinaus, warf sie hinter sich ins Schloß und schritt entschlossen den Korridor entlang.

Grinsend sah Paul Pry ihm nach. Dann wandte er sich zu dem Schrank um, holte einen Armvoll alter Kleider und Schuhe heraus und verstaute sie in einem anderen Schrank. Er nahm ein paar Walnüsse und legte sie auf den Boden des Schrankes, knüllte Zeitungspapier zusammen und stopfte es hinein. Als nächstes ließ er die zwei Ratten in den Schrank und verschloß ihn.

Zehn Minuten später traf die Polizei ein.

Mit weit aufgerissenen, verschreckten Augen ging Paul Pry auf Zehenspitzen zur Tür und öffnete sie.

»Da drinnen ist er«, wisperte er und zeigte auf den Schrank.

An der Spitze seiner Männer trat der Sergeant in den Raum. Sie waren, wie Mugs Magoo vorausgesagt hatte, bis an die Zähne bewaffnet und schleppten einen Korb mit Tränengasbomben herein.

»Wer ist er?« flüsterte der Sergeant.

»Ich weiß nicht. Ich bin hereingekommen und habe ihn da drinnen gehört. Er hat keine Ahnung, daß ich da bin. Er wartet – hören Sie nur.«

Paul Pry blieb wie angewurzelt stehen, in einer Haltung äußerster Angespanntheit, so daß auch die anderen sich nicht mehr rührten. Eine Sekunde verstrich, zwei Sekunden verstrichen, zehn Sekunden. Einer der Polizisten bewegte sich.

Aus dem Schrank war ein Geräusch zu vernehmen, ein leises Knistern, das in ein Rascheln überging.

Triumphierend blickte Paul Pry den Sergeant an.

»Einer von der Gilvray-Bande«, flüsterte der Sergeant seinen Leuten zu. »Unser Goldstück hier ist ihm in die Quere gekommen, und sie haben beschlossen, ihn umzulegen. Geht auf die andere Seite, wo er nicht durch die Tür auf euch schießen kann. Nehmt jeder eine Tränengasbombe und haltet sie bereit. Seid ihr soweit?«

Vorsichtig nahmen die Männer ihre Plätze ein. Gewehre richteten sich auf den Schrank. Ein paar nahmen Tränengasbomben; einer von ihnen war Paul Pry: in jeder Hand hielt er eine. Er machte einen arg mitgenommenen, aber kampfbereiten Eindruck.

Das Geräusch im Schrank wurde lauter.

»Fertig?« fragte der Sergeant, jetzt etwas lauter.

»Wir sind soweit«, erwiderte einer der Männer.

»Hey, Sie da im Schrank!« brüllte der Sergeant

Keine Antwort. Das Knistern und Rascheln erstarb.

Der Sergeant machte seinen Leuten ein Zeichen.

»Kommen Sie raus«, schrie er. »Hier ist die Polizei. Sie stehen unter Arrest, wegen Einbruch. Unsere Kanonen sind auf Sie gerichtet.«

Keine Antwort.

»Kommen Sie raus, oder wir schießen durch die Tür!« brüllte der Sergeant.

Immer noch keine Antwort. Verdutzt schauten die Männer einander an.

»Er ist da drinnen, das steht fest«, erklärte der Sergeant mit normaler Stimme.

Einer der Männer preßte sich gegen die Wand und streckte seinen Arm aus.

»Schießen Sie, sobald ich die Tür öffne, außer er nimmt die Hände hoch«, flüsterte er.

Gespannt warteten die Männer; der Türknauf drehte sich, und die Tür schwang auf.

Eine große Ratte huschte heraus, sah mit ihren glänzenden schwarzen Augen die bedrohlichen Gesichter um sich herum an, richtete vor Schreck ihre Barthaare auf und schoß zurück in den dunklen Schrank.

»Teufel noch mal!« rief der Sergeant.

Irgend jemand lachte. Paul Pry ließ sich auf einen Stuhl sinken.

»O mein Gott!« stieß er hervor und streckte alle viere von sich.

»Entspannt euch«, riet der Sergeant seinen Männern. »Ihr könnt es ihm nicht zum Vorwurf machen, daß er die Flöhe husten hört. Gilvray hat ihn für einen Termin beim Leichenbestatter angemeldet. Wir geben ihm am besten einen Schluck Whiskey; dort auf der Anrichte steht eine Flasche. Ich schätze, ich kann auch einen gebrauchen.«

Während er das sagte, langte der Sergeant nach dem Whiskey und schenkte erst sich und dann Paul Pry einen Drink ein. Als Paul Pry das Glas geleert hatte, nahm der

Sergeant sich noch einen Schluck und stellte die Flasche wieder auf die Anrichte.

Die Männer sahen einander an. Einer von ihnen schob sich langsam Richtung Flasche vor. Dann scharten sich auch die anderen um die Anrichte.

»Fühlen Sie sich besser?« fragte der Sergeant.

Paul Pry richtete sich auf und nickte.

»Mein Gott, so ein Schreck. Ich war sicher, daß in dem Schrank jemand auf mich wartet; Sie wissen ja, daß ich mit einigen Gangstern in letzter Zeit gewisse Meinungsverschiedenheiten gehabt habe.«

Der Sergeant nickte.

»Ich weiß«, bestätigte er.

Paul Pry lächelte schwach und holte ein Kistchen mit Zigarren bester Qualität hervor. Die Männer bedienten sich, rissen ein paar Witze und marschierten aus dem Zimmer.

Paul Pry lauschte, wie ihre Schritte sich durch den Korridor entfernten, und lächelte. Er griff in seine Hosentasche und zog einen runden metallischen Gegenstand heraus.

Das Lächeln ging in ein glucksendes Lachen über.

Die magischen Buchstaben »F-O-R-M-A-N'-S« reihten sich an der Front des beeindruckenden Ladens senkrecht untereinander.

Nachts leuchteten die Buchstaben einer nach dem anderen auf, bis das vollständige Wort seine Botschaft verkündete. Dann erschien ein glitzernder Diamant über und unter der Schrift. Anschließend war zwei Sekunden lang alles dunkel, dann blitzte das ganze Wort dreimal auf, und schließlich blinkte erneut Buchstabe für Buchstabe.

Auf dieses Firmenzeichen war Forman stolz. Er war auf alles stolz, was seinen Namenszug trug.

Hinter der Leuchtschrift waren die Schaufenster nach Formans Vorstellungen dekoriert. Jeweils in der Mitte lag ein schwarzes Samtkissen. Darauf war ein kostbares Schmuckstück zur Schau gestellt, versehen mit einem Preisschild, das äußerst abschreckend wirkte.

Im Vordergrund lag jedoch irgendein reizvolles Sonderangebot, ein großer, leicht fleckiger Diamant, ein protziges Schmuckstück, das die einfachere Kundschaft anlockte. An diesem Artikel war ein Preisschild befestigt, auf dem eine mit roter Tinte durchgestrichene Zahl stand. Darunter stand eine mit schwarzer Tinte durchgestrichene Zahl. Unter diese wiederum war mit Bleistift ein neuer Preis hingeschrieben worden, der in jedem Fall weniger als die Hälfte des ursprünglichen betrug.

Oben auf jedem Preisschild prangte der Werbespruch der Firma:

BESSER UND BILLIGER
BEI FORMAN'S

Auf jedes Sonderangebot wies eine rote Papphand mit ausgestrecktem Zeigefinger hin, auf der in weißer Tinte stand: »WENIGER ALS DIE HÄLFTE«. Derlei Artikel lagen immer ganz vorne. Dahinter sah man das schwarze Samtkissen und hinter diesem Schaukästen mit diversen Edelsteinen.

Forman machte einen Riesenumsatz und bildete sich viel darauf ein, wie gut er sich mit Edelsteinen und in der Psychologie der Menschen auskannte. Bei seinen Geschäften zog er aus beidem seinen Vorteil.

Es war vier Uhr nachmittags.

Direkt vor Forman's entstieg Paul Pry einem Taxi und blickte die Straße in beiden Richtungen entlang. Unter dem Arm trug er eine verschlossene Kassette, die fast wie ein tragbarer Safe aussah. Er entlohnte den Fahrer und hastete in den Laden.

Drei Sekunden nach ihm schritt ein Mann mit der würdevollen Steifheit eines Betrunkenen, der seinen Zustand zu kaschieren versucht, langsam auf das Schaufenster zu und trat dann in den Laden. Woozy Wiker aus Chicago machte sich an die Arbeit.

Ein Verkäufer kam auf Paul Pry zu und wurde beiseite gewunken. Paul Pry wollte nur mit Forman höchstpersönlich verhandeln. Ein zweiter Verkäufer bemühte sich um Woozy Wiker. Ihn traf ein Blick aus glasigen Augen, die offenbar Schwierigkeiten hatten, ihr Gegenüber zu fixieren.

»Will heiraten«, erklärte Woozy Wiker und gab sich bei der Aussprache eines jeden einzelnen Wortes sichtlich Mühe. »Will 'n Ring für das süssesses kleines Mädel aufer Welt.«

Er fummelte mit seiner Hand an der Innentasche seines Jacketts herum und zog schließlich ein Bündel Banknoten heraus, das er auf die Glasplatte des Verkaufstisches klatschte. Auf dem obersten Geldschein konnte man die Ziffern erkennen: eine Eins mit drei Nullen.

»Is' egal, wasses kost«, erklärte Woozy Wiker.

Während Wiker sich auf die Ecke des Schaukastens stützte, taxierte Paul Pry einen Mann mit listigen Äuglein, der auf ihn zu schlurfte.

Forman hatte die Fünfzig bereits überschritten. Sein Kopf hing nach vorne und nach unten, als sei sein Nacken es leid, das Gewicht des Kopfes zu tragen. Irgendwie erinnerte der lange, gebogene Hals an den welken Stengel einer Sonnenblume.

Das Auffälligste an seinem Gesicht war die Nase, eine lange Nase mit hohem Rücken und breiten Flügeln. Die Augen waren gewollt ausdruckslos, die Haut dunkel getönt. Die hohen Backenknochen legten die Vermutung nahe, daß er russischer Abstammung war. Tatsächlich floß in seinen Adern armenisches Blut, aber er verriet niemandem irgendwelche Einzelheiten über seine Vorfahren. Wo genau Forman herstammte, blieb genauso ein Geheimnis wie die Quelle, aus der er seine Diamanten bezog. Es gingen Gerüchte um, daß für einige von ihnen nie Zollgebühren bezahlt worden waren.

Er watschelte auf Paul Pry zu, und seine ausdruckslosen Augen huschten einmal, aber nur einmal, über sein Gesicht. Fast augenblicklich wanderten sie zu der Metallkassette, die Paul Pry bei sich hatte.

Pry beugte sich vor und sagte mit gedämpfter Stimme: »Ich bin am Kauf eines sehr teuren Schmuckstücks interessiert, so an die fünfzigtausend Dollar. Aber ich möchte einen Handel mit Ihnen machen. Soviel ich weiß, führen Sie einige Sonderangebote, die Sie möglicherweise verkaufen – gegen Barzahlung.«

Forman verbeugte sich.

»Ich verkaufe nur gegen Barzahlung«, verkündete er mit einer Stimme, die genauso ausdruckslos war wie seine Augen.

Paul Pry nickte zum Zeichen höflicher Bestätigung, aber ohne jede Überzeugung.

»Wenn ich ›bar‹ sage, meine ich gegen Geld oder Gold. Keine Schecks.«

Forman ließ erneut seinen Blick zu der schweren Metallkassette schweifen. In seinen Augen blitzte die Andeutung einer Gemütsregung auf.

»Aha, ja«, säuselte er, »bar«.

»Bar«, wiederholte Paul Pry.

In einem Ton, in dem die Spur eines Interesses mitschwang, erklärte der Juwelier: »Ich habe ein besonders erlesenes Diamanthalsband – für einundsechzigtausend Dollar.«

Paul Pry deutete auf die Kassette.

»Ich habe exakt fünfzigtausend Dollar bei mir – in bar.«

»Aha«, meinte Forman, »in bar.«

Er zögerte genau lange genug. Als er dann weitersprach, ließ seine Stimme eindeutig ein gewisses Interesse erkennen.

»Unter Umständen könnte ich Ihnen einen Sonderpreis machen – gegen Barzahlung. Ihr Name?«

»Pry«, antwortete dieser und streckte seine Hand aus.

Formans Hand war lauwarm und mit einer schwabbeligen Fettschicht gepolstert: die Art von Hand, die man packen und in jede beliebige Form drücken kann, wie ein Stück feuchten Kitts.

»Sehr erfreut, Sie kennenzulernen«, äußerte Forman. »Kommen Sie doch mit nach oben in mein Büro, dort können wir das Geschäftliche besprechen.«

Paul Pry klemmte sich die Kassette unter den Arm und folgte dem Juwelier nach oben. Hinter ihm bedachte Woozy Wiker aus Chicago den Verkäufer mit einem anzüglichen Grinsen.

»Will kein' klein' Diamant. Will 'n großen Klunker.«

Der Verkäufer nickte und seufzte. »Wenn Sie sich bitte einen Augenblick gedulden«, sagte er und ging ins Hinterzimmer, um sich mit dem Lageristen zu besprechen.

In dem Büro nahm Paul Pry Platz und sah sich prüfend um. Forman drückte auf einen Klingelknopf und erteilte einem Verkäufer mit gedämpfter Stimme Anweisungen. Dann klappte er eine Zigarrenkiste auf, bot Paul Pry eine Havanna an und ließ seine ausdruckslosen Augen erneut zu der Metallkassette schweifen.

»Eine etwas ungewöhnliche Art, Juwelen zu erstehen«, meinte er.

Pry lächelte.

»Nicht die schlechteste. Die verschließbare Metallkassette, die ich benutze, um das Bargeld zu bringen, gibt eine gute Verpackung für die Juwelen ab, die ich mitnehme.«

Es klopfte. Der Verkäufer brachte eine hübsche Schatulle. Forman nahm sie, ließ den Deckel aufschnappen und enthüllte das kalte Glitzern funkelnder Diamanten.

Paul Pry gestattete seinem Gesicht, Begeisterung zu zeigen. Formans Augen fixierten dieses Gesicht, während seine Finger mit den Diamanten spielten.

»Preis einundsechzigtausend Dollar«, erklärte der Juwelier.

»Fünfzigtausend sind mein Angebot.«

»Es gefällt Ihnen?«

Paul Pry nahm das Halsband und betrachtete es sorgfältig.

»Das Design und die Verarbeitung entsprechen nicht ganz meinen Vorstellungen, aber wenn man etwas mit einem Preisnachlaß von elftausend Dollar bekommt . . .« Er schwieg bedeutungsvoll.

»Ja«, säuselte Forman, »wenn man einen Preisnachlaß von elftausend bekommt . . .« Und schwieg ebenfalls bedeutungsvoll.

Paul Pry zog einen Schlüsselbund aus seiner Tasche und fummelte daran herum. Formans ausdruckslose Augen fixierten mit dem starren Blick verhohlenen Interesses die Metallkassette.

Paul Prys Miene verdüsterte sich. Er warf die Schlüssel auf die polierte Mahagoniplatte des Tisches und durchwühlte immer hektischer seine Taschen.

Schließlich blickte er auf.

»Muß ihn in meiner anderen Weste gelassen haben.«

»Den Schlüssel?« fragte Forman.

»Den Schlüssel«, antwortete Paul Pry.

Formans Gesicht wirkte mit einem Mal maskenhaft, wie aus Holz geschnitzt.

»Aha«, meinte er.

»Ich weiß«, räumte Paul Pry ein, während er aufstand, »Sie glauben jetzt, das alles Teil sei eines abgekarteten Spiels. Ich werde Ihnen beweisen, wie unrecht Sie haben. Ich hole den Schlüssel; in zwanzig Minuten bin ich wieder da. Meine Wohnung ist nur drei Blocks weiter. Sie können inzwischen hier vor der Kassette und den Juwelen sitzenbleiben. Ich werde die Kassette aufsperren und Ihnen zeigen, daß es mir mit dem Geschäft ernst ist.«

Das dunkelhäutige Gesicht zeigte keinerlei Regung, aber es schien, als wäre die einstudierte Ausdruckslosigkeit einem natürlichen Gesichtsausdruck gewichen.

»Wie Sie meinen«, sagte Forman.

Paul Pry erhob sich und stürmte aus dem Büro. Er nahm zwei Stufen auf einmal und durchquerte eilig den Laden.

Für jeden, der gesehen hatte, wie er das Geschäft betrat, war klar, daß er die Metallkassette zurückgelassen hatte. Woozy Wiker aus Chicago drehte sich um, beugte sich über die Diamanten und zog dabei seine Schultern hoch.

»Muß das Frauchen fragen«, nuschelte er und schnappte sich das Bündel Geldscheine, das er auf den Ladentisch geknallt hatte. »Keiner von denen da is' groß genug für das kleine Frauchen. Das nettste Mädel vonner Welt.«

Er richtete sich auf, drehte sich um und schritt mit würdevoller Ungelenkheit zur Tür. Zurück blieb ein wutentbrannter Verkäufer.

Kaum war er durch die Tür des Ladens gegangen, vollzog sich eine erstaunliche Verwandlung mit Woozy Wiker aus Chicago. Plötzlich bewegte er sich genauso zielstrebig und flink wie Paul Pry. Mit katzengleichen Schritten eilte er zu einer Gasse, wo ein grauer Cadillac parkte, in dem drei Männer saßen.

»Fertig«, sagte er.

Leise brummend setzte sich der Wagen in Bewegung, fuhr aus der Gasse heraus und parkte vor Formans Laden.

Zwei Männer stiegen aus und rannten auf die Schwingtür zu.

»Wo ist Forman?« rief der eine von ihnen dem Verkäufer zu, der die verstreuten Diamanten, die Woozy Wiker in einem heillosen Durcheinander zurückgelassen hatte, wieder einräumte.

Der Verkäufer deutete mit der Hand nach hinten.

»Im Büro«, erklärte er, und wandte sich wieder seiner Beschäftigung zu.

Die Männer gingen mit hastigen Schritten Richtung Büro. Sie hatten den Verkäufer barsch angefahren und die Antwort gar nicht erst abgewartet. Derlei wäre dem Verkäufer wahrscheinlich aufgefallen, wenn er sich die Zeit genommen hätte, darüber nachzudenken. Aber er war nervös und verärgert. Eine fette Kommission, die ihm schon einigermaßen sicher gewesen zu sein schien, war ihm wegen der alkoholbedingten Unentschlossenheit des Käufers durch die Finger geschlüpft. Er war ausgesprochen verbittert.

Die beiden Männer rannten schwungvoll die Treppe zum Büro hinauf. Auf dem oberen Absatz angelangt, griffen sie blitzschnell in ihre Mäntel. Als sie die Tür aufrissen, glitzerte in ihren Händen bläulicher Stahl.

Forman saß am Tisch. Das Diamanthalsband hatte er achtlos zur Seite geschoben. Sein ausdrucksloser Blick war auf eine Metallkassette gerichtet, ungefähr so, wie eine Schlange eine Maus, ihre nächste Mahlzeit, anstarrt. Als die Tür aufschwang, blickte er nicht einmal auf.

»Schon wieder zurück?« fragte er.

»Pfoten hoch!« fuhr ihn einer der Männer an.

Jetzt sah Forman auf, und zum ersten Mal spiegelte

sich in seinen Augen eine Gemütsregung. Sein Gesicht verzerrte sich. Dann erfaßte ihn Panik, und er grapschte nach der Metallkassette.

»Nein, nein!« brüllte er.

»Gib's ihm, Bill«, sagte einer der beiden Männer.

Eine der bläulichen Waffen aus Stahl beschrieb einen Bogen und sauste auf den Schädel des dunkelhäutigen Juweliers nieder. Es gab ein seltsames Geräusch, und die Hände Formans, die die Kassette umklammerten, wurden schlaff. Die reglose Gestalt sackte auf dem Stuhl in sich zusammen und kippte nach vorne, so daß der blutige Schädel auf dem Mahagonitisch zu liegen kam.

Der Mann, der mit dem Lauf seiner Pistole zugeschlagen hatte, packte die Kassette.

»Schau dir die Glitzerdinger an!« sagte der andere Bandit.

Und schon ließ er sie in seine Tasche gleiten.

Mit flinken, geschickten Händen durchsuchten sie den Juwelier, ebenso die Schubladen des Tisches. Dabei förderten sie drei weitere Schmuckstücke und ungefähr achthundert Dollar in bar zu Tage.

Dann liefen sie wieder die Treppe hinunter.

Sie hatten den Ladenraum halb durchquert, als einer der Verkäufer, dem ihre grimmige Entschlossenheit auffiel, ihnen etwas zurief. Sie blieben nicht stehen.

»Haltet den Dieb!« brüllte der Verkäufer, aber jetzt waren sie schon fast durch die Tür.

Einer der Männer wirbelte herum, und eine Waffe aus bläulichem Stahl spuckte Feuer. Beim Knall der Explosion zersplitterte die Scheibe des Schaukastens hinter dem Verkäufer, der sich neben dem Ladentisch zu Boden warf. Andere Verkäufer taten es ihm nach. Eine Dame, die Opale begutachtet hatte, fing an zu kreischen und glitt ohnmächtig zu Boden. Irgendwo schrillte eine

Alarmglocke. Auf dem Gehsteig vor dem Laden starrten Passanten, die spürten, daß irgend etwas nicht in Ordnung war, verwundert zu dem Laden hinüber. Die Männer bahnten sich einen Weg durch die Schwingtür, sprinteten draußen über den Gehsteig und hechteten in den grauen Cadillac.

Jemand schrie. Der Cadillac setzte sich leise brummend in Bewegung und tauchte in das Verkehrsgewühl ein. Männer rannten aus dem Laden, fuchtelten mit den Armen und brüllten wie wild. Der Verkehrspolizist an der Straßenecke hörte die Schreie und hob die Hand.

Der graue Cadillac ignorierte sein Signal und schoß mit stetig zunehmender Geschwindigkeit an ihm vorbei. Der Polizist zerrte an seinem Halfter, zog die Waffe, sah dann aber ein, daß es zwecklos war, in der belebten Einkaufsgegend zu einer Zeit, in der sich viele Leute schon auf den Heimweg gemacht hatten, das Feuer zu eröffnen. Er drehte sich um und rannte zu dem Juweliergeschäft.

Mit quietschenden Reifen bog der Cadillac um eine zweite Ecke und in die Hauptstraße. Ein flacher Zweisitzer folgte ihm; er hatte sich irgendwo nach der ersten Kreuzung hinter der grauen Limousine eingereiht.

Die Männer im Cadillac schenkten ihm keine Beachtung. Die kugelsicheren Fenster waren hochgekurbelt, grau bemalter Stahl umschloß die Männer, sie hatten nichts zu befürchten. Für den Fall, daß Polizisten sie verfolgten, hatten sie Maschinengewehre bei sich, mit denen sie die Lakaien des Gesetzes niedermähen konnten.

Woozy Wiker, der auf dem Beifahrersitz saß, fummelte mit einem Brecheisen an dem Schloß der Kassette herum. In rasantem Tempo schoß der Wagen über etliche Kreuzungen.

Einer der Männer sah nach hinten und sagte etwas zu dem Fahrer. Der Wagen drosselte die Geschwindigkeit und bog in eine Seitenstraße. Zwei Paar kaltblütiger Augen beobachteten den niedrigen Zweisitzer, der ihnen folgte.

Der Sportwagen verlangsamte, bog um die Ecke und fuhr an den Randstein. In dem Cadillac griffen zwei Hände nach den Waffen.

Der Mann, der aus dem Zweisitzer stieg, schien sich jedoch nur für ein paar Hausnummern zu interessieren. Die Männer im Cadillac zögerten. Woozy Wiker aus Chicago bearbeitete das Schloß der Metallkassette noch einmal mit dem Brecheisen, während der Cadillac wieder beschleunigte.

Der Mann, der hinter dem Steuer des Zweisitzers hervorgeschlüpft war, sprintete wieder auf seinen Wagen zu. Der Cadillac bog um die Ecke.

Der Deckel der Kassette sprang auf. Ein leise zischendes Geräusch war zu hören. Jemand würgte. Der Fahrer keuchte irgend etwas, brach mitten im Satz ab und langte mit der Hand nach dem Fenster. Die beiden Banditen auf dem Rücksitz warfen sich gegen die Scheiben.

Das zischende Geräusch wurde lauter.

Der Wagen beschrieb eine Schlangenlinie, kam ins Schleudern und prallte gegen einen Telephonmasten. Ein Kotflügel löste sich. Man hörte das Kreischen von Stahl auf Zement, dann kippte der Wagen um. Die Räder, die in die Luft ragten, drehten sich weiter.

Aus Häusern und Geschäften stürzten Leute auf die Straße. Frauen kreischten. Als erster erreichte jedoch Paul Pry den zu Schrott gefahrenen Cadillac.

In dem verschlossenen Wagen befanden sich vier Männer, vier Männer, die das Bewußtsein verloren hatten. Vorne, beim Fahrersitz, lag eine schwarze Mappe. Eine verschließbare Metallkassette war mit Gewalt aufgebrochen und durch die Wucht des Aufpralls an dem Telephonmasten nach vorne geschleudert worden. Eine Tränengasbombe der Polizei gab nach wie vor ein zischendes

Geräusch von sich und verströmte ihr giftiges Gas ins Wageninnere.

Paul Pry hielt den Atem an, griff mit einer schnellen Bewegung nach der schwarzen Mappe, schob sie unter seinen Mantel und sprang zurück.

»Der Wagen ist voller Gas, bleiben Sie zurück!« brüllte er den Leuten entgegen, die angerannt kamen. »Ich rufe einen Krankenwagen.«

Er wirbelte herum und verschwand. Kein Mensch verschwendete einen Blick auf ihn. Die Augen der Schaulustigen waren auf die Gestalten gerichtet, die in dem Wagen alle viere von sich streckten. Einer, etwas tapferer als die anderen, hielt den Atem an, näherte sich dem Wagen und zog eine der Gestalten heraus.

Das zischende Geräusch hatte aufgehört. Die Leute in der Nähe des Wagens husteten und wischten sich Tränen aus den Augen. Ein heftiger Windstoß trieb schließlich die Gaswolke weg.

Paul Pry stieg in seinen Zweisitzer und fuhr los.

Bis die Polizei von dem merkwürdigen Unfall benachrichtigt war, hatten die Männer, die sich in dem Wagen befunden hatten, das Bewußtsein wiedererlangt und waren in der Menge untergetaucht. Die Polizei war zu diesem Zeitpunkt noch eifrig damit beschäftigt, eine rote Absperrung um die Einkaufsgegend zu legen, um den grauen Cadillac nicht entwischen zu lassen. Als sie von dem Unfall erfuhren, kamen sie, schauten, und kamen in noch größerer Zahl. Der graue Cadillac lag auf der Seite. Unter den Sitzen fand man ein Sortiment tödlicher Waffen, von Revolvern bis zu Maschinenpistolen.

Die Insassen des Wagens waren jedoch verschwunden, und von den Edelsteinen, die in Formans Juweliergeschäft vermißt wurden, gab es keine Spur. Zwar befand sich in dem Cadillac eine Metallkassette, deren Schloß offensichtlich aufgebrochen worden war. Aber die Schatulle war leer. Außerdem wurde eine Tränengasbombe, die den Stempel der Polizei trug, in dem Auto gefunden. Warum sie sich da befand, war unerklärlich.

Als Paul Pry mit dem Schlüssel zu der Kassette in den Laden zurückkam, hatte Forman das Bewußtsein wiedererlangt. Überall drängelten sich aufgeregte Verkäufer, und ein Polizeikordon verwehrte den Leuten den Zutritt, die hier nichts zu suchen hatten.

Forman sah Paul Pry an.

»Wenden Sie sich an meinen Anwalt«, stöhnte er.

»Ich habe den Schlüssel zu der Schatulle. Was ist denn passiert?« fragte Paul Pry.

»Wenden Sie sich an meinen Anwalt«, erwiderte Forman und befeuchtete das Taschentuch, das er an seine Stirn preßte.

»Und meine Kassette?« protestierte Paul Pry.

»Wenden Sie sich an meinen Anwalt«, erklärte Forman.

In einem großen Haus in einer exklusiven Wohngegend starrte Benjamin Franklin Gilvray, in der Unterwelt als Big Front Gilvray bekannt, einen Mann an, dessen Gesicht zerschrammt und dessen Kleidung zerfetzt war.

»Und mehr war nicht in der Kassette?«

»Das war verdammt alles – die Tränengasbombe und der Umschlag mit dem Zettel.«

Big Front Gilvrays Augen funkelten zornig. Seine Mundwinkel zuckten, und die schlaffen Gesichtsmuskeln verzerrten sich zu einer wütenden Grimasse.

Noch einmal las er den Zettel, den er in der Hand hielt.

Bestimmt wundern Sie sich, warum ich mir nicht jemand anderen aussuche. Was mich daran reizt, ausgerechnet auf Ihnen herumzuhacken, sind Ihr Name und

Ihre plumpen Methoden. Als Sie auf den Namen Benjamin Franklin getauft wurden, wollten Ihre stolzen Eltern damit ihrer Hoffnung Ausdruck verleihen, daß Sie so werden wie dieser gütige Philosoph. Es bedarf keines weiteren Kommentars, um hervorzuheben, wie sehr Sie ihre Zuneigung und ihr Vertrauen enttäuscht haben.

Und außerdem sind Sie genau das richtige Huhn, fett genug, um goldene Eier für mich zu legen. Die Belohnungen, die ich dafür eingestrichen habe, daß ich Ihre verbrecherischen Pläne durchkreuzt habe, summieren sich mittlerweile zu einem recht hübschen Einkommen. Sie sind ein ideales Opfer, weil Sie immerhin so raffiniert sind, daß die Polizei Ihnen nichts anhängen kann. So habe ich keine Konkurrenz bei meinen Unternehmungen, um die goldenen Eier aus Ihrem Nest zu holen.

Und vielen Dank auch für Woozy Wiker, der aus Chicago eingeschleust wurde, um mich umzulegen. Seine kindliche Unschuld finde ich ungeheuer erfrischend, nachdem ich mich mit ausgekochten Gaunern herumschlagen mußte. Nie hätte ich diesen kleinen Coup landen können, wäre da nicht der geschätzte importierte Killer gewesen, Woozy Wiker aus Chicago.

Der Radieschenfreund

Big Front Gilvray schleuderte den Zettel auf den Boden und trampelte fluchend darauf herum. Der Gangster, der ihm gegenüber saß, duckte sich unter dem Schwall gotteslästerlicher Beschimpfungen.

Inspektor Quigley saß in Paul Prys Wohnung, und er war alles andere als milde gestimmt.

»Hören Sie, Pry, Sie geben zu, daß Sie die Kassette dort

deponiert haben, damit es zu einem Überfall kommt. Und in dieser Kassette haben Sie die Tränengasbombe der Polizei versteckt. Jetzt haben Sie auf Ihre Ansprüche Forman gegenüber zugunsten eines Mädchens verzichtet, und mich wollen Sie zu einem Kuhhandel überreden, daß ich die Juwelen zurückgebe, um eine Belohnung zu kassieren. Allmählich stinkt das.«

Paul Pry zuckte die Schultern und langte nach einer Zigarette.

»Wie Sie meinen, Inspektor, Sie wissen, daß Woozy Wiker aus Chicago hierherbestellt wurde, um mich zu töten. Ich wußte, daß er das tun würde, wenn ich ihm nicht zuvorkomme. Und außerdem wissen Sie genausogut wie ich, daß die Polizei in dieser Hinsicht machtlos ist und solche Bandenmorde nicht verhindern kann.

Ja, ich habe die Kassette deponiert, und zwar habe ich mir ausgerechnet, daß man sie stehlen würde – die Kassette und sonst nichts. Die Tränengasbombe war rein zufällig bei mir zurückgeblieben, nachdem die Polizei selber sie mir gegeben hatte, um mich gegen einen Gangster zu verteidigen. Das hat sich damals als falscher Alarm herausgestellt; es waren nämlich nur ein paar Ratten in meinem Schrank.

Woher sollte ich wissen, daß die Banditen entkommen würden, ehe die Polizei am Schauplatz des Geschehens auftauchte? Woher hätte ich wissen sollen, daß bei Forman noch weitere Juwelen herumlagen, die die Banditen dann ebenfalls mitgehen ließen?

Ich habe mir gedacht, die Gangster würden sich die Kassette schnappen, in ihrem Cadillac zu entkommen versuchen, die Tränengasbombe auslösen, die ich so eingestellt hatte, daß sie beim Öffnen der Kassette losgehen mußte, den Wagen zu Schrott fahren und der Polizei in die Hände fallen. Sehen Sie, damit der Cadillac seinen Zweck erfüllte, mußten die kugelsicheren Fenster fest verschlossen sein. Das war der einzige schwache Punkt in ihrem Plan. Der Keim seiner Zerstörung, könnte man sagen.

Ich gebe zu, ich war als erster am Unfallort und habe mir eine schwarze Mappe geschnappt; allerdings wußte ich zu diesem Zeitpunkt noch nicht, was sich in ihr befand. Dann bin ich losgerannt, um die Polizei zu holen. Bis ich einen Polizisten fand und zurücklaufen konnte, waren die Männer schon weg.«

Inspektor Quigley biß die Spitze seiner Zigarre ab und strich an seiner Schublade ein Streichholz an.

»Wir haben die Polizisten losgeschickt, um die Gegend abzuriegeln«, erklärte er.

Paul Pry nickte.

»Natürlich, aber das konnte ich ja nicht wissen. Und – na schön, Inspektor, gedruckt würde sich das alles nicht besonders gut machen. Sie haben alle Ihre Polizisten losgeschickt, so daß die Einkaufsgegend ungeschützt war, und die Gangster entwischen lassen.

Wäre doch weit besser für Sie, wenn Sie bekanntgeben könnten, daß Sie die gestohlenen Juwelen und den gepanzerten Cadillac sichergestellt haben und damit rechnen, innerhalb der nächsten vierundzwanzig Stunden einige wichtige Festnahmen vorzunehmen. Dann könnten Sie die Belohnung kassieren, die Forman für die Wiederbeschaffung der Juwelen ausgesetzt hat.«

Inspektor Quigley warf das brennende Streichholz in den Kamin und schnaubte.

»Und die Belohnung mit Ihnen teilen, stimmt's?«

»Selbstverständlich«, erwiderte Paul Pry. »Sie heimsen den Ruhm und die Hälfte der Belohnung ein. Ich bekomme die andere Hälfte und übernehme das gesamte Risiko. Wissen Sie, Inspektor, in letzter Zeit habe ich Ihnen ein recht hübsches Sümmchen Belohnungsgelder zugeschanzt, und zwar ganz legal.«

Nachdenklich betrachtete Inspektor Quigley das glimmende Ende seiner Zigarre.

»Was ist mit den Ansprüchen, die Ihr Anwalt wegen des Verlustes von fünfzigtausend Dollar in bar, die ihm anvertraut waren, an Forman gestellt hat? Sie müssen zugeben, daß in der Kassette keine fünfzigtausend Dollar in bar waren.«

Paul Pry setzte ein unschuldiges Gesicht auf.

»Wieso? Woher wollen Sie das wissen? Niemand außer den Banditen, die sie gestohlen haben, weiß mit Sicherheit, was in der Kassette war, und die werden keine diesbezügliche Aussage machen, natürlich nicht.«

»Natürlich nicht«, echote der Inspektor.

»Und außerdem«, fuhr Paul Pry fort, »wurden die Ansprüche an Miss Virginia Smithers abgetreten, eine sehr schätzenswerte junge Dame, die behauptet, Forman habe sie um siebzehnhundert Dollar betrogen, indem er ihr falsche Diamanten unterschob. Soweit ich weiß, ist mein Anwalt zu einem Kompromiß bereit, daß nämlich Forman genau diese siebzehnhundert Dollar ausbezahlt – für den Verlust der fünfzigtausend Dollar in bar.«

»Hm«, meinte Inspektor Quigley.

Bezeichnenderweise war er alleine gekommen, so daß es keine außenstehenden Zeugen für diese Unterredung mit Paul Pry gab.

»Hm«, brummte er erneut.

»Die für die Wiederbeschaffung der Juwelen ausgesetzte Belohnung beträgt siebentausendfünfhundert Dollar«, erinnerte ihn Paul Pry. »Sie können sich genausogut ausrechnen wie ich, wieviel fünzig Prozent davon sind. Dazu bedarf es keiner allzu großen Fähigkeiten in Kopfrechnen.«

Quigley nickte und betrachtete wieder das glimmende Ende seiner Zigarre.

»Es fällt mir nach wie vor schwer zu glauben, daß Sie

nicht doch eine Art Komplize sind«, erklärte er. »Ein Verbrechen könnte ich nicht gütlicher regeln.«

»Natürlich nicht«, stimmte Paul Pry lächelnd zu. »Wenn Sie glauben, daß ich ein Verbrechen begangen habe, brauchen Sie nur den Bezirksstaatsanwalt zu bitten, mich unter Anklage zu stellen. Im Laufe des Prozesses würde sich herausstellen, daß ich mit einer Bande im Krieg gelegen habe, daß ich gegen Methoden, angesichts derer die Polizei machtlos ist, um mein Leben gekämpft habe. Mein Leben wurde von einem berüchtigten Gangster bedroht, einem Killer aus Chicago. Ich habe eine Falle gestellt, um mich zu verteidigen. Ohne daß ich dies beabsichtigt hätte, hat dies die Wiederbeschaffung geraubter Juwelen mit sich gebracht. Ich mache das Angebot, diese Juwelen der Polizei zu übergeben und die Belohnung aufzuteilen.

Wenn man diese Anklage gegen mich verhandeln würde, hätten Sie wahrscheinlich beträchtliche Schwierigkeiten, etwas anderes zu beweisen. Sie würden die Polizei des Landes der Lächerlichkeit preisgeben. Der Bezirksstaatsanwalt würde vor Gericht ausgelacht werden, und Sie müßten auf die Belohnung verzichten.

Und selbst wenn Sie sich mit dem Bezirksstaatsanwalt besprechen und seinen Rat einholen wollten, würde er vermutlich verlangen, daß Sie Ihre Hälfte der Belohnung mit ihm teilen. Ein Viertel von siebentausendfünfhundert Dollar ist um einiges weniger als die Hälfte der Summe.«

Inspektor Quigley seufzte.

»Bringen Sie mir die Klunker«, sagte er. »Ich gebe sie zurück und hole die Belohnung ab.«

Paul Pry lächelte.

»Wegen dieses Woozy Wiker aus Chicaco«, setzte er an, »meinen Sie nicht . . .«

Inspektor Quigley fiel ihm ins Wort.

»Den können Sie vergessen. Banden haben eine ziemlich wirkungsvolle Methode, mit Gangstern fertig zu werden, die Pfuscharbeit geliefert haben, vor allem wenn diese Gangster weit weg von ihrem Revier und ihren Freunden sind. Heute in der Morgendämmerung hat man die Leiche von Woozy Wiker gefunden. Er ist bedient worden.«

»Ist bedient worden?«

»Ja, sie haben ihn zu einer Spazierfahrt eingeladen. Anschließend steckten in seiner Leiche zehn Kugeln. Gott sei Dank, daß wir den Kerl los sind. Er war ein berüchtigter Killer und hat wohl ein halbes Dutzend Leute zu solchen Spazierfahrten eingeladen. Jetzt hat er selber eine unternommen. Er ist bedient worden.«

»Ich verstehe«, meinte Paul Pry, »Wiker ist bedient worden. Ich glaube, in der Bibel steht, wer das Schwert aufnimmt, soll durch das Schwert umkommen, stimmt's?«

»Woher soll ich das wissen?« entgegnete der Inspektor. »Schaffen Sie mir die Klunker her, damit ich sie abliefern kann. Ich kauf mir heute einen neuen Wagen, da kommt das Geld gerade recht.«

DIE ZWILLINGSTASCHE

Mit blitzender Schwertklinge stieß Paul Pry in den Dummy. Die geschmeidige, wendige Kraft des Mannes hatte etwas von einer Stahlfeder an sich. Sein Handgelenk schnellte unvermittelt nach vorne, die Klinge blitzte auf, und die Puppe drehte sich halb um sich selber, dann durchbohrte sie ein halber Meter Stahl von hinten.

Die Wohnungstür dröhnte unter einem nachdrücklichen Klopfen.

Paul Pry zog die Klinge aus dem Dummy, steckte sie in die Scheide und stand lauschend da, den Kopf leicht zur Seite geneigt.

Erneut hallte der Raum von einem Klopfen wider, das jetzt in einem bestimmten Rhythmus ertönte: Lang – kurz – zweimal lang – kurz. Dann Stille.

Paul Pry huschte neben die Tür und legte sein Auge an etwas, das wie das Ende eines Feldstechers aussah, in Wirklichkeit aber das Okular eines Periskops war.

Er sah zwei Männer vor der Tür stehen. Einer von ihnen war »Mugs« Magoo, der einarmige Spezialagent Paul Prys. Der andere trug eine Uniform mit Goldtressen und Messingknöpfen und hatte eine Kappe auf.

Paul wartete, bis der Uniformierte sich umdrehte, so daß er durch das Periskop sein Gesicht sehen konnte. Als er Sergeant Mahoney vom Polizeipräsidium erkannte, schob er eine schwere Eisenstange zurück, löste eine Klemmschraube, ließ ein Schnappschloß aufspringen und öffnete die Tür.

»Treten Sie ein, meine Herren«, forderte er sie auf.

Sergeant Mahoney schob sich ins Zimmer.

»Sie haben sich ja ganz schön verbarrikadiert, mit Riegeln und Stangen und allem Drum und Dran«, brummte er.

Paul Pry lächelte liebenswürdig.

»Ja«, bestätigte er.

Sergeant Mahoney klopfte an die Tür.

»Stahl«, bemerkte er.

»Kugelsicher«, ergänzte Paul Pry.

»Geben Sie mir einen Drink, dann könnt ihr beide zu palavern anfangen«, grummelte Mugs Magoo.

Paul Pry schloß die Stahltür. Er schob die Eisenstange vor und drehte die Klemmschraube fest, so daß Stifte in eine Vertiefung im Boden einrasteten. Das Schnappschloß klickte. Er lud die beiden Männer mit einer Handbewegung ein, Platz zu nehmen, und holte eine Flasche Whiskey und zwei Gläser aus einer Anrichte.

Interessiert betrachtete Sergeant Mahoney den hin und her schwingenden Dummy.

»Frischt seine Fechtkünste auf«, erklärte Mugs Magoo, während er die Gläser füllte.

Mugs und Sergeant Mahoney tranken einen Schluck, Paul lächelte ihnen höflich zu.

»Sie müssen die Stadt verlassen«, stellte Sergeant Mahoney fest und setzte sein leeres Glas ab. »Ich organisiere für mittags eine Polizeieskorte. Wir setzen Sie in den Salonwagen des 12-Uhr-30-Zuges; Polizisten in Zivil werden . . .«

»Halt! Noch mal von vorne!« lächelte Paul Pry. »Was soll das heißen?«

»Big Front Gilvray hat Ihren Tod befohlen.«

»Na schön, das ist nichts Neues. Warum eskortieren Sie nicht Big Front Gilvray aus der Stadt?«

»Weil er nicht gehen würde und weil wir ihm nichts anhängen können. Wenn wir etwas in der Hand hätten, käme es zu einer Schießerei, und eine Menge Leute würde abgeknallt werden. B. F. Gilvray ist einer der wenigen Gangster, die Köpfchen und Mumm zugleich haben.«

Mit einer Geste seiner rechten Hand gab Paul Pry zu verstehen, was er persönlich von B. F. Gilvray, dem Erzgauner, hielt.

»Er hat es schon seit zwei Monaten auf mich abgesehen. Und ich bin immer noch da.«

»Darum geht es nicht. Bislang war er etwas verärgert. Jetzt meint er es ernst. Die Bande hat den Auftrag, Sie sich vorzuknöpfen, und zwar gründlich. Gilvray ist einer der Härtesten in dem Geschäft.«

Paul Pry gähnte und zündete sich eine Zigarette an.

»Ihnen kommt das vielleicht so vor«, meinte er. »Für mich ist er lediglich das Huhn, das goldene Eier für mich legt.«

Sergeant Mahoney seufzte und beugte sich vor.

»In Ordnung. Dann werd ich mal Tacheles mit Ihnen reden. Passen Sie auf: Sie werden heute mittag die Stadt verlassen und sich von hier fernhalten. Aus irgendeinem Grund, den niemand kennt, haben Sie auf Gilvray herumzuhacken begonnen. Sie sind mit seiner Bande Schlitten gefahren. Jedesmal wenn die ein Ding gedreht haben, waren Sie zur Stelle und haben es geschafft, ihnen die Beute wegzuschnappen und gegen eine Belohnung zurückzugeben.

Natürlich ist Gilvray sauer geworden. Er wird Sie umbringen lassen. Das Ganze ist eine Situation, die uns gar nicht behagt, denn in Wirklichkeit sieht die Sache doch so aus, daß ihr beide einen Privatkrieg gegeneinander führt. Wir denken aber gar nicht daran, für Bandenkriege geradezustehen.

Natürlich werden wir uns alle Mühe geben, Gilvray was anzuhängen und ihn hinter Gitter zu bringen. Aber er ist raffiniert. Bis jetzt haben wir es nicht geschafft, ihn festzunageln. Er ist ein zäher Bursche.«

Paul Pry gähnte erneut.

»Ich hacke auf ihm herum, weil ich ihn nicht mag. Sein Name lautet Benjamin Franklin Gilvray. Man nennt ihn Big Front, weil er ein fürchterlicher Bluffer ist. Und wenn Sie glauben, daß ich mich von der Polizei aus der Stadt jagen lasse, nur weil einem Gangster mein Gesicht nicht gefällt, dann sind Sie falsch gewickelt.«

Sergeant Mahoney fuhr mit seiner plumpen Hand in die Innentasche seiner Uniform.

»Das hier«, bemerkte er, »wird dafür sorgen, daß Sie Ihre Meinung ändern.«

Damit schnippte er vier Hochglanzphotographien auf den Tisch. Paul nahm eine nach der anderen und betrachtete sie. Sie zeigten einen toten Mann, aus verschiedenen Blickwinkeln aufgenommen. Zu sehen war die Leiche, wie man sie gefunden hatte; die Bilder waren schlichtweg abstoßend.

Offenbar war die Leiche mit der gefühllosen Grausamkeit von Gangstern, für die eine Leiche nichts weiter ist als ein lästiger Kadaver, aus einem Auto geworfen worden. Sie lag auf der Seite, den einen Arm nach hinten gedreht; die Beine waren gespreizt, und die beschuhten Füße zeigten in verschiedene Richtungen.

Auf der Brust der Leiche war ein dunkler Fleck zu sehen, der auf dem Photo wie ein Teefleck wirkte; in der Mitte waren drei Löcher. An den Mantel war mit Sicherheitsnadeln ein Zettel geheftet, auf den in Druckbuchstaben eine Botschaft geschrieben war.

Die dritte Photographie zeigte das Gesicht des Toten, das eine erstaunliche Ähnlichkeit mit dem von Paul Pry aufwies. Auf dem vierten Photo war das längliche Stück Papier mit den Druckbuchstaben zu sehen. Paul Pry hielt das Bild ins Licht, um die hingekritzelte Botschaft lesen zu können:

DIESER KLUGSCHEISSER WIRD UNS NIE MEHR DAZWISCHENFUNKEN

Eine Unterschrift fehlte natürlich. Paul ließ die Photos wieder auf den Tisch fallen.

»Sie meinen, die haben geglaubt, der Bursche da sei derjenige, der ihnen dazwischengefunkt hat?«

»Ich meine, daß die geglaubt haben, daß dieser Bursche Sie sind«, erwiderte Sergeant Mahoney. »Er wurde hier in der Nähe gesehen; ihre Killer haben ihn sich geschnappt und auf eine Spazierfahrt mitgenommen. Wie sich mittlerweile herausgestellt hat, handelt es sich um einen Bankier aus Detroit, der sich geschäftlich in der Stadt aufgehalten hat. Jetzt wird bei denen natürlich der Teufel los sein.

Wir können nichts beweisen. Big Front Gilvray hat ein hieb- und stichfestes Alibi – aber wir wissen Bescheid. Also habe ich Mugs Magoo abgefangen und ihm erklärt, daß ich mit Ihnen reden muß. Und ich sage Ihnen, daß Sie die Stadt verlassen müssen, bis wir diese Geschichte irgendwie geklärt haben.«

Paul Pry ging zur Anrichte, füllte die beiden Gläser und reichte sie seinen Gästen.

»Wissen Sie was, Sergeant«, sagte er gedehnt, »ich habe so eine merkwürdige Ahnung, was Big Front Gilvray betrifft.«

»Ja?«

»Ja.«

»Nämlich?«

»Ich habe das Gefühl, das Hühnchen ist bald soweit, wieder einmal ein goldenes Ei zu legen.«

Sergeant Mahoney verschluckte sich an seinem Drink. Sein Gesicht lief rot an, als ein Hustenanfall ihn schüttelte.

»Wollen Sie damit sagen, daß Sie sich weigern, die Stadt zu verlassen?«

»Genau das, und wenn die Polizei versucht, mich dazu zu zwingen, werde ich die ganze Geschichte den Zeitungen erzählen. Habe ich mich klar ausgedrückt, Sergeant?«

Sergeant Mahoney zog seine Kappe in die Stirn und ging auf die Tür zu.

»Ganz wie Sie meinen«, erklärte er barsch. »Aber der Polizeischutz, mit dem Sie rechnen können, ist gleich null. Sie haben mehr als zwanzigtausend Dollar Belohnungsgelder kassiert, einfach indem Sie Big Front Gilvray ausgetrickst haben. Sie haben ihn zum Gespött der ganzen Unterwelt gemacht – und nächsten Monat um die Zeit werden Sie die Radieschen von unten betrachten.«

Paul Pry unterdrückte ein Gähnen.

»Bring den Sergeant hinaus, Mugs«, sagte er.

Mugs Magoo starrte Paul Pry aus glasigen Augen an, die schier aus den Höhlen traten.

»Sind Sie verrückt?« fragte er.

Paul Pry schüttelte den Kopf.

»Bestimmt nicht. Wie Sergeant Mahoney ganz richtig bemerkte, habe ich über zwanzigtausend Dollar Belohnungsgelder eingestrichen, goldene Eier, die Big Front liebenswürdigerweise für mich gelegt hat. Warum sollte ich also verrückt sein, wenn ich mit einem weiteren goldenen Ei rechne?«

Mugs Magoo langte nach der Whiskeyflasche und füllte sein Glas.

»Wenn Sie Ihr Gesicht außerhalb von dem Schlupfloch hier spazierentragen, werden Sie kurz über lang im Leichenschauhaus liegen.«

Paul Pry zuckte die Schultern.

»Aber du möchtest doch bestimmt nicht, daß ich Gilvray diesen Mord ungestraft durchgehen lasse? Komm schon, Mugs, tu, was ich dir sage. Schau dich nach den Kundschaftern von Gilvray um. Ich möchte wissen, wer sie sind.«

Seinen Spitznamen hatte Mugs Magoo von seinem schier unfehlbaren photographischen Gedächtnis. Ob Gesichter, Namen oder die Verbindungen zwischen den einzelnen Leuten, nie vergaß er etwas. Er war ein bewährter Polizist gewesen, infolge einer politischen Umwälzung jedoch arbeitslos geworden. Bei einem Unfall hatte er seinen rechten Arm ab der Schulter eingebüßt, und der Alkohol hatte ihm den Rest gegeben.

Er war völlig heruntergekommen gewesen, als Paul Pry ihn aus der Gosse geholt und sich die bemerkenswerte Kenntnis der Unterwelt, über die der Mann verfügte, zunutze gemacht hatte.

»Gilvray ist zum äußersten entschlossen«, murmelte Mugs Magoo.

»In drei Teufels Namen! Soll ich mir etwa das Ganze noch mal von vorne anhören? Du bist genauso schlimm wie Mahoney. Ich will wissen, von wem Gilvray die Informationen für seine Fischzüge bezieht.«

»Von Kundschaftern natürlich, wie alle anderen auch. Die haben Leute, die sich in den Juweliergeschäften und Nachtclubs und in den Wohngegenden der Reichen rumtreiben. Die sondieren das Terrain . . .«

»Schon gut, Mugs. Worum ich dich bitte, ist doch nicht zuviel verlangt von einem Mann mit deinen Kontakten. Finde heraus, wer die Auskundschafter von Gilvray sind.«

Mugs seufzte und schenkte sich noch ein Glas Whiskey ein.

»Wird ziemlich schwierig werden für mich, meinen Whiskey zu bekommen, wenn Sie weg sind.«

»Weg?« fragte Paul Pry.

»Yeah. Radieschen von unten begucken«, erklärte Mugs und machte sich mit kummervoller Miene auf den Weg, um seinen Auftrag zu erfüllen.

Als er gegangen war, schlüpfte Paul Pry in seinen Mantel, setzte seinen Hut auf, ging in die Küche seiner Wohnung und lauschte.

Die Wohnung war sein Versteck und außerdem eine regelrechte Festung. Die Fenster waren mit stählernen Läden und Eisengittern gesichert, die Türen kugelfest. Und es gab einen Geheimausgang, von dem nicht einmal Mugs Magoo etwas wußte.

Paul Pry stieß eine Klapptür oben in seinem Küchenschrank auf, kroch ungefähr drei Meter zwischen Wänden hindurch, öffnete eine andere Klapptüre und gelangte in ein leeres Apartment. Von dort aus schlüpfte er durch eine Seitentüre in einen Korridor und befand sich schließlich auf dem Gehsteig, der einen halben Block von dem Eingang zu dem schmalen Gebäude, in dem er wohnte, entfernt war.

Im Eingang blieb Paul Pry stehen, um sich einen Überblick zu verschaffen.

Er bemerkte einen Polizisten in Zivil, der direkt gegenüber dem Hauseinang, in dem sich seine Wohnung befand, Posten bezogen hatte. Außerdem fiel ihm ein Wagen auf, in dem zwei Männer saßen. Sie waren gut gekleidet, blickten jedoch mit einer derart gespannten Aufmerksamkeit um sich, daß sie durchaus nicht so wirkten wie Leute, die sich einen schönen Tag machten.

Paul Pry wartete in dem Eingang, bis ein vorbeifahrender Taxifahrer auf sein Winken aufmerksam wurde und an den Randstein fuhr. Mit nach vorne geneigtem Kopf, so daß der Hut sein Gesicht verdeckte, hastete er zu dem Taxi, stieg ein und nannte dem Fahrer die Adresse eines Vorortbahnhofs.

Ab jetzt bewegte er sich völlig ungezwungen; auch das war Teil eines wohlüberlegten Plans.

Er nahm einen Bus nach Centerville, einem ziemlich

weit entfernten und ein wenig abgelegenen Vorort. Dort ging er zum größten Hotel und trug sich als Harley Garfield aus Chicago ein. Er zahlte die Miete für eine Woche im voraus, gab dem Pagen, der ihm sein Zimmer zeigte, ein Trinkgeld und suchte dann den vornehmsten Juwelierladen im Ort auf.

Der Besitzer höchstpersönlich kam ihm entgegen.

Er hatte schneeweiße Haare, hinkte ein wenig, und seine Augen waren vom Alter trüb. Aber er strahlte irgendwie Würde aus: er hatte das gewisse Etwas, das einen Aristokraten auszeichnet.

»Ich möchte Diamanten kaufen«, erklärte Paul Pry. »Und zwar will ich ein einigermaßen wertvolles Halsband. Ich bin bereit, bis auf fünfzigtausend Dollar zu gehen.«

Die trüben Augen zeigten die Andeutung einer Gefühlsregung, die jedoch sofort unterdrückt wurde.

»Wie ist Ihr Name?« fragte der Juwelier.

»Garfield. Harley Garfield aus Chicago.«

Damit streckte Paul Pry seine Hand aus.

»Moffit«, erwiderte der Juwelier und schüttelte Pauls Hand. »Sehr erfreut, Sie kennenzulernen. Wohnen Sie zur Zeit hier, Mr. Garfield?«

»Im Hotel. Zimmer 908.«

»Und Sie wollen ein exquisites Diamantencollier?«

»Ja.«

»Ich bedaure sehr, daß ich nichts auf Lager habe, aber bestimmt verstehen Sie, daß es für einen Laden dieser Größe unmöglich ist, ein ebenso umfangreiches Sortiment zu haben wie die Läden der Stadt.

Ich gebe Ihnen die Karte meines Großhändlers. Sie können in die Stadt fahren und dort Ihre Auswahl aus einer hervorragenden Kollektion von Schmuckstücken treffen. Ich könnte Sie auch begleiten und Ihnen bei der Auswahl behilflich sein.«

Paul Pry lächelte und schüttelte den Kopf.

»Weder noch. Ich hasse die Stadt. Städte deprimieren mich. Ich hatte einen Nervenzusammenbruch, und meine Ärzte haben mir geraten, jede Art von Lärm zu meiden. Deshalb bin ich hier, wo es ruhig ist.«

Die Andeutung eines Verdachts spiegelte sich auf dem Gesicht des Juweliers.

»Tut mir leid, daß ich nichts auf Lager habe«, meinte er.

Paul Pry zog eine Brieftasche aus seiner Manteltasche und klappte sie auf.

Er nahm einige Tausend-Dollar-Scheine heraus und blätterte sie einen nach dem anderen auf den Ladentisch. Mit Augen, die bei jedem Schein größer wurden, starrte der Juwelier auf das Geld auf seinem Ladentisch.

»Ich bin Geschäftsmann«, sagte Paul Pry. »Ich möchte über Sie ein Halsband kaufen, um von Ihrem Urteilsvermögen zu profitieren. Und ich habe es eilig. Außerdem bin ich nicht so leicht zufriedenzustellen. Hier sind zwanzigtausend Dollar in bar, als Zeichen meines guten Willens.

Geben Sie mir bitte eine Empfangsbestätigung. In dieser Quittung soll erwähnt werden, daß ich, falls mir die Halsbänder, die Sie mir zeigen werden, gefallen, eines bar bezahlen werde. Wenn keines meinen Vorstellungen entspricht, geben Sie mir mein Geld zurück, minus fünfhundert Dollar für Ihre Mühe und die Unkosten. Also, wann können Sie den ersten Posten Halsbänder hierhaben, um sie mir vorzulegen?«

Mit zitternden Händen nahm Moffit den Stapel Geldscheine. Er zählte sie, untersuchte jede einzelne Banknote und stellte eine Empfangsbestätigung aus. Dann blätterte er in einem Fahrplan.

»Die Zugverbindungen sind ziemlich schlecht«, erklärte er. »Wenn ich die Steine mit dem Zug bringen lasse, der um 14 Uhr 10 in der Stadt abfährt, kann ich um

15 Uhr 38 einige Halsbänder hierhaben, um sie Ihnen zu zeigen.«

Paul Pry nickte.

»Sehr schön. Ich werde um 15 Uhr 45 hier sein. So bleibt Ihnen noch Zeit, die Halsbänder für die Begutachtung zu drapieren.«

Moffit zog mit seiner Rechten an den Fingern seiner linken Hand, bis die Knöchel knackten, einer nach dem anderen.

»Ich sähe es gerne, wenn Sie so bald wie möglich kommen könnten. Falls Ihnen die Halsbänder nicht zusagen, will ich sie mit dem Zug um 16 Uhr 15 zurückschicken. Ich bin nicht darauf eingestellt, so wertvolle Edelsteine hier bei mir aufzubewahren.«

Paul Pry neigte lässig den Kopf.

»Bis 16 Uhr werde ich meine Wahl getroffen haben«, versprach er. »Guten Morgen, Mr. Moffit.«

Der Juwelier sah auf seine Uhr.

»Wir haben bereits Nachmittag«, meinte er. »Ich rufe gleich noch meinen Großhändler an, ehe ich essen gehe.«

Paul Pry lächelte.

»Mein Fehler. Mahlzeit.«

»Mahlzeit, Mr. Garfield.«

Paul Pry schlenderte eine Seitenstraße entlang, von der aus er die Tür zu Moffits Laden im Auge hatte. Exakt fünf Minuten später tauchte Mr. Moffit auf und humpelte aufgeregt zur Bank. Von Zeit zu Zeit blickte der weißhaarige Herr ängstlich über seine Schulter.

Ein Lächeln breitete sich auf Paul Prys Gesicht aus. Er kehrte in sein Hotelzimmer zurück, von wo aus er sich beiläufig nach Zugverbindungen erkundigte, ein Telephongespräch mit der Gepäckaufbewahrung im Bahnhof anmeldete und dann den Portier zu sich bestellte.

»Mein Gepäck ist abhanden gekommen«, informierte er ihn. »Was mache ich da am besten?«

»Nichts«, antwortete der Portier. »Sie verfluchen den Mann, der hier zuständig ist. Er hat das Gepäck nicht. Er füllt einen Suchzettel aus. Den Mann, der Ihr Gepäck verschlampt hat, können Sie nicht verfluchen, und es bringt nicht viel, irgend jemand anderes zu verfluchen. Wenn die Ihren Koffer finden, kriegen Sie ihn wieder. Wenn nicht, müssen Sie sich mit der Schadensersatzabteilung rumstreiten. Ich kann Ihnen da nicht helfen.«

Paul Pry richtete sich würdevoll zu seiner vollen Größe auf.

»Ich werde mich direkt an die Zentrale wenden«, verkündete er. »Wie komme ich am besten in die Stadt?«

»Mit dem Zug.«

»Gibt es keine andere Möglichkeit?«

»Mit dem Auto.«

»Der nächste Zug fährt erst in zwei Stunden, und mich mit dem Auto durch den Verkehr zu kämpfen würde fast genauso lange dauern wie mit dem Zug.«

Der Portier zuckte die Achseln.

»Es gibt hier einen Flugplatz. Da ist ein Kerl, der fliegt einen für fünf Dollar.«

Paul Pry setzte eine entschlossene Miene auf.

»Jetzt werden Sie mal sehen, wie man das macht, sich wegen eines verlorengegangenen Gepäckstücks beschweren. Ich werde mit den hohen Tieren dieser Eisenbahngesellschaft Fraktur reden, darauf können Sie sich verlassen.«

Mit einer herausfordernden Geste, die der Welt im allgemeinen galt, zog er seinen Hut, verließ das Hotel, stöberte den Piloten auf und handelte mit ihm einen Flug in die Stadt aus.

Dröhnend hob das Flugzeug ab, schoß wie ein großer Vogel in das Blau des Himmels und verlor sich in der Weite des Horizonts. Paul Pry sah auf seine Uhr, notierte die genaue Zeit, lehnte sich in seinem Sitz zurück und lächelte.

Sie überflogen felsige Waldungen, menschenleer, mit hier und da verstreuten Gebäuden. Ein breiter, dunkel und träge sich dahinwälzender Wasserlauf tauchte unter ihnen auf. Aus der Ferne wirkten die Gebäude der Stadt wie eine weiße Dunstwolke.

Von Sekunde zu Sekunde wurden die Konturen klarer. Unter ihnen waren vereinzelte Gehöfte zu erkennen, die von kleinen Siedlungen abgelöst wurden und schließlich in eine kompakte Masse von Häusern übergingen. Die Straßen wurden von immer höheren Gebäuden gesäumt und präsentierten sich schließlich als tiefe Schluchten. Aufragende Wolkenkratzer schienen bis an das Fahrgestell heranzureichen. Das Dröhnen des Motors ging in ein sanftes Tuckern über. Das Flugzeug neigte sich zur Seite und schoß steil nach unten auf den kleinen Flugplatz zu, der unter ihnen auftauchte. Die Maschine ging in Gleitflug über und setzte schließlich mit quietschenden Reifen auf.

Paul Pry nahm den Helm und die Brille ab, schüttelte dem Piloten die Hand, händigte ihm einen Geldschein aus und ging zielstrebig an das Ende des Flugplatzes, wo etliche Taxis standen.

»Hotel Stillwell«, beschied er beim Einsteigen den Fahrer.

Das Taxi fuhr durch die Querstraßen, hielt kurz an und fädelte sich in den Verkehr auf der Hauptstraße ein. Im Hotel Stillwell durchquerte Paul Pry das Foyer, verließ das Hotel durch den Nebeneingang, hielt ein anderes Taxi an und ließ sich zu dem Vorortbahnhof bringen.

Er hatte noch genau fünfundzwanzig Minuten Zeit.

Diese fünfundzwanzig Minuten verwandte er darauf, sich die Gesichter der Passagiere anzusehen, die sich vor der Sperre mit dem Hinweisschild »Centerville« angesammelt hatten.

Die Damen streifte er nur mit einem flüchtigen Blick.

Ein rüstiger Herr mit einem Koffer und ein farbloser Mann mit einer Aktenmappe wurden ebenfalls ignoriert. Als jedoch ein junger Mann auftauchte, der zielstrebig einherschritt und unter dem Arm eine schwarze Tasche trug, trat ein kaltes Glitzern in Paul Prys Augen.

Der Mann warf einen Blick auf seine Armbanduhr, klemmte sich die Mappe fester unter den Arm und widmete sich dem Sportteil der Zeitung, die er bei sich hatte.

Zehn Minuten lang war er in die Lektüre vertieft, dann öffnete sich die Sperre, und die kleine Gruppe marschierte zu dem Triebwagen.

Der junge Mann blickte in die Runde, um sich die Gesichter der Leute im Waggon einzuprägen, stellte die schwarze Tasche auf den Sitz neben ihm ab und wandte sich wieder seiner Zeitung zu. Das einzig Auffällige an der schwarzen Tasche war, daß sie mit Messingnieten beschlagen war.

Offenbar war für den jungen Mann der Transport eines kleinen Vermögens in Form von Edelsteinen alltägliche Routine. Er wirkte in keiner Weise nervös oder ängstlich.

Der Zug rumpelte aus dem Bahnhof, ratterte durch die Dunkelheit eines Tunnels, keuchte eine lange Strecke bergauf und tauchte schließlich ins Tageslicht ein. Er fuhr jetzt mitten durch die Stadt, passierte Gehsteige, auf denen sich Menschenmassen drängelten, und hochaufragende Bauwerke.

Der Mann mit der Tasche schwankte im Fahrtrhythmus hin und her. Mit den Augen verschlang er die Sportseite der Zeitung. Die schwarze Tasche stand auf dem Sitz neben ihm.

Trotzdem war er auf der Hut. Das merkte man, als der Zug bei der ersten Station anhielt. Die Sportseite senkte sich, die Augen des Mannes hoben sich und musterten die Gesichter der Passagiere, um sich dann auf die schwarze Tasche zu richten.

Zwei Leute stiegen aus. Die Glocke ertönte. Der Triebwagen fuhr an, beschleunigte, und die Sportseite kam wieder nach oben.

Paul Pry lehnte sich bequem in seinem Sitz zurück. Von seinem Platz aus hatte er den jungen Mann in seinem Blickfeld, und zu behaupten, daß auch nur die geringste Bewegung dem diamantenen Glitzern seiner prüfenden Augen entging, wäre eine Verdrehung der Tatsachen gewesen.

Um 15 Uhr 37 kam der Zug in Centerville mit einem Ruck zum Stehen. Paul Pry spähte aus dem Fenster. Er sah, wie ein dickbäuchiger Mann in olivfarbener Uniform mit einem goldenen Stern auf der Weste und einer dicken Zigarre im Mund forschend die Gesichter der aussteigenden Passagiere betrachtete.

Gelassen, aber immer auf der Hut, ging der Mann mit der schwarzen Tasche gemächlich zur Tür des Waggons, kletterte mit katzengleichen Schritten die Stufen aus Eisen hinunter, sah zu dem Typ in Uniform und neigte leicht den Kopf.

Der Beamte ging auf ihn zu, streckte ihm eine fleischige Hand entgegen, redete ein paar Minuten geheimnistuerisch auf ihn ein und begleitete den Boten schließlich zum Juweliergeschäft Samuel Moffit.

Paul Pry wartete fünf Minuten, dann schlenderte er lässig auf den Laden zu, betrat ihn jedoch nicht. Statt dessen wartete er, ob der Bote wieder herauskam. Als feststand, daß der junge Mann im Laden blieb, ging er eilig zu seinem Hotel und auf sein Zimmer, von wo aus er Moffit anrief.

»Hier ist Garfield, Mr. Moffit. Sind die Edelsteine eingetroffen?«

»Ja, ich habe sie hier.«

»Tut mir leid, aber ich kann im Augenblick nicht von

hier weg, da ich ein Ferngespräch erwarte. Ich komme aber, sobald ich kann.«

Moffits Stimme klang ein wenig nervös.

»Mir wäre es lieb, wenn der Bote mit dem Zug um 16 Uhr 15 zurückfahren kann, verstehen Sie?« erklärte er.

Pry zögerte.

»Bringen Sie die Steine hierher auf mein Zimmer, Nummer 908. Ich sehe sie mir hier an. Das ist sowieso besser, als wenn ich zu Ihnen in den Laden komme.«

»Wie Sie meinen«, erwiderte Moffit, aber seine Stimme klang mit einem Mal merklich kühler.

Fünf Minuten später waren im Korridor Schritte zu hören, gefolgt von einem Klopfen an der Tür.

Paul Pry öffnete.

»Mr. Garfield«, setzte Samuel Moffit an, »darf ich Ihnen Phil Kelley vorstellen, unseren Polizeichef?«

Paul Pry streckte seine Hand aus.

»Herr Polizeichef, es ist mir ein Vergnügen, Sie kennenzulernen.«

Kelleys Hand war schlaff, aber seine Augen waren hart, und mit einem angriffslustigen Schnappen seines Bulldoggenkiefers klemmte er seine Zigarre in einen Mundwinkel.

»Tag«, knurrte er.

»Die Diamanten hier sind ein Vermögen wert«, erklärte Moffit, »daher wollte ich Begleitschutz. Ich wäre voll verantwortlich, wenn ihnen hier in Centerville etwas passiert. Bis sie hier eintreffen, ist der Großhändler dafür zuständig.«

»Verstehe«, sagte Paul Pry in einem Ton, der erkennen ließ, daß diese Information ihn nicht sonderlich interessierte. »Wollen wir uns jetzt die Steine ansehen?«

Sie legten sie auf dem Tisch aus.

Polizeichef Kelley schob mit seinem massigen Unterkiefer die Zigarre von einem Mundwinkel in den anderen; sein Blick heftete sich starr auf Paul Prys Hände.

Paul Pry unterzog die Steine einer sorgfältigen Prüfung und überzeugte Mr. Moffit binnen Kürze, daß er einen Mann vor sich hatte, der sich mit Diamanten auskannte.

»Die Steine sind nicht besonders gut aufeinander abgestimmt«, erklärte Paul Pry und schob ein Halsband beiseite. »Bei dem da sind die Fassungen altmodisch. Und die Steine hier sind fleckig. Oha, was haben wir denn da! Ein Armband wollte ich allerdings gar nicht haben – möchte gerne wissen, warum sie das mitgeschickt haben. Aber ein gut gearbeitetes Stück, das muß ich sagen.«

Moffit räusperte sich.

»Das machen die immer, wenn sie eine Speziallieferung rüberschicken – sie packen etwas dazu, von dem sie annehmen, daß der Kunde sich vielleicht dafür interessiert.«

Paul Pry untersuchte das Armband etwas genauer.

»Wirklich eine schöne Arbeit. Was kostet es?«

»Ich kann es Ihnen für viertausend überlassen. Das ist viel weniger, als ich verlangen müßte, wenn ich es im Sortiment hätte.«

Paul Pry schürzte die Lippen.

»Mr. Moffit«, setzte er an. »Ich werde ganz offen mit Ihnen reden. Das Armband da ist ein sehr kunstvoll gearbeitetes Stück, und der Preis ist in Ordnung. Aber mit den Halsbändern hat Ihr Großhändler uns hereingelegt: er hat Ihnen einen Haufen Ramsch geschickt. Als erfahrener Juwelier müssen Sie das zugeben.«

Moffit wurde rot.

»Um die Wahrheit zu sagen, ich schulde denen eine Menge Geld. Ich vermute – nun ja, ich vermute, die haben sich ausgerechnet, ein Mann, der hier draußen auf dem Land ein sehr teures Halsband kauft, würde – nun ja, würde von Diamanten nicht besonders viel verstehen.«

Er platzte mit seiner Erklärung heraus wie ein Schuljunge, der in einer Prüfung beim Abschreiben erwischt worden ist.

Paul Pry beruhigte ihn eilends.

»Schon in Ordnung, Moffit. Es ist nicht Ihre Schuld. Ich werde alle Halsbänder zurückgehen lassen. Das Armband allerdings behalte ich – ein wirklich günstiges Angebot, das die da reingeschmuggelt haben; wahrscheinlich haben sie das Gefühl gehabt, sie müßten dem Kunden die Chance geben, zumindest ein gutes Geschäft zu machen, auch wenn er das betreffende Schmuckstück gar nicht bestellt hat.«

Moffit sprach jetzt offen und ohne Scheu.

»Das machen sie immer so. Das ist das Handikap, gegen das ein Kaufmann auf dem Land ankämpfen muß. Die haben gewußt, daß Sie ein Halsband wollen, also haben sie einen Haufen minderwertiges Zeug zu Phantasiepreisen geschickt. In Wirklichkeit wollten die Sie in Versuchung bringen, obendrein noch ein Armband zu kaufen, und aus dem Grund haben sie ein besonders kostbares dazugepackt.«

Paul Pry lächelte frostig.

»Na schön, Moffit. Ich nehme das Armband. Alles andere schicken wir zurück. Sie können den Großhändler, mit dem Sie Ihre Geschäfte machen, anrufen und ihm sagen, daß Sie es mit einem Mann zu tun haben, der etwas von Diamanten versteht.

Sagen Sie ihm, der Kunde hätte seine Hände über dem Kopf zusammengeschlagen, als er den Plunder gesehen hat, den er geschickt hat. Der Gewinn, den Sie mit dem Armband machen, wird Sie für Ihren Zeitaufwand entschädigen. Sie haben von mir zwanzigtausend Dollar bekommen. Behalten Sie viertausend davon für sich, für das Halsband, den Rest lassen Sie in Ihrem Safe.

In ein oder zwei Tagen gebe ich Ihnen noch einmal Gelegenheit, sich von Ihrem Großhändler eine Auswahl von Halsbändern schicken zu lassen. Es wird ihm gar nicht behagen, wenn ihm ein Geschäft durch die Lappen geht, und er wird zu dem Schluß kommen, daß er ein reelles Angebot machen muß. Ich nehme an, das nächste Mal wird er ein paar gute Posten mitschicken.«

Auf Moffits Gesicht erstrahlte ein Lächeln.

»Garfield«, sagte er, »das ist ungeheuer anständig von Ihnen! Ihr Geld liegt nicht in meinem Safe; ich habe es zur Bank gebracht. Wenn Sie wollen, erstatte ich Ihnen die sechzehntausend gleich zurück.«

Paul Pry schüttelte den Kopf.

»Das werden Sie nicht tun«, erklärte er und steckte das Armband in seine Tasche. »Sie können die Halsbänder zeitig genug in Ihr Geschäft zurückbringen, damit der Bote noch den Zug um 16 Uhr 15 erreicht.«

Moffit verstaute die Halsbänder in der schwarzen Tasche. Es war dieselbe, die der Bote im Vorortzug bei sich gehabt hatte.

»Würden Sie bitte mit mir zusammen diese Einzelposten abzeichnen, Herr Polizeichef?« fragte der Juwelier. »Ich möchte sichergehen, daß der Großhändler mir nichts unterstellen kann – Sie entschuldigen, Garfield. Das heißt nicht, daß ich Ihnen irgendwie nicht traue. Aber ich habe hier einige wertvolle Steine, und ich möchte dafür sorgen, daß alle ordnungsgemäß zurückgegeben werden.«

Pry lachte.

»Selbstverständlich«, erklärte er, »das verstehe ich.«

Sie hakten die Halsbänder von einer Liste ab, die Moffit aus der Tasche gezogen hatte, verabschiedeten sich hastig und verließen das Hotel.

Paul Pry blieb als rechtmäßiger Besitzer eines Armbandes zurück, für das er viertausend Dollar bezahlt hatte und das er für ungefähr dreitausendfünfhundert wieder verkaufen konnte, wenn er es geschickt anstellte. Was das Armband betraf, hatte er also ein recht gutes Geschäft gemacht.

Er nahm die Gelegenheit wahr, dem Pförtner mitzuteilen, daß er den zuständigen Leuten bei der Eisenbahngesellschaft Beine gemacht hätte und daß sein Gepäck mit Sicherheit innerhalb der nächsten achtundvierzig Stunden eintreffen würde.

Dann schlenderte er gemächlich durch die Straßen und nahm den 17-Uhr-15-Zug in die Stadt.

Mugs Magoo rief eine Nummer an, die nicht im Telephonbuch stand. »Hab den ganzen Nachmittag versucht, Sie zu erreichen«, beschwerte er sich.

»Tatsächlich?«

»Ja. Warum haben Sie nicht abgenommen?«

»Weil ich nicht hier war.«

»Da unten vor Ihrem Haus steht ein Schnüffler mit einem Spezialauftrag, und der schwört, daß Sie das Haus nicht verlassen haben.«

Paul Pry lachte glucksend.

»Komm schon rüber und erzähl mir, was es Neues gibt, Mugs.«

»Ich bin unten, in dem Drugstore an der Ecke. Ich komm gleich rauf.«

Drei Minuten nachdem er aufgelegt hatte, hämmerte es an der Tür. Trotzdem traf Paul Pry die gleichen ausgeklügelten Vorsichtsmaßnahmen wie immer, ehe er die Tür öffnete.

Big Front Gilvray war mit allen Wassern gewaschen, und es wäre töricht gewesen, die mörderischen Tricks dieses Gangsters zu unterschätzen.

Mugs goß sich ein großes Glas Whiskey ein und seufzte.

»Den Schnaps werde ich vermissen, wenn Sie weg sind, Chef.«

Paul Pry lachte.

»Wirklich, wie ein Mann gesprochen, Mugs; keinerlei sentimentale Anwandlungen, sondern unverhohlene, pragmatische, egoistische Ehrlichkeit.«

Mugs wurde rot.

»So hab ich das nicht gemeint. Aber ich werde den Schnaps wirklich vermissen. Sie werde ich auch vermissen. Aber ohne Sie kann ich auskommen. Ohne Schnaps nicht.«

Paul Pry lachte.

»Unter diesen Umständen, Mugs, ist es wohl besser, wenn ich mich noch nicht von dieser Welt verabschiede.«

»Aussichtslos«, verkündete Mugs düster. »Ich hab sie kommen und gehen sehen. Manchmal schafft es einer, den eine Bande auf die Abschußliste gesetzt hat, mit heiler Haut davonzukommen, wenn er sich nämlich in ein Schlupfloch verkriecht und nie mehr rauskommt. Aber Sie sind für so was nicht geschaffen.«

»Nein«, räumte Paul Pry ein, »das bestimmt nicht. Was weißt du über den Kundschaftertrupp von Gilvray?«

Mugs Magoo beäugte das leere Whiskeyglas und die Flasche.

»Na los, bedien dich«, forderte Paul Pry ihn auf.

Mugs Magoo schenkte sich noch einen Drink ein.

»Eine Blondine mit unschuldigem Gehabe und einem Herzen, das nicht mal ein Schweißbrenner entflammen könnte. Sie hängt im Green Mill rum und sucht sich Kerle aus, die einigermaßen betucht aussehen. Sie hat ein besonderes Talent, sie auszuquetschen wie eine Zitrone. Dann ist da ein Bankangestellter in der Filiale der Producer's Southern Trust Company in der Zehnten Straße. Er hat Zugang zu den Anträgen von Entleihern. Wenn sie genügend persönliche Aktivposten aufweisen, so daß sich ein schneller Fischzug lohnt, gibt er der Bande einen Tip. Dann gibt es da noch einen Hehler . . .«

»Das reicht, Mugs«, unterbrach Pry ihn, »für den Augenblick weiß ich genug. Erzähl mir mehr über die Blondine.«

»Name Tilly Tanner, singt ein bißchen und grast ansonsten die Tische ab. Nicht auf die primitive Art – sehr elegant. Ein kleines Persönchen mit Augen, die immer größer werden, je teuflischere Sachen sie ausheckt. Sie benimmt sich ziemlich aufreizend, macht aber gleichzeitig auf sittsam. Ziemlich fest mit Gilvray verbandelt, allerdings weiß ich darüber nichts Genaues.«

»Verstehe«, meinte Paul Pry. »Ist sie hübsch?«

»Ob sie hübsch ist? Hören Sie mal, Chef, das Püppchen muß in einem Nachtclub die Bekanntschaft eines kapitalkräftigen Geschäftsmannes machen, ihm ein Geträller und Getanze servieren, daß er ganz wepsig wird, ihm seine Geschäftsgeheimnisse entlocken und bei dem Ganzen so dick auftragen, daß der Herr Geschäftsmann, wenn er von einer Bande, die über alle seine Angelegenheiten bestens Bescheid weiß, beklaut wird, nicht einen Augenblick die Kleine verdächtigt, daß der Tip von ihr stammt. Ob sie hübsch ist? Mein Gott, die muß hübsch sein. Und wie!

Chef, lassen Sie die Finger von der Lady. Wenn Sie ihre Bekanntschaft machen, bringt die Sie soweit, daß Sie sie aus dem Sumpf da rausholen wollen. Ich kenne die!«

Paul Pry lachte.

»Aber du kennst mich nicht, Mugs. Sag mir, besteht die Möglichkeit, daß sie mich erkennt?«

Mugs Magoo schüttelte den Kopf.

»In der ganzen Bande gibt es nur ein oder zwei, die Sie je zu Gesicht gekriegt haben. Das ist auch der Grund, warum Sie mich immer noch mit Whiskey versorgen.

Ansonsten würden Sie schon längst die Radieschen von unten begucken.«

Paul Pry summte vor sich hin, während er sich in Schale warf. Er kontrollierte, ob sein Zigarettenetui gefüllt war, und probierte seinen Stockdegen aus, um sicherzugehen, daß die Klinge sich leicht und schnell ziehen ließ.

»Ich laß dich jetzt zur Tür raus, Mugs, weil ich sie wieder verriegeln will. Es würde mir nämlich gar nicht behagen, wenn mich bei meiner Rückkehr ein Gangster hier erwartet. Nimm die Flasche mit.«

»Wie kommen Sie denn raus, Chef?«

»Oh, gar nicht. Ich habe vor, den Abend mit Lesen zu verbringen. Du kannst diese Information an den Schnüffler weitergeben, der unten vor dem Haus steht.«

Mugs Magoo seufzte.

»Die weiße Hemdbrust gibt nachts eine wunderbare Zielscheibe für ein Maschinengewehr ab. Achten Sie darauf, daß Ihr Mantel zugeknöpft ist – beim Lesen.«

Er klemmte die Whiskeyflasche unter den Arm und ging.

Paul Pry verriegelte die Tür, verließ die Wohnung durch die Geheimtür und begab sich direkt in das Green Mill.

Er suchte nicht gleich die Bekanntschaft von Tilly Tanner. Aber die Zurschaustellung eines dicken Bündels Banknoten, eine aufwendige Bestellung und daß er sich den Anschein gab, eher unfreiwillig und nicht allzu gerne allein zu sein, all das lockte schließlich die Blondine an seinen Tisch.

Die üblichen Präliminarien waren schnell erledigt, und schon bald merkte Paul Pry, daß die großen, haselnußbraunen Augen ihn mit fassungsloser Bewunderung anstarrten.

»Ihnen entgeht einfach nichts, und Sie sind ein hervorragender Menschenkenner. Ich wette, Sie sind auch ein ausgezeichneter Geschäftsmann.«

Paul Pry lehnte sich bequem in seinem Stuhl zurück; auf seinem Gesicht spiegelte sich die affektierte Selbstgefälligkeit, mit der ein Mann normalerweise auf weibliche Schmeicheleien reagiert.

»Na ja, Süße, du bist aber auch nicht schlecht. Woher weißt du, daß ich Geschäftsmann bin? Und woher weißt du, daß ich Menschenkenntnis besitze?«

Sie lachte ein kehliges, gurrendes Lachen und näherte ihren Mund mit den leicht geöffneten Lippen seinem Gesicht.

»Das ist ganz einfach. Ich wette mit Ihnen alles, was Sie wollen, daß Sie ein erfolgreicher Geschäftsmann sind.«

»Alles?« fragte Paul Pry.

»Na ja – fast alles.«

Paul Pry ließ seine Stimme rauh klingen.

»Zehn Dollar – gegen einen Kuß.«

Geziert schlug sie ihre Augen nieder und betrachtete angelegentlich ihre rotlackierten Fingernägel, die sich in das schneeweiße Tischtuch krallten.

»Sie könnten versuchen, die Wette zu verlieren«, meinte sie und warf ihm einen betörenden Blick zu.

Paul Pry lachte.

»Kleine Gedankenleserin! Ja, Süße, du hast's erraten. Ich bin der alleinige Geschäftsführer und Besitzer der Jeweler's Supply Co., Inc. Und weißt du, was ich mit den Juwelieren, die ich beliefer, mache und womit ich sie dazu bringe, daß ihnen das mehr als recht ist: ein ganz einfacher Trick. Die meisten meiner Konkurrenten kämpfen um Marktanteile in der Stadt; ich überlasse sie ihnen. Ich geh raus aufs Land, nehm die Provinzhändler unter Vertrag und geb ihnen jede Menge Kredit. Wenn ich sie soweit hab, daß sie mir zuviel schulden, um alles auf einmal zahlen zu können, dann werfe ich meine Haken nach ihnen aus.

Ich schicke ihnen minderwertige Ware und verlange dafür Phantasiepreise. Sie trauen sich nicht, auch nur zu mucksen, weil ich sie sonst aus dem Geschäft rausschmeißen würde. Ihnen bleibt nichts anderes übrig, als den Preis noch weiter heraufzusetzen und das Zeug an die Bauerntölpel in den Kleinstädten zu verhökern.

Und das Ergebnis des Ganzen? Ich mache mir hier ein schönes Leben, während meine Konkurrenten sich redliche Mühe geben, ihren Bankiers zu erklären, warum sie ihre Forderungen nicht erfüllen können.

Na komm, Süße, noch einen kleinen Drink. Ich möchte, daß mich diese Augen noch einmal über den Rand des Glases hinweg ansehen.«

Sie warf ihm erneut einen atemberaubenden Blick zu, beugte sich vor, legte ihr Kinn auf ihre verschränkten Finger und ließ Paul Pry ihre weiße Kehle, Augen, die ihn bewundernd anstarrten, und Lippen, die sich in der Andeutung einer Einladung öffneten, sehen.

»Einfach wundervoll«, meinte sie.

Sie tranken noch ein Glas und noch eines.

Tilly Tanner erzählte ihm aus ihrem Leben, von einer kranken Mutter und einer verkrüppelten Schwester, die sie beide ernähren mußte. Sie erzählte ihm von den Typen, mit denen sie zu tun hatte, von Männern, die »nicht so nett sind wie Sie«, Männer, die sie lüstern anstarrten, die ihr schöne Augen und unsittliche Anträge machten.

Sie stellte sich als Märtyrerin hin, eine Märtyrerin, die rein und unbefleckt war wie frischgefallener Schnee, die sich aber dennoch fortwährend der schmutzigen Seite des Lebens stellen mußte.

Paul Pry brachte sein Mitgefühl zum Ausdruck und erklärte, einzig ihre Schönheit sei es, die die Männer, die pausenlos auf Eroberung aus seien, anzöge.

Erneut betrachtete sie ihre rotlackierten Fingernägel.

»Schon allein, Sie kennenzulernen, hat mir geholfen«, erklärte sie. »Das war etwas ganz Besonderes für mich.«

Der Klang ihrer Stimme war so perfekt, untermalt von einem so verzweiflungsvollen Seufzer, daß sie vor Ehrlichkeit geradezu troff.

Sie zuckte die Schultern, als wolle sie ihre Traurigkeit abschütteln.

»Aber ich muß fröhlich sein und lächeln. Erzählen Sie mir etwas – erzählen Sie mir von Ihren Geschäften. Sind Diamanten wirklich so teuer? Müssen Sie immer viel Geld vorrätig haben? Erzählen Sie mir, was Geschäftsleute meinen, wenn sie von Pauschalpreisen sprechen.«

Paul Pry lachte.

»Meine Süße, wenn ich dir das alles erzählen wollte, würden wir die ganze Nacht dazu brauchen!«

Wieder ein betörender Blick.

»Und?« sagte sie leise, vertraulich, einladend.

Paul Pry beugte sich vor, als wolle er sie in die Arme nehmen, aber sie schreckte ängstlich zurück.

»Nein, nein!« wehrte sie ab. Dann, nach einer kleinen Pause, in der ihre haselnußbraunen Augen in seine tauchten: »Nicht hier!«

Paul Pry lehnte sich in seinem Stuhl zurück.

»Erzählen Sie!« forderte sie ihn auf.

Paul Pry sprach leise, mit rauher Stimme.

»Schätzchen! Ich werde dich in meine Arme nehmen und der ganzen Welt sagen, daß sie sich zum Teufel scheren kann. Ich werde ...«

»Nein, nein. Sagen Sie nicht so etwas. Bitte! Ich muß in ein paar Minuten singen, und meine Stimme würde völlig außer Kontrolle geraten. Erzählen Sie mir von sich, von Ihren Geschäften! Bitte!«

Paul Pry seufzte.

»Na ja«, meinte er, »ich hab doch erwähnt ... Herrje,

das Geschäft, das ich morgen durchziehe – die Geschichte würde dich bestimmt amüsieren!«

Sie beugte sich vor.

»Ja, bitte, erzählen Sie!«

»Also, in Centerville, da gibt es einen Juwelier, Moffit heißt er, der hat so einen Trottel auf der Liste, der fünfzigtausend für ein Halsband hinblättern will. Und ob du es glaubst oder nicht, ich habe diesen Moffit so fest in der Hand, daß er sich nicht mal traut, Preisvorschläge von irgendwelchen Konkurrenten einzuholen.

Das ist Tatsache. Heute nachmittag habe ich mit dem Zug um 14 Uhr 10 einen Boten hingeschickt, dem ich eine Kollektion Halsbänder und ein Armband mitgegeben habe. Das Armband war Nippes; es hätte lausige sechstausend gekostet, aber ich hab es mit viertausend ausgezeichnet, damit dieser Gimpel von Käufer auf die Halsbänder reinfällt.

Aber ich schätze, der Kerl kennt sich mit Steinen aus. Er hat das Armband genommen und die Halsbänder zurückgehen lassen. Also schicke ich morgen eine andere Ladung hin, wieder mit dem Zug um 14 Uhr 10. Ich werd ihm ein paar reelle Angebote machen. Fünfzig Große sind heutzutage nicht zu verachten.«

Das Mädchen war ganz starr vor Anspannung, wie eine Katze, die sich an ein Vogelnest anschleicht.

»Verdienen Sie dabei überhaupt etwas?« wollte sie wissen.

»Meine Süße! Ob ich dabei was verdiene? Bring mich nicht zum Lachen!«

Paul Pry wirkte wie ein leicht betrunkener Geschäftsmann, der sich in der angenehmen Gesellschaft einer Vertreterin des anderen Geschlechts entspannt.

Das Mädchen tätschelte flüchtig seine Hand.

»Sie sind wundervoll!« verkündete sie.

»Ob ich dabei was verdiene?« gluckste Paul Pry. »Das ist gut, das ist wirklich gut. Mein Gott, ich wünschte, der alte Moffit hätte das gehört! Der würde ersticken, Süße, ich streich bei der Sache glatte zwanzigausend ein, netto. Kapiert? Netto!«

Sie nickte. Mit dem Finger zeichnete sie ein Muster auf das Tischtuch und dachte so angestrengt nach, daß sich ihre Mundwinkel nach unten zogen.

»In bar?« fragte sie.

»Wahrscheinlich nicht alles auf einen Schlag. Aber ich werd es bekommen.«

»In bar – oder mit Scheck?«

»Mit Scheck natürlich.«

»Oh.«

Eine Spur von Enttäuschung schwang in ihrer Stimme mit.

»Es könnte doch passieren, daß aus dem Geschäft nichts wird«, wagte sie erneut einen Versuch.

»Nicht bei mir, Süße. Ich werde eine Kollektion mit zwanzig der erlesensten Halsbänder, die es gibt, hinschicken. Ich nehme ein paar aus meinem eigenen Sortiment, und außerdem besorge ich mir noch ein paar Colliers von den großen Importeuren, die auf Kommissionsbasis arbeiten. Ich sag dir, ich werde diesem Gimpel den Mund wäßrig machen.«

Allmählich kapierte sie; sie beugte sich vor und sagte ganz leise:

»Aber wie schicken Sie sie? Mit einem bewaffneten Wachmann oder mit einem Transporter oder so?«

Paul Pry lachte.

»Ich doch nicht, Schwesterchen. Damit fordert man Schwierigkeiten geradezu heraus. Nein, Kleines, wenn ich so Zeug irgendwohin bringen lasse, dann nimmt das ein Bote in einer Tasche mit. Er sieht aus wie ein ganz gewöhnlicher Reisender. Kein Mensch käme auf die Idee, daß er Klunker im Wert von einer Million Dollar in der Tasche hat.

Ich mache das jetzt seit zehn Jahren so, und nie ist auch nur ein einziger Stein verlorengegangen. Alle in dem Geschäft machen es so. Herrje, wenn du telephonisch Edelsteine bestellst, die dir in deine Wohnung gebracht werden sollen, dann schicken sie zwei Leute und vielleicht auch noch einen Polypen los. Was jedoch ein richtiger Einzelhändler ist, da wissen die Juwelenleute, daß der vertrauenswürdig ist. Ein Einzelhändler kann alles anfordern, was er braucht, und sie schicken es ihm entweder per Expreß oder durch einen Boten, je nachdem, wo er wohnt und wie schnell er das Zeug haben will.«

Der Zeigefinger malte komplizierte Linien auf das Tischtuch.

»Dann werden Sie also morgen eine Menge Geld verdienen?«

»Darauf kannst du wetten, Süße. Ich schicke meinen Mann mit dem Zug um 14 Uhr 10 los. Ein paar Stunden später kommt er mit den Juwelen, die er nicht verkauft hat, wieder zurück. Ich weiß nur noch nicht, welchen Zug er dann nimmt. Er hat möglicherweise etwas Bargeld bei sich, also bitte ich unter Umständen die örtliche Polizei, einen Beamten abzustellen, der ihn auf dem Rückweg begleitet. Aber was die Edelsteine betrifft, die sind versichert, und die werden transportiert, wie man eine Tasche voller Anziehsachen transportieren würde.«

Mit Augen, so groß und tiefgründig, daß die schiere Unschuld aus ihnen zu sprechen schien, sah sie ihn an.

»Ich wette, Sie schicken einen großen, stämmigen, kräftigen Mann als Boten!«

»Wieder falsch, Süße. Einfach ein junger Kerl, groß und schlank.«

»Sie müssen ihn unauffällige Sachen anziehen lassen.«

»Nein. Er trägt ganz normale Kleidung. Gewöhnlich

hat er einen blau gestreiften Anzug mit roter Krawatte an.«

»Ich wette, Sie machen irgendwas mit der Tasche. Ich bin sicher, sie sieht alt und schäbig aus, so daß niemand auf die Idee kommt, daß da eine Menge Edelsteine drin sind.«

Paul Pry spielte mit seinem Glas.

»Süße, was das betrifft, ist die Idee gar nicht mal so schlecht. Aber du hast dich schon wieder geirrt. Ich verwende zu diesem Zweck eine schwarze Tasche. Sie ist mit Messingnieten beschlagen, so daß sie ohne weiteres zu identifizieren wäre, wenn jemand sie sich schnappt. Aber abgesehen davon ist es eine ganz gewöhnliche Tasche und sieht sogar ganz gut aus.«

Sie runzelte die Stirn und ließ ihre Augen wieder zu ihren Fingernägeln wandern. Unvermittelt sprang sie auf.

»Das hätte ich beinahe vergessen: ich habe eine Besprechung mit dem Manager, wegen einem neuen Lied, das ich gerade einstudiere. Ich muß mich beeilen. Bis dann!«

Und weg war sie. Er nahm gerade noch das Huschen wohlgeformter Beine wahr, das leise Rascheln von Rüschen und einen sehnsüchtigen Blick, den sie ihm über ihre bloße Schulter zuwarf.

Zehn Minuten lang wartete Paul Pry.

Dann informierte ein Kellner ihn, daß Miss Tanner ans Bett ihrer plötzlich schwer erkrankten Mutter gerufen worden sei. Sie lasse sich entschuldigen und den Herrn bitten, an einem anderen Abend wiederzukommen.

Paul Pry stellte angemessene Besorgnis hinsichtlich des Gesundheitszustands der Mutter sowie angemessene Verärgerung, daß ihm eine Eroberung vor der Nase weggeschnappt worden war, zur Schau und verließ den Nachtclub, wobei er betont vorsichtig einen Fuß vor den anderen setzte, so als hätte der Alkohol ihn ein wenig aus dem Gleichgewicht gebracht.

In einem Spezialgeschäft erstand Paul Pry zwei Taschen. Die kleine schwarze Tasche sollte mit Messingnieten beschlagen werden.

Die große gelbbraune Tasche nahm er mit.

Er kaufte ein Päckchen Angelhaken und ein paar kleine Nieten. Als er die große gelbbraune Tasche fertig präpariert hatte, sah sie von außen völlig normal aus. Aber das war auch alles, was an dieser Tasche normal war.

Er hatte den Boden vollständig entfernt und das Innere mit Angelhaken versehen, so daß die Tasche für einen bestimmten Zweck wie geschaffen, für jede andere Funktion jedoch höchst ungeeignet war.

Als beide Taschen seinen Vorstellungen entsprechend vorbereitet waren, rief Paul Pry Moffit in Centerville an.

»Moffit, hier ist Garfield. Ich habe mir die Sache mit dem Halsband noch einmal durch den Kopf gehen lassen, und ich werde Ihrem Großhändler noch eine Chance geben. Das habe ich Ihnen versprochen, und ich halte mein Vesprechen, obwohl ich es widerwärtig finde, wie er sich verhalten hat.

Rufen Sie ihn an und sagen Sie ihm, er soll Ihnen ein Sortiment erstklassiger Schmuckstücke schicken. Die Sachen müssen mit dem nächsten Vorortzug gebracht werden, denn ich reise heute abend ab.

Es ist jetzt 13 Uhr 15, der Bote kann also den Zug um 14 Uhr 10 erreichen. Ich werde hier sein, wenn der Zug eintrifft, und mich, sobald ich die Halsbänder gesehen habe, binnen zehn Minuten entscheiden, ob ich eines kaufe oder nicht.«

Er hörte sich die wortreichen Dankesbekundungen des Juweliers gar nicht erst an, sondern legte auf und wandte seine Aufmerksamkeit gewissen Details des Transports zu, unter anderem der Verabredung eines Termins mit dem Piloten des schnellsten Flugzeugs, das in der Stadt aufzutreiben war.

Um 14 Uhr waren alle Vorbereitungen getroffen. Punkt vierzehn Uhr und neuneinhalb Minuten stürmte Paul Pry durch die Sperre in dem Vorortbahnhof. In den Händen hielt er zwei Taschen, eine gelbbraune ohne Boden und eine schwarze, mit Messingnieten beschlagene.

Man hielt den Zug noch einmal an, damit er einsteigen konnte.

Seine Augen suchten und fanden eine schlanke Gestalt, die in die Lektüre der Sportseite einer Zeitung vertieft war.

Der Zug machte beim Anfahren einen Satz nach vorne, als Paul Pry noch unschlüssig vor dem Sitz gegenüber dem Platz eben dieses Mannes stand.

Durch den plötzlichen Ruck verlor Paul Pry das Gleichgewicht.

Er machte einen Satz zur Seite, stolperte und streckte die Hand mit der gelbbraunen Tasche aus, um sich festzuhalten. Die Tasche landete auf dem Sitz, direkt auf der schwarzen, die bereits dalag. Sein Kopf rempelte gegen die Brust des Mannes, der die Sportseite las.

Dieser zögerte nicht.

Ruckartig stand er auf. Die Zeitung fiel zu Boden. Die rechte Hand des Mannes schnellte zu seiner Gesäßtasche. Als er jedoch eine schwarze Tasche sah, mit Messingnieten beschlagen, hielt seine rechte Hand inne.

»Was, zum Teufel . . .«, knurrte er.

»Ich werde die Eisenbahngesellschaft verklagen!« brüllte Paul Pry. »Sie sind Zeuge. Geben Sie mir Ihren Namen und Ihre Adresse!«

Der Schlanke nahm die schwarze Tasche an sich und legte beschützend seine Hand darauf.

»Ach, setzen Sie sich dort erst mal hin«, forderte er Paul Pry auf. »Sie können nicht erwarten, daß man in diesen Zügen promenieren kann, wenn sie sich erst mal in

Bewegung gesetzt haben. Suchen Sie sich einen Platz und halten Sie den Mund.«

Der Schaffner kam herbeigeeilt, nahm Paul Pry am Arm, führte ihn zu einem freien Sitzplatz und versuchte, ihn zu besänftigen. Höchstpersönlich holte er die gelbbraune Tasche von dem Sitz, wo Paul Pry mit dem Schlanken zusammengestoßen war.

Dieser stellte, als befürchte er weitere Zwischenfälle, die schwarze, mit Messingnieten beschlagene Tasche auf die Fensterseite des Sitzes, strich die zerknüllte Zeitung glatt, blickte finster um sich und vertiefte sich wieder in die Sportberichte.

Zwanzig Minuten später hielt der Zug an der ersten Station an; Paul Pry ging langsam durch den Mittelgang, kletterte auf den Bahnsteig hinunter und ging zu einem wartenden Wagen, der ihn in Windeseile zu einem ebenen Feld brachte, wo ein kleines Flugzeug ihn erwartete, dessen Motor bereits warmlief. Das Cockpit war mit diversen Koffern vollgestopft, und irgendwie gelang es Paul Pry, sich zwischen drei Koffer zu zwängen. Er setzte den Helm auf und nickte.

Mit einem Zirpen wie eine verschreckte Wachtel erwachte das Flugzeug zum Leben. Mit rasender Geschwindigkeit holperte es ungefähr dreißig Meter über das Feld, schoß steil in die Luft, immer höher, und war binnen Sekunden nur mehr ein winzigkleiner Fleck im Blau des Himmels.

Genau vierzehn Minuten später lud Paul Pry auf dem Flugplatz von Centerville sein Gepäck aus dem Flugzeug in einen Wagen um. Nach weiteren sechs Minuten fuhr er vor dem Hotel vor, wo der Portier bewundernd auf das Gepäck starrte.

»Mann!« platzte er heraus. »Ich sag Ihnen, Sie vollbringen Wunder, wenn Sie erst aktiv werden, Mr. Garfield.«

Paul Pry grinste.

»Ich hab denen Dampf gemacht. Bringen Sie das Gepäck auf mein Zimmer.«

Er ging schon voraus, griff als erstes zum Telephonhörer und rief Moffit an.

»Ich bin in meinem Hotel, Mr. Moffit, und habe bereits gepackt, und zwar nehme ich den Zug um 18 Uhr 20. Ich möchte, daß Sie die Halsbänder rüberbringen, sobald Sie bei Ihnen eintreffen.«

»Wird gemacht, Mr. Garfield«, versprach Moffit.

Paul Pry räusperte sich.

»Hören Sie, Moffit, da ist noch etwas, das ich Ihnen sagen wollte. Gestern abend habe ich einer flüchtigen Bekannten, einer jungen Dame, gegenüber erwähnt, ich hätte es so eingerichtet, daß Ihnen heute ein paar Steine geschickt werden. Ich habe nicht erwähnt, von wo aus oder mit welchem Zug. Aber sie hat deutliches Interesse erkennen lassen – ein etwas zu deutliches Interesse.

Ich kann Ihnen nicht sagen, wer die junge Dame war. Ehrlich gesagt, ich habe sie in einer Filmvorführung gesehen und Bekanntschaft mit ihr geschlossen. Sie hat neben mir gesessen, und – na ja, an der Art, wie sie lachte, und an den Blicken, die sie mir von der Seite zuwarf, habe ich gemerkt, daß sie nichts dagegen haben würde, wenn ich sie anspreche.

Mittlerweile habe ich Bedenken bekommen. Ich habe gehört, daß Gangster gelegentlich Frauen als Kundschafterinnen benutzen. Vielleicht könnten Sie Polizeichef Kelley bitten, noch einen anderen Polizisten mitzunehmen, wenn er zum Zug geht. Ich mache mir wirklich Sorgen.«

Moffit lachte.

»Vergessen Sie's. Die Steine sind alle versichert. Ich werde mich darum kümmern, daß wir ausreichend beschützt werden, sobald wir die Juwelen hierhaben. Vorher sind der Großhändler und die Versicherungsgesellschaft dafür zuständig. Aber kein Mensch kommt auf die Idee, die Boten, die Edelsteine transportieren, zu behelligen. Die tragen das Zeug durch die Gegend, ohne daß auch nur ein einziger Stein abhanden kommt...«

Paul Pry seufzte, und sogar durch das Telephon war zu hören, wie groß die Erleichterung war, die in diesem Seufzer mitschwang.

»Ich bin ja so froh, daß Sie das sagen. Sie glauben also nicht, daß es notwendig ist, einen Wachmann im Zug mitfahren zu lassen, oder?«

»Um Himmels willen, nein. Vergessen Sie's, Mr. Garfield.«

»Ich danke Ihnen«, erklärte Paul Pry unterwürfig und legte auf.

Der Portier kam mit dem Gepäck. Paul Pry hielt ihn ein paar Minuten lang auf, hieß ihn das Gepäck so hinstellen, wie es ihm behagte, und verwickelte ihn in ein Gespräch.

Es war genau 15 Uhr 21, als der Vorortzug, der um 15 Uhr 38 in Centerville eintreffen sollte, bei einer Bedarfshaltestelle anhielt, die nicht viel mehr war als ein Milchsammelplatz.

Dort warteten zwei gutgekleidete Männer. Es war das erste Mal, daß der Zugführer sich erinnern konnte, an dieser Haltestelle einen Passagier aufgelesen zu haben, aber im Fahrplan war der kleine Bahnhof als Bedarfshaltestelle verzeichnet, also betätigte er die Luftdruckbremse und brachte den Zug zum Stehen.

Die beiden Männer marschierten auf den Bahnsteig. Dem Zugführer fiel ein Wagen mit zugezogenen Vorhängen auf, der in der Nähe des Bahnhofs auf der unbefestigten Straße parkte.

»Autopanne?« fragte der Zugführer grinsend.

»Richtig«, erwiderte einer der Männer und machte mit seiner Rechten eine schnelle Bewegung.

In seiner Hand blitzte ein Totschläger auf und krachte auf den Schädel des Zugführers. Dieser taumelte gegen den Führerstand und ging zu Boden.

Eine Frau kreischte.

Der Schaffner, der den Vorfall nicht registriert hatte, betätigte die Signalglocke für »Freie Fahrt«. Ein Mann rief mit rauher Stimme eine Warnung. Ein schlanker Mann, der in eine Zeitung vertieft gewesen war, griff nach seiner Gesäßtasche.

Er war völlig verblüfft, als er sich einem Typen gegenübersah, der direkt vor ihm stand, in der Hand eine schwere Automatik, das Gesicht von einem hämischen Grinsen verzerrt.

»Wenn Sie das Ding rausgeholt haben, Freundchen, lassen Sie es auf den Boden fallen«, forderte er ihn auf.

Der Schlanke zögerte.

»Machen Sie schon. Lassen Sie es fallen. Sie werden nicht dafür bezahlt, Bleikugeln einzufangen, und ich meine es ernst.«

Der zweite Gangster stand am Ende des Triebwagens.

»Bleiben Sie auf Ihren Plätzen!« brüllte er.

Der schlanke junge Mann zog langsam eine Waffe heraus und ließ sie zu Boden fallen.

Der Mann mit der Automatik stieß sie mit dem Fuß unter die Sitzbänke und nahm die schwarze, mit Messingnieten beschlagene Tasche.

»Herzlichen Dank«, meinte er lakonisch. »Gehen wir, Steve.«

Hastig setzten sie sich in Bewegung. Zwischen den Seitenvorhängen des Automobils schob sich der Lauf eines Maschinengewehrs durch, um ihren Rückzug zu decken.

Beim Aussteigen lösten sie die elektrische Kontrollvorrichtung, rissen den Messinghebel heraus und schleuderten ihn auf die Seite. Als der Triebwagen anfuhr, sprangen sie ab.

Der Zug holperte und schwankte hin und her; die Passagiere schrien um Hilfe. Als es dem Schaffner endlich gelang, die Geschwindigkeit des außer Kontrolle geratenen Triebwagens zu drosseln, lag die Milchsammelstelle bereits eine Meile hinter ihnen.

In der Nähe einer Farm, zu der Telephondrähte führten, brachte der Schaffner den Zug zum Stehen und rannte auf das Haus zu.

Telephonisch gab er die Neuigkeit durch und löste Alarm aus. Die Zentrale informierte den Polizeichef von Centerville.

Polizeichef Kelley setzte Moffit in Kenntnis, was geschehen war.

»Großer Gott, dann hatte er doch recht, und wir hätten einen Wachmann mitschicken sollen!«

»Wie dem auch sei, wir haben die Information zu spät erhalten«, erklärte Kelley, aber seine Augen flackerten. »Ich muß was unternehmen und Straßensperren anordnen, für den Fall, daß sie hier durchkommen.«

»Bestimmt nicht«, meinte Moffit. »Hören Sie, Chef, wenn der Großhändler erfährt, daß ich einen Tip bekommen habe, dann könnte es Schwierigkeiten wegen der Lieferung geben.«

»Hm-hm«, brummte Kelley. »Man würde mir die Hölle heiß machen, wenn die Zeitungen verbreiten, daß ich gewarnt worden bin und die Warnung nicht ernstgenommen habe. Das ist das Teuflische an diesem Geschäft. Wenn man richtig rät, kräht kein Hahn danach. Wenn man danebentippt, dann würden sie einen am liebsten auf den Mond schießen.«

Die beiden Männer wechselten einen Blick.

»Yeah«, meinte Polizeichef Kelley. »Ich sorge dafür,

daß ein Mann sich um die Straßensperren kümmert, und komme mit Ihnen rauf.«

Zehn Minuten später marschierten sie durch den Korridor zu Paul Prys Hotelzimmer.

Paul Pry öffnete.

»Na, Sie haben sich ja ganz schön Zeit gelassen. Der Zug muß schon vor zehn Minuten eingetroffen sein.«

Polizeichef Kelley versetzte der Tür einen Tritt, so daß sie ins Schloß fiel.

»Hören Sie, Garfield, Sie könnten uns helfen.«

Paul Pry lächelte leutselig.

»Gerne. Was kann ich für Sie tun?«

»Vergessen Sie, daß Sie uns gewarnt haben, daß der Bote mit den Juwelen überfallen werden könnte. Vergessen Sie, daß Sie im Kino mit einer Braut geredet haben. Nehmen Sie Ihr Geld, das Moffit mitgebracht hat, und reisen Sie ab.«

Paul Pry ließ seinen Unterkiefer nach unten sacken.

»Wollen Sie damit sagen, daß der Mann überfallen worden ist?«

»Im Handumdrehen haben die sich die Tasche geschnappt. Offenbar hatten sie einen Tip bekommen. Die haben gewußt, was sie wollten, wer es hatte und was drin war. Sie haben die Tasche genommen und sind verduftet.«

»Großer Gott!« rief Paul Pry aus. »Ist irgend jemand zu Schaden gekommen?«

»Nur die Versicherungsgesellschaft«, meinte Polizeichef Kelley.

»Und ein Großhändler, der den Hals nicht vollkriegen kann«, murmelte Moffit verbittert. »Ich hoffe, der Verlust ist nicht abgedeckt.«

»Ogottogott! Dann hat die Frau . . .«

Kelley schnitt ihm das Wort ab.

»Vergessen Sie die Frau«, sagte er.

»Und die Edelsteine«, ergänzte Moffit.

»Und verlassen Sie die Stadt, ehe die Zeitungsleute anfangen herumzuschnüffeln«, fügte Kelley noch hinzu.

»O Gott, die Reporter werden eine Menge Fragen stellen, nicht wahr?«

»Das werden sie, wenn sie Sie hier erwischen. Machen Sie sich also auf den Weg, wenn Sie den Blitzlichtern und dem ganzen Quatsch entkommen wollen.«

Paul Pry klingelte nach dem Portier.

»Meine Herren«, beruhigte er sie, »ich bin schon auf dem Weg.«

»Ich habe Ihr Geld«, erklärte Moffit. »Deswegen haben wir so lange gebraucht. Tut mir leid, daß wir nicht miteinander ins Geschäft gekommen sind, aber ich bin zufrieden, daß ich Ihnen zumindest das Armband verkauft habe.«

Feierlich schüttelten sie sich die Hände.

In einem Haus in einem Vorort, einem Haus, das in Wirklichkeit eine rundherum abgesicherte Festung war, starrte Benjamin Franklin Gilvray, in gewissen Kreisen als Big Front Gilvray bekannt, fassunglos »Chopper« Nelson an.

»Du meinst . . . du meinst . . .«

Nelson klappte eine schwarze, mit Messingnieten beschlagene Tasche auf.

»So wahr mir Gott helfe, Chef, das ist, verdammt noch mal, alles, was da drin war – nur das Stück Papier.«

»Dann war das ganze eine abgekartete Geschichte, um uns zum Narren zu halten!«

Chopper Nelson schüttelte den Kopf.

»Nein, da steckt mehr dahinter. Der Junge hat wirklich geglaubt, daß er Klunker im Wert von einer Million in der Tasche hat. Das hab ich dran gemerkt, wie er nach seinem Schießeisen gelangt hat.«

Mit zitternden Händen strich Big Front Gilvray das Blatt Papier glatt, das auf seinen Knien lag.

»Liebes Hühnchen«, lautete die Botschaft. »Danke, daß Sie noch ein Ei gelegt haben.«

»Noch ein Ei«, stieß Gilvray mit bebender Stimme hervor. »Glaubst du, der hat . . .«

Die Antwort auf diese Frage erhielt er zwei Wochen später, als er in der Zeitung las, daß es Inspektor Oakley gelungen war, alle Diamantencolliers sicherzustellen, die einem Boten der Jewelers' Supply Co., Inc. geraubt worden waren.

Man beglückwünschte den Inspektor zu seiner erfolgreichen Arbeit. In dem Artikel wurde erwähnt, daß er für die Wiederbeschaffung der Edelsteine außerdem eine von der Versicherungsgesellschaft und dem Großhändler ausgesetzte Belohnung in Höhe von fünfzehntausend Dollar erhalten hatte.

Big Front Gilvray, der sehr wohl wußte, daß Inspektor Oakley diese Belohnung teilte – die Hälfte für sich, die andere Hälfte für Paul Pry –, stürmte wutschnaubend in seinem Zimmer auf und ab, so daß selbst die abgebrühten Gangster in den Zimmern der Vorstadtfestung sich duckten und es vorzogen, Gilvray aus dem Weg zu gehen.

B. F. Gilvray mochte in der Unterwelt eine große Nummer sein. Für Paul Pry jedoch war er nichts weiter als das Huhn, das goldene Eier legte.

ELEGANT UND SAUBER

1 – Schreie im Dunkel

Das Mädchen tauchte aus den Büschen auf, die die Uferstraße säumten, stellte sich ihm mitten in den Weg, so daß das Licht der Autoscheinwerfer auf ihr bleiches Gesicht fiel, und stieß Schreie des blanken Entsetzens aus.

Ihre Kleider hingen in Fetzen an ihr herunter, Arme und Brust waren von Blutergüssen übersät. Das Gestrüpp hatte die weiße Haut ihres Körpers zerkratzt, als sie sich halb wahnsinnig vor Angst zur Straße durchgekämpft hatte.

Ihr Blick war starr vor Furcht, ihr Gesicht totenblaß. Ihr Rock war vom Saum bis zur Hüfte aufgerissen und ließ ein wohlgeformtes Bein sehen. Sie streckte die Hände nach oben, die Handflächen nach außen gekehrt; die Hände waren deutlich erkennbar leer.

Paul Pry hielt jedoch nicht sogleich an. Big Front Gilvray, der Erzgauner, hatte beschlossen, Paul Pry aus dem Verkehr zu ziehen, und dieser Beschluß harrte noch immer seiner Durchführung.

Der Sechzehnzylinder, den Paul Pry fuhr, war entgegen allem Anschein kein einfacher Sedan. Er war mit einer Armierung ausgerüstet, die selbst schwerem Geschütz standhielt, und die Fenster bestanden aus kugelsicherem Glas.

Ein paar kleine Dellen in der Panzerung der Karosserie ließen darauf schließen, daß die Gangster schon einmal versucht hatten, den Befehl ihres rachsüchtigen Bosses auszuführen. Aber die Kugeln aus dem Maschinengewehr waren abgeprallt. Paul Pry weilte nach wie vor unter den Lebenden und hatte diesen Umstand genutzt, um heute abend eine kleine Spazierfahrt zu unternehmen.

Und da es mehr als wahrscheinlich war, daß die schreiende Frau ein Köder für eine Falle war, in die er laufen sollte, fuhr Paul Pry noch ungefähr fünfzig Meter weiter, ehe er anhielt. Er schaltete alle Lichter ab, langte nach seiner Automatik und öffnete den Wagenschlag.

»Brauchen Sie Hilfe?« rief er.

Die dunklen Schatten des Dickichts verschluckten seine Rufe. Paul Pry lauschte, alle Sinne angespannt.

Die Schreie der Frau drangen immer noch an sein Ohr – anhaltende, monoton-schrille, mechanische Schreie. Schreie, wie eine Frau sie ausstößt, die einen hysterischen Anfall gehabt hat und schließlich, völlig erschöpft von der ausgestandenen übermenschlichen Angst, automatisch weiterschreit, ohne es zu merken.

Erneut rief Paul Pry. Auch diesmal keine Antwort. Aber die Schreie wurden lauter. Sie rannte auf ihn zu.

Paul Pry hielt die Wagentür auf, ließ den leise surrenden Sechzehn-Zylinder-Motor an und wartete.

Sie schrie immer noch, als sie das Auto erreichte.

»Steigen Sie ein«, forderte Paul Pry sie auf.

Die Frau kroch auf den Sitz neben ihm, und er kuppelte so ruckartig ein, daß der Wagen einen Satz nach vorne machte und die Tür von selber zuschlug. Er blendete die Scheinwerfer auf und schaltete die Innenbeleuchtung an, nur um sicherzugehen, daß die Hände neben ihm immer noch leer waren.

Diese leeren Hände verkrallten sich in seinen Mantel. Das Schreien ebbte allmählich ab und ging in Schluchzen über, in ein herzzerreißendes Schluchzen, das den überforderten Nerven endlich Erleichterung brachte.

Paul Pry fuhr fast noch eine Meile, dann bog er in eine Seitenstraße ein und hielt an. Er nahm seine linke Hand vom Steuer und drehte sich zu ihr.

Sie packte ihn; ihr schlanker Körper drängte sich an seinen, als wäre sie eine Ertrinkende, die sich an ihren Retter klammert. Paul Pry legte seinen rechten Arm um ihre Taille, während sie ihre tränennasse Wange an seine preßte und unverständliche Worte vor sich hin schluchzte.

Paul Pry tätschelte ihre bloße Schulter und versuchte, sie zu beruhigen. Allmählich drangen seine besänftigenden Worte zu ihr durch, und sie hörte auf zu jammern. Wie ein Kätzchen, das sich an einem sonnenbeschienenen Ziegelstein wärmt, kuschelte sie sich an ihn, ließ ihren Kopf auf seine Schulter sinken und glitt in halbe Bewußtlosigkeit, ein Zustand irgendwo zwischen Schlaf und Betäubtheit.

Paul Pry ließ den Motor laufen, um rasch starten zu können, falls sich dies als notwendig erweisen sollte, schaltete die Lichter ab, ließ die Automatik in Reichweite seiner rechten Hand und versank in wachsames Schweigen.

Nach ungefähr zehn Minuten richtete sie sich auf. Ihre Muskeln schienen nicht mehr so verkrampft zu sein, und der Griff ihrer Hände lockerte sich.

»Wer sind Sie?« fragte sie.

»Mein Name ist Pry«, erklärte er. »Sie haben offenbar furchtbare Angst ausgestanden.«

Bei der Erinnerung daran drängte sie sich erneut an ihn. Als er jedoch an der Stelle, wo ihr Kleid zerrissen war, mit der Hand über die bloße Haut ihres Rückens strich, schnappte sie nach Luft und wich zurück: die Sittsamkeit in Person.

Tastend untersuchte sie den Schaden an ihren Kleidern.

»Haben Sie kein Licht im Wagen?« fragte sie.

»Doch«, erwiderte Paul Pry, »die Innenbeleuchtung.«

»Schalten Sie sie ein.«

Er betätigte den Schalter.

Als sie im schwachen Schein des Lichtes merkte, daß man fast alles sehen konnte, so zerrissen waren ihre Kleider, unterdrückte sie einen leisen Aufschrei.

»Schalten Sie es aus!« rief sie.

Paul Pry schaltete das Licht aus.

»Haben Sie keine Decke oder so was?«

»Auf dem Rücksitz liegt mein Mantel. Ich hol ihn.«

»Sparen Sie sich dic Mühe«, sagte sie und glitt mit der Geschmeidigkeit einer Wildkatze, die durch das schützende Unterholz schleicht, nach hinten.

Paul Pry schaltete das Licht wieder ein.

»Am Haken«, bemerkte er.

»Okay, Kleiner, nicht hergucken.«

Er vernahm das Rascheln von Stoff.

»So ist's schon besser«, erklärte sie. »Mein Gott – schöner Anblick, den ich Ihnen geboten habe! Haben Sie mich auf der Straße gefunden?«

»Sie sind auf die Straße gelaufen und haben mich angehalten.«

»Wo sind wir jetzt?«

»Ungefähr eine Meile von der Stelle entfernt, wo ich Sie aufgelesen habe.«

»Nichts wie weg hier – schnell!«

»Wollen Sie mir erzählen, was passiert ist? Ich meine, brauchen Sie Hilfe?« fragte Paul Pry.

Sie kletterte wieder nach vorne, raffte den Mantel über ihren Beinen und ihrer Brust zusammen und grinste.

»Okay. Geben Sie mir eine Zigarette. Ich schätze, ich hatte kurzfristig den Verstand verloren.«

»Sie hatten einen hysterischen Anfall.«

»Möglicherweise. Eigentlich bin ich ja nicht der Typ, der so was nicht durchhält, aber das war einfach zu viel. Die haben mich auf eine Spazierfahrt mitgenommen.«

Paul Pry reichte ihr den elektrischen Zigarettenanzünder. Sie inhalierte tief, stieß den Rauch genüßlich durch beide Nasenlöcher aus und seufzte.

»Fahren wir«, forderte sie ihn auf.

Paul Pry fuhr auf der holprigen Straße vorsichtig ein Stück weiter, fand eine geeignete Stelle zum Wenden, schwang den schweren Wagen herum, beschleunigte und brauste Richtung Highway.

»Schneller«, trieb sie ihn an.

Sie legte den Kopf auf die Seite und musterte ihn mit forschenden Augen. Sie waren, das sah er jetzt, blau – blaue Augen, auf deren Grund ein verwirrendes, herausforderndes Feuer glimmte. Ihr Mund war leicht geöffnet, ihre perlengleichen Zähne glitzerten einladend. Sie hatte den Kopf nach hinten geworfen und bot die zarte Linie ihres elfenbeinern schimmernden Halses bis hin zu den Aufschlägen des Mantels seinen Blicken dar. »Ich bin kein braves Mädchen«, erklärte sie und beobachtete ihn dabei.

Paul Pry lachte.

»Was soll das sein, eine Beichte?«

Sie zog an ihrer Zigarette, schüttelte den Kopf, nahm die Zigarette aus dem Mund und schenkte ihm ein strahlendes Lächeln.

»Nein, aber ich möchte mich nicht bei Ihnen unbeliebt machen; es ist besser, wenn Sie das Schlimmste gleich erfahren. Ich bin eine Gangsterbraut – vielmehr, ich war eine. Ich habe Alkoholschmugglern geholfen und bei ein oder zwei Entführungen mitgemischt.«

Paul Pry schien nicht sonderlich überrascht.

»Also«, betonte sie, »bin ich kein braves Mädchen.«

Paul Prys Augen waren auf die Straße vor ihm gerichtet.

»Die Angewohnheit, alle Frauen in ›gut‹ oder ›schlecht‹ einzuteilen, ist vor zehn oder fünfzehn Jahren aus der Mode gekommen – Gott sei Dank!« meinte er.

Sie seufzte.

»Ich bin froh, daß Sie das so sehen. Schauen Sie, ich war die Braut von Harry Langfinger, und die haben mich auf eine Spazierfahrt mitgenommen. Vielleicht haben Sie es gestern in der Zeitung gelesen. Na ja, die haben gemeint, ich könnte sauer werden und singen, also haben sie beschlossen, mich auf eine Reise mitzunehmen.

Ich wollte eine Freundin besuchen und eine Weile bei ihr bleiben. Sie hat gesagt, sie schickt einen Freund, der mich mit seinem Wagen abholt. Herrgott, die hat mich reingelegt! Der Teufel soll sie holen. Ich werde ihr die Augen auskratzen. Na ja, das war's auch schon. Der ›Freund‹ hat mir eine Kanone zwischen die Rippen gebohrt. Der Wagen hat angehalten, ein zweiter Mann ist zugestiegen. Sie sind zu der Straße am Fluß gefahren, in eine Seitenstraße eingebogen, haben sich ein Plätzchen gesucht, das ihnen geeignet schien, und wollten mich umlegen.

Aber dann hatte ich 'n Dusel. Einer von den beiden hat sich irgendwie in mich vergafft. Ich hab sie gegeneinander ausgespielt und abgewartet, bis sich eine günstige Gelegenheit bot, und dann nichts wie ab in die Büsche. Ungefähr ein halbes dutzendmal haben sie auf mich geballert, und ich schätze, die Angst und das Rennen und all das hat mich verrückt gemacht. Ansonsten kann ich mich an nichts mehr erinnern. Als ich wieder zu mir gekommen bin, habe ich an Ihrer Schulter gelehnt und mir die Seele aus dem Leib geheult. War es schlimm?«

»Durchaus nicht«, beruhigte Paul Pry sie.

Sie seufzte.

»Herrgott, ich fühle mich verdammt einsam, jetzt, wo Harry nicht mehr da ist!«

Paul Pry gab keinen Kommentar dazu ab. Die blauen Augen glitten über sein Profil. Der Mantel rutschte auf die Seite und gab einen Gutteil des wohlgeformten Beines frei. Aber die Augen Paul Prys, zu kalt berechnenden Schlitzen verengt, blieben auf die Straße geheftet.

Langsam, mit einer Trägheit, die fast einer Aufforderung gleichkam, schlug das Mädchen den Mantel wieder über das Knie und betrachtete nachdenklich Paul Pry.

»Haben Sie Angst, Schwierigkeiten mit der Bande zu bekommen, weil Sie mich gerettet haben?«

Die Antwort kam wie aus der Pistole geschossen.

»Nein«, sagte er.

»Das habe ich auch nicht angenommen.«

»Wie heißen Sie?« fragte er.

»Louise Eckhart«, erwiderte sie. Und, einen Augenblick später: »Meine Freunde nennen mich Lou.«

»Wo wollen Sie hin, Lou?«

Sie lächelte ihn an.

»Sie gefallen mir«, verkündete sie.

Er nickte. »Wohin?« wiederholte er.

»Ich habe am Union Depot einen Koffer untergestellt. Den Aufbewahrungsschein habe ich in meinen Strumpf gesteckt. Bin gespannt, ob er noch da ist.«

Sie schlug den Mantel auf und suchte unter dem oberen Saum ihrer Strümpfe, erst unter dem rechten, dann unter dem linken, und reichte ihm schließlich einen Zettel.

»Das nenne ich Glück. Jetzt kann ich mir was zum Anziehen holen. Würde es Ihnen was ausmachen, mich zum Bahnhof zu fahren, den Koffer zu holen und mich irgendwohin zu bringen, wo ich mich anziehen kann?«

»Durchaus nicht«, antwortete Paul Pry. »Allerdings sollte ich, wenn wir so weit fahren, vorher lieber noch tanken. Ich habe fast kein Benzin mehr.«

Sie näherten sich der Kreuzung Haupt- und Uferstraße, und die Lichter von Tankstellen strahlten durch das Dunkel.

Das Mädchen seufzte.

»Sie sind wirklich ein Kerl«, verkündete sie.

Paul Pry äußerte sich dazu nicht, sondern fuhr vor die Tankstelle.

»Volltanken«, wies er den Tankstellenwart an, ging zum Telephon, gab die Nummer seiner Wohnung durch und hörte »Mugs« Magoos Stimme am anderen Ende der Leitung.

»Betrunken, Mugs?«

»Noch nicht. Geben Sie mir noch zehn Minuten, und ich hab's geschafft.«

»Vergiß es. Trink einen Schluck Wasser und lauf runter zum Union Depot. Ich bin dorthin unterwegs, mit einer Gangsterbraut. Richte es so ein, daß du sie dir kurz anschaust, ob du sie irgendwo einordnen kannst. Fahr dann in die Wohnung zurück. Wir treffen uns dort.«

Mugs Magoo ächzte.

»Werd ich alles machen, für Sie – außer das mit dem Wasser«, bemerkte er. »Wasser ist Gift für mich«, fügte er hinzu und legte den Hörer auf.

II – Das Huhn gackert

Paul Pry bezahlte den Tankstellenwart. Das Mädchen musterte ihn pfiffig. »Haben wohl dem Frauchen erzählt, daß Sie im Büro aufgehalten worden sind?« wollte sie wissen.

»Es gibt kein Frauchen.«

»Dann wette ich, daß Sie ein duftes Mädchen versetzt haben.«

Paul Pry grinste.

»Das ist es wert.«

Er stieg in den Wagen und steuerte ihn schnell und geschickt durch den dichten Verkehr, parkte vor dem Union Depot und reichte dem Gepäckträger mit roter

Kappe den zerknitterten Gepäckschein und einen halben Dollar.

»Bei der Gepäckaufbewahrung«, sagte er. »Aber ein bißchen dalli.«

Paul Pry betrachtete prüfend das Gesicht des Mädchens neben sich, ob es sie aus dem Konzept brachte, daß er den Koffer nicht selber holte. Falls ja, ließ sie sich das nicht anmerken.

Paul Pry saß auf glühenden Kohlen. Es hätte durchaus sein können, daß die einzige Aufgabe des Mädchens darin bestand, ihn vor der Gepäckaufbewahrung auf dem Union Depot als Zielscheibe zu präsentieren.

Mugs Magoo ging vorbei.

Er streifte das Auto mit einem einzigen Blick aus seinen glasigen Augen und drehte sich wieder weg. Schwerfällig trottete er dahin, in schäbige Klamotten gehüllt; ab der Schulter fehlte ihm der rechte Arm.

Es hatte eine Zeit gegeben, da hatte er jeden Gauner gekannt, und auch jetzt noch war seine Kenntnis der Unterwelt nahezu lückenlos. Er war das »Kamera-Auge« der Polizei gewesen. Ein politischer Umschwung, ein Unfall, bei dem er seinen rechten Arm eingebüßt hatte, und der Fusel hatten ihn zu einem menschlichen Wrack verkommen lassen, das in der Gosse Bleistifte verkaufte.

Paul Pry hatte ihn »entdeckt« und war eine seltsame Partnerschaft mit ihm eingegangen. Denn Mugs Magoo vergaß nie einen Namen oder ein Gesicht, oder eine Verbindung. Paul Pry hingegen war ein Opportunist de luxe, der von seinem Köpfchen lebte. Seit einiger Zeit hatte er Benjamin Franklin Gilvray, der Polizei als Big Front Gilvray bekannt, zur Zielscheibe seines scharfen Verstandes erkoren und führte einen regelrechten Krieg gegen ihn.

Im Verlauf der letzten Jahre war Big Front Gilvray immer mächtiger, immer einflußreicher geworden. Die Polizei kannte ihn als eine große Nummer, zu mächtig, um ihm etwas anzuhaben, als einen Gangster, der sich immer im Hintergrund hielt und die Dreckarbeit des Mordens und Raubens seinen Lakaien überließ. Die Polizei haßte Gilvray, und sie fürchtete ihn.

Für Paul Pry jedoch war Big Front Gilvray nichts weiter als das Huhn, das goldene Eier für ihn legte.

Der Rotbemützte kam mit einem Koffer zurück und hievte ihn in den Wagen. Paul Pry fädelte sich in den fließenden Verkehr ein.

»Herrje«, meinte das Mädchen, »hier drinnen kann ich mich nicht umziehen. Sie gehören zwar sozusagen zur Familie, aber die Fenster sind zu groß. Ich lege eigentlich keinen Wert darauf, der ganzen verdammten Stadt eine Sondervorstellung zu bieten.«

Paul Pry nickte.

»Wir fahren irgendwohin, wo es sicher ist.«

Und das meinte er ernst. Er hatte nicht die Absicht, sie hier den Koffer öffnen, eine Kanone herausholen und abdrücken zu lassen.

Er brachte sie zu einem billigen Hotel, mietete aneinandergrenzende Zimmer, ging mit ihr hinauf und schloß die Verbindungstür, während sie sich ans Umziehen machte.

Als sie zu ihm ins Schlafzimmer kam, war Paul Pry auf jede nur denkbare Art von Angriff vorbereitet. Aber es passierte nichts. Vielmehr lächelte sie ihn dankbar an.

»Kleiner«, erklärte sie und reichte ihm ihre Hand, »hier trennen sich unsere Wege. Ich habe Sie nicht ausgefragt, aber ich habe so eine Ahnung, daß Sie eine große Nummer sind, die verduften mußte, vielleicht aus Chicago. Ich merke es Ihnen an, daß Sie halbwegs davon überzeugt sind, daß ich ein Köder bin, um Sie abknallen zu lassen.

Sie haben sich jedoch wie ein Gentleman verhalten und

mich anständig behandelt. Ich werde Sie nicht wiedersehen. Heute abend um elf muß ich die schwierigste Sache in Angriff nehmen, auf die ich mich je eingelassen habe. Wenn Sie in der Zeitung lesen, daß man mich mit einer Ladung Blei im Bauch gefunden hat, dann denken Sie daran, daß meine Gedanken bei Ihnen waren, als ich den Löffel abgeliefert habe.

Sie haben mir eine Chance gegeben, und Ihnen konnte ich vertrauen. Haben Sie Lust, mich in die Innenstadt zu bringen?«

Er nickte. »Werden Sie heute nacht hier sein?«

»Wenn ich die Sache lebend überstehe.«

»Müssen Sie dahin?«

»Ja. Ich treffe mich im Mandarin mit einem großen Tier von der Gilvray-Bande. Er hat Separée 13 reservieren lassen. Wenn ich kriege, was ich will, komm ich nach fünf Minuten wieder raus. Wenn ich bis dahin nicht auftauche, komme ich nie mehr. Aber ich muß hin. Diese große Nummer hat etwas, das ich unbedingt brauche.«

Paul Pry zündete sich eine Zigarette an.

»Nur Sie und er, ganz allein?« fragte er.

»So ist es ausgemacht. Auf was anderes wollte ich mich nicht einlassen. Es ist nur eine winzige Chance, aber ich riskier's. Big Front Gilvray hat nicht besonders viel übrig für mich – mein Kerl war ihm ein Dorn im Auge, und am liebsten würde er mich abservieren. Aber er braucht mich in seinem Geschäft. Er will ein Ding drehen, und da braucht er eine Braut, die den Bogen raushat. Ich bin dazu auserkoren – ich schaffe das. Die anderen nicht.

Ich wünschte, bei Gott, Harry wäre nicht abgeknallt worden, dann würde ich mir keine Sorgen machen. Wenn ich jemand hätte, der mir Rückendeckung gibt, würde ich da reinmarschieren, und wenn ich nach fünf Minuten nicht wieder draußen wäre, würde mein Freund mit gezogener Pistole reinstürmen und mich rausholen.

Der Gilvray-Gangster ist ein Feigling. Chick Bender. War Strafverteidiger, bis er aus der Anwaltskammer ausgeschlossen wurde. Jetzt ist er das Gehirn der Bande, aber er hat keinen Mumm.«

Paul Pry nickte.

»Ja, ich habe von Chick Bender gehört.«

Das Mädchen gähnte, strich mit seinen Händen über seine Beine und zog ungeniert die Strumpfnaht gerade, ohne sich die Mühe zu machen, sich umzudrehen.

»Yeah«, bemerkte sie. »Und was Gutes haben Sie wohl kaum über ihn gehört.«

Paul Pry schaltete das Licht aus. »Sie haben die Schlüssel«, erinnerte er sie.

Im Dunkeln küßte sie ihn.

»Schätzchen, Sie sind wirklich ein Kerl. Ich wollte, ich würde Sie besser kennen. Vielleicht könnten Sie mir helfen, die Gilvray-Bande auszutricksen; damit könnten wir ein Vermögen machen. Mein Gott, ich wünschte, Harry hätte nicht ins Gras beißen müssen.«

Paul Pry tätschelte ihre Schulter.

»Um wieviel Uhr sind Sie verabredet?«

»Um elf. Wünschen Sie mir Glück.«

»Schon gemacht. Es ist noch früh. Wollen Sie ein bißchen durch die Gegend fahren?«

»Nein. Setzen Sie mich einfach ab – ich sag Ihnen was, Kleiner. Wenn Sie mich wiedersehen wollen, dann hängen Sie um kurz nach elf im Mandarin rum. Wenn ich es schaffe, melde ich mich. Wenn ich umgelegt werde, können Sie mich vergessen.«

Ihre blauen Augen blickten ihn sehnsüchtig an.

»Ich würde Sie jedenfalls gerne wiedersehen«, fügte sie hinzu.

Paul Pry lächelte sie an.

»Vielleicht stellen Sie, wenn Sie in Gefahr sind, fest, daß ich tatsächlich dort rumhänge.«

»Meinen Sie das ernst?«

»Schon möglich.«

In einer leidenschaftlichen Umarmung schlang sie ihre Arme um seinen Hals.

Mit einer einzigen Bewegung des linken Armes kippte Mugs Magoo den Whiskey hinunter. Ausdruckslos musterten seine glasigen Augen Paul Pry.

»Sie haben hier nichts zu suchen«, erklärte er.

Paul Pry lachte und schloß hinter sich die Wohnungstür aus Stahl.

»Wie das? Ist das etwa nicht meine Wohnung?«

»Doch, schätze schon, aber Sie haben hier nichts zu suchen. Von Rechts wegen müßten Sie jetzt die Radieschen von unten begucken. Sie hatten eine Verabredung mit dem Leichenbuddler. Wie haben Sie es denn geschafft, den zu versetzen?«

Paul Pry zog seinen Mantel aus, ging zu einem Stuhl und setzte sich.

»Und das heißt?«

Mugs Magoo schenkte sich noch einen Whiskey ein.

»Das heißt, daß die Gangsterbraut Maude Ambrose war. In Chi besser bekannt als Maude das Herzchen. Weil sie so ans Herz geht. Normalerweise läßt sie sich von einem Kerl aus irgendeiner Gefahr retten. Dann zieht sie die sentimentale Masche ab und präsentiert ihn schließlich als Zielscheibe.«

Paul Pry zündete sich eine Zigarette an. Winzige Teufelchen tanzten vor seinen Augen.

»Sie ist doch noch ein Kind«, wandte er ein.

»Ein Kind, verdammt noch mal! Aber was für eines!«

»Du glaubst, sie arbeitet mit der Gilvray-Bande zusammen?«

Mugs Magoo seufzte, schenkte sich noch einen Whiskey ein und starrte trübsinnig die Flasche an.

»Verdammt«, grummelte er, »Sie machen's denen wirklich leicht. Auf mich hören Sie ja nicht. Zuerst reizen Sie Gilvray bis zur Weißglut, und anstatt sich dann zu verkriechen und sich nicht mehr blicken zu lassen, tanzen Sie ihm auf der Nase rum.

Das läßt sich keiner bieten. Und dann fahren Sie, um dem Ganzen die Krone aufzusetzen, gemütlich durch die Gegend wie ein ganz normaler Bürger. Gilvray hat rausgefunden, daß Ihr Wagen kugelsicher ist. Er hat sich was anderes für Sie ausgedacht: Maude das Herzchen!

Ich schätze, Sie haben sie aufgegabelt, wie sie gerade, nur mit ihrer Unterwäsche an, aus dem Fluß gekrabbelt ist, in dem jemand sie ersäufen wollte, stimmt's? Das ist ihr bester Trick, sich übel zurichten zu lassen, fast alle ihre Klamotten zu verlieren und sich dann dem Kerl an den Hals zu schmeißen, den sie sich angeln will, und die sentimentale Tour durchziehen.«

Paul Pry zog genüßlich an seiner Zigarette.

»In der Tat, fast genauso ist es gelaufen, Mugs.«

Mugs Magoo blinzelte mit seinen ausdruckslosen, glasigen Augen.

»Yeah, und ihr Macker ist auch in der Stadt.«

»Ihr Macker?«

»Yeah, Charles Simmons. Genannt Charley der Gepäckler, weil er überall die Nummer mit den Koffern abzieht. Er hat sich im Union Depot bei der Gepäckaufbewahrung eingekauft. Dort hatte das Weib seinen Koffer deponiert.

Als Sie dem Träger den Gepäckschein gegeben haben, hat sie auf diese Weise ihren Macker wissen lassen, daß Sie angebissen haben, so daß die die Falle für Sie präparieren konnten.

Ich hätte nie gedacht, daß ich Sie noch mal zu Gesicht kriege. Also bin ich hierher zurück und hab versucht, mich vollaufen zu lassen. Aber ich hab's nicht geschafft. Noch nicht. Hatte ja schließlich nur eine Stunde Zeit.«

Und damit goß sich Mugs Magoo den Rest des Whiskeys in sein Glas, schob es von sich weg und warf einen bedeutungsvollen Blick erst auf die leere Flasche, dann auf Paul Pry.

Der lachte nur, holte einen Schlüssel aus seiner Jackentasche und warf ihn Mugs zu.

»Da ist der Schlüssel zum Whiskey-Safe. Nimm dir soviel, wie du willst, Mugs. Ich bin um elf Uhr fällig.«

»Hm, so lange hat sie Ihnen gegeben?«

»Ja. Ich soll um genau fünf Minuten nach elf in Separée 13 im Mandarin durchsiebt werden.«

Mugs Magoos glasige Augen blinzelten nervös.

»Dann lassen Sie sich heute abend draußen nicht mehr blicken. Sie bleiben hier.«

Paul Pry sah auf die Uhr.

»Ganz im Gegenteil, Mugs, ich glaube, ich sollte mich allmählich auf den Weg machen, um nicht zu spät zu meiner Verabredung mit dem Leichenbestatter zu kommen.«

Er stand auf.

»Sie meinen, Sie fallen auf Maude das Herzchen rein und marschieren schnurstracks in die Falle?«

Paul Pry nickte.

»Ja. Ich glaube, ich kann dieses Mädchen, das du Maude das Herzchen nennst, benutzen, um Kontakt mit der Gilvray-Bande aufzunehmen. Ich habe nämlich so eine Ahnung, daß die wieder mal dabei sind, etwas auszuhecken.«

Mugs Magoos Unterkiefer klappte nach unten.

»Etwas aushecken ... Verdammt noch mal, Sie wollen doch nicht etwa ...«

Paul Pry nickte und band sich seinen Schal um.

»Genau, Mugs. Ich habe beschlossen, das Hühnchen mal wieder ein goldenes Ei für mich legen zu lassen.«

Und damit ging er und warf die Tür hinter sich zu, so daß die Schlösser und Riegel klirrten.

»Ich will verdammt sein«, bemerkte Mugs Magoo.

Ungläubig blinzelte er zu der Tür, durch die Paul Pry verschwunden war. Dann raffte er sich auf und ging zu dem Safe, in dem der Whiskey aufbewahrt wurde.

»Nutz es lieber aus, solange noch was von dem Zeug da ist«, sagte er, schon mit etwas schwerer Zunge, zu sich selber. »Wenn ich mich erst mit dem Testamentvollstrekker rumschlagen muß, das wird die Hölle.«

III – Tödliche Umarmung

Charles Simmons, in Chicago als Charley der Gepäckler bekannt, saß in Separée Numero 13 im Mandarin. Auf seinem Schoß lag griffbereit ein großkalibriger Revolver.

Rechts hinter ihm hatte sich Chick Bender niedergelassen, der aus der Anwaltskammer ausgeschlossene Strafverteidiger, das Gehirn der Gilvray-Bande. Er hatte ein markantes Profil und kalte Augen sowie die Angewohnheit, ständig zu zwinkern und zu schniefen. Seine lange, knochige Nase zuckte und schniefte, schniefte und zuckte. Gelegentlich zupfte er mit den Zähnen an seiner Unterlippe und kaute nervös darauf herum. Er fühlte sich nicht wohl in seiner Haut.

Das Mädchen saß am Tisch, das Kinn auf ihre übereinandergelegten Hände gestützt; ihre blauen Augen blinzelten träge.

»Er ist also drauf reingefallen? Bist du sicher, daß er angebissen hat?« wollte Chick Bender wissen.

Das Mädchen lachte, ein kehliges, sinnliches Lachen. »Verdammt noch mal, ja«, erklärte sie.

Charley der Gepäckler sah auf die Uhr.

»Es heißt, daß er der Gesundheit nicht besonders zuträglich ist, furchtbar schnell mit dem Schießeisen.«

Mit schleppender Stimme gab das Mädchen eine Beschimpfung von sich.

»Hast wohl Schiß?«

Der Gangster grinste sie höhnisch an.

»Werd nicht frech, oder ich knall dir eine. Du bildest dir in letzter Zeit sowieso zuviel darauf ein, was für eine verdammt gute Gangsterbraut du bist.«

»Yeah?« fragte sie.

»Yeah«, gab er zurück und holte mit seinem rechten Arm zu einem Schwinger mit dem Handrücken aus. Seine Knöchel trafen sie mitten aufs Kinn und rissen ihren Kopf nach hinten. An der Stelle, wo ihre Zähne sich in ihre Unterlippe gegraben hatten, breitete sich ein roter Fleck aus.

Chick Bender rutschte unbehaglich auf seinem Stuhl hin und her und legte die Stirn in Falten.

Die Augen des Mädchens funkelten, aber sie schluckte hinunter, was ihr auf der Zunge lag.

»Vergiß nicht, die Kanone schußbereit zu haben«, erinnerte ihn Chick Bender. »Gib ihm keine Chance, die Situation zu erfassen. Schieß, sobald er durch die Tür kommt.«

Eine Uhr schlug elf.

Unter dem grünen Vorhang tauchte der seidene Pyjama eines chinesischen Kellners auf, darunter die typisch chinesischen Schuhe.

»Sind Hellschaften beleit ssu speisin?« fragte er in schleppendem Singsang, als er durch den Vorhang geschlüpft war und etliche Teekannen sowie Schälchen mit Reiskuchen auf den Tisch gestellt hatte. In jedem Reiskuchen war ein Zettel mit einer optimistischen Weissagung versteckt.

Charley der Gepäckler zog langsam seine rechte Hand zurück.

»Yeah, aber warten Sie noch so ungefähr zehn Minuten, ehe Sie das übrige Zeug bringen. Vielleicht kommt noch jemand.«

»Iss gutt«, erwiderte der Kellner und watschelte aus dem Raum.

Man hörte den Sekundenzeiger der Uhr vorrücken. Die Sekunden wurden zu Minuten. Mit zittrigen Fingern zündete Chick Bender sich eine Zigarette an. Charley der Gepäckler sah erneut auf die Uhr und knurrte.

»Zum Teufel noch mal. Es ist jetzt genau sieben nach elf. Ich wette, du hast die Sache vermasselt, Maude.«

Das Mädchen saugte das Blut aus der Wunde auf seiner Lippe.

»Ich hoffe, bei Gott, daß ich das habe«, fuhr sie ihn an.

Charley der Gepäckler höhnte: »Wenn wir mit diesem Kerl fertig sind, werd ich dir verpassen, was du schon lange nötig hast«, sagte er. »Jetzt noch mal zum Fluchtweg, Leute ...«

Er unterbrach sich, als Schritte über die Dielen schlurften. Seine Hand glitt langsam zu seiner Kanone.

»Ich bedien ihn, sobald er reinkommt«, verkündete er. »Seid ihr soweit? Wir sollten bei diesem Kerl kein Risiko eingehen.«

Die Schritte kamen näher, schienen einen Augenblick zu zögern, dann zeichnete sich eine Gestalt hinter dem Vorhang ab. Charley der Gepäckler hob seine rechte Hand; sein Schießeisen hatte er unter der Serviette versteckt. Das Mädchen beugte sich vor; ihr Mund war leicht geöffnet, ihre Augen funkelten. Chick Bender preßte seinen Rücken gegen die Stuhllehne, als wolle er sich so unauffällig wie möglich machen.

Der Vorhang bauschte sich nach vorne, als eine Gestalt dagegenstieß und ihn zur Seite schob. In dem Augenblick stieß Charley einen Seufzer aus und ließ seine Hand sinken. Chick Bender atmete tief durch. Der Mund des Mädchens schloß sich.

Denn die Beinc, dic unter dem Grün des Vorhangs zum Vorschein kamen, steckten in einem seidenen Pyjama; die Schuhe waren flach und formlos, aus schwarzem, mit roten und grünen Drachen besticktem Samt.

Der Vorhang öffnete sich. Das riesige, mit dampfenden Schüsseln beladene Tablett, das dahinter auftauchte, verdeckte den oberen Teil des Kellners.

Dem Mädchen fiel es als erstem auf, daß die Hand, die das Tablett trug, nicht gelb war, sondern weiß. Sie schnappte nach Luft. Charley der Gepäckler, dem irgendeine Unstimmigkeit in der Aufmachung ins Auge stach, hob blitzschnell die Hand.

Genau in diesem Augenblick ließ Paul Pry das vordere Ende des Tabletts nach unten kippen, und der Inhalt der dampfenden Schüsseln, die brodelnde Suppe, der heiße Tee ergossen sich über den Gangster.

Das Hühner-Chop-Suey traf ihn auf den Kehlkopf, die Suppe tropfte ihm in den Kragen, die Nudeln wurden zu einer Art Halskrause und ringelten sich um seine Westenknöpfe.

Eine Kanne mit heißem Tee landete mitten auf seinem Schoß. Eine Eierspeise tropfte auf seinen Kopf und glitschte in seinen Kragen. Er schrie vor Schmerzen und beugte sich nach vorne.

Paul Pry ließ seine Rechte vorschnellen und nach unten sausen.

In seiner Hand tauchte plötzlich ein Gummiknüppel auf und knallte auf den Schädel des Gangsters. Charley der Gepäckler sackte reglos wie ein halbleerer Mehlsack in sich zusammen.

Chick Bender sprang auf, seine Augen wurden glasig und seine Hände zerrten an seiner Gesäßtasche. Paul Pry nahm eine Teekanne vom Tisch und warf sie zielsicher in seine Richtung.

Der Gangster versuchte auszuweichen. Vergebens. Unter dem Aufprall taumelte er nach hinten. Heißer Tee spritzte über ihn. Wie wild riß er sich die Kleider vom Leib, als die heiße Flüssigkeit auf seine Haut durchsikkerte.

Paul Prys Hand beschrieb einen Bogen durch die Luft, und Chick Bender streckte sich der Länge nach auf dem Boden aus. Hastige Schritte trippelten näher. Ein gelbes Gesicht spitzte durch den grünen Vorhang, sah das Chaos, und ein Sturzbach unverständlichen Geplappers ergoß sich aus seinem Mund.

Paul Pry grinste die Frau an.

Sie mußte erst einmal tief durchatmen, um sich auf die so plötzlich veränderte Situation einzustellen. Einen Augenblick lang schien es, als zucke ihre Hand nach irgendeiner an ihrem Busen verborgenen Waffe. Paul Pry beruhigte sie.

»Die haben dich reingelegt, Kleine. Ich habe herausgefunden, daß zwei Männer in dem Separée waren. Als du dann nach fünf Minuten nicht aufgetaucht bist, habe ich gewußt, daß etwas nicht in Ordnung ist, und bin dir zu Hilfe geeilt.«

Das Mädchen nickte. Zaghaft begann ein Lächeln sich auf seinem Gesicht auszubreiten.

»Mein Held!« rief Maude das Herzchen.

Paul Pry ließ sich nicht ablenken.

»Du hast gesagt, einer von denen hätte etwas, das du brauchst?«

Maude das Herzchen war sich nicht mehr ganz sicher, was sie Paul Pry erzählt hatte, aber sie nickte bestätigend. Zum gegenwärtigen Zeitpunkt war es das Beste, zu allem ja zu sagen.

Paul Pry ließ sich vor Chick Bender auf die Knie nieder. Mit den Händen öffnete er die durchweichten Kleidungsstücke und durchsuchte die nassen Taschen.

Er zog ein Bündel Banknoten heraus, eine Brieftasche mit diversen Papieren sowie ein Notizbuch. Dann wandte er sich Charley dem Gepäckler zu. Mit unheimlicher Geschicklichkeit und flinker Präzision, die Minuten in Sekunden, Sekunden in Sekundenbruchteile zerschnitten, glitten seine Hände auch durch dessen Taschen.

Seine Sammlung unterschiedlichster Papiere wurde durch noch mehr Geldscheine, noch mehr Briefe und Notizbücher aufgestockt.

»Gehen wir«, forderte Paul Pry das Mädchen auf.

Maude das Herzchen hatte sich mittlerweile auf die neue Situation eingestellt. Die Falle war nicht zugeschnappt, aber der Köder war nach wie vor gut. Jetzt lag es bei ihr, Paul Pry bei der Stange zu halten, bis sich eine andere Gelegenheit bot, ihn umzulegen.

»Mein Liebster«, hauchte sie und drückte ihn an sich.

Paul Pry befreite sich aus ihrer Umarmung.

»Wir dürfen keine Zeit verlieren«, wehrte er ab.

Auf dem Korridor hörte er das Geräusch hastiger Schritte und Stimmengewirr. Unten auf der Straße schrillte eine Polizeipfeife. Paul Pry nahm die gebündelten Geldscheine und warf sie dem Gelbhäutigen zu, der die Prozession anführte, die jetzt aufmarschierte.

»Um den Schaden zu begleichen«, erklärte er.

Die schwarzen Knopfaugen musterten prüfend die Ziffern auf dem obersten Geldschein und weiteten sich. Flink blätterte der Mann die Banknoten durch, rief etwas in kantonesischem Dialekt, und schon tat sich eine Gasse auf, durch die Paul Pry und das Mädchen schritten.

Auf der Treppe hallten schwere Schritte.

»Polissei nix mögin«, sagte Paul Pry.

Der Chinese nickte, die Geldscheine krampfhaft umklammert.

»Verstehen«, meinte er. »Sie kommen.«

Er führte sie durch verwinkelte Gänge, finstere Stiegen hinauf und hinunter, bis sie schließlich ungefähr zwei Blocks vom Mandarin entfernt auf der Straße standen.

Paul Pry hielt ein Taxi an.

»Mein Liebster«, seufzte Maude das Herzchen und schmiegte sich an ihn. »Einen Mann wie dich habe ich noch nie kennengelernt, nie, nie, nie!«

Paul Pry tätschelte ihre Schulter.

Das Taxi kämpfte sich durch das Verkehrsgewühl und brachte sie schließlich zu dem Hotel, in dem Paul Pry die aneinandergrenzenden Zimmer gemietet hatte. In einem klapprigen Aufzug fuhren er und das Mädchen nach oben. Paul Pry sperrte die Tür auf und trat zurück, um dem Mädchen den Vortritt zu lassen. Sie trat in sein Zimmer, schaltete das Licht ein und lächelte ihn an.

»Mein Liebster«, sagte sie stockend. Sie starrte ihn an. »Du hast es geschafft, ich habe mich in dich verliebt.«

Paul Pry schüttelte den Kopf.

»Nein. Das ist nur Dankbarkeit. Du warst mit den Nerven völlig fertig. Warte bis morgen, wie dir dann zumute ist.«

Ihre Augen funkelten ihn an.

»Du verschmähst also meine Liebe«, schrie sie wütend und stürmte in ihr Zimmer, schlug hinter sich die Tür zu und verriegelte sie.

Paul Pry grinste über diesen ungeheuer passenden Gefühlsausbruch, schlich auf Zehenspitzen zu der Verbindungstür und lauschte.

Sie telephonierte und sprach mit vorsichtig gedämpfter Stimme mit jemand am anderen Ende der Leitung. Dieser Jemand schien, nach den geflöteten Entschuldigungen und den hingebungsvollen Beteuerungen des Mädchens zu urteilen, ziemlich wütend zu sein.

Paul Pry lächelte, ging wieder in sein Zimmer zurück, schaltete das Licht aus, deckte das Bett auf, zog sich die Schuhe aus, gähnte und streckte sich.

Im anderen Zimmer hatte Maud das Herzchen ihr Telephongespräch beendet und lauschte jetzt mit dem Ohr an der Tür. In ihren Augen funkelte blutrünstige Rachsucht, so daß sie in der Dunkelheit fast glühten.

Sie hörte das Quietschen der Sprungfedern, als ein erschöpfter Mann sich auf das Bett fallen ließ. Wenig später hörte sie rhythmisches Schnarchen. Maude das Herzchen lächelte, ein unergründliches Lächeln. Langsam und bedächtig begann sie sich auszuziehen. Die Verbindungstür war nur auf ihrer Seite verriegelt.

Aber erst gegen drei Uhr morgens drehte sie langsam den Türknauf und drückte geräuschlos die Tür auf. Leise trat sie in das Zimmer.

In dem Licht, das durch das Fenster sickerte, verwandelte sich ihr seidenes Nachthemd in einen bauschigen Hauch, der ihre Umrisse verschleierte, ohne sie zu verbergen. Vorsichtig schlich sie auf das Bett zu, die Augen auf die Gestalt geheftet, die sich unter der Bettdecke abzeichnete.

Im Näherkommen gurrte sie:

»Liebster, du hast dein Leben für mich aufs Spiel gesetzt. Bitte, halt mich nicht für undankbar. Ich würde alles für dich tun, alles, damit du das bekommst, was du verdienst, du . . .«

Auf Zehenspitzen hatte sie sich dem Bett bis auf Sprungweite genähert. Hinter ihrem Rücken holte sie ein blitzendes Messer hervor, hechtete nach vorne und beendete den Satz mit einem Schwall obszöner Beleidigungen, die aus ihr heraussprudelten, während sie zustach.

Eine Weile stand sie mit gespreizten Beinen über die

Wölbung in der Bettdecke gebeugt und umfing sie in einer tödlichen Umarmung, so wie eine Nachteule eine verschreckte Maus mit ihren Schwingen bedeckt.

Dann sprang das Mädchen fluchend auf und riß die Bettdecke weg.

Darunter war nichts als ein oder zwei zusammengerollte Decken und ein Kopfkissen. Das Messer hatte das Kissen aufgeschlitzt, und weiße Federn wirbelten durch die Luft.

IV – »Haltet die Frau!«

Paul Pry saß in seiner Wohnung; seine Augenbrauen hatten sich vor Konzentration zu einem Strich zusammengezogen. In der Hand hielt er die getippte Abschrift einer Nachricht, die offenbar von der Gilvray-Bande vorbereitet und verteilt worden war. Er hatte sie in Chick Benders Brieftasche gefunden.

Sie bezog sich auf die Ankunft des Boten eines großen Unternehmens, das ein Aktienpaket im Wert von dreihundertfünzigtausend Dollar an eine ortsansässige Bank verkauft hatte.

Das Unternehmen hatte, so schien es, die Aktien mit niedrigem Nennwert zum Verkauf freigegeben und war dabei von der Voraussetzung ausgegangen, daß sie schließlich in die Hände kleiner Investoren gelangen würden. Dann hatte sich offenbar herausgestellt, daß eine Bank bereit war, das ganze Paket zu übernehmen.

Ein Sonderkurier mit den dreihundertfünfzigtausend Dollar in Form verkäuflicher Aktien sollte am nächsten Abend um Punkt 18 Uhr 13 am Union Depot eintreffen.

Die maschinenschriftlichen Anweisungen zeigten, mit welch äußerster Gründlichkeit Big Front Gilvrays Organisation arbeitete. Nicht nur waren alle Fakten den Transport der Aktien betreffend aufgelistet, die Kundschafter der Bande waren sogar so weit gegangen, sich ein Bild des Kuriers zu beschaffen.

Ein Abzug dieses Photos war an die maschinenschriftliche Kopie geheftet. Er zeigte einen jungen Mann mit wachen Augen und einem kleinen Mund; seine pomadig glänzenden Haare waren symmetrisch an den Kopf geklatscht.

Allerdings beschränkte der Inhalt der Nachricht sich auf eine Beschreibung des jungen Mannes und des Koffers. Sie enthielt keinerlei Angaben zum *modus operandi*, wie nämlich die Aktien vom Boten in die Hände der Gangster gelangen sollten.

Aber genau das interessierte Paul Pry brennend. Denn der charmante, elegante, flinke Paul Pry lebte, wie bereits erwähnt, einzig und allein von seinem Köpfchen. Seine Methode, sich den Lebensunterhalt zu verdienen, lag strenggenommen durchaus im Rahmen der Gesetze, denn er hatte sich auf das Kassieren von Belohnungen für die Wiederbeschaffung gestohlenen Eigentums spezialisiert.

Im Verlauf des letzten Jahres hatten die Belohnungen sich zu einem recht ansehnlichen Einkommen summiert. Und die Tatsache, daß Big Front Gilvray indirekt derjenige war, dem Paul Pry diese Belohnungen verdankte, hatte letzteren veranlaßt, die »große Nummer« als das Huhn, das goldene Eier für ihn legte, und ersteren, Paul Pry als einen jungen Mann zu betrachten, den man sich vom Hals schaffen mußte.

In den ruhigen, stillen Nachtstunden saß also Paul Pry da und studierte die maschinenschriftliche Nachricht. Er hatte gewisse Fakten, aus denen er seine Schlüsse ziehen mußte, und nichts als diese Fakten.

Maude das Herzchen, mit ihrer Neigung, sich spärlich

bekleidet retten zu lassen, hielt sich in der Stadt auf. Ihr Macker, Charley der Gepäckler, betrieb die Gepäckaufbewahrung am Union Depot. Die Lizenz dafür mußte einiges gekostet haben, und angesichts der Entdeckung, daß ein junger Mann am nächsten Abend um 18 Uhr 13 dreihundertfünfzigtausend Dollar in Form verkäuflicher Aktien zum Union Depot bringen sollte, lag der Schluß nahe, daß dieser Kauf etwas zu bedeuten hatte.

Über dem Problem brütend, rauchte Paul Pry einige Zigaretten und ging schließlich zu Bett. Die Lösung schien greifbar nahe – aber nicht nahe genug. Es war nicht sehr wahrscheinlich, daß der junge Mann einen Koffer mit dreihundertfünfzigtausend Dollar in Aktien bei einer Gepäckaufbewahrung deponieren würde. Andererseits war es auch nicht sehr wahrscheinlich, daß Big Front Gilvrays Bande sich für die Gepäckaufbewahrung interessiert hätte, wenn sie nicht in mehr oder weniger engem Zusammenhang mit dem Koffer voller Aktien stand.

Schließlich nickte Paul Pry ein, nachdem er beschlossen hatte, die Karten so auszuspielen, wie er sie auf die Hand bekam, und sich nicht im voraus allzusehr den Kopf darüber zu zerbrechen, wie die Karten beziehungsweise Pläne seines Gegenspielers aussahen. Was, alles in allem, gar keine so schlechte Methode ist, sich beim Kartenspielen oder im Leben einigermaßen gut zu halten.

Der 18-Uhr-13-Cannonball-Express fuhr auf die Minute genau im Union Depot ein. Freunde, Verwandte und Verliebte bildeten ein Spalier für die ankommenden Passagiere.

Paul Pry hatte es sich auf einem Gerüst bequem gemacht, wo er allem Anschein nach eine beschädigte Stelle in der Marmorsäule ausbesserte. Er trug einen weißen Overall und hielt eine kleine Maurerkelle in der Hand. Keiner von den Leuten, die unter ihm dahineilten, nahm auch nur die geringste Notiz von ihm.

Die ersten Passagiere stiegen um Punkt 18 Uhr 14 aus dem Zug.

Ein muskulöser Mann, dessen Gesicht vor Vorfreude strahlte, ging durch die Sperre und ließ seinen suchenden Blick über die Leute schweifen, die in hintereinander gestaffelten Reihen warteten. Eine junge Frau bahnte sich einen Weg durch die Menge. Er stieß einen unterdrückten Schrei aus, und die beiden flogen einander in die Arme.

Um sie herum drängten sich andere Reisende. Gepäckträger mit roten Kappen schoben mit Koffern beladene Karren vor sich her.

Paul Pry beobachtete unverwandt den muskulösen jungen Mann, der als erster auf den Bahnsteig gekommen war. Denn das Mädchen, das ihn so überschwenglich begrüßt hatte, das Mädchen, das ihm den erstickten Aufschrei entlockt hatte, war niemand anderes als Maude Ambrose aus Chicago, bekannt als Maude das Herzchen.

Sie trug einen Pelzmantel, der bis knapp unter ihre Knie reichte und einen Blick auf die seidig schimmernden Konturen ihrer Beine, vom Knöchel bis zum Knie, freigab.

Die beiden waren nur ein paar Schritte von dem Gepäckschalter entfernt, wo ein Gangster, bekannt als Charley der Gepäckler, Reisende einlud, ihre Koffer aufzugeben. Seine Stirn schmückte ein purpurrotes Band, und seine Augen waren noch etwas verschattet von den Folgen einer Gehirnerschütterung.

Unmittelbar hinter Charley dem Gepäckler, etwa einen Meter von dem mit Messing beschlagenen Tresen entfernt, auf dem die Reisenden ihre Koffer abstellten, befand sich ein Bord, auf dem sich etwa zwei Dutzend Koffer aneinanderreihten. Sie waren so verstaut, daß ihre Griffe, an denen Zettel baumelten, nach vorne zeigten.

Paul Pry bemerkte, daß fast genau in der Mitte ein Platz freigelassen war. Er beobachtete und wartete.

Neben Maude dem Herzchen und ihrem Freund schüttelten zwei Männer einander ausgiebig die Hände. Ein schlanker Typ mit wachsamen Augen und einem Grübchen im Kinn bahnte sich einen Weg durch die Menge. Mit der rechten Hand umklammerte er so angestrengt den Griff eines Koffers, daß die Haut über den Knöcheln weiß schimmerte.

Maude das Herzchen löste sich aus der Umarmung ihres Freundes, der spielerisch nach ihr haschte und den Ärmel ihres Pelzmantels zu fassen bekam. Maude das Herzchen wich zurück.

Der Pelzmantel glitt von ihren Schultern, und wie angewurzelt blieben Passagiere und Gaffer stehen.

Es kursierten Gerüchte, daß junge Frauen sich gelegentlich, wenn sie in Eile waren, damit begnügten, einen Mantel überzuziehen, wenn sie ausgingen. Darunter trugen sie nichts als duftige Unterwäsche, leichte Pantöffelchen und hauchdünne Strümpfe.

Aber jetzt hatten die Gaffer Gelegenheit, sich mit ihren eigenen Augen zu überzeugen, daß diese Gerüchte durchaus nicht aus der Luft gegriffen waren.

So wie Maude das Herzchen jetzt dastand, kamen die Rundungen ihres Körpers voll zur Geltung. Der Pelzmantel lag auf dem gefliesten Boden vor ihr. Ihre Unterwäsche aus rosafarbener Seide war der letzte Schrei und mit teuren Spitzen besetzt.

Und als wollte sie die Augen aller auf sich lenken, fing sie an zu kreischen.

Die Reisenden waren zwar von den Werbeseiten der Frauenzeitschriften die Farbphotographien von Schönheiten in Unterwäsche gewöhnt. Gelegentlich hatten sie wohl auch im Schlafwagen oder durch ein Hotelfenster einen verstohlenen Blick auf nicht vollständig bekleidete Damen erhascht, die die Photographien eher farblos erscheinen ließen. Aber der Anblick einer Frau aus Fleisch und Blut, die so gekleidet war wie Maude das Herzchen, und das aus nächster Nähe, verschlug allen den Atem.

Nach ihrem Aufschrei drehte Maude das Herzchen sich abrupt um und wollte ihren Pelzmantel aufheben. Ein Mann eilte ihr zu Hilfe.

In dem allgemeinen Gedränge ging jemand zu Boden, und dieser Jemand war der junge Mann, der so krampfhaft den Griff seines Koffers umklammerte.

Im Fallen hatte er sich anscheinend den Kopf gestoßen, denn er blieb reglos liegen. Einzig Paul Prys wachsame Augen hatten das Aufblitzen des Totschlägers bemerkt. Die Blicke aller anderen waren auf Maude das Herzchen und den Mann, der ihr zu Hilfe geeilt war, gerichtet.

Und nur die Augen Paul Prys sahen, was mit dem Koffer geschah, den der junge Mann getragen hatte. Denn dieser Koffer wurde mit der eingespielten Präzision, mit der eine Football-Mannschaft den Ball ins gegnerische Tor befördert, durch die Menge jongliert.

Schließlich wurde er einem der Männer übergeben, die sich kurz zuvor die Hände geschüttelt hatten. Dieser reichte einen ähnlichen Koffer zurück, der seinerseits auf dem Boden unmittelbar neben dem jungen Mann landete.

Der Koffer, den der junge Mann getragen hatte, wanderte duch die Hände zweier Leute und wurde schließlich auf dem messingbeschlagenen Tresen der Gepäckaufbewahrung abgestellt. Blitzschnell schob Charley der Gepäckler ihn auf den freien Platz auf dem Bord, drehte sich um und verschwand.

Schließlich und endlich hatte es nämlich auch seine Nachteile, wenn man ein bekannter Gangster war, und Charley der Gepäckler wußte, die Polizei würde äußerst irritiert reagieren, wenn sie feststellte, daß er für die Gepäckaufbewahrung zuständig war. Er hatte jedoch keinen anderen mit der heiklen Aufgabe betrauen können, den gestohlenen Koffer in Sicherheit zu bringen.

Wenn sich die Aufregung und das Geschrei gelegt hatten, würden die Aktien auf mannigfaltigen und verschlungenen, aber dennoch gangbaren Wegen in Umlauf kommen.

Aber jetzt, da der Diebstahl reibungslos über die Bühne gegangen war, verschwand Charley der Gepäckler erst einmal von der Bildfläche, und seinen Platz nahm ein hagerer, ungemein blasser Mann ein, mit Augen so kalt wie die einer Klapperschlange.

Maude das Herzchen hüllte sich hastig in ihren Pelzmantel und rannte davon. Irgend jemand lachte. Ein Reisender ließ seinen Koffer fallen, um zu applaudieren, und ein halbes Dutzend lachender Männer taten es ihm nach. Ein Polizist grinste über das ganze Gesicht und bahnte sich einen Weg durch die Menge.

»Gehen Sie weiter«, forderte er die Leute gutmütig auf. Dann fiel sein Blick auf den jungen Mann mit dem Grübchen im Kinn, der vor ihm auf dem Boden lag. Zwei mitfühlende Passagiere, die mit dem gleichen Zug gekommen waren, halfen ihm gerade, sich aufzurappeln.

Der Polizist kombinierte blitzschnell. Er ließ seine Pfeife schrillen und brüllte dann los.

»Haltet die Frau!« schrie er.

Die Leute, denen klar wurde, daß mit Maude dem Herzchen etwas ganz und gar nicht in Ordnung war, stimmten in das Gebrüll ein. Am Bordstein wartete ein Wagen mit laufendem Motor. Der muskulöse junge Mann, unbelastet von Gepäck, erreichte den Wagen und hechtete hinter das Steuer. Offenbar war das Auto zu genau diesem Zeitpunkt hier abgestellt worden. Maude das Herzchen, beim Laufen etwas behindert von dem Pelzmantel, war ein oder zwei Schritte hinter ihm.

Klugerweise entledigte sie sich dieses Hindernisses, indem sie den Mantel in den Wagen warf und auf den Beifahrersitz sprang. Ein letztes Aufschimmern der wohlgeformten Beine, und der Wagen fuhr los.

Trillerpfeifen schrillten. Ein Verkehrspolizist fummelte an seinem Schießeisen herum. Das Automobil verstieß gegen sämtliche Verkehrsregeln, und als der Fahrer eine Lücke im entgegenkommenden Verkehr erspähte, bog er mit quietschenden Reifen nach links ab. Die anderen Autos schlossen auf, und der Wagen entschwand.

Der junge Mann mit dem Grübchen im Kinn setzte sich auf. Sein Blick war völlig verschwommen, so daß es unmöglich schien, daß er wußte, was er tat, aber er langte nach dem Koffer, der neben ihm auf dem Boden lag, und ließ das Schloß aufschnappen.

Der Koffer war mit Papierschnitzeln, typischen Abfallprodukten einer Druckerei, gefüllt. Der junge Mann mit dem Grübchen im Kinn stieß einen markerschütternden Schrei aus.

»Ich bin beraubt worden!« brüllte er. »Mein Koffer! Dreihundertfünfzigtausend Dollar . . .«

Sein Schreien ging in ein Wimmern über, und er sackte nach hinten: er hatte erneut das Bewußtsein verloren.

Männer rannten ziellos hin und her. Uniformierte Polizisten sperrten das Union Depot ab. Verkehrspolizisten, die in der Nähe ihren Dienst versahen, verließen ihren Posten. Über Notruf wurde eiligst Verstärkung angefordert.

Es gelang der Polizei jedoch nicht, der Männer habhaft zu werden, auf deren Konto der Überfall ging. Der junge Mann mit dem Grübchen im Kinn kam wieder zu Bewußtsein. Er erinnerte sich an das Spektakel, das die junge Frau mit dem Pelzmantel und der Unterwäsche aus rosafarbener Seide geboten hatte. Dann hatte irgend jemand ihn angerempelt, er hatte einen furchtbaren Schlag auf den Kopf bekommen und war zu Boden gegangen.

Er hatte nicht einmal die Gesichter der Männer gesehen, die an dem Überfall beteiligt gewesen waren. Der Schlag war von hinten gekommen, und alles Folgende war mit einer derartigen Präzision abgelaufen, daß niemand etwas bemerkt hatte.

Paul Pry saß auf seinem Posten und hörte sich alles genau an. Gelegentlich warf er einen Blick zu der Gepäckaufbewahrung hinüber, wo der blaßgesichtige Mann Gepäckstücke entgegennahm und andere aushändigte. Und die ganze Zeit über stand der Koffer mit den Aktien hinter dem Tresen.

Er war noch zu heiß. Und was für ein besseres Versteck hätte man sich ausdenken können, als ihn inmitten von zwei Dutzend anderen Koffern zu verstauen, die für die Polizei alle gleich aussahen?

V – Elegant und sauber

Paul Pry strich ein wenig Gips auf den Marmor, um die beschädigte Stelle auszubessern, kletterte von dem Gerüst herunter und stieg in eine Straßenbahn.

In der Nähe des Union Depot gab es auf Reisebedarf spezialisierte Läden. In den Schaufenstern prangten billige Koffer, die Imitationen von teuren und mit Schildern versehen waren, auf denen verführerisch niedrige Preise standen.

In eines dieser Geschäfte ging Paul Pry und tätigte einen äußerst merkwürdigen Kauf.

Er erstand einen Koffer, zwei Wecker, einen Satz Trokkenbatterien sowie Bestandteile eines ausgeschlachteten Radios: ein beeindruckendes Gewirr von verhedderten Drähten, Röhren, poliertem Metall, alles in allem praktisch keinen Penny wert.

Als Paul Pry den Laden verließ, rieb der Besitzer sich die Hände.

Paul Pry stieg in ein Taxi, zog die beiden Wecker auf und stellte sie äußerst sorgfältig ein, legte sie zusammen mit seinen anderen Einkäufen in den Koffer und wies den Taxifahrer an, ihn zum Union Depot zu bringen.

Er traf zu einem Zeitpunkt dort ein, als gerade der Abendverkehr einsetzte und ständig Züge ankamen und abfuhren.

Um den Bahnhof war ein Polizeikordon gebildet worden. Allerdings überprüfte man Koffer, die aus dem Bahnhof getragen wurden, genauer als solche, die hineinbefördert wurden. Paul Pry winkte einem rotbemützten Gepäckträger.

»Schaffen Sie das zur Gepäckaufbewahrung und bringen Sie mir den Schein«, sagte er.

Der Träger nahm den Koffer mit; das Geräusch der tikkenden Wecker ging in dem Getrampel der Füße, dem Dröhnen der Züge und dem Hupen der Automobile völlig unter.

Der Träger kehrte mit einem Zettel zurück, auf dem eine Nummer stand, nahm ein großzügiges Trinkgeld in Empfang und vergaß auf der Stelle die ganze Angelegenheit. Paul Pry ließ sich zu seiner Wohnung fahren, zog sich um, ignorierte die pessimistischen Kommentare von Mugs Magoo und fuhr wieder zum Union Depot.

Diesmal hatte er einen Stock bei sich, einen ziemlich langen, schlanken Stock mit einem Haken am Griff, und bewegte sich mit der wachsamen Vorsicht einer Katze.

Ein Blick genügte ihm: der Koffer, auf den er es abgesehen hatte, stand noch an seinem Platz, einem Platz, der für den Gangster, der ihn dort verstaut hatte, sehr vorteilhaft gewesen war: eine einzige ausholende Bewegung seines rechten Armes hatte genügt, um ihn von dem messingbeschlagenen Tresen dorthin zu befördern.

Paul Pry machte sich rasch ein Bild von der Situation und wartete einen günstigen Zeitpunkt ab.

Dieser Zeitpunkt war gekommen, als einer der Spätzüge abgefahren war und es im Union Depot vergleichsweise ruhig zuging. Nach wie vor eilten Leute hin und her, aber sie gingen in dem riesigen Bahnhofsgebäude fast unter, so als wären sie nur eine Handvoll vorbeispazierender Fußgänger.

Einzelne Geräusche waren nun deutlich hörbar.

Paul Pry sah auf die Uhr, schlenderte an den Randstein, hielt ein Taxi an und bat den Fahrer, hier auf ihn zu warten.

»Ich bin in ein paar Minuten wieder da. Muß meine Frau vom Zug abholen und dann so schnell wie möglich ans entgegengesetzte Ende der Stadt, um am anderen Bahnhof meinen Anschluß nicht zu verpassen. Sie bringt mir meinen Koffer. Bin heute ohne das gute Stück los. Sie halten sich bereit, um gleich loszufahren, wenn ich komme.«

Der Fahrer nickte, gähnte und schob sein Trinkgeld ein.

»Ich warte hier auf Sie«, versprach er.

Gemächlich ging Paul Pry zum Bahnhof zurück und zu den Telephonzellen. Durch die Glasscheibe seiner Zelle konnte er den blaßgesichtigen Mann sehen, der in der Gepäckaufbewahrung seinen Dienst versah.

Zweifellos ein Mann ohne Vorstrafenregister, der aber trotzdem in einem Notfall nicht gleich die Polizei zu Hilfe rufen würde.

Paul Pry steckte eine Münze in den Apparat und nannte die Nummer der Gepäckaufbewahrung. Er sah, wie der blaßgesichtige Mann den Hörer abnahm. Durch die Leitung drang eine gelangweilte Stimme an sein Ohr.

»Yeah, hallo. Hier Gepäckaufbewahrung Union Depot.«

Paul Pry verlieh seiner Stimme einen rauhen, drohenden Unterton.

»Ich werde das Union Depot in die Luft jagen«, erklärte er. »In genau drei Minuten wird eine Bombe hochgehen. Ich möchte zwar das Gebäude zerstören, aber Sie will ich nicht umbringen. Gegen Sie habe ich nichts – ich bekämpfe den Kapitalismus. Sie sind auch nur ein Angehöriger der arbeitenden Klasse.«

Die Stimme am anderen Ende der Leitung klang nun nicht mehr so gelangweilt-desinteressiert.

»Was soll das bedeuten?« fragte sie.

Paul Pry sah, wie die Züge des blaßgesichtigen Mannes sich vor Angst strafften.

»Ich habe eine Bombe deponiert, in einem Koffer, den ich heute nachmittag bei Ihnen aufgegeben habe. In dem Koffer sind zwei Wecker. Der erste wird in fünf Minuten läuten und nach einer Pause von fünf Minuten der zweite. Wenn der zweite losgeht, wird die Explosion . . .«

Weiter kam er nicht. Der Blaßgesichtige hatte den Hörer fallenlassen und rannte in der Gepäckaufbewahrung nach hinten, wo sich auf langen Borden die Koffer stapelten.

Der erste Wecker war losgegangen, und der Blasse wollte kein Risiko eingehen.

Paul Pry schoß aus der Telephonzelle, hastete zu dem messingbedeckten Tresen und langte mit seinem Stock auf die andere Seite. Der mit einem Haken versehene Griff schlüpfte in den geschwungenen Henkel des Koffers, den Paul Pry wollte. Ein Ruck, und er kam von dem Bord herunter und landete sanft auf dem Tresen.

Der Blaßgesichtige war kein Feigling. Er hatte den Koffer, den Paul Pry ein paar Stunden zuvor deponiert hatte, heruntergeholt und die Lederimitation aufgeschnitten; jetzt zog er das Gewirr von Drähten und Weckern heraus.

Seinen Rücken kehrte er in diesem Augenblick natürlich dem Tresen zu.

Paul Pry nahm den Koffer und schlenderte lässig zu dem Ausgang, wo die Taxis standen. Sein Fahrer lief auf ihn zu und nahm den Koffer. Paul Pry stieg in den wartenden Wagen und entschwand.

Inspektor Oakley schob die Zigarre von einem Mundwinkel in den anderen.

»Sie haben in letzter Zeit eine Menge Belohnungen kassiert«, hielt er Paul Pry vor.

Dieser nickte vergnügt.

»Nachdem ich sie mit Ihnen geteilt hatte, Inspektor.«

Oakley betrachtete aufmerksam das glimmende Ende seiner Zigarre.

»Na ja, ich schätze, das geht in Ordnung, nur werden Sie eines Tages mit Sicherheit umgelegt werden. Gilvray hat es auf Sie abgesehen – aber das ist ja nichts Neues für Sie. Wissen Sie was, Pry, ich habe so eine Ahnung, wenn Sie vor der Anklagejury einiges von dem, was Sie über Gilvray und seine Methoden wissen, auspacken würden, dann gäbe das eine Anklage, die Hand und Fuß hat.«

Paul Pry lächelte.

»Und warum sollte ich das, Inspektor?«

»Dann würde seine Bande auffliegen, und Ihnen bliebe der sichere Tod erspart, der Ihnen ansonsten droht.«

Paul Pry lachte ihm ins Gesicht.

»Und das Hühnchen umbringen, das so herrliche goldene Eier für mich legt – für uns! O nein, Inspektor. Ich denke gar nicht daran. Übrigens, Inspektor, wie ich gehört habe, hat das Unternehmen, dessen Aktien gestohlen worden sind, eine Belohnung von zwanzigtausend Dollar für ihre Wiederbeschaffung ausgesetzt. Ist das richtig?«

Oakley brummte.

»Yeah. Sie werden wahrscheinlich für das ganze Aktienpaket verantwortlich gemacht, wenn sie die Dinger nicht zurückbekommen, aber die sind so knickrig, daß sie nur zwanzigtausend anbieten. Kann sein, daß es ein juristisches Problem gibt, wegen der Lieferung. Ich weiß es nicht. Soweit ich gehört habe, liegen die Anwälte sich deswegen in den Haaren. Es ist anscheinend so: Wenn der Bote, der ausgeraubt worden ist, von der Bank war, die die Aktien kaufen will, dann hat eine Lieferung stattgefunden, und die Aktien, die ja verkäuflich sind, können von der Gesellschaft in Rechnung gestellt werden. Wenn der Kurier ein Angestellter der Firma war, dann hat keine Lieferung stattgefunden oder irgend so was in der Art. Das ist mir zu hoch.«

Paul Pry streckte seine schlanke Hand aus, hielt seine Zigarette über den Aschenbecher und tippte mit dem kleinen Finger darauf, eine Bewegung, die so kalkuliert war, daß die Asche genau in der Mitte des Aschenbechers landete.

»Angenommen, wir teilen uns die Belohnung, halbehalbe?«

Vor Überraschung sackte Inspektor Oakleys Unterkiefer mitsamt Zigarre nach unten.

»Sie haben sie?«

»Oh, nein, woher denn. Aber der Geheimdienst, der im Untergrund für mich arbeitet, hat mich wissen lassen, daß der Koffer mit den Aktien in einer bestimmten Gepäckaufbewahrung in einem der großen Kaufhäuser hier in der Stadt deponiert wurde.

Ich könnte Ihnen den Namen dieses Kaufhauses nennen. Ich könnte Ihnen sogar die Nummer des Gepäckscheins sagen. Dann könnten Sie die Aktien holen und bekanntgeben, ›daß die Polizei den Hinweisen eines Spitzels nachgegangen ist, zugegriffen und die Aktien sichergestellt hat, daß der Täter jedoch entkommen konnte.‹ Dafür würden Sie natürlich einigen Ruhm einheimsen – und zehntausend Dollar in bar, auf die Hand. Eine recht nette Aufstockung der Belohnungsgelder, die Sie in letzter Zeit eingestrichen haben.

Verständlicherweise lege ich Wert darauf, daß mein Name aus der ganzen Geschichte herausgehalten wird. Es wäre eher unpraktisch, wenn die gesamte Polizei mich auf Schritt und Tritt argwöhnisch beobachtet.«

Inspektor Oakley schnaufte tief ein. Seine Augen glitzerten vor Gier.

»Das lasse ich mir eingehen! Elegant und sauber. Das könnte ich durchziehen, ohne daß man mir so verdammt viele Fragen stellt. Wenn ich einen Teil von der Knete eingesackt habe, nachdem Sie mir einen Tip gegeben hatten, war das nicht ganz lupenrein, und ich hab einiges von meinem Anteil hinblättern müssen; diesmal ist die Sache elegant und sauber.«

Paul Pry lächelte.

»Ja, Inspektor, Sie haben völlig recht. Das ist elegant und sauber. Der Ort, wo der Koffer sich befindet, wird Ihnen telephonisch durchgegeben – anonym, um genau drei Minuten nach Mitternacht. Damit schaffen Sie es noch in die Morgenausgaben.«

»Wieso ausgerechnet um drei Minuten nach Mitternacht?« wollte Inspektor Oakley wissen.

»Damit Sie für ein oder zwei Zeugen sorgen können, um Ihre Aussage zu bestätigen, daß die Information telephonisch durchgeben wurde – von einem verdeckt arbeitenden Agenten oder von einem Spitzel, ganz wie es Ihnen beliebt.«

Inspektor Oakley schüttelte ihm die Hand.

Benjamin Franklin Gilvray bewohnte ein ziemlich großspuriges Haus in einer mehr oder weniger großspurigen

Gegend. Ein gepflegter Rasen umgab die Villa. Der Erzgauner hielt es für weise, eine gewisse Fassade aufrechtzuerhalten, insbesondere in diesen schwierigen Zeiten, da so viele seiner Unternehmungen schiefgingen.

Er lag in seinem weichen Bett, unter Decken aus reinster Wolle, aber sein Kopfkissen war völlig zerknittert, da er sich die ganze Nacht von einer Seite auf die andere gewälzt hatte. Die Strahlen der Morgensonne drangen durch die Fensterscheiben.

Big Front Gilvray hatte gar nicht gut geschlafen.

Von der Vorderseite des Hauses drangen merkwürdige Geräusche zu ihm. Er wartete, bis es wieder still war, und versuchte, noch einmal einzudösen, da setzte der Lärm wieder ein.

Wütend sprang er aus dem Bett und riß die Vorhänge auf.

Was, zum Teufel, war mit den Jungs los, daß sie so was durchgehen ließen? Sie wußten doch, daß er seine Ruhe haben wollte.

Er blinzelte in das fahle Morgenlicht und sah ein Huhn, das mit einer Leine an einen Pfahl gebunden worden war, den irgend jemand in den Rasen getrieben hatte. Mit furchtsam und zugleich neugierig nach vorne gerecktem Hals stolzierte das Huhn herum, und sein Hinterteil wackelte dabei hin und her.

An der Gurgel des Huhns war ein Metallband befestigt, an dem ein Zettel hing.

Big Front Gilvray schlug Alarm.

Zwei seiner Revolverhelden brachten ihre Maschinengewehre in Stellung. Das Huhn konnte eine Falle sein. Oder auch nicht. Wer weiß, vielleicht trug es eine Höllenmaschine mit sich herum. Die Maschinengewehre ratterten los.

Rings um das angebundene Huhn flogen Grasbüschel und Erdklumpen durch die Luft. Dann, als die Schützen genauer zielten, stoben Federn auf, und das Huhn sackte in sich zusammen.

Gedeckt von einem der Maschinengewehre, rannte ein Gangster auf den Rasen hinaus, packte das Huhn und brachte es ins Haus.

Es war ein ganz normales Huhn. An dem um seine Gurgel geschlungenen Metallband hing ein Zettel mit der Botschaft, die Big Front Gilvray zu hassen, so erbittert zu hassen gelernt hatte, daß er zu einem wilden Tier wurde, wenn er sie las.

LIEBES HÜHNCHEN.
VIELEN DANK FÜR DIESES GOLDENE EI.

Unterzeichnet war die Botschaft mit zwei Initialen – P. P.

In der Morgenausgabe, die auf den Stufen zu der großen Villa lag, verkündeten dicke Schlagzeilen, daß Inspektor Oakley für die Sicherstellung von verkäuflichen Aktien im Wert von einer Drittel Million Dollar zwanzigtausend Dollar erhalten sollte.

Die Wut Big Front Gilvrays kippte in schieren Wahnsinn um: er packte den zerfledderten, blutigen Kadaver des Hühnerviehs und schleuderte ihn durch den ganzen Raum, wo er an die Wand klatschte, so daß das Blut rot aufspritzte und Federn durch den Raum stoben.

Die Zeitung zerriß Big Front Gilvray in kleine Fetzen und trampelte darauf herum. Seine Gangster blickten einander bestürzt an. Normalerweise war der Chef die Selbstsicherheit in Person. Ihn so zu sehen ließ sie Vertrauen und Respekt verlieren.

»Kauft euch diesen verdammten Schnösel! Erledigt ihn!« brüllte Big Front Gilvray.

Paul Pry jedoch, der in der Gewißheit, daß sein Konto am nächsten Tag ein zusätzliches Plus von zehntausend Dollar aufweisen würde, friedvoll schlummerte, konnten die wüsten Drohungen des Gangsters nichts anhaben.

Wie Inspektor Oakley so treffend bemerkt hatte: die Sachc war »elegant und sauber«.

DIE LADY SAGT JA

I

Paul Pry bemerkte, daß die Straße seltsam verlassen dalag, und schrieb dies einem vorübergehenden Abebben des Verkehrs zu.

Er warf einen Blick zum Gehsteig gegenüber, wo »Mugs« Magoo, Ex-Kamera-Auge der Polizei, an die Wand eines Bankgebäudes gelehnt auf dem Boden kauerte.

Mugs Magoos Hand beschrieb langsam mehrere Kreise: das Zeichen für Gefahr – ein Signal, das er laut den Anweisungen Paul Prys nur geben durfte, wenn die Umstände einen schnellen Rückzug erforderlich machten.

Natürlich wäre es weise gewesen, dieses Zeichen zu beherzigen, denn Mugs Magoo kannte sich in der Unterwelt aus wie wohl kein zweiter Sterblicher, der noch unter den Lebenden weilte. Jahrelang war er bei der Polizei gewesen und hatte nichts anderes getan, als Gauner zu inventarisieren, ihre Gesichter in sein Karteikartengedächtnis einzuordnen. Dann hatte ein politischer Umschwung ihn seinen Job und ein Unfall seinen rechten Arm gekostet, und schließlich war er zu einem Penner heruntergekommen.

Im Augenblick spielte er die Rolle eines Krüppels, der Bleistifte verhökert. Auf seiner linken Handfläche balancierte er seinen Hut, halb gefüllt mit Bleistiften, zwischen denen einige wenige Münzen lagen. Seine Wangen schmückte ein zwei Tage alter grauer Stoppelbart, und seine glasigen Augen schienen äußerst desinteressiert am Leben als solchem.

In Wirklichkeit katalogisierte Mugs Magoo jedoch die Unterwelttypen, die in dieser Nebenstraße, die für die Gauner das gleiche bedeutete wie die Wall Street für Finanzleute, an ihm vorbeiströmten. Und mittels der Signale, die er in Form bestimmter Handbewegungen Paul Pry übermittelte, klassifizierte er die Gauner, die an ihm vorbeihasteten.

Immer nachdrücklicher signalisierten Mugs' Zeichen Gefahr.

Aber Paul Pry war neugierig. Seine Augen glitzerten diamanten, und die wachsame Angespanntheit seines gutgebauten Körpers verriet, daß er die Signale gesehen und richtig interpretiert hatte. Abgesehen davon hätte man ihn ohne weiteres für einen gutgekleideten Müßiggänger halten können, der die späten Abendstunden auf den Straßen der Stadt vertrödelte.

Ein schwerer Wagen rollte um die Ecke, fuhr mit leise brummendem Motor an den Randstein, auf der Seite, wo Paul Pry stand. Der Wagenschlag schwang auf, und eine Frau stieg aus.

Paul Pry lebte von seinem Köpfchen. Er liebte die Aufregung, und wenn es darum ging, sich einer Gefahr zu stellen, konnte er nicht widerstehen. In letzter Zeit hatte er sein Geld, und zwar eine Menge Geld, dadurch verdient, daß er schlicht und einfach Gangstern ihre Beute abgejagt hatte, indem er seinen Verstand gegen ihre brutale Gewalt setzte.

Bittere Erfahrung hatte Paul Pry gelehrt, daß Gangster äußerst nachtragend sind und daß sie ihrem Groll mit Kügelchen Ausdruck verleihen, Kügelchen, die ein Maschinengewehr ausspuckt. Die Erfahrung hatte ihn auch gelehrt, daß schöne Frauen, einfach aufgrund ihrer Schönheit, dazu neigen, äußerst falsch und gefährlich zu sein.

Aber all dies hinderte Paul Pry nicht im mindesten

daran, Schönheit zu bewundern. Noch konnte Gefahr ihn von seinen einzigartigen Aktivitäten abhalten. Bislang hatte sein schneller Verstand ihm immer eine Nasenlänge Vorsprung vor den Gangstern, die ihn aus einer herzlosen, aber höchst interessanten Welt der Irrungen und Wirrungen hinausbefördern wollten, verschafft.

Diese Frau war besonders schön. Allerdings hatte ihre Schönheit etwas Glattes, Hartes, wie ein geschliffener Diamant. Sie trug ein Abendkleid und einen weißen Pelzmantel, so daß sie eigentlich einer jungfräulichen Schneeflocke hätte gleichen müssen. In Wirklichkeit ähnelte sie jedoch einem glitzernden Eiszapfen, trotz ihrer hinreißenden Figur, der anmutig geschwungenen Linie ihres Halses und des Profils, das aussah, als wäre es vom geschicktesten aller Künstler aus feinstem Marmor ziseliert worden.

Mit einem flüchtigen Blick streifte Paul Pry die Schatten auf der anderen Seite der Straße, wo Mugs Magoo angespannt wartend kauerte.

Mugs' Hut bewegte sich nicht mehr. Das Signal für Gefahr war abgeschaltet worden. Entweder war die Gefahr vorbei, oder aber es war schon zu spät, als daß eine Warnung noch etwas genützt hätte.

Die Frau starrte Paul Pry an, und ihr Blick hatte nichts von jugendlicher Unschuld an sich. Allerdings war es auch nicht der Blick einer Frau, die darauf aus war, seine Bekanntschaft zu machen. Sie wollte sich Paul Pry ansehen, aus Gründen, die nur sie kannte, und sie versuchte durchaus nicht, dies zu verhehlen.

Die Frau war kaum der Typ, der selber ein Automobil lenkt. Ihre teure Kleidung, ihre stolze Haltung erweckten den Eindruck, als gehörte sie in eine Umgebung, zu deren festen Bestandteilen ein livrierter Chauffeur, eine große Limousine und eine kostspielige Wohnung zählen.

Trotzdem hatte sie am Steuer gesessen, und der Wagen

war auch keine Limousine. Es war ein schwerer Personenwagen mit Seitenvorhängen, die den Rücksitz teilweise verdeckten.

Die Blicke der Frau glitten über Paul Prys Gesicht. Dann schien sich die Anspannung, unter der sie bis jetzt gestanden hatte, zu lösen. Ihr Gesicht verlor seine Härte. Sie verwandelte sich in ein Wesen mit sanft verführerischen Rundungen, ein Wesen von atemberaubender Schönheit, als sie jetzt mit der Anmut einer professionellen Tänzerin zu der rückwärtigen Tür des Wagens ging.

Mit ihrer behandschuhten Hand öffnete sie die Tür. Der Wagen schien leer zu sein.

»Okay, Bill«, sagte sie.

Die flauschige Wolldecke auf dem Boden des Wagens erwachte plötzlich zum Leben. Ein flüchtiger Beobachter hätte vermutlich damit gerechnet, daß jetzt ein riesiger Hund unter der Reisedecke auftauchte.

Aber es war kein Hund, der aus den Falten der Decke in die Kühle des Abends kroch.

Es war ein Mann.

Der Mann trug Abendkleidung. Irgend jemand hatte ihm einen fürchterlichen Hieb auf die Nase versetzt; seine Augen waren geschwollen; die gestärkte Hemdbrust und die Weste waren mit Blut bespritzt, das aus seiner Nase geschossen war.

Aus dem zerfetzten Mantel war eine Tasche buchstäblich herausgerissen worden und baumelte jetzt nur noch an ein paar Fäden aus dem Mantel. Einer der Seidenaufschläge hing lose herunter. Der Hut fehlte. Das Haar war zerzaust, und die geschwollene Nase zwang den Mann, durch den Mund zu atmen.

Es war entwürdigend, wie er unter der schützenden Decke hervorkroch und auf das Pflaster taumelte. Hilfreich streckte die Frau die Hand nach seinem Arm aus.

Was jetzt kam, lief mit der Schnelligkeit sich überschlagender Ereignisse ab, die man unmöglich in allen Einzelheiten verfolgen kann, wie beim Sturmangriff eines gut eingespielten Football-Teams, das in einem verwirrenden Wechsel der Positionen mit ungeheurer Geschwindigkeit über das Spielfeld fegt.

Türen öffneten sich; Männer stürzten aus dem Dunkel hervor und rannten geduckt dahin. Im Licht der Straßenlampen blitzten Waffen aus Stahl auf. Aber kein einziger Schuß fiel.

Einer der Männer holte mit seinem Arm aus, und ein Totschläger krachte auf das wirre Haar des Mannes, der schon einmal ähnlich grob behandelt worden war.

Ein anderer sprang hinter ihn, bereit, die bewußtlose Gestalt aufzufangen, die nach hinten zu Boden sackte.

Ein anderer zielte mit seinem tückischen Totschläger auf den Kopf der Frau, die auch das Bewußtsein verloren hätte, wäre da nicht etwas dazwischengekommen: Paul Pry.

Paul Pry hatte einen Stock bei sich, der für einen oberflächlichen Betrachter nichts weiter war als ein poliertes Stück Holz. Nur ein geübter Beobachter hätte bemerkt, daß das Holz gar kein Holz war, sondern holzfarben bemalter Stahl, der sehr dünn war und die Scheide einer gehärteten Klinge aus feinstem Stahl bildete, die an dem Griff des Stocks befestigt war.

In den Händen eines trainierten Fechters war dies in der Tat eine äußerst effiziente Waffe, und Paul Pry war sehr geübt in ihrem Gebrauch. Mit der Rechten riß er den blanken Stahl aus der Scheide.

Die Lichter spiegelten sich auf der Klinge, als sie mit der geschmeidigen Flinkheit der Zunge einer Schlange nach vorne schnellte. Der Mann, der den Totschläger über dem Kopf der Frau schwang, sprang mit einem Aufschrei zurück. Der kalt glitzernde Stahl war tief in seine Schultermuskeln gedrungen. Der weit ausholende Arm verfehlte sein Ziel, und der Totschläger zischte ins Leere.

Ein Wagen, der im zweiten Gang fuhr, bog um die Ecke. Die malträtierten Reifen quietschten erbärmlich, als sie über das Pflaster schlidderten. Zwei Männer überschütteten Paul Pry mit Flüchen.

Aber es fiel kein Schuß. Aus irgendeinem Grund schienen die Angreifer ihre Operation lautlos zu einem Ende bringen zu müssen. Das Ganze war eine Sache von Stahl und Totschlägern. Blinkende Messer stießen zu, Totschläger sausten nach unten. Die Klinge Paul Prys, der seinen linken Arm um die Frau gelegt hatte und sie an sich preßte, beschrieb mit tödlicher Geschwindigkeit blitzende Bögen durch die Luft.

Der Stahl zischte hin und her und bildete eine undurchdringliche Abwehrlinie; gelegentlich bohrte er sich in den Körper eines der Angreifer.

Die Frau drehte sich um und zog ihre rechte Hand, in der sie eine vernickelte Automatik mit Perlmuttgriff hielt, unter ihrem Pelzmantel hervor.

»Ich erschieß euch, ihr Ratten«, schrie sie.

Die Abwehr war zu massiv. Die Angreifer sprangen zurück, und ein gedämpftes Kommando ertönte.

»Er ist im Wagen«, rief jemand.

»Okay, Jungs«, schnarrte eine Stimme. »Laßt die . . .«

Das Beiwort, mit dem er die Frau bedachte, war normalerweise nur für die Ohren von Männern bestimmt.

Die Frau riß sich von Paul Pry los.

»Gebt ihn mir zurück! Gebt ihn mir zurück!« kreischte sie.

Die Gestalten, die sich nach wie vor mit disziplinierter Präzision bewegten, waren jedoch schon in das Automobil gesprungen, das an den Randstein gefahren war. Wagentüren knallten. Die Kanone der Frau spuckte Feuer.

Der Schuß wirkte wie ein Signal. Er beendete die tödliche Stille, die während des Überfalls geherrscht hatte.

Der Wagen fuhr knirschend an. Die Hinterräder drehten halb durch, als der Wagen einen Satz nach vorne machte, kurz stehenblieb, erneut einen Satz machte.

Und dann schossen kleine Blitze aus dem dunklen Wageninneren. Die Straße hallte vom Rattern der Kanonen wider. Paul Pry spürte, wie ein Geschoß an seiner Wange vorbeizischte, spürte, wie irgend etwas ihm den Hut vom Kopf riß, hörte, wie ein Bleihagel auf die Mauer des Gebäudes hinter ihm prasselte. Dann war der Wagen nicht mehr zu sehen, und das Schießen hörte auf.

Das Gesicht der Frau war totenbleich. Mit weit aufgerissenem Mund starrte sie dem entschwindenden Wagen nach; ihre Augen quollen fast aus den Höhlen. Und dann sprudelten Flüche aus ihrem Mund.

Paul Pry berührte ihren Arm. »Die Polizei«, schlug er vor.

Diese Worte wirkten auf sie wie ein Elektroschock. Sie machte einen Satz nach vorn, in Richtung des Wagens, mit dem sie gekommen war. Mit einer Hand raffte sie Mantel und Rock zusammen und entzog damit ihre wohlgeformten Beine seinen Blicken, mit der anderen warf sie die Waffe, die sie in der Hand gehalten hatte, hinten in den Wagen und öffnete den Wagenschlag.

Sie schwang ihre Beine über die Gangschaltung, trat auf Bremse und Kupplung, und all das mit einer kontrollierten Schnelligkeit und ohne auch nur eine einzige überflüssige Bewegung zu machen, was auf vollkommene Körperbeherrschung schließen ließ.

Sie agierte wie jemand, der es gewöhnt ist, rasch Entscheidungen zu treffen und sie ebenso rasch durchzuführen. Paul Pry, der neugierig war und eine Gelegenheit sah, seine ungewöhnlichen Talente zu nutzen, sprang mit einer flinken Präzision, die ebenso überlegt und kalkuliert war wie die der jungen Frau, auf den Sitz neben ihr und knallte die Tür zu.

In dem Augenblick, als die Tür zuschnappte, rastete die Kupplung ein. Als der Wagen einen Satz nach vorne machte, wandte Paul Pry seinen Kopf in Richtung der gegenüberliegenden Straßenseite.

Dort kauerte nach wie vor Mugs Magoo. Sein Hut beschrieb kreisförmige Bewegungen: das Zeichen für Gefahr. Als der Wagen um die Ecke bog, verschwand Mugs Magoo aus dem Blickfeld Paul Prys.

II

Die Frau beschleunigte den Wagen, suchte die Nebenstraße ab, hielt auf der Hauptstraße nach allen Seiten Ausschau und mußte schließlich den Tatsachen ins Auge blicken. Sie hatte den Wagen vor ihnen verloren.

Sie drosselte die Geschwindigkeit und wandte Paul Pry ein erschöpftes, abgespanntes Gesicht zu. »Er ist weg«, erklärte sie.

In ihrer Stimme schwang Verzweiflung mit, abgrundtiefe Hoffnungslosigkeit, die verriet, daß etwas äußerst Wichtiges aus ihrem Leben verschwunden war.

Paul Pry nickte und vernahm im gleichen Augenblick das Heulen einer Polizeisirene, das so schnell lauter wurde, daß man daraus auf eine enorme Geschwindigkeit des Polizeiautos schließen mußte.

»Ich weiß nicht, was Sie von der Polizei halten«, meinte er, »aber was mich betrifft . . .«

Vielsagend zuckte er die Achseln und sah über die Schulter nach hinten, in Richtung der kreischenden Sirene, die ungemütlich nahe klang.

Die Frau reagierte, als hätte sie die Sirene jetzt erst gehört, und sie reagierte mit der für sie charakteristischen Schnelligkeit. Sie trat das Gaspedal durch, und wie ein verschreckter Hirsch schoß der Wagen nach vorne.

Daran, wie der Wagen in eine Seitenstraße schwang, fast umkippte, ins Schleudern geriet, wie die Reifen schließlich wieder griffen und der Wagen geradeaus weiterfuhr, merkte Paul Pry, daß sie eine geübte Fahrerin war.

Als die Frau einen Augenblick lang den Fuß vom Gaspedal nahm und abrupt auf die Bremse stieg, da vor ihr die Straße von anderen Autos blockiert war, konnte Paul Pry das Heulen der Sirene nicht mehr hören. Wahrscheinlich war das Polizeiauto erst zum Schauplatz der Schießerei gefahren.

Paul Pry grinste sie an, als der Stau sich auflöste und die junge Frau mit ihrem Wagen in eine Lücke zwischen den Autos schoß, wie eine Forelle, die durch eine Höhlung zwischen Baumstümpfen unter Wasser in den schützenden Schatten des überhängenden Ufers schnellt.

»Kann ich Ihnen irgendwie behilflich sein?« fragte er.

Sie schüttelte den Kopf und wandte sich, anders als die meisten Autofahrer ihres Geschlechts, nicht um, sondern richtete ihre Augen auf die Straße, als sie sagte:

»Schätze nicht. Aber Sie können mir Gesellschaft leisten, wenn ich gleich eine Ladung Gin in mich hineinkippe. Den kann ich jetzt weiß Gott gebrauchen!«

Paul Pry lehnte sich in dem gepolsterten Autositz zurück.

»Soll mir recht sein«, murmelte er.

Der Wagen fuhr um einige Ecken. Die Frau sah sich wachsam um und umrundete vier Blocks in einer Achterschleife, um sicherzugehen, daß niemand ihr folgte. Dann bremste sie unvermittelt, schaltete die Scheinwerfer aus, schlug das Lenkrad ein und katapultierte den Wagen in die private Auffahrt in der Mitte des Blocks. Vor ihnen standen die Türen einer schmalen Garage weit offen. Die Frau steuerte den Wagen hinein, der mit quietschenden Reifen zum Stehen kam, gerade als es den Anschein hatte, als würde er die Rückwand der Garage durchbrechen. Sie sprang aus dem Wagen und achtete dabei nicht auf den teuren Pelzmantel, der über ölverschmiertes Gerümpel und zerkratzte, verstaubte Radnaben streifte.

Sie zerrte an der Garagentür und rechnete offenbar nicht damit, daß Paul Pry ihr dabei half. Anscheinend war sie es gewohnt, auf sich selber gestellt zu sein, und erwartete nicht jene kleinen Aufmerksamkeiten seitens der Männer, die den meisten jungen, schönen Frauen, die teure Kleider tragen, so wichtig sind.

Paul Pry half ihr, die Tür fiel zu, und ein Schnappschloß klickte.

»Wir gehen hinten raus«, erklärte die Frau.

Sie durchquerte die Garage, langte nach einer Tür, stieß sie auf, und einen Augenblick lang zeichnete sich ihre Silhouette vor einem beleuchteten Innenhof ab, wie sie lauschend, spähend dastand.

Dann nickte sie, machte ihm ein Zeichen und trat auf den asphaltierten Hof. Eine Treppenflucht war zu sehen, eine Tür.

Durch diese Tür folgte Paul Pry ihr und fand sich in dem mit Teppichen ausgelegten Korridor eines Apartmenthauses wieder. Sie stiegen eine Treppe zu einem weiteren Korridor hinauf, dann noch eine in den zweiten Stock. Die breiten Stufen bedeckte ein flauschiger Läufer, so daß kein Laut zu hören war. Die Beleuchtung war gedämpft.

Die Vorderseite des Apartmenthauses führte auf eine hell erleuchtete Straße. Die Wohnung der Frau befand sich hinten, neben der breiten, teppichbelegten Treppe. Sie blieb kurz stehen, steckte einen Sicherheitsschlüssel in das Schloß und trat einen Schritt zurück. Die Schlüssel in ihrer Manteltasche klirrten. Ihre rechte Hand hatte sie unter dem seidig schimmernden Pelzmantel verborgen; mit der Linken drehte sie den Türknauf, stieß die Tür auf, wartete einen Augenblick und schaltete dann das Licht an.

Paul Pry hatte bemerkt, wie sie die Pistole vom Rücksitz des Wagens geholt hatte, und er hegte keinerlei Zweifel, was ihre Hand unter dem Pelzmantel umklammerte. Allerdings machte die Frau keinerlei Anstalten, aus der möglichen Schußlinie zu gehen oder Paul Pry den Vortritt zu lassen. Sie verließ sich einzig auf sich selber – sie hatte die harte Schule des Lebens durchlaufen, die ihre Zöglinge lehrt, die Dinge so zu nehmen, wie sie kommen.

Das gedämpfte Licht in der geschmackvoll eingerichteten luxuriösen Wohnung fiel auf einladende Sessel, schwere Tische, weiche Sofas und verschwenderische Tapeten. In der Luft hing noch der schale Geruch von Rauch, und die Aschenbecher auf dem Tisch quollen von Asche und Zigarettenstummeln über. Abgesehen davon war das Zimmer das Paradebeispiel eines ordentlich geführten Haushalts.

Mit katzengleichen Schritten betrat sie das Apartment.

»Schließen Sie die Tür«, forderte sie, ohne sich umzuwenden, Paul Pry auf und ging auf eine Tür zu, die offensichtlich in ein Schlafzimmer führte.

Hier machte sie das gleiche wie vorhin bei der Wohnungstür: mit der Linken stieß sie die Tür auf, wobei die Rechte unter ihrem Pelzmantel verborgen blieb. Das Schlafzimmer war nicht so ordentlich aufgeräumt wie das Wohnzimmer. Paul Pry erspähte über das Bett verstreute Wäsche aus reiner Seide; über die Stühle waren duftige rosafarbene Kleidungsstücke verteilt.

Die Frau trat in das Zimmer, machte den Schrank auf, sah unter das Bett. Dann ging sie Richtung Küche, stieß mit dem Fuß die Schwingtür auf und trat ein. Sie schaltete das Licht an und verstaute die Pistole, die sie in der rechten Hand gehalten hatte, in einer eigens zu diesem Zweck vorne in ihr Kleid eingenähten versteckten Tasche. Dann seufzte sie und wandte sich zu Paul Pry um.

»Holen Sie etwas Eis und Zitrone aus dem Kühlfach. Ich habe eine Flasche Gin da und werde mir jetzt ein paar Gläschen genehmigen. Ich bin völlig geschafft. Wie fühlen Sie sich?«

»Bestens«, erwiderte Paul Pry.

Sie nickte beiläufig.

»Das kann ich mir denken«, meinte sie, nahm ein paar Gläser aus dem kleinen Schrank über der Spüle und stellte sie auf das geflieste Abtropfbrett. Paul Pry machte das Eisfach auf und holte einen Behälter mit Eis heraus. Er bemerkte, daß der Kühlschrank jede Menge Dosen, aber keine frischen Lebensmittel enthielt. Kochen war offenbar nicht die Stärke der Frau.

Die Drinks waren fertig, und sie stießen miteinander an.

»Ich habe mich gar nicht dafür bedankt, daß Sie den Totschläger abgewehrt haben, der auf meinen Kopf zielte – noch nicht«, sagte sie.

Paul Pry führte das Glas an seine Lippen.

»Nicht der Rede wert«, meinte er.

Sie leerte ihr Glas in drei großen Schlucken und warf dabei ihren Kopf zurück: völlig ungezwungen und ohne jedes damenhaft-betuliche Nippen beförderte sie das Getränk unverzüglich dorthin, wo es seinen Zweck am besten erfüllte.

Sie seufzte und griff nach der Flasche.

»Nur keine falsche Zurückhaltung«, forderte sie ihn auf. »Gleich bin ich Ihnen um einen voraus.«

Sie mixte sich einen zweiten Drink. Paul Prys Glas war immer noch halb voll, als sie ihres schräg hielt und ein zweites Mal mit ihm anstieß.

»So macht man das«, erklärte sie.

Dieses Glas leerte sie etwas langsamer.

»Na schön«, meinte sie dann, »trinken wir noch einen, im Wohnzimmer, und rauchen eine Zigarette dazu.«

Paul Pry trank seinen Gin aus.

»Einverstanden«, stimmte er zu.

Sie schenkte sich einen dritten Drink ein, ging ins Wohnzimmer voraus und ließ sich in einen Sessel fallen. Ihr Pelzmantel klaffte auf. Sie legte ihre Füße auf einen leeren Stuhl.

»Auf Ihr Wohl«, sagte Paul Pry.

»Prost. Haben Sie Feuer?«

Paul Pry zündete ihr die Zigarette an. Sie starrte einen Augenblick lang gedankenverloren vor sich hin und seufzte erneut.

»Ich liebe meine Freunde und hasse meine Feinde«, erklärte sie.

»Und das heißt?« fragte Paul Pry.

Sie sah ihn aus gefährlich glitzernden Augen an.

»Das heißt, daß ich winselnde Heuchler nicht ausstehen kann«, erklärte sie, »und das wiederum heißt, daß Sie mir völlig fremd sind.«

»Ich verstehe den Zusammenhang nicht ganz«, sagte Paul Pry.

In ihr Gesicht war wieder etwas Farbe zurückgekehrt, und ihre Augen glänzten feucht – eine Folge der ersten beiden Drinks.

»Das bedeutet, wenn irgend etwas passiert und ich zwischen einem Freund und einem völlig Fremden zu wählen hätte, dann würde ich zu dem Freund halten!« fuhr sie ihn an.

Paul Pry nickte. »Das könnte Ihnen niemand zum Vorwuf machen.«

»Dann sollten Sie mir auch keine Vorwürfe machen.«

»Das tue ich nicht.«

»Vielleicht werden Sie es noch tun.«

»Mag sein.«

Einen Augenblick lang herrschte Schweigen.

»Allerdings«, fuhr Paul Pry schließlich fort und betrachtete träge die Rauchkringel, die von seiner Zigarette aufstiegen, »muß es ein ziemliches Privileg sein, ein Freund von Ihnen zu sein.«

»Das ist es«, stimmte sie zu. Ein träumerisches Leuchten der Erinnerung trat in ihre Augen, als sie nach einer Weile sanft hinzufügte: »Und ob!«

Paul Pry grinste.

»Und äußerst unangenehm, ein Feind von Ihnen zu sein.«

Sie preßte die Lippen aufeinander.

»Damit könnten Sie recht haben!« erwiderte sie und stieß die Worte so abgehackt hervor, daß es wie Trommelfeuer klang.

»Wie wird man Ihr Freund? Genügt es, Ihnen das Leben zu retten?«

Sie betrachtete ihn mit einem nüchternen, abschätzenden Blick.

»Nun ...« Sie zögerte.

»Nun – was?«

»Ich will nicht undankbar erscheinen«, erklärte sie gedehnt, »ich will Ihnen nur sagen, gleichgültig, was geschieht, ein völlig Fremder kann es nie mit einem Freund aufnehmen. Denken Sie daran, was auch immer mit uns beiden passiert. Dann komme ich mir nicht wie eine verdammte Heuchlerin vor, wenn ich Sie für einen Freund opfern muß.«

Paul Pry lachte leichthin.

»Baby«, erklärte er, »Ihr Stil gefällt mir.«

Seine Bemerkung ließ ihre Wangen nicht röter werden und ihre Augen nicht warmherziger blicken.

»Er gefällt den meisten Männern«, bestätigte sie.

»Und jetzt«, fuhr Paul Pry fort, »jetzt erzählen Sie mir, um was es bei dem Ganzen ging.«

Sie atmete tief durch, trank ihr Glas aus und murmelte etwas vor sich hin, das möglicherweise nichts weiter als ein einziges Schimpfwort war.

»Diese Frage mußte ja kommen«, bemerkte sie und machte plötzlich den Eindruck, als hätte sie eine Peitsche genommen, um einen anhänglichen Hund für irgendeine Unartigkeit zu bestrafen.

Für einen Augenblick trat ein diamantenes Glitzern in Paul Prys Augen, aber er betrachtete sie nach wie vor voller Anerkennung.

»Der Mann, der bei mir war«, sagte sie langsam, »war mein Bruder.«

Paul Pry nickte bestätigend.

»Das habe ich mir gedacht«, erklärte er tonlos.

Die junge Frau warf ihm einen fragenden Blick zu. Paul Prys Gesicht war jedoch eine undurchdringliche Maske.

»Ja«, ergänzte sie, »mein einziger Bruder.«

»Was wollten die von ihm?«

»Wer weiß? Sie haben an dem Abend schon mal versucht, ihn zu entführen; dabei haben sie ihm die Nase eingeschlagen. Dort, wo wir angehalten haben, wohnt ein Arzt, ein Freund von uns. Sie haben sich offenbar ausgerechnet, daß wir dorthin fahren würden, um ihn verarzten zu lassen, sind uns zuvorgekommen und haben in der Dunkelheit gewartet, bis wir auftauchten.

Ich hatte so eine Ahnung, daß es dort Ärger geben könnte, deswegen bin ich ausgestiegen und habe die Lage gepeilt. Ich vermute, Sie haben bemerkt, wie ich mich kurz umgesehen habe.«

Paul nickte.

»Und was werden sie jetzt mit ihm machen? Ihn auf eine Spazierfahrt mitnehmen?«

Bei diesen Worten zuckte sie zusammen. Ohne die Frage zu beantworten, nahm sie ihre Füße vom Stuhl, stand auf und ging Richtung Küche.

»Ich hole mir noch einen Drink.«

»Für mich keinen mehr«, sagte Paul Pry.

Niedergeschlagen starrte sie ihn an und betrachtete seine Hand, die die brennende Zigarette hielt, von der spiralförmig Rauchschwaden aufstiegen, eine Hand, die nicht zitterte.

»Nerven haben Sie, das steht fest!« erklärte sie, und in ihrer Stimme schwang aufrichtige Bewunderung mit. »Ich wünschte«, fuhr sie fort, »Sie wären kein . . .«

»Was?« fragte Paul Pry.

». . . völlig Fremder«, vollendete sie den Satz.

»Oh, na ja, von einer dauerhaften Beziehung kann keine Rede sein«, bemerkte er.

Trübsinnig nickte sie.

»Ich habe eine Idee«, erklärte sie, blieb stehen und musterte ihn mit geschürzten Lippen und nachdenklichen Augen. »Haben Sie die Gesichter dieser Männer gesehen?«

Paul Pry sah keinen besonderen Grund, warum er ehrlich sein sollte.

»Nein«, erwiderte er. »Als völlig Fremder sage ich einer völlig Fremden, daß ich die Gesichter nicht gesehen habe. Ich war zu aufgeregt.«

Sie lachte ein rauhes, verbittertes Lachen.

»Sie kennen sich aus!« sagte sie. Und dann, als Nachsatz: »Hoffen wir, daß Ihnen nichts passiert.« Und ging in die Küche, um sich noch einen Drink zu mixen.

III

Das Summen einer elektrischen Türglocke ertönte. Mit schnellen Schritten kam die junge Frau aus der Küche. Die Farbe ihrer Haut paßte zu der des Pelzmantels. Ihre rechte Hand war wieder in den Falten des Mantels verborgen.

»Haben Sie eine Kanone?« fragte sie Paul Pry so beiläufig, wie sie ihn vorhin um Feuer gebeten hatte. Aber ihre Stimme verriet, daß sie unter einer enormen Anspannung stand.

»Ich könnte eine auftreiben, wenn es sein muß«, meinte Paul Pry.

»Vielleicht muß es sein«, erwiderte sie, ging zur Tür und öffnete sie.

»Ich nehm's, wie's kommt, egal, was es ist«, erklärte sie, noch ehe sie gesehen hatte, was sie im Korridor erwartete.

Ein Junge tauchte auf. Er trug die Uniform eines Kurierdienstes und streckte ihr einen adressierten Umschlag entgegen.

»Miss Lola Beeker?« fragte er.

Die junge Frau streckte ihre linke Hand aus.

»Erraten, Kleiner.«

Mit seinen Augen verschlang er die schöne Gestalt vor sich; er starrte sie mit der atemlosen Ehrfurcht an, die unreife Jungen schönen Frauen entgegenbringen, wenn sie allmählich ein Gespür für Gesichter und Formen entwikkeln und die Erfahrung sie noch nicht gelehrt hat, daß ein schönes Gesicht schließlich und endlich nichts weiter ist als eben dies: ein schönes Gesicht.

»Mann!« stieß er hervor und reichte ihr den Umschlag, die weit aufgerissenen Augen immer noch auf ihr Gesicht gerichtet. »Sie brauchen mir kein Trinkgeld zu geben, Lady. Ist mir 'ne Freude!«

Sie ignorierte die atemlose Bewunderung ihrer Schönheit mit einer Gleichgültigkeit, die verriet, daß sie solche Huldigungen als Selbstverständlichkeit hinnahm, und belohnte den Jungen mit einem Lächeln und einem Tätscheln der Hand. Paul Pry fiel auf, wie mechanisch ihr Lächeln, wie beiläufig das Tätscheln waren. Dem Jungen nicht.

Er stand immer noch mit großen Augen da, als sie leise die Tür ins Schloß drückte und mit zitternden Fingern den Umschlag aufriß.

Sie zog ein zusammengefaltetes Stück Papier heraus und las die maschinenschriftliche Nachricht. Ihre Augen nahmen einen harten Glanz an, und sie atmete schwer; ihre Brust hob und senkte sich.

Sie faltete den Zettel zusammen und steckte ihn wieder in den Umschlag, sah Paul Pry an, ohne ihn wahrzunehmen, und ging ins Schlafzimmer.

Kurz darauf hörte Paul Pry ihre Stimme.

»Ich zieh mir etwas Bequemeres an. Gehen Sie doch bitte an die Tür; der Junge wartet auf eine Antwort. Sagen Sie ihm, die Lady sagt ja.«

Paul Pry ging zur Tür. Diesmal öffnete er sie mit der linken Hand; seine rechte spielte an den Aufschlägen seines Mantels herum.

Wie die Lady ganz richtig gemerkt hatte: er war ein völlig Fremder.

Der uniformierte Junge stand noch genauso da wie vorhin, als die Tür sich vor ihm geschlossen hatte. Seine Augen verrieten schmerzliche Enttäuschung, als er Paul Pry erblickte.

»Die Lady«, erklärte Paul Pry, »sagt ja.«

Der Junge nickte, blieb stehen und starrte ihn nach wie vor unverwandt an.

»Oh, Mister«, platzte er heraus. »Sie sind doch nicht etwa ihr Mann, oder?«

»Nein«, beruhigte Paul Pry ihn, »ich bin ein völlig Fremder, und in ein, zwei Minuten bin ich wieder weg.«

Der Junge grinste.

»Gute Nacht, Mister.«

»Gute Nacht«, entgegnete Paul Pry, schloß die Tür und schob sorgsam den Riegel vor.

In ein duftiges Negligée gehüllt, trat die Frau aus dem Schlafzimmer.

»So ist es schon etwas bequemer«, erklärte sie.

»Sieht großartig aus«, meinte Paul Pry.

»Haben Sie es dem Jungen ausgerichtet?«

»Ja.«

Sie nickte.

»Das war doch alles, oder?« fragte Paul Pry. »Nur: die Lady sagt ja?«

Sie starrte vor sich hin.

»Ist das nicht genug?«

Paul Pry wandte sich seinem Glas zu.

»Wenn ich mir's recht überlege«, bemerkte er nebenbei, »nehme ich, glaube ich, doch noch einen Drink. Soll ich Ihnen auch einen eingießen?«

Damit ging er Richtung Küche und nahm im Gehen die beiden Gläser mit.

»Nein!« fuhr sie ihn an. Ihr starrer Blick war verschwunden, und ihre Augen waren jetzt genauso kalt beobachtend wie die von Paul Pry.

Paul Pry mixte sich einen Drink, wohlweislich darauf bedacht, mehr Sodawasser zu nehmen als Gin, und ging wieder in das Zimmer. Das Eis in seinem Glas klirrte.

Die Frau hatte es sich auf dem Sofa bequem gemacht. Der Ärmel ihres Negligées war nach hinten gerutscht und gab ihren bloßen Arm frei. In der Hand hielt sie eine lange Zigarettenspitze aus Jade und Elfenbein. Sie starrte Paul Pry an.

»Die Nachricht war von meiner verwitweten Schwester«, erklärte sie. »Ihr Kleiner ist krank geworden, und sie hat mich gebeten, zu ihr rauszufahren und heute nacht bei ihr zu bleiben. Ich hasse den Gedanken, ein krankes Kind pflegen zu müssen.«

»Und ihr von dem Bruder zu erzählen, den man auf eine Spazierfahrt mitgenommen hat?« fragte er.

»Davon werde ich ihr nichts sagen«, entgegnete die Gestalt auf dem Sofa heftig.

»Verstehe«, murmelte er unverbindlich.

»Natürlich«, brauste sie auf.

Paul Pry warf ihr einen flüchtigen Blick zu. Ihr Gesicht, stolz wie das einer Tigerin, wurde weich, und sie lächelte einladend.

»Ich möchte mich jedoch bei Ihnen dafür bedanken, daß Sie mir das Leben gerettet haben – angemessen bedanken, sobald sich eine Gelegenheit dazu ergibt. Wann kann ich Sie sehen?«

»Jederzeit.«

»Na schön. Ich habe eine Minute Zeit gehabt, mich zu entspannen, das ist genug. Ich packe jetzt meinen Koffer und mache mich auf den Weg. Ich sag Ihnen was – haben Sie Freunde in der Stadt?«

Ihre Stimme klang besorgt.

»Keinen einzigen«, erklärte Paul Pry, nachdem er genau den richtigen Bruchteil einer Sekunde gezögert hatte.

Für einen Augenblick spielte ein Lächeln um ihre Lippen.

»Oh, ich verstehe schon«, sagte sie, »Sie brauchen mir nichts zu erklären. Hören Sie, vielleicht könnten Sie noch etwas für mich tun. Gehen Sie ins Hotel Billington und tragen Sie sich unter dem Namen George Inman ein, ja? Sie brauchen nicht dort zu wohnen – nehmen Sie sich nur ein Zimmer, so daß Sie gemeldet sind und Post empfangen können. Wenn Sie das machen, werde ich Ihnen eine

Nachricht zukommen lassen, sobald es dem Kleinen besser geht.«

»Geht in Ordnung«, erwiderte Paul Pry, und seine Miene hellte sich auf. »Das ist eine prima Idee. George Inman, hm?«

»George Inman«, wiederholte sie.

Die Frau streifte plötzlich ihr Negligée ab; der Anblick war einigermaßen atemberaubend.

»Und jetzt raus hier, damit ich mich umziehen kann. Ich werde Ihnen ein Briefchen schreiben.«

Paul Pry leerte sein Glas und langte nach dem Türknauf.

»Bis später dann«, fügte sie hinzu.

»Adieu«, sagte Paul Pry in der Art eines Mannes, der regelrecht hypnotisiert ist.

»Cheerio«, gurrte sie, als er die Tür hinter sich ins Schloß zog.

Kaum stand Paul Pry auf dem Korridor, als er wie verwandelt war und sich vorsichtig umsah. Er ging nicht zu der Hintertreppe, über die sie gekommen waren, sondern zur Vorderseite des Gebäudes, fand einen Lift, stieg ein, drückte auf den Knopf für das Erdgeschoß und gelangte schließlich in die Halle. An der Rezeption vorbei, wo ein farbiger Junge in einer protzigen Uniform die Telephonvermittlung bediente, durchquerte er das Foyer und trat auf die hellerleuchtete Straße.

Er ging ein Stück weiter, kehrte wieder um und sah sich die Namen auf den Briefkästen an.

Der Name der Frau war der gleiche wie der, der auf dem Umschlag gestanden hatte: Lola Beeker.

Paul Pry hielt ein Taxi an.

Die Straße, die er dem Fahrer nannte, war einen halben Block von der Stelle entfernt, wo er gestanden hatte, als die Frau, eine Vision in Weiß, aus dem Wagen gestiegen war.

Er stieg aus, bezahlte und knickte um, als er sich zum Gehsteig umdrehte. Er versuchte, wieder hochzukommen, sank jedoch mit einem Stöhnen zurück. Der Taxifahrer sprang aus dem Auto und kam besorgt auf ihn zu.

»Was ist denn passiert, Meister?«

»Ich weiß auch nicht«, erwiderte Paul Pry. »Irgendwas ist mit meinem Bein nicht in Ordnung, vielleicht ist ein Nerv eingeklemmt oder so. Ich kann es nicht mehr bewegen.«

Der Taxifahrer richtete sich auf und schaute die Straße hinauf und hinunter.

»Da drüben wohnt ein Arzt, zwanzig Meter weiter. Glauben Sie, daß Sie das schaffen?«

Stöhnend nickte Paul Pry.

»Ich werd's versuchen«, ächzte er.

Ein Passant, der auf die am Boden liegende Gestalt aufmerksam geworden war, kam vorsichtig näher. Der Taxifahrer erklärte ihm, was passiert war. Sie halfen Paul Pry beim Aufstehen, nahmen ihn in die Mitte und schleppten ihn zu dem Haus, wo ein Schild verkündete, daß Dr. Philip Manwright jeden Tag außer an Sonntagen nachmittags von zwei bis fünf Uhr Sprechstunde hatte.

Der Taxifahrer drückte auf die Klingel.

Nach zwei oder drei Versuchen hörte man im Haus Schritte durch einen Korridor schlurfen und sich der Haustür nähern. Ein Licht ging an, und ein Mann im Bademantel, mit zerzausten Haaren und vom Schlaf leicht verquollenen Augen, starrte sie mißmutig an.

»Sind Sie der Doktor?« fragte der Taxifahrer.

Der Mann nickte.

»Der Herr da is' gestolpert und hat sich 'n Fuß verstaucht oder so was, direkt vor Ihr'm Haus«, erklärte der Fahrer.

»Kommen Sie rein«, forderte Doktor Manwright sie auf.

Sie gingen durch den Korridor in ein Untersuchungszimmer, in dessen Mitte unter einer von der Decke baumelnden Glühbirne ein Operationstisch stand.

»Legen Sie ihn hierhin«, forderte der Doktor die beiden anderen auf.

Sie betteten Paul Pry auf den Tisch.

»Welches Bein?« fragte der Arzt.

»Das rechte.«

Der Arzt tastete das Bein ab.

»Irgendwie war da was, und plötzlich hatte ich kein Gefühl mehr in dem Bein. Und jetzt kribbelt es ganz fürchterlich«, erkärte Paul Pry.

Der Arzt runzelte die Stirn und winkelte das Bein ab.

»Hm.«

Der Taxifahrer strahlte Paul Pry an.

»Na ja, ich zieh jetzt mal Leine«, meinte er.

»Wäre wohl besser, wenn Sie Ihr Taxi herholen und draußen warten«, schlug Paul Pry vor.

»Okay, Meister.«

Die beiden Männer stolperten etwas verlegen aus dem Raum. Der Arzt zog den Bademantel enger um sich und musterte Paul Pry nachdenklich.

»Irgendwie ein merkwürdiges Gefühl in der Herzgegend?« wollte er wissen.

»Nichts«, erwiderte Paul Pry.

»Irgendein plötzlicher Schmerz direkt über dem Bein, als es eingeknickt ist?«

»Nichts.«

»Nervös?«

»Sehr. Ich kann nicht schlafen. Ich habe alle möglichen merkwürdigen Symptome.«

Erneut betastete der Arzt das Bein.

»Ich zieh mir rasch was über«, verkündete er, »dann untersuche ich Sie.«

»Tut mir leid, daß ich Sie behellige«, entschuldigte sich

Paul Pry. »Ich fühle mich schon viel besser. Allmählich scheint die Durchblutung wieder zu funktionieren.«

»Irgendwelche Schmerzen?«

»Nur das Prickeln.«

Der Arzt ging zu einem Schrank, holte eine Flasche heraus, träufelte ein wenig Flüssigkeit in ein Glas Wasser.

»Trinken Sie das«, forderte er Paul Pry auf. »Ich ziehe mir etwas an und komme gleich wieder. Wird keine drei Minuten dauern.«

»Okay«, meinte Paul Pry und nippte an der Flüssigkeit.

Der Arzt verließ den Raum.

Paul Pry stand auf und schüttete die Mixtur in den Ausguß. Mit leisen Schritten ging er geschwind in das Büro neben dem Untersuchungszimmer und warf einen prüfenden Blick auf den Schreibtisch, das Bücherregal und die Patientenkartei.

Dann blätterte er die Kartei durch. Im Licht der Glühbirne konnte er die einzelnen Buchstabenmarkierungen erkennen. Er schlug unter »B« nach und zog eine Karte mit dem Namen »Beeker, Lola« heraus.

Anschließend blätterte er in dem Terminkalender auf dem Schreibtisch und sah unter dem aktuellen Datum nach. Anscheinend hatte Dr. Manwright zwischen elf und zwölf einen Mann behandelt, der seinen Namen mit Frank Jamison angegeben hatte.

Paul Pry wandte sich wieder zu der Kartei und zog die Karte von Frank Jamison heraus. Dann ging er in das Untersuchungszimmer zurück, streckte sich auf dem Operationstisch aus, schloß seine Augen und atmete gleichmäßig.

Kurz darauf kam der Arzt zurück; er gab sich sehr professionell. Die Wirtschaftskrise hatte den Ärztestand empfindlich getroffen, und Paul Pry war sicher, daß der

Arzt ihn lange genug untersuchen würde, um ihm eine stattliche Rechnung für eine nächtliche Behandlung stellen zu können.

Er sollte recht behalten. Zwanzig Minuten lang untersuchte der Arzt ihn. Als er fertig war, sah er seinen Patienten verunsichert und etwas argwöhnisch an.

»Wäre besser, wenn Sie morgen nachmittag noch mal vorbeischauen. Wie ist Ihr Name?«

»George Inman.«

»Wo wohnen Sie?«

»Im Hotel Billington.«

»Alter?«

»Sechsundzwanzig.«

»Hatten Sie irgendwelche Probleme mit dem Herzen, Schwindelanfälle, Rheuma?«

Paul Pry nickte trübsinnig.

»Mir ist gelegentlich schwindlig«, bestätigte er, »und in der rechten Schulter hatte ich mal Rheuma.«

Der Arzt unterdrückte ein Gähnen.

Aus einer Schublade nahm er eine Karte, füllte sie aus, gähnte erneut.

»Kommen Sie morgen nachmittag irgendwann zwischen vierzehn und sechzehn Uhr. Das Honorar für diese Behandlung beträgt – zwanzig Dollar.«

Paul Pry zog seine Brieftasche heraus, entnahm ihr einige Geldscheine, suchte nach einem Zwanziger. Der Arzt warf einen flüchtigen Blick auf die Hunderter und einen Schein, auf dem eine noch höhere Zahl zu stehen schien. Schlagartig hörte er auf zu gähnen.

»Vielleicht schicke ich Sie zur Beobachtung ins Krankenhaus«, erklärte er. »Ein komplizierter Fall.«

»Doch nichts Ernstes?« fragte Paul Pry.

»Kann ich nicht sagen – noch nicht.«

Paul Pry versuchte aufzutreten.

»Spüren Sie ihn?«

»Ja, ein bißchen taub, aber er ist in Ordnung. Zumindest kann ich gehen.«

»Lassen Sie sich in Ihr Hotel bringen und legen Sie sich hin«, riet ihm Dr. Manwright.

Paul Pry humpelte zur Tür, wo der Taxifahrer ihn erwartete, um ihm in den Wagen zu helfen.

»Hotel Billington«, wies Paul Pry ihn an.

»Okay«, sagte der Fahrer.

Der Arzt verbeugte sich leicht, wünschte einen guten Morgen und schloß die Tür. Paul Pry humpelte zum Taxi.

IV

Im Hotel Billington trug Paul Pry sich als George Inman ein, und man wies ihm ein Zimmer zu.

»Für Sie war ein Anruf da«, teilte ihm der Empfangschef mit. »Der Anrufer schien großen Wert darauf zu legen, daß Sie zurückrufen, sobald Sie hier eintreffen.«

Er gab Paul Pry einen Zettel mit einer Nummer.

»Okay«, bedankte sich Paul Pry.

Er ging auf sein Zimmer, gab dem Pagen ein Trinkgeld, steckte den Schlüssel in seine Tasche und ging wieder in die Halle hinunter.

»Haben Sie die Nummer angerufen?« fragte der Empfangschef.

»Hab ich«, bestätigte Paul Pry.

Der Empfangschef nickte, ließ das Schloß an dem Safe zuschnappen und gähnte.

Auf der Straße hielt Paul Pry ein Taxi an. Die Adresse, die er nannte, befand sich in der Gegend, wo die junge Frau mit ihm in die private Einfahrt und die geheimnisvolle Garage auf der Rückseite eines Apartmenthauses mit so ungewöhnlichem Grundriß gefahren war.

Paul Pry trug dem Taxifahrer auf zu warten, ging um den Block herum, kletterte über einen Zaun und stand schließlich in dem asphaltierten Innenhof auf der Rückseite des Apartmenthauses. Er öffnete die Hintertür und stieg die mit Teppich ausgelegte Treppe hinauf.

Vor der Tür zu der Wohnung der jungen Frau blieb er stehen und klingelte der Form halber. Wie erwartet, kam keine Reaktion, kein Lebenszeichen von drinnen.

Paul Pry zog ein flaches Lederetui aus der Tasche, in dem sich etwa zwei Dutzend Schlüssel befanden, die er wegen ihrer Brauchbarkeit für alles mögliche ausgewählt hatte. Der dritte Schlüssel sperrte. Er öffnete die Tür, schaltete kühn das Licht an und trat ein.

Er verschloß die Tür und legte den Riegel vor. Dann zündete er sich eine Zigarette an, summte ein Liedchen vor sich hin und ging ins Schlafzimmer.

Die junge Frau hatte ihr Abendkleid nachlässig zusammengeknüllt und auf das Bett geworfen. Offenbar hatte sie normale, unauffällige Straßenkleidung angezogen. Der weiße Pelzmantel hing im Schrank.

Paul Pry warf einen Blick auf die Platte der Kommode, runzelte die Stirn, durchsuchte die Schubladen, hielt kurz inne, um zu überlegen, ging dann zum Schrank und fuhr mit der Hand in die Tasche des Pelzmantels. Ein zufriedenes Lächeln breitete sich auf seinem Gesicht aus, als seine tastenden Finger sich um einen zusammengefalteten Zettel schlossen. Er zog ihn heraus.

Es war die mit Schreibmaschine geschriebene Nachricht, die der jungen Frau von dem Botenjungen überbracht worden war.

Paul Pry las sie.

> Okay, Lola, wir haben Bill Sacanoni. Wir nehmen ihn auf eine Spazierfahrt mit, wenn wir nicht kriegen, was wir wollen, und zwar schnell kriegen. Er-

stens wollen wir zehn Riesen, in einer Tasche, die du zu dem Haus bringst, das wir dir genannt haben. Zweitens wollen wir George Inman. Du hast dich lange genug für ihn eingesetzt und ihn gedeckt. Wir wissen alles über ihn. Du hast bis Tagesanbruch Zeit. Dann wird Bill erledigt. Daß du die Kohle beschaffen kannst, ist uns klar, aber wegen Inman, da wollen wir sichergehen.

Eine Unterschrift fehlte.

Paul Pry steckte den Zettel in seine Tasche, blieb auf halbem Weg zur Tür stehen, kehrte um und schob ihn wieder in die Tasche des Pelzmantels. Er schaltete das Licht aus, öffnete die Tür und schlüpfte auf den Korridor hinaus.

Er ging zu dem Taxi und wies den Fahrer an, ihn zu einer bestimmten Straßenecke im Geschäftsviertel zu bringen. Sie befand sich in der Nähe des Blocks, in dem Paul Pry eine Geheimwohnung hatte, ein Apartment, wo er einigermaßen sicher war, wenn er sich zwischen zwei Coups ausruhte und seine Pläne schmiedete.

Er stieg aus dem Taxi, vergewisserte sich, daß niemand ihm folgte, und ging in seine Wohnung. Mugs Magoo blinzelte ihn aus glasigen Augen an.

»Sind Sie immer noch da?«

»Natürlich. Wo hast du denn gemeint, daß ich hingehe?«

»Zu einer Verabredung mit dem Leichenbuddler.«

»Noch nicht.«

Mugs Magoo brummelte und langte nach der Whiskeyflasche, die neben ihm stand.

»Noch nicht, aber bald.«

Paul Pry ignorierte diesen Kommentar, nahm Hut und Mantel ab, setzte sich und zündete sich eine Zigarette an.

»Warum hast du mir das Zeichen für Gefahr gegeben, Mugs?«

»Weil dort überall Typen mit Kanonen rumgelungert haben. Ich hab sie von der anderen Straßenseite aus gesehen, im Schatten hinter Ihnen. Die haben nicht auf Sie gewartet, sonst wären Sie schon hinüber gewesen, noch ehe Sie das Signal gesehen hätten. Aber ich hab mir ausgerechnet, daß ein paar Kugeln durch die Gegend schwirren würden, und ein unbeteiligter Zuschauer gibt immer die beste Zielscheibe ab. Andererseits ist es, vom Standpunkt einer Lebensversicherung aus betrachtet, nicht gerade gesund, wenn man Zeuge einer Schießerei zwischen Banden wird.«

Paul Pry nickte. Als er dann sprach, klang seine Stimme fast träumerisch.

»Das Mädchen, Mugs?«

»Das war Lola Beeker. Sie ist mit einer großen Nummer liiert, Bill Sacanoni. Der war es auch, glaube ich, der aus dem Auto gekrochen und zusammengeschlagen worden ist.«

Paul Pry nickte erneut.

»Warum haben sie ihre Kanonen nicht benutzt, Mugs?«

»Die wollten einerseits keine Bullen dabei haben, andererseits wollten sie Bill mitnehmen. Den brauchen sie noch für irgendwas. Mit den Kanonen wollten sie nur die Straße freihalten. Gleich nachdem Sie durchgeschlüpft waren, haben sie die Fußgänger aufgehalten. In dem Block wohnt ein Doktor, der Gangster verarztet, und ich schätze, dem seine Wohnung hatten sie entdeckt.«

Paul Pry griff in seine Innentasche und zog die Karten heraus, die er aus dem Aktenschrank des Gangsterdoktors genommen hatte.

Er sah sich die Karte von Lola Beeker an.

Darauf waren Name, Alter und Adresse vermerkt, gefolgt von einer Aufzählung der Symptome, die alle etwas mit geringfügigen nervösen Beschwerden zu tun hatten. Außerdem stand auf der Karte, daß Bill Sacanoni, dessen Adresse ebenfalls notiert war, die Rechnung bezahlen würde.

Als nächstes las Paul Pry die Karte des Mannes, der sich an dem Abend zwischen elf und zwölf Uhr einer Behandlung unterzogen hatte.

Sein Name war Frank Jamison. Als Adresse war ein Apartmenthotel in einem Außenbezirk angegeben. Auf der Karte waren verschiedene Therapien aufgelistet: einmal wegen Alkoholismus, dann hatte der Arzt Schußwunden versorgt; das letzte Mal hatte Frank Jamison den Arzt wegen einer Stichverletzung in der Schulter aufgesucht.

Paul Pry nickte.

Vermutlich handelte es sich um den Mann, der mit dem Totschläger auf die junge Frau losgegangen war, um den Mann, der die Klinge von Paul Prys Stockdegen zu spüren bekommen hatte.

»Wer ist Frank Jamison, Mugs?«

Kritisch beäugte Mugs Magoo sein leeres Whiskeyglas, langte nach der Flasche und zog seine Augenbrauen zusammen.

»Mit dem Namen kann ich nichts anfangen. Vielleicht ein Deckname. Wissen Sie, wie er aussieht?«

»Eins dreiundsiebzig, ungefähr siebenundsiebzig Kilo. Hat ein merkwürdig spitzes Kinn, wie der Bug eines Schlachtschiffes ...«

Mugs Magoo fiel ihm ins Wort. »Das genügt«, erklärte er, »und jetzt erinnere ich mich auch, daß er schon mal den Namen Jamison angenommen hat. Das ist sein zweiter Vorname. Frank Jamison Kling heißt er, eine große Nummer. Man sagt, seine Spezialität sind Lösegelderpressungen.«

»Ist es wahrscheinlich, daß er der Kopf einer Bande ist?« wollte Paul Pry wissen.

»Bestimmt. Wenn er in der Rauferei bei dem Auto mitgemischt hat, dann hat er das Ganze inszeniert.«

»Und ist es wahrscheinlich, daß er derjenige ist, der das Geld kriegt, wenn die Sache vorbei ist?«

»Natürlich«, brummte Mugs.

»Und was ist mit George Inman?« fuhr Paul Pry fort.

Mugs Magoo ließ das Whiskeyglas sinken. Seine glasigen Augen, die normalerweise völlig ausdruckslos waren, verrieten Überraschung.

»Mann«, sagte er, »erzählen Sie mir nicht, daß Sie dem Typ auf der Nase rumtanzen wollen!«

»Wieso?« fragte Paul Pry.

Mugs Magoo stieß einen tiefen Seufzer aus.

»Ich muß es Ihnen einfach mal sagen. Sie haben eine ganz besondere Begabung, immer in Untiefen zu geraten, wenn Sie eigentlich nur ein bißchen am Ufer entlangwaten wollen. Mit normalen Gefahren geben Sie sich gar nicht erst ab. Wenn Sie in Schwierigkeiten stecken, dann immer gleich bis zum Hals.

Also, dieser Inman – na ja, über dieses Goldstück wird einiges geredet. Er gehört zur Creme der Unterwelt und liebt es, die Leute gegeneinander auszuspielen. Natürlich ist George Inman nichts weiter als ein Name, der Name, den dieses große Tier annimmt, wenn er ein schnelles Ding dreht.

Er arbeitet die ganze Zeit getarnt, und keiner wird so richtig schlau aus ihm. Sie kennen seinen Namen, aber das ist auch schon alles. Auf jeden Fall steht fest, daß er einer der Größten in der Stadt ist, weil sie eine gewisse Vorstellung davon haben, was Inman alles weiß.

Fünfzehn oder zwanzig von den großen Tieren würden eine Menge hinblättern, um zu erfahren, wer Inman wirklich ist. Wenn sie es wüßten, könnte er sich nicht lange halten. Und wenn Sie sich mit jemandem einlassen, der den Namen Inman benutzt, dann wär's am besten, wenn Sie mir gleich das Geld geben, um für einen schwarzen Anzug Maß nehmen zu lassen; könnte sein, daß ich ihn schneller brauche, als der Schneider ihn nähen kann.«

Paul Pry stand auf und ging zu dem Schrank, in dem er seine Trommelsammlung aufbewahrte.

Er nahm eine buddhistische Tempeltrommel heraus, die wie eine riesige Bronzeschale aussah. Das Fell dieser Trommel wurde nur gerieben, nicht geschlagen wie bei anderen.

Paul Pry nahm einen mit Leder bezogenen Schlägel und begann, langsam um den Trommelrand zu reiben. Als seine Bewegungen allmählich schneller wurden, war ein gedämpfter, monotoner Klang zu hören, der die ganze Wohnung erfüllte, aber von keiner bestimmten Stelle herzukommen schien.

»Das macht mich verrückt«, erklärte Mugs Magoo.

Paul Pry sagte nichts, bis der letzte Ton verklungen war. Dann seufzte er und sah zu Mugs Magoo auf.

»Der Alkohol, Mugs, hat deine Ohren ihres Gefühls für Schwingungen beraubt.«

»Wenn er mich nur gleich taub gemacht hätte, zumindest was dieses Trommeln angeht, damit ich's nicht hören muß, dann wär ich besser bedient.«

Träumerisch ließ Paul Pry seinen Blick auf der Trommel ruhen.

»Es besänftigt die Seele, Mugs. Deshalb dient es in den Tempeln, in denen man Religion als philosophische Meditationsübung betrachtet, als Vorbereitung auf das Gebet. Der Buddhismus, Mugs, ist eine wunderbare Philosophie, und das Trommeln erfüllt meinen Geist mit innerer Ruhe, ein notwendiges Gegengewicht zu angespannter Konzentration.«

Mugs schenkte sich Whiskey nach.

»Yeah«, meinte er, »kann ja sein, daß es eine großartige Philosophie ist. Aber das Problem bei den Buddhisten ist, daß sie keine Hosen anziehen.«

Paul Pry grinste.

»Das hat damit nichts zu tun, Mugs.«

»Und ob, zum Teufel noch mal«, brauste Mugs auf, »Sie werden noch zum Helden, wenn Sie Ihren Grips mit dieser Trommelei in die richtige Stimmung bringen. Eines Tages werden Sie eine von denen ihren Hukas rauchen und Ihre Hosen wegschmeißen. Ich laß Ihnen jetzt Ihren Willen, weil wenn Sie an Lungenentzündung sterben würden, dann würde ich Ihnen auch Ihren letzten Wunsch erfüllen. Sie sind nämlich schon so gut wie tot. Und wenn Sie einem Kerl auf der Nase rumtanzen, der sich den Namen George Inman zugelegt hat, dann ist das genau das gleiche, als wenn Sie schon auf der Bahre im Leichenschauhaus liegen würden.«

Paul Pry legte den Schlägel hin.

»Ich bin froh, daß du diesen Inman noch mal erwähnt hast, Mugs. Das erinnert mich daran, daß ich noch jemanden anrufen muß – beinahe hätte ich's vergessen.«

Er ging quer durch den Raum zum Telephon und wählte die Nummer, die der Empfangschef im Hotel Billington ihm gegeben hatte.

»Hallo«, sagte er, als am anderen Ende der Leitung eine weibliche Stimme zu hören war, »hier ist George Inman, im Hotel Billington. Hat mich jemand angerufen?«

Am anderen Ende des Zimmers schnappte jemand verdutzt nach Luft, dann war ein erstickter Ausruf des Erstaunens zu hören, begleitet vom würgenden Husten eines Mannes, der nahe am Ersticken ist.

Die Frau, die den Hörer abgenommen hatte, antwortete hastig.

»Wo bist du, George, mein Lieber? Auf deinem Zimmer?«

Es war die Stimme der Frau, die den weißen Pelzmantel getragen hatte.

»Ja«, erwiderte Paul Pry.

»Augenblick, George, ein Freund von mir möchte mit dir reden. Er will dir etwas Wichtiges sagen.«

Durch das Telephon war ein raschelndes Geräusch zu hören, dann die Stimme eines Mannes.

»Yeah, hallo«, meldete er sich barsch.

»Ja?« sagte Paul Pry.

»Also, hören Sie«, erklärte der Mann hastig. »Ich bin ein Freund von Lola. Haben Sie ihre Stimme am Telephon erkannt?«

»Ja, natürlich«, antwortete Paul Pry, »aber ich fürchte, mit ihren Freunden will ich nicht verhandeln. Die Sache geht nur sie und mich etwas an.«

»Yeah, sicher«, räumte der Mann ein. »Aber sie schafft das nicht alleine. Sie wollte, daß ich Sie anrufe, um Ihnen zu erklären, was passiert ist.

Sie steckt in der Klemme, und sie muß Sie auf der Stelle sprechen. Also, Sie warten auf Ihrem Zimmer. Verschließen Sie die Tür. Öffnen Sie niemandem, bis sie kommt. Gehen Sie nicht mal ans Telephon. Kapiert? Wir kommen so schnell wie möglich rüber, aber wir wollen sichergehen, daß uns niemand folgt, verstehen Sie? Also, Sie und Lola können genauso vorgehen, wie Sie es geplant haben, Sie brauchen nur zu warten, bis sie kommt. Ich geb sie Ihnen noch mal.«

Der Mann legte den Hörer hin. Gleich darauf drang die Stimme der jungen Frau, die den weißen Pelzmantel getragen hatte, an Paul Prys Ohr.

»Es ist alles in Ordnung, George. Ich erklär dir's, wenn wir da sind. Bleib du einfach auf deinem Zimmer. Öffne niemandem, bis du jemand zweimal klopfen hörst, dann eine Pause, dann dreimal Klopfen, dann noch mal eine Pause, und dann ein Klopfen.

Das bin ich. Der Mann, der mit mir kommt, ist okay.«

»In Ordnung«, sagte Paul Pry gedehnt. »Wenn du sagst, daß es okay ist, dann schätze ich, ist es das auch.«

»Also gut«, ertönte die Stimme der Frau, »du wartest dort, bis wir kommen.«

Paul Pry legte auf, drehte sich um und sah sich Mugs Magoos rot angelaufenem Gesicht gegenüber.

»O mein Gott!« ächzte Mugs. »Ich hab gedacht, Sie hätten schon alle verdammten Dummheiten durchprobiert, die ein Mensch überhaupt machen kann – aber sich als George Inman auszugeben! Das schlägt dem Faß den Boden aus! Und als Sie diesen Unfug verzapft haben, da hab ich meinen Whiskey in die falsche Kehle gekippt, und alles, was einen Kerl dazu bringt, so etwas mit einem wirklich guten Whiskey zu machen, kann man nur als Katastrophe bezeichnen.

Machen Sie ruhig weiter mit diesem Quatsch, solange Sie noch Gelegenheit dazu haben, denn wenn Sie erst mal der Länge nach ausgestreckt auf der Bahre liegen und der Leichenbeschauer den Doktor anglotzt, der ihm erklärt, welchen Weg die Kugeln durch Ihren Körper genommen haben, werden Sie nicht mehr allzuviel vom Leben haben. Nur weiter so, mein Freund, aber geben Sie mir noch mal die Hand, ehe Sie wieder abhauen. Es behagt mir gar nicht, daß Sie gehen, aber Sie können es genausogut zu einem Ende bringen, damit endlich die Luft raus ist.«

Paul Pry grinste.

»Mugs«, erklärte er feierlich. »Ich hab so eine Ahnung, daß ich in Kürze mit ein paar abgebrühten Gangstern zusammentreffe. Das heißt, sie glauben, daß sie abgebrüht sind, Mugs. Für mich sind sie aber nichts weiter als nette kleine Hühnchen, die goldene Eier legen.«

Mugs Magoo ignorierte das Glas und entschied sich für

ein direkteres Vorgehen. Als er die Flasche wieder vom Mund nahm, murmelte er: »Und hinter dem Ganzen steckt eine Frau. Das ist sonnenklar.«

Paul Pry nickte. Er zog seinen Mantel an und wog prüfend den Stockdegen in seiner Hand. »Auch in diesem Punkt hast du recht, Mugs. Es steckt eine Frau dahinter, Mugs, eine Lady, die ja sagt.«

Feierlich streckte Mugs Magoo ihm seine Hand entgegen.

»Sie waren ein guter Kumpel«, erklärte er, »solange Sie am Leben waren.«

V

Über den Straßen der Stadt lag jene trübselige Trostlosigkeit, die sich ein paar Stunden vor Tagesanbruch einschleicht. Sie waren nahezu menschenleer, und Paul Pry, darauf bedacht, daß niemand ihm folgte, ging hastig drei Blocks weit, ehe er in die Hauptstraße einbog, wo er mit Sicherheit selbst um diese Tageszeit ein Taxi finden würde.

Er bemühte sich gar nicht erst, unauffällig zu bleiben. Um seine Taille hatte er einen dünnen Strick geschlungen; außerdem hatte er eine kleine Tasche mit bestimmten Utensilien bei sich. Er lächelte ein etwas starres Lächeln, und seine Augen funkelten kalt wie Diamanten.

Mit dem Taxi ließ er sich zu der Adresse bringen, die auf dem gestohlenen Krankenblatt als Wohnsitz Frank Jamisons angegeben war. Das Apartmenthotel entsprach exakt seinen Erwartungen.

Nachdem er den Fahrer bezahlt hatte, trat er in das Hotel, ging zur Rezeption und trug seinen Namen in die Gästeliste ein.

»Ich brauche etwas für einen Monat«, erklärte er. »Ich bin ein Bekannter von Frank Jamison. Er hat mir das Hotel hier empfohlen. Ich würde gern im selben Stockwerk ein Zimmer haben wie er. Vielleicht bleibe ich länger als einen Monat hier, vielleicht nicht ganz so lange, jedenfalls bekommen Sie eine Monatsmiete auf die Hand.«

Der Mann am Empfang nickte.

»Mr. Jamison wohnt im vierten Stock, Nummer 438. Ich kann Ihnen die 431 geben. Das ist nur ein Stück den Gang runter, auf der anderen Seite.«

»Okay«, meinte Paul Pry. »Jamison ist nicht hier, oder?«

»Ich glaube nicht. Er ist ziemlich spät noch weggegangen.«

»Yeah, ich weiß. Läuten Sie ihn doch bitte an, nur für den Fall.«

Der Mann hinter dem tresenartigen Schreibtisch ging zu dem mit einer Glasscheibe abgeteilten Verschlag, in dem eine Telephonistin saß.

»Laß es mal bei Jamison auf 438 klingeln. Sag ihm, ein Freund sei da, Mr. Pry.«

Das Mädchen stöpselte den Anschluß ein, wartete eine Weile und schüttelte dann den Kopf.

»Nicht da«, sagte der Mann, als er sich wieder zu Paul Pry umwandte.

»Hören Sie, Frank Jamison und ich haben etwas vor, von dem wir Franks Freunden nichts erzählt haben. Wenn also Frank kommt, wird er nicht alleine sein. Lassen Sie nichts davon verlauten, daß ich hier bin.«

Der Empfangschef gab sich ganz geschäftsmäßig.

»Wir sind es hier gewöhnt, uns um unsere eigenen Angelegenheiten zu kümmern, Mr. Pry. Sie stellen sich selber vor, wann Sie es für richtig halten. Die Anzahlung beträgt übrigens hundert Dollar.«

Paul Pry reichte ihm zwei Scheine.

»Vergessen Sie die Quittung – ich hasse den Papierkram. Mein Gepäck kommt morgen früh.«

Paul Pry fuhr in den vierten Stock hinauf und ließ sich sein Apartment zeigen. Er gab dem Jungen, der ihn nach oben gebracht hatte, ein Trinkgeld, wartete, bis er die Tür des Aufzugs zuschnappen hörte, und ging dann durch den Korridor zu Apartment 438. Er probierte sein Sortiment an Schlüsseln durch, bis er den richtigen gefunden hatte, hörte den Riegel klicken, öffnete die Tür und ging hinein. Die Tür der Diele ließ er offen; das Licht im Vorraum genügte ihm, um sich ein Bild von der Lage zu machen.

Paul Pry ging ins Schlafzimmer, zog die Decken vom Bett, ging weiter ins Bad, tauchte die Decken in Wasser, wrang sie aus und nahm sie mit in den vorderen Raum, um sie dort aufzuhängen.

Er arbeitete schnell und präzise. Den leichten Strick, kaum mehr als eine Schnur, band er an den Kronleuchtern fest und verteilte das Gewicht der Decken gleichmäßig auf dem Seil, damit es hielt.

Als er fertig war, hingen zwei nasse Decken so, daß sie den Raum fast ganz von der Diele abtrennten.

Aus seiner Tasche zog er einen kleinen metallischen Gegenstand, der wie ein Füllfederhalter aussah, trat einen Schritt zurück, richtete den Metallgegenstand auf die nassen Decken und drückte auf einen verborgenen Knopf.

Eine gedämpfte Explosion war zu hören, kaum lauter als das Platzen einer aufgeblasenen Papiertüte. Wirbelnder Dunst strömte aus und traf auf die nassen Decken, die ihn zu verschlucken schienen, da feuchte Oberflächen Tränengas aufsaugen.

Schnell verließ Paul Pry das Apartment, schloß die Tür hinter sich, drehte den Schlüssel im Schloß und ließ den Riegel einschnappen.

Dann ging er den Korridor hinunter, nahm ein Stück

von dem Strick, maß die Breite des Ganges ab und holte einen runden Türstopper aus der kleinen Tasche, die er bei sich hatte. Den Türstopper schraubte er in die Holztäfelung auf der einen Seite des Korridors, machte eine Schlinge in den Strick und verknotete ihn, so daß er nicht durchrutschen konnte, und befestigte die Schlinge an dem Türstopper. Auf der anderen Seite des Ganges befestigte er einen ähnlichen Türstopper.

Als er den Strick straffte, hatte er eine perfekt gespannte Leine ungefähr sieben Zentimeter über dem Fußboden. Er begutachtete das Ergebnis, nickte und entfernte die Schnur. Die Türstopper ließ er an Ort und Stelle. Dann ging er in sein Zimmer.

Die Türstopper hatte er fast genau gegenüber dem Eingang zu Apartment 413, für das er Miete bezahlt hatte, befestigt.

Er gähnte, zog seine Schuhe aus, schloß die Tür, ohne sie jedoch zu verriegeln, zündete sich eine Zigarette an und machte es sich auf einem der üppig gepolsterten Sessel bequem.

Allmählich dämmerte es draußen. In dem Apartmenthotel war es allerdings noch dunkel, als Paul Pry auf seine Armbanduhr sah und die Stirn runzelte. Sah ganz so aus, als hätte er eine Niete gezogen.

Da hörte er, wie die Tür des Aufzugs am Ende des Korridors zugeschlagen wurde; leise setzte er seine bestrumpften Füße auf den Boden, ging auf die Tür zu und öffnete sie einen Spalt.

Drei Männer, die einen äußerst entschlossenen Eindruck machten, kamen durch den Korridor. Einer von ihnen trug eine schwarze Tasche. Die rechte Schulter seines Anzugs bauschte sich über einem Verband.

Vor Apartment 438 blieben sie stehen. Schlüssel klirrten.

»Jedenfalls«, flüsterte einer der Männer mit heiserer Stimme, »hat Inman sich dort eingetragen. Er muß ...«

»Halt die Klappe«, fuhr der zweite ihn an.

Unvermittelt schwieg die rauhe Stimme.

Der Mann mit der Tasche öffnete die Tür.

Die drei stürmten in das Apartment.

Paul Pry trat aus der Tür, warf das Ende des Stricks über den einen, befestigte das andere Ende am zweiten Türstopper und ging in die Diele seines Apartments zurück. Er gab sich weiter keine Mühe, sich zu verstecken. Seine Schuhe, die Schnürsenkel zusammengeknotet, hingen an seinem Gürtel. Die Augen, diamanten funkelnd, starrten in den Korridor.

Die Tür zu Apartment 438 wurde aufgestoßen. Mit ausgestreckten Armen stürzten drei Männer heraus. In dem fahlen Licht blitzte bläulicher Stahl auf. Entsetzensschreie und Flüche waren zu hören.

Der Mann, der das Apartment aufgesperrt hatte, hielt immer noch die Tasche in der Hand. In der anderen Hand hatte er jetzt jedoch eine Kanone.

Mit tränenden Augen taumelten sie durch den Korridor, tasteten blind nach einem Halt. Sie stolperten an Paul Prys Tür vorbei, und dann kam der Strick.

Der erste riß den zweiten mit sich, als er zu Boden fiel. Der dritte stolperte über das Geknäuel. Ein Schuß löste sich laut knallend, gefolgt von Flüchen.

Paul Pry trat aus seinem Apartment.

Er hätte sich gar keinen geeigneteren Standort aussuchen können. In der Hand hielt er einen Totschläger, dessen Lederriemen er um sein Handgelenk geschlungen hatte.

Der Mann mit der Tasche richtete sich auf.

Der Totschläger trat in Aktion, mit durchschlagender Wirkung. Paul Prys Hand schloß sich um den Henkel der schwarzen Tasche, sobald der Mann, den er eben ausgeschaltet hatte, seinen Griff lockerte.

Eine Frau kreischte. Eine Gestalt im Schlafanzug lugte durch einen Türspalt. Ein weiterer Schuß fiel. Der Mann im Pyjama sprang eilig in den Schutz seines Zimmers zurück.

Durch den Korridor ging Paul Pry zur Hintertreppe. Seine bestrumpften Füße schlichen lautlos dahin. Als er bei der Treppe anlangte, zog er seine Schuhe an und rannte die Stiege hinunter.

Der Morgen graute, als er die Kette an einem Nebeneingang löste und auf die Straße trat, die in der Morgendämmerung verlassen und in fahlgraues Licht getaucht dalag.

Mit weit ausholenden Schritten eilte Paul Pry dahin und wurde erst langsamer, als er ein gutes Stück von dem Gebäude entfernt war. Nach zehnminütigem Marsch fand er ein Taxi, nannte dem Fahrer die Adresse eines Hotels in der Innenstadt und wurde in Höchstgeschwindigkeit dorthin befördert.

Er stieg aus und verwischte seine Spur, indem er sich mit einem anderen Taxi zum Union Depot und von dort aus mit einem dritten zu seiner Wohnung bringen ließ.

Mugs Magoo schlief, in einem Sessel ausgestreckt. Seine Hand ruhte entspannt neben der Whiskeyflasche. Die Flasche war leer.

Paul Pry grinste, zog die Tür ins Schloß, verriegelte sie und wandte seine Aufmerksamkeit der Tasche zu. Sie war verschlossen. Mit einem Messer schlitzte er sie auf.

Aus ihrem Inneren, da wo er sie aufgeschnitten hatte, lachten ihn eine Menge Grüner an.

»Das dürften an die zehn Riesen sein«, murmelte Paul Pry.

Als er die Scheine zählte und feststellte, daß es genau zehntausend Dollar waren, lachte er leise in sich hinein.

Er nahm Geld und Tasche, ging zu seinem feuerfesten Safe, schob Tasche und Geld hinein, schloß die Tür, stellte die Kombination ein und ging zu Bett.

Die Erfahrung hatte Paul Pry gelehrt, daß Mugs nichts so sehr schätzte, wie in Ruhe gelassen zu werden. In Kürze würde er aufwachen, zum Waschbecken stolpern und anschließend in sein Bett fallen. Am Morgen würde er dann, mitsamt seinen glasigen Augen, genauso überzeugend sein wie immer.

Paul Pry schlief fast den ganzen Tag durch.

Nachmittagsschatten krochen über die Straße, als er eine Hand auf seiner Schulter spürte.

Er blickte auf, direkt in das verdutzte Gesicht Mugs Magoos.

»Hören Sie, Mann«, erklärte Mugs, »ich will Sie ja nicht bei Ihrem Schönheitsschlaf stören, aber da draußen ist der Teufel los, und ich fürchte, es geht um etwas, das auch Sie betrifft.«

Paul Pry grinste, rieb sich den Schlaf aus den Augen und fuhr mit der Hand durch seine zerzausten Haare.

»Schieß los«, befahl er kurz und bündig.

»Es geht um Inman und Lola Beeker und diesen Kerl Sacanoni«, berichtete Mugs Magoo und verhaspelte sich fast, so schnell sprudelten die Worte aus seinem Mund. »Scheint so, daß Jamison Sacanoni erwischt und ordentlich hingelangt hat, um Lola Beeker dazu zu bringen, ihm zehn Riesen auszuhändigen, die sie für den Fall, daß was passiert, als Fluchtgeld zurückgelegt hatten.

Anscheinend hat Lola Beeker gewußt, wer dieser Inman wirklich ist. Die haben sie dazu gebracht, ihn aus der Versenkung auftauchen zu lassen. Aber dann hat sie sich irgendwas ganz Komisches ausgedacht, und Inman ist aus seinem Hotelzimmer entwischt, obwohl es dort von Revolverhelden nur so gewimmelt hat.

Sacanoni hatten sie aber schon gehen lassen, nachdem

die Kleine die zehn Riesen und die Information rausgerückt hatte. Und dann haben Beeker und Sacanoni die Fliege gemacht.«

Paul Pry gähnte.

»Und warum hast du mich geweckt?« fragte er.

»Weil«, setzte Mugs an, »inzwischen die Rede davon ist, daß dieser Inman, um den sie so ein Mordsspektakel gemacht haben, in Wirklichkeit Sacanoni ist. Den Banden war klar, daß Lola Beeker wußte, wer Inman ist, aber nie wären sie auf die Idee gekommen, daß es nur ein anderer Name von Sacanoni ist. Wer war also dieser Kerl im Hotel Billington?«

Paul Pry langte nach seinen Zigaretten.

»Mugs«, bemerkte er, »das ist immer noch kein Grund, mich in meinem Schlummer zu stören.«

Jetzt platzte Mugs Magoo heraus.

»Und ob. Hören Sie sich das an. Als Jamison und seine Bande die zehn Riesen kassiert hatten, ist was dazwischengekommen, und irgend jemand hat sie ausgetrickst. Sie haben geglaubt, es wär dieser Inman, nur . . .«

»Nur was?« wollte Paul Pry wissen.

»Nur haben sie festgestellt, daß irgend so ein anderer Kerl auch noch mitgemischt hat und sich ein Zimmer genommen hat, dort, wo er am meisten Schaden anrichten konnte, und daß dieser Typ sich unter dem Namen Paul Pry eingetragen hat. Und die zehntausend Mäuse sind verschwunden.«

Paul Pry grinste.

»Mugs«, erklärte er, »du tust mir unrecht. Ich habe nichts weiter gemacht, als eine Nachricht übermittelt, die ich an einen Jungen weitergegeben habe, dem ich schlicht und einfach erklärt habe: ›Die Lady sagt ja‹. Das war alles.«

Mugs Magoo nickte feierlich.

»Aber heute morgen waren zehn Riesen im Safe.«

Paul Pry strahlte über das ganze Gesicht.

»Mugs, vielleicht ist, während wir beide fest geschlafen haben, ein liebes kleines Hühnchen vorbeigekommen und hat wieder einmal ein goldenes Ei gelegt!«

EIN MASKENBALL

1 – Der geschmuggelte Brief

»Mugs« Magoo, der sich in seinem Abendanzug ziemlich unwohl zu fühlen schien, rollte seine glasigen Augen und nickte über den Tisch Paul Pry zu.

»Gerammelt voll von Gaunern«, erklärte er.

Paul Pry, das genaue Gegenteil seines Kompagnons, paßte der Abendanzug wie angegossen. Er sah Mugs Magoo mit vor Interesse funkelnden Augen an.

»Was für eine Sorte von Gaunern, Mugs?« fragte er.

»Na ja«, meinte Magoo, »eine komische Mischung. Ich hab so eine Ahnung, wenn Sie wüßten, was heute abend hier gespielt wird, dann wüßten Sie auch, wo der Legget-Diamant ist.«

»Was willst du damit sagen, Mugs?«

Mugs Magoo fuchtelte mit seiner Gabel herum. »Der Kerl da drüben«, erklärte er, »ist Tom Meek.«

»Sehr schön«, erwiderte Paul Pry, »und wer ist Tom Meek?«

»Ein Briefeschmuggler.«

»Briefeschmuggler, Mugs?« sagte Paul Pry erstaunt. »So etwas habe ich noch nie gehört.«

Mugs Magoo hantierte umständlich mit seiner Gabel, um einen Bissen in seinen Mund zu bugsieren. Ab der Schulter fehlte ihm sein rechter Arm, und mit seiner linken Hand mußte er das Essen schneiden und in seinen Mund befördern und gleichzeitig seine Worte mit den entsprechenden Gesten unterstreichen.

»Tom Meek«, fuhr Mugs fort, »schmuggelt Briefe aus dem Gefängnis. Das ist sein Nebenverdienst.«

»Er ist Gefängniswärter?«

»Yeah, so was Ähnliches wie ein stellvertretender Wärter, so eine Art Aufseher dritten Grades. Er hängt schon so lange im Gefängnis rum, daß er drei Generationen von Verwaltungsleuten überlebt hat. Er schmuggelt Briefe von Gefangenen raus.«

Paul Pry nickte und speicherte die Information in seinem Gedächtnis, um bei gegebener Zeit darauf zurückgreifen zu können. Seine scharfen Augen musterten den Mann, den Mugs ihm gezeigt hatte: ein kleines, unauffälliges Individuum mit grauen Haaren, hohen Wangenknochen und wäßrigen Augen.

»Sieht ziemlich harmlos aus, Mugs«, äußerte Paul Pry.

Mugs Magoo nickte beiläufig. »Yeah«, bestätigte er. »Er macht sonst nichts, außer Briefe schmuggeln. Das ist seine Masche. Von allem anderen läßt er die Finger. Er schafft nicht mal Stoff für die Gefangenen rein.«

»Schön und gut«, ließ Paul Pry nicht locker, »warum glaubst du, daß Tom Meek, der Briefschmuggler, etwas über den Legget-Diamanten weiß?«

»Der nicht«, räumte Mugs Magoo bereitwillig ein. »Aber sehen Sie den bulligen Kerl da drüben an dem Tisch, mit dem blauschwarzen Kinn, obwohl er sich wahrscheinlich erst vor zwei Stunden rasiert hat, den Kerl mit den schwarzen Haaren und dem massigen Brustkorb?«

»Ja«, bestätigte Paul Pry, »sieht wie ein Anwalt aus.«

»Ist er auch. Das ist Frank Bostwick. Er vertritt Kriminelle und ist der Anwalt von George Tompkins. Und Tompkins ist der Mann, der wegen dem Raubüberfall im Gefängnis sitzt, bei dem der Legget-Diamant erbeutet wurde.«

»Gut«, meinte Paul Pry. »Weiter, Mugs.«

Mugs deutete mit dem Kopf in die andere Richtung. »Und der große würdevolle Trottel da drüben, der mit dem gestärkten Kragen und der Brille, das ist Edgar Patten, und Patten ist der Gutachter der Versicherungsgesellschaft, bei der der Legget-Diamant versichert war.«

Nachdenklich, aber auch neugierig sah Paul Pry Mugs Magoo an.

»Na schön, Mugs«, sagte er, »erzähl mir alles darüber, vielleicht kann ich uns die Informationen irgendwie zunutze machen.«

Paul Pry lebte ausschließlich von seinem Köpfchen. Hätte ihm jemand unterstellt, daß er eine Art Detektiv sei, so hätte er dies voller Entrüstung von sich gewiesen; andererseits hätte er ohne weiteres unter Beweis stellen können, daß er keineswegs ein Gauner war. Nach seinem Beruf gefragt, hätte er sich vermutlich als professionellen Opportunisten bezeichnet.

Mugs Magoo hingegen hatte einen genau definierten Status: er war persönlicher Berater von Paul Pry.

Mugs vergaß nie einen Namen oder ein Gesicht, oder eine Verbindung. Früher war er das »Kamera-Auge« der Polizei gewesen, bis ein politischer Umschwung ihn arbeitslos gemacht hatte. Ein Unfall hatte ihn seinen rechten Arm gekostet, und den Rest hatte billiger Fusel besorgt. Als Paul den Mann aufgestöbert hatte, war er ein menschliches Wrack gewesen, das vor einem Bankgebäude auf dem Gehsteig saß, in seiner linken Hand einen Bowler, halb gefüllt mit Bleistiften, zwischen denen ein paar kleine Münzen lagen.

Paul Pry hatte einen halben Dollar in den Hut geworfen, einen Bleistift herausgenommen, und dann hatte irgend etwas in dem zerfurchten, wettergegerbten Gesicht, in dem Aufblitzen von Dankbarkeit in den glasigen, starren Augen sein Interesse geweckt. Er hatte den Mann in ein Gespräch verwickelt und festgestellt, daß er eine wandelnde Enzyklopädie der Unterwelt war.

Das war der letzte Tag gewesen, an dem es Mugs Magoo an irgend etwas gemangelt hatte, ein Tag, der den Beginn einer seltsamen Partnerschaft bezeichnete, in deren Rahmen Mugs Magoo Paul Pry mit Informationen versorgte, die dieser mit seinem blitzschnellen Kombinationsvermögen in bares Geld ummünzte.

Mugs Magoo rollte seine glasigen Augen, inspizierte von neuem den Raum und wandte sich dann wieder zu Paul Pry um.

»Ich glaube, ich weiß, was da läuft«, meinte er. »Frank Bostwick, der Anwalt, schließt einen Handel mit Edgar Patten, dem Gutachter der Versicherungsgesellschaft. Er will Tompkins rausholen, und zwar so, daß der nur eine kleine Strafe bekommt oder daß überhaupt keine Verhandlung stattfindet. Als Gegenleistung bekommen sie den Legget-Diamanten zurück.

Für die Bullen liegt der Fall sonnenklar, allerdings haben sie es nicht geschafft, den Diamanten zu finden. Tompkins ist ein alter Hase in dem Geschäft und läßt sich nicht so leicht was aus der Nase ziehen.«

»Dann glaubst du also«, fragte Paul Pry, »Bostwick weiß, wo der Diamant ist?«

Mugs Magoo starrte zu dem Tisch hinüber, an dem Tom Meek einsam seine Mahlzeit verzehrte. »Ich bin mir sicher, daß Bostwick mit Patten was ausgehandelt und über Meek einen Brief für Tompkins reingeschmuggelt hat. Tompkins hat eine Antwort rausgeschickt, und die soll Meek jetzt übergeben.«

»Und warum tut er das nicht?« wollte Paul Pry wissen.

»Weil der nicht so arbeitet«, erwiderte Mugs Magoo. »Der ist einer von diesen versponnenen Typen, die nie offen mit was rausrücken. Der sitzt hier rum und vertilgt sein Abendessen. Dann steht er auf und geht. Der Brief liegt dann unter seinem Teller oder ist in die Serviette eingewickelt, und Bostwick geht rüber und holt ihn sich. Dann nimmt Bostwick mit Patten Kontakt auf, und die beiden kommen miteinander ins Geschäft.»

Mit wachen Augen, denen nichts entging, sah Paul Pry sich in der Flüsterkneipe um.

»Ich könnte schon noch eine Flasche Wein vertragen«, erklärte Mugs Magoo wehleidig.

Paul Pry winkte dem Kellner. »Noch mal dasselbe«, wies er ihn an.

Mugs Magoo nickte zufrieden. »Muß mal eben telephonieren«, erklärte er. »Bis der Wein kommt, bin ich wieder da.«

Er schob seinen Stuhl zurück und machte sich auf den Weg, so ungefähr in Richtung der Telephonzellen.

Genau in dem Augenblick rief Thomas Meek den Kellner, beglich seine Zeche und stand auf. Als er das Lokal halb durchquert hatte, wechselte das Licht plötzlich zu einem fahlen Blau, um Mondschein nachzuahmen, und das Orchester stimmte einen sentimentalen Walzer an.

In dem Durcheinander der sich drehenden Paare auf der Tanzfläche und anderer, die spontan aufstanden und einander umschlangen, erhob sich Frank Bostwick, der Anwalt, und ging unauffällig zu dem Tisch, den Meek freigemacht hatte.

Ohne auch nur einen Augenblick zu zögern, nutzte Paul Pry die Gelegenheit und die allgemeine Verwirrung. Flink und lautlos wie eine Forelle, die durch die schwarzen Tiefen eines Gebirgssees gleitet, huschte er zu dem Tisch, an dem Meek gesessen hatte. Suchend tasteten seine Finger über den Tisch. Schließlich trafen seine Fingerspitzen auf einen flachen Gegenstand unter dem Tischtuch, und blitzschnell griff er danach.

Es war ein zusammengefalteter, versiegelter Brief. Paul Pry machte keine Anstalten, ihn zu lesen, sondern faltete ihn noch einmal zusammen und steckte ihn in seinen Schuh. Dann ging er ein paar Schritte und blieb vor einem Tisch stehen, an dem eine Frau saß.

Die Frau gehörte zu einer Gruppe von drei Leuten, die zusammen in die Flüsterkneipe gekommen waren. Sie war entweder die Mutter oder die große Schwester der jungen Frau in ihrer Begleitung, die jetzt zusammen mit dem jungen Mann, der ebenfalls zu dem Trio gehörte, zu den ersten Takten des Walzers über die Tanzfläche wirbelte. Die Frau reagierte erstaunt und geschmeichelt, daß Paul Pry ihr Beachtung schenkte, und nach einem Augenblick der Verwirrung und Überraschung lächelte sie affektiert und willigte ein, sich zur Tanzfläche in der Mitte des Raumes führen zu lassen.

Paul Pry bewegte sich elegant im Takt des Walzers, und es gelang ihm, über die Schulter der Frau zu spähen; dabei sah er, daß Frank Bostwick, der Anwalt, an dem Tisch saß, von dem Tom Meek, der Briefeschmuggler, aufgestanden war.

Paul Prys Lächeln ging in ein glucksendes Lachen über, als ihm klar wurde, daß der Anwalt nichts von dem heimlichen Diebstahl der Botschaft gemerkt hatte, die Tom Meek unter dem Tischtuch hinterlassen hatte.

Paul Pry war ein attraktiver, ja faszinierender Mann, der zudem sehr selbstsicher auftrat. Seine Tanzpartnerin lächelte ihn dankbar und höchst erfreut an. Als Paul Pry sie nach dem Walzer an ihren Tisch zurückbrachte, gönnte er der ältlichen Dame den Triumph, daß er noch so lange wartete, bis das junge Paar zurückkam. Seinen scharfen Augen entging weder der Ausdruck ungläubiger Überraschung auf dem Gesicht der Jüngeren noch der triumphierende Stolz, der sich in der Miene der Älteren spiegelte, mit der er getanzt hatte.

Paul Pry verbeugte sich tief, murmelte, daß es ihm ein

Vergnügen gewesen sei, und kehrte wieder an seinen Tisch zurück.

Den Stuhl, auf dem Mugs Magoo gesessen war, hatte mittlerweile eine etwa siebenundzwanzig Jahre alte Frau in Beschlag genommen. Sie war gertenschlank, trug ein gewagtes rückenfreies Kleid und strahlte mit ihren blauen Augen Paul Pry eindeutig einladend an.

Paul Pry blieb stehen. »Ich bitte um Verzeihung«, sagte er.

Die Frau bedachte ihn mit einem unverhohlen verführerischen Blick. Die sinnlichen roten Lippen öffneten sich zu einem Lächeln.

»Das will ich auch hoffen«, entgegnete sie.

Paul Pry zog die Augenbrauen hoch.

»Gegen Ihr Auftauchen habe ich eigentlich nichts einzuwenden«, fuhr die Frau, immer noch lächelnd, fort, »aber sehr wohl gegen die abgedroschene Art und Weise, wie Sie meine Bekanntschaft gesucht haben. Ich nehme an, jetzt sagen Sie, daß das Ihr Tisch ist und . . .« Erschrocken hielt sie inne. »Großer Gott – es *ist* Ihr Tisch!«

Paul Pry blieb stehen und lächelte unverdrossen.

»Oh!« rief sie aus. »Es tut mir wirklich leid! Ich war draußen, und dann ist es auf einmal so schummrig geworden. Sehen Sie, mein Begleiter mußte wegen einer geschäftlichen Angelegenheit weg, und ich wollte allein an meinen Tisch zurückgehen. Ich vermute, ich habe ihn mit Ihrem verwechselt.«

Sie machte Anstalten aufzustehen, aber ihre großen blauen Augen waren nach wie vor unverwandt auf Paul Prys Gesicht gerichtet.

»Na ja«, meinte dieser, »da Sie schon mal hier sind und da Ihr Begleiter offensichtlich nicht mehr da ist, könnten wir da nicht den Rest des Abends gemeinsam verbringen?«

»Oh, nein«, widersprach sie. »Das geht nicht. Bitte,

verstehen Sie mich nicht falsch. Ich versichere Ihnen, das Ganze war reiner Zufall.«

»Natürlich war es ein Zufall«, stimmte Paul Pry zu und zog den anderen Stuhl heran, nahm Platz und schenkte ihr ein Lächeln. »Die Art von Zufall«, fuhr er fort, »die das Schicksal gelegentlich einem einsamen Mann beschert, der etwas für große blaue Augen und kupferrotes Haar übrig hat.«

»Schmeichler!« rief sie aus.

In dem Moment blickte Paul Pry kurz auf und sah Mugs Magoo auf seinen Tisch zusteuern. Plötzlich bemerkte dieser die Frau, die Paul Pry gegenübersaß.

Das Kamera-Auge blieb wie angewurzelt stehen und musterte flüchtig das Gesicht der Frau. Dann hob Mugs Magoo seine linke Hand zu seinem Ohrläppchen und zupfte einmal daran. Daraufhin drehte er sich um und verschwand.

Im Lauf der Zusammenarbeit zwischen den beiden Abenteurern hatte sich die Notwendigkeit ergeben, einen ausgeklügelten Zeichencode zu entwickeln, so daß Mugs Magoo im Notfall Paul Pry mittels eines einzigen Signals eine ganze Botschaft übermitteln konnte. Entsprechend diesem Code hatte Mugs mit seinen Gesten folgendes zum Ausdruck gebracht: »Die Person, die mit Ihnen spricht, kennt mich und ist gefährlich. Ich tauche unter, damit sie mich nicht erkennt. Sie befinden sich in einer äußerst gefährlichen Situation.«

II – Wie ein Einbrecher

Während Mugs Magoo sich aus dem Staub machte, drang die schmeichelnde Stimme der Frau an Paul Prys Ohr.

»Nun«, setzte sie an, »Sie sehen gut aus und haben das

so nett gesagt, vielleicht mache ich also dieses eine Mal eine Ausnahme. Wäre doch ein Heidenspaß, wenn wir den Abend gemeinsam verbringen und so tun, als wären wir alte Bekannte, obwohl keiner von uns beiden weiß, wer der andere in Wirklichkeit ist. Sie dürfen mich Stella nennen. Und wie heißen Sie?«

»Wundervoll!« rief Paul Pry entzückt aus. »Nennen Sie mich Paul.«

»Also, Paul, wir sind doch alte Freunde, die sich nach vielen Jahren zum ersten Mal wieder begegnet sind?«

»Ja«, stimmte er zu, »aber machen Sie nicht zu viele Jahre daraus. Kein Mann, der Ihnen je begegnet ist, würde eine allzu lange Trennung ertragen.«

Sie lachte leichthin. »Und Sie glauben also an das Schicksal?« fragte sie.

Paul Pry nickte; sein Mund lächelte, aber seine Augen blickten wachsam.

»Vielleicht«, fuhr sie fort, »war es ja wirklich Schicksal.« Sie seufzte, und zum ersten Mal, seit sie an seinem Tisch saß, senkte sie den Blick.

»Was ist das – Schicksal?« fragte Paul Pry.

»Die Tatsache, daß ich Sie ausgerechnet in dem Augenblick getroffen habe, als ich jemand gebraucht habe . . .« Ihre Stimme verlor sich, und sie schüttelte heftig den Kopf.

»Nein«, sagte sie entschlossen, »ich darf nicht davon anfangen.«

Das Orchester setzte ein: ein ausgelassener One-step. Erneut richteten sich die blauen Augen unverwandt auf Paul Pry.

»Und wir tanzen auch, Paul?« fragte sie.

Er nickte, stand auf und zog ihren Stuhl zurück, als sie sich ebenfalls erhob, die Arme ausgestreckt, der Mund einladend lächelnd.

Sie gingen zur Tanzfläche, ein Paar, das die Augen eines

jeden, der etwas vom Tanzen verstand, auf sich zog: Paul Pry, der sich so elegant und ungezwungen bewegte, als schwebte er über dem Fußboden, das Mädchen, gut gebaut und doch gertenschlank und zartgliedrig, das weibliches Selbstbewußtsein ausstrahlte.

»Können Sie sich vorstellen«, sagte sie, »daß ich vor ein paar Stunden daran gedacht habe, mich umzubringen?«

Mit einer beschützenden Geste zog Paul Pry sie etwas näher an sich. »Sie scherzen!« rief er aus.

»Nein«, widersprach sie, »es ist wahr.«

Ein paar Augenblicke tanzten sie schweigend, und auf raffinierte Weise gelang es ihr, den Eindruck zu vermitteln, als überließe sie sich ganz seiner männlichen Kraft, wie einem schützenden Bollwerk. »Aber hier kann ich Ihnen das nicht erzählen«, fügte sie schließlich hinzu.

»Wo?« fragte er.

»Ich habe eine Wohnung«, erklärte sie, »wenn Sie mit zu mir kommen wollen.«

»Ausgezeichnet«, verkündete Paul Pry begeistert.

»Alsdann, gehen wir«, forderte sie ihn auf. »Ich bin nur hierhergekommen, um mich abzulenken. Um nicht mehr ständig nur an mich selber zu denken. Jetzt haben Sie mir genau so viel Auftrieb gegeben, wie ich brauche, um die Dinge wieder in der richtigen Perspektive zu sehen.«

Der Tanz war zu Ende.

Ganz leicht, fast unmerklich schmiegte sie sich einen Augenblick lang an ihn, um sogleich die Intimität dieses einen Augenblicks zurückzunehmen und erneut den gebührenden Abstand zu wahren: Sie legte ihre Hand auf seinen Arm, und ihre strahlend blauen Augen lächelten zu ihm auf.

»Ein wundervoller Tanz«, erklärte er beifällig.

»Sie tanzen göttlich«, hauchte sie.

Eine Zugabe blieb aus.

»Hätten Sie etwas dagegen, wenn wir jetzt aufbrechen?« fragte sie.

»O nein, durchaus nicht«, erklärte er.

Paul Pry lebte von seinem Köpfchen, und er war Opportunist. Zudem war er, wie Mugs Magoo stets hervorzuheben pflegte, alles andere als weise. Paul Pry stellte sich jeder Gefahr, wenn sie nur genügend Aufregung versprach, und das mit einer Kaltblütigkeit, die ihresgleichen suchte: Er vertraute darauf, daß seine Findigkeit ihn aus allen Schwierigkeiten befreien würde.

Diesmal nun war die einzige Vorsichtsmaßnahme, die Paul Pry traf, daß er sich vergewisserte, ob auch niemand ihnen folgte, als sie das Lokal verließen. Als er sah, daß keiner sie beschattete, half er der jungen Frau in ein Taxi, stieg ebenfalls ein und zündete sich eine Zigarette an, als der Fahrer den Wagenschlag zuwarf und zur Bestätigung nickte, nachdem die junge Frau ihm eine Adresse genannt hatte.

Zu der Wohnung war es nicht weit, und Paul Pry folgte ihr lammfromm in den Aufzug und, als sie oben angekommen waren, einen Korridor entlang. Einem genauen Beobachter wäre aufgefallen, daß seine rechte Hand am linken Revers seines Mantels herumspielte, als die junge Frau die Wohnungstür öffnete und das Licht anschaltete. Einen Augenblick darauf hatte er jedoch seine Hand schon wieder zurückgezogen, denn in dem Apartment war ganz offensichtlich niemand, außer er hatte sich hinter einer verschlossenen Tür versteckt. Und Paul Pry behauptete von sich, daß er seine Pistole aus dem Halfter ziehen konnte, ehe der andere dazu kam, den Türknauf zu drehen, die Tür zu öffnen und zu zielen.

»Mein Gott, Paul«, erklärte sie, »bin ich froh, daß ich Ihnen begegnet bin!«

Paul Pry sah zu, wie die Wohnungstür sich langsam

schloß und das Schnappschloß automatisch einrastete; dann lächelte er ihr zu: »Es war mir«, sagte er, »wahrhaft ein Vergnügen, Stella.«

»Und wir sind alte Freunde«, fuhr sie fort und lächelte ihn mit halb geöffnetem Mund und ohne ihre Augen von ihm zu wenden an. »Das war doch so ausgemacht, Paul?«

»Ja, Stella.«

»Also gut«, erklärte sie daraufhin, »dann ziehe ich mir jetzt etwas Bequemeres an. Warten Sie hier und fühlen Sie sich ganz wie zu Hause.«

Als sie die Tür zum Schlafzimmer öffnete, spielte Paul Prys Hand erneut an seinem Mantelaufschlag, aber die Tür schloß sich wieder, ohne daß etwas passiert wäre, und Paul Pry ging zu einem Stuhl, von dem aus er alles überblicken konnte, setzte sich, schlug seine Beine übereinander und zündete sich eine Zigarette an.

Fünf Minuten später schwang die Schlafzimmertür auf, und Stella trat heraus, eine Vision zarter Lieblichkeit. Und war es nun Zufall oder nicht, daß sie eine sehr helle Lampe direkt hinter sich gestellt hatte, daß sie einen Augenblick lang in der Tür zum Schlafzimmer stehenblieb und daß die strahlende Beleuchtung ihr seidenes Gewand in einen zarten Hauch verwandelte, der jede einzelne Rundung ihres Körpers erahnen ließ?

Nachdem sie das Licht ausgeknipst hatte, kam sie auf ihn zu.

Sie kauerte sich auf die Lehne seines Sessels; ihre Finger strichen leicht über sein Haar; das dünne Seidengewand gab eines ihrer Beine frei, das wie ein Pendel hin und her schwang.

»Paul«, flüsterte sie, »es kommt mir wirklich so vor, als würde ich Sie schon zeit meines Lebens kennen.«

»Alsdann«, erwiderte er, »vertrauen Sie mir und sagen Sie mir alles.«

Sie seufzte, ließ die Hände sinken, die leicht über seine Wangen strichen und schließlich auf seinen Schultern liegenblieben.

»Paul«, setzte sie an, »schauen Sie mich nicht an, während ich Ihnen alles erzähle. Ich könnte das nicht ertragen. Sitzen Sie einfach ruhig da und hören Sie mir zu.«

»Ich höre«, teilte er ihr mit.

»Haben Sie je etwas von ›Silver‹ Dawson gehört?«

»Nein«, entgegnete Paul Pry. »Wer ist Silver Dawson?«

»Der übelste Mistkerl, der noch nicht gehängt worden ist«, erklärte sie heftig.

»Das läßt meiner Phantasie immer noch ziemlich viel Spielraum«, machte Paul Pry sie aufmerksam.

»Er hat die Briefe«, sagte sie.

»Welche Briefe?«

»Die Briefe, die ich einem Mann geschrieben habe, der mein Vertrauen mißbraucht hat.«

»Tatsächlich?« sagte Paul Pry.

»Ja«, bekräftigte sie. »Sehen Sie, ich war damals verheiratet.«

»Ach«, meinte Paul Pry, offenbar zunehmend interessiert. »Und, sind Sie immer noch verheiratet?«

»Nein, mein Mann ist gestorben.«

»Ich verstehe«, erklärte er mit dem Tonfall eines Mannes, der auf weitere Enthüllungen wartet.

»Allerdings hat er ein merkwürdiges Testament hinterlassen«, fuhr sie fort, »in dem mein Erbe von meiner Treue abhängig gemacht wird. Es enthält eine Klausel, laut der das Erbe an eine wohltätige Einrichtung geht, falls sich herausstellt, daß ich ihm während unserer Ehe untreu gewesen bin.«

»Ich verstehe«, sagte Paul Pry. »Diese Briefe könnten die Angelegenheit verkomplizieren?«

»Diese Briefe«, präzisierte sie, »würden mich ruinieren.«

»Sie hätten sie nicht schreiben sollen«, bemerkte er.

Sie legte ihre Hand unter sein Kinn und drehte seinen Kopf so, daß sie ihm in die Augen sehen konnte. »Sagen Sie mir«, nahm sie ihn ins Gebet, »haben Sie je irgend etwas getan, das Sie nicht hätten tun sollen?«

»Oft«, räumte er ein.

»Na also. Ich auch.«

Paul Pry lachte und tätschelte ihre Hand.

»Und«, fuhr sie bedeutungsvoll fort, »ich habe vor, noch mehr zu tun, was ich nicht tun sollte. Das macht großen Spaß. Aber es macht mir gar keinen Spaß, wegen einer unschuldigen Affaire mein Erbe einzubüßen.«

»Unschuldig?« fragte er.

»Ja«, erwiderte sie, »natürlich.«

»Dann können die Briefe ja gar nicht so schlimm sein«, meinte er.

»Die Briefe«, erklärte sie schelmisch, »könnten leicht mißverstanden werden. Verstehen Sie, ich bin eine Frau, die immer unter irgendwelchen Zwängen und Einschränkungen leben mußte. Das reicht bis in meine Kindheit zurück. Ich wurde von sehr altmodischen Eltern erzogen und wurde das Opfer einer äußerst puritanischen Erziehung. Das Ergebnis war, daß, als ich zu schreiben anfing, alle meine unterdrückten Sehnsüchte aufbrachen und in den Briefen ihren Ausdruck fanden.«

»Dann ist also anzunehmen«, so Paul Pry, »daß diese Briefe sich vor einem Gutachtergremium nicht allzugut anhören würden?«

»Na ja«, meinte sie abwägend, »wenn die Mitglieder des Gutachtergremiums nicht einigermaßen gut Bescheid wissen, was die Liebe betrifft, dann könnten sie auf komische Ideen kommen.«

»Und deshalb«, ergänzte Paul Pry, »wollen Sie nicht, daß diese Briefe vor einem solchen Gremium verlesen werden.«

»Natürlich nicht.«

»Und was«, wollte Paul Pry wissen, »sagt Silver Dawson dazu?«

»Der ist kalt wie eine Schlange«, entrüstete sie sich. »›Silver‹ wird er wegen seiner weißen Mähne genannt, die ihn alt, verständnisvoll, würdig und irgendwie vornehm erscheinen läßt. Aber der stiehlt noch einem Toten das Leichentuch!«

»Und natürlich hat er Ihnen ein Angebot gemacht«, mutmaßte Paul Pry.

»Ja«, erwiderte sie, »und es ist ruinös.«

»Aber er will doch bestimmt nicht mehr als einen Anteil von dem, was Sie erben?« meinte Paul Pry.

»Er will kein Geld«, erklärte sie. »Er will etwas, das ich ihm nicht geben kann.«

Ihre Stimme erstarb zu einem Flüstern.

»Er hat gesagt, daß ich mit ihm nach Europa gehen muß.«

Auf ihrem Gesicht malte sich der Ausdruck bedrohter jungfräulicher Unschuld. Tränen traten in ihre Augen, als sie jetzt, ein Bild des Jammers, Paul Pry anstarrte.

»Und was gedenken Sie zu tun?« wollte er wissen.

»Ich habe es Ihnen doch gesagt«, erklärte sie. »Ich wollte mich umbringen.«

»Aber jetzt haben Sie Ihre Meinung geändert?« fragte er und tätschelte ihre Hand.

»Ja. Ich habe so vieles, für das es sich zu leben lohnt.«

»Und«, drängte Paul Pry sie, »haben Sie schon einen Plan?«

Sie warf ihm einen kühl abschätzenden Blick zu, so wie ein Wissenschaftler einen aufgespießten Schmetterling betrachtet, um ihn zu klassifizieren.

»Nun ja«, sagte sie gedehnt, »mir ist etwas eingefallen, als wir getanzt haben. Sie sehen so gut aus und wirken so gelassen und selbstsicher, daß mir eine ungeheuerliche Idee durch den Kopf geschossen ist. Aber ich fürchte, sie ist kaum durchführbar. Und außerdem habe ich nicht das Recht, einen Menschen, dem ich im Grund genommen völlig fremd bin, um so etwas zu bitten.«

»Einen alten Freund, Stella«, erinnerte er sie und tätschelte erneut ihre Hand.

»Nun gut«, gab sie nach, »als alter Freund haben Sie ein Recht darauf, den Plan zu erfahren und – die Vorrechte zu genießen, die einem alten Freund zustehen.«

Damit beugte sie sich vor und küßte ihn mitten auf den Mund.

»Ah«, reagierte Paul Pry, »die Pflichten, die eine solche Freundschaft mit sich bringt, können die Vorteile nicht schmälern!«

Sie lachte und kniff ihn in die Wange. »Sie Kindskopf!« scherzte sie.

Erneut musterten ihn die blauen Augen prüfend, und dann begann sie zu sprechen, mit leiser, kehliger Stimme.

»Silver Dawson hat natürlich einen bestimmten Freundeskreis. Diese Leute zählen zwar nicht gerade zur allerfeinsten Gesellschaft, aber immerhin gehören sie zur Schicht der Reichen. Morgen abend veranstaltet er in seinem Haus einen Maskenball. Ich habe mir gedacht, daß Sie das vielleicht ausnützen könnten. Sehen Sie, die Gäste werden alle möglichen Kostüme tragen, und ich habe mir gedacht, Sie könnten als Einbrecher verkleidet hingehen.«

»Als Einbrecher?« sagte Paul Pry verwundert.

»Ja. Sie wissen schon, mit einer Maske und einer Kanone und all dem. Das wäre bestimmt ein interessantes Kostüm.«

»Aber«, fragte Paul Pry, »zu was soll das gut sein?«

»Ganz einfach«, erwiderte sie. »Sie könnten sich von der Tanzfläche davonstehlen und durch das Haus streifen. Ich würde Ihnen sagen, wo die Briefe sind. Wenn Sie einem Dienstboten oder sonst jemandem begegnen, könnten Sie Ihre Kanone ziehen und sich wie ein Einbrecher aufführen. Falls irgend etwas schiefgeht, könnten Sie immer noch behaupten, daß es nur Spaß war und zu Ihrer Rolle gehört hat.

Es wird aber nichts schiefgehen. Sie könnten in das betreffende Zimmer gehen und die Briefe holen. Ich weiß genau, wo er sie aufbewahrt. Dann würden Sie sich wieder unter die Gäste mischen, mit Ihrem außergewöhnlichen Kostüm einiges Aufsehen erregen und sich dann nach draußen schleichen, wo ich Sie erwarte.«

»Ich habe aber keine Einladung«, wandte Paul Pry ein.

»Sie brauchen keine«, wiegelte sie ab. »Hinter dem Haus liegt eine Leiter. Die könnten wir an eines der Fenster im ersten Stock legen. Die sind nie verriegelt, und Sie könnten reinklettern.«

»Nein«, widersprach Paul Pry bedächtig, »das ist kein guter Plan. Es wäre besser, wenn ich ganz offiziell an der Party teilnehme. Ich könnte eine Einladung fälschen.«

»Das ist eine Idee!« rief sie aus. »So eine Einladung könnte ich Ihnen besorgen. Dann können Sie direkt zur Vordertür reinspazieren und sich irgendwann davonstehlen und in sein Arbeitszimmer gehen, in dem die Briefe sind.«

»Aber die Briefe sind doch bestimmt irgendwo sicher verwahrt, oder?«

»Nein. Das heißt, sie liegen in seinem Schreibtisch, und dieser Schreibtisch ist abgesperrt, aber mit dem Schloß würden Sie bestimmt fertig werden. Ich denke, ich könnte Ihnen einen Dietrich besorgen, der paßt.«

Paul Pry legte einen Arm um ihre Taille. »Ich tue es, Stella«, erklärte er, »für eine alte Freundin.«

Sie lachte kehlig. »Ein so galanter Mann«, meinte sie,

»hat Anspruch auf ein weiteres – Vorrecht unter Freunden.«

Und beugte sich vor.

III – Tödliche Maskerade

Mugs Magoo saß in der Wohnung, als Paul Pry die Tür aufschloß und eintrat. Mit glasigen Augen musterte Magoo ihn. Dann langte er nach der halbleeren Whiskeyflasche, die neben ihm stand, schenkte sich großzügig ein und leerte das Glas in einem Zug.

»Na ja«, meinte er, »ich hätte nicht gedacht, daß ich Sie noch mal zu Gesicht kriege.«

»Du warst schon immer für einen Witz gut«, bemerkte Paul Pry und verstaute Hut und Mantel im Schrank.

»Sie sind einfach ein Glückspilz«, fuhr Mugs Magoo leutselig fort. »Sie haben einen Termin, und der ist schon seit einem halben Jahr überfällig, soviel ich weiß. Man hat schon einen Marmortisch für Sie hergerichtet, und warum Sie nicht schon längst da drauf liegen, ist mir ein Rätsel.«

»Mugs«, erklärte Paul Pry lachend, »du bist von Natur aus Pessimist.«

»Von wegen Pessimist«, erwiderte Mugs. »Sie ignorieren meine Signale. Sie tappen in die teuflischsten Fallen, und wie Sie da wieder rauskommen, das geht über meinen Verstand.«

»Was willst du damit sagen?« fragte Paul Pry.

»Die Frau, die an Ihrem Tisch gesessen hat«, erklärte Mugs Magoo, »war ›Slick‹ Stella Molay, die schlaue Stella. Sie hat Tom Meek beschattet. Ich habe gesehen, wie Sie sich an seinen Tisch geschlichen haben, und sie hat Sie auch gesehen. Frank Bostwick ist nichts weiter als ein

Anwalt. Vor einer Jury große Reden schwingen und mit den Armen fuchteln und über die Verfassung quatschen, dazu taugt er, aber er ist nicht besonders gut zu Fuß. Deshalb hat Tompkins dafür gesorgt, daß Slick Stella Molay diesem Tom Meek folgt, um sicherzugehen, daß der Brief an die richtige Adresse gelangt.«

»Ich verstehe«, sagte Paul Pry. »Dann hat die schlaue Stella also gewußt, daß ich den Brief habe. Ist es so?«

»Natürlich hat sie es gewußt.«

»Warum hat sie mich dann nicht des Diebstahls bezichtigt oder ihrerseits versucht, ihn mir zu stehlen?«

»Weil sie gewußt hat, daß das nichts bringt. Sie hat gewußt, daß Sie sich in dem Geschäft auskennen und daß Sie versuchen würden, den Brief zu lesen.«

»Was wollte sie dann von mir?«

Mugs Magoo schnaubte verächtlich. »Was die von Ihnen wollte!« rief er aus. »Die wollte Sie aus dem Weg räumen, was denn sonst! Sie wollte Sie dorthin befördern, wo Sie die Radieschen von unten begucken können.«

Paul Pry grinste vergnügt.

»Na schön«, meinte er, »ich bin aber immer noch hier.«

»Sie sind noch hier, weil die Vorsehung es mit Narren und Schwachköpfen immer gut meint«, klärte Mugs Magoo ihn auf. »Bei den Risiken, die Sie eingehen, und bei der Art, wie Sie Schwierigkeiten förmlich suchen, ist es ein Wunder, daß Sie nicht schon vor Monaten umgelegt worden sind. Herrgott noch mal, ist Ihnen eigentlich klar, daß Slick Stella Molay es war, die in Chicago ›Big‹ Ben Desmond umbringen lassen hat?«

»Tatsächlich?« sagte Paul Pry und zog höflich die Augenbrauen hoch. »Und wie ist Big Ben Desmond von hinnen geschieden? Hat sie ihn erschossen oder vergiftet?«

Mugs Magoo schenkte sich noch einen Whiskey ein.

»Die doch nicht«, meinte er, »dazu ist die viel zu raffiniert.«

»Na schön«, räumte Paul Pry ein, »ich gestehe, daß ich neugierig bin, Mugs. Also los, erzähl schon und spann mich nicht auf die Folter.«

»Na ja«, resümierte Mugs Magoo, »das Ganze war so raffiniert eingefädelt, daß nirgendwo ein schwacher Punkt war. Die Anklagejury hat den Fall gedreht und gewendet, konnte aber nichts machen.«

Paul Pry machte es sich in einem Sessel mit verstellbarer Rückenlehne bequem, zündete sich eine Zigarette an und legte höfliches Interesse an den Tag.

»Willst du damit sagen, Mugs, daß jemand einen anderen auf eine Art und Weise ermorden kann, daß eine Anklagejury, obwohl sie den Fall genauestens untersucht, nichts finden kann?«

»Slick Stella Molay hat das geschafft«, bekräftigte Mugs Magoo.

»Und wie, um alles in der Welt, hat sie das angestellt?«

»Sie hat Big Ben Desmond dazu überredet, als Einbrecher verkleidet auf einen Maskenball zu gehen. Dann hat sie ihn dazu gebracht, durch das Haus des Mannes zu schleichen, der das Fest veranstaltet hat. Dieser Mann hat gerade in seinem Schlafzimmer vor dem Safe gestanden und ein paar Juwelen weggeräumt, als er gehört hat, wie eine Tür aufging. Er hat sich umgedreht, und da hat plötzlich ein Mann gestanden, der wie ein Gauner ausgesehen hat, mit Handschuhen, Maske, Kanone und allem Drum und Dran.

Der Gastgeber war bewaffnet, also hat er einfach seine Kanone rausgezogen und Big Ben Desmond fünf Kugeln in den Wanst gejagt. Erst dann hat er gemerkt, daß er einen seiner Gäste erschossen hat, der in diesem Kostüm durch sein Haus spaziert ist.«

Paul Pry unterdrückte höflich ein Gähnen.

»Ziemlich unelegant, in der Tat, Mugs«, meinte er. »Ich hatte gehofft, du würdest mir was Neues erzählen, etwas, das wirklich interessant ist.«

»Na schön«, entgegnete Mugs Magoo, »es war jedenfalls neu genug, um Big Ben Desmond aus dem Weg zu räumen. Und die Anklagejury konnte dem Kerl nichts anhängen, weil die Verteidigung sich darauf berufen hat, daß er das Recht hätte, einen Einbrecher zu erschießen. Und damit war Slick Stella Molay aus dem Schneider. Sie hat eine Zwiebel in ihrem Taschentuch versteckt und ist mit roten Augen und ganz verheult in den Gerichtssaal marschiert. Es heißt, ihre Augen hätten teuflisch geblitzt, als sie ihre Aussage gemacht hat, aber jedenfalls hat sie verdammt gut aufgepaßt, daß mit ihren Beinen alles in Ordnung war. Sie hat ihre besten Strümpfe angezogen, und als sie die Beine übereinandergeschlagen hat, da ist die Anklagejury zu dem Schluß gekommen, daß Slick Stella, egal, was passiert war, nichts mit der Sache zu tun gehabt hat.«

»Und du glaubst«, fragte Paul Pry, »daß sie mich auch aus dem Weg räumen möchte?«

»Mit Sicherheit. Was hat in dem Brief gestanden?«

»Ich weiß nicht.«

Mugs Magoo setzte sich ruckartig in seinem Sessel auf und starrte mit vorquellenden, glasigen Augen Paul Pry an.

»Sie meinen, Sie wissen nicht, was in dem Brief steht?«

»Nein. Ich habe nicht die leiseste Ahnung.«

»Warum, zum Teufel, haben Sie dann den Brief geklaut?«

»Um ihn zu lesen natürlich.«

»Na schön, und warum haben Sie ihn nicht gelesen?«

»Ich habe ihn in meinen Schuh gesteckt und bin bis jetzt nicht dazu gekommen, ihn rauszuholen«, erklärte Paul Pry.

Beiläufig, als handle es sich um eine eher unwichtige Angelegenheit, holte er den Umschlag aus seinem Schuh, klappte bedächtig sein Taschenmesser auf und schlitzte den Brief seitlich auf. Ein zusammengefalteter Zettel fiel heraus.

»Was steht denn drin?« fragte Mugs Magoo eifrig.

Paul Pry runzelte die Stirn.

»Eine etwas verwirrende Botschaft, würde ich sagen, Mugs.«

»Kommen Sie schon – was steht drin?«

Paul Pry las den Brief laut vor: »Sagen Sie Stella, daß in Bunnys Nußknacker eine Schraube locker ist und daß sie das Spiel durchziehen soll, aber holen Sie mich raus, ehe Sie die Beute auf den Tisch legen.«

»Ist das alles?« wollte Mugs Magoo wissen.

»Das ist alles«, erwiderte Paul Pry.

»Na schön«, meinte Mugs Magoo, »jetzt wissen wir wenigstens, warum Stella in der Nähe von dem Anwalt rumgehangen ist. Frank Bostwick hätte nie kapiert, was das bedeutet.«

»Verstehst du es etwa?« fragte Paul Pry.

»Na ja«, sagte Mugs Magoo und betrachtete trübsinnig den sinkenden Spiegel der bernsteinfarbenen Flüssigkeit in der Whiskeyflasche. »Ein paar Sachen kapier ich auch nicht. Bunny, das muß Bunny Myers sein, und wenn Tompkins sagt, daß sie ihn rausholen sollen, ehe sie die Beute auf den Tisch legen, dann heißt das, daß er aus dem Knast draußen sein muß, ehe sie den Diamanten herzeigen oder ihn der Versicherungsgesellschaft geben.«

»Glaubst du, das bedeutet, daß mit dem Diamanten irgend etwas nicht in Ordnung ist?«

Mugs sagte: »Tompkins würde sich nie trauen, der Versicherung einen Diamanten anzudrehen, mit dem was faul ist. Der will bloß auf Nummer sicher gehen. Oft versprechen diese Versicherungsleute das Blaue vom Himmel, was sie alles mit dem Bezirksstaatsanwalt aushandeln wollen, wenn der Gauner mit der Wahrheit rausrückt und ihnen das Versteck von dem Edelstein verrät. Und wenn es dann drauf ankommt und die Versicherungsgesellschaft aus dem Schneider ist, verlieren sie das Interesse an der Sache, und der Gauner bekommt doppelt soviel aufgebrummt, wie er sonst gekriegt hätte.«

»Erzähl mir etwas über Bunny Myers«, forderte Paul Pry ihn auf.

»Das ist so ein Winzling mit sanften Augen und einer großen Nase und vorstehenden Zähnen, wie ein Kaninchen. Immer wenn man ihn sieht, hat man das Gefühl, man müßte ihm eine Karotte zum Knabbern geben. Bunny ist mir schon vier oder fünf Jahre nicht mehr über den Weg gelaufen, aber ich weiß, daß er zusammen mit Tompkins ein paar Dinger mit Juwelen gedreht hat.

Bunny ist als Partner recht praktisch, eben weil er so harmlos aussieht. Der sieht wirklich wie ein Kaninchen aus, und ich will verdammt sein, wenn er sich nicht wie eines aufführt.«

»Irgendwelche besonderen Fähigkeiten?« wollte Paul Pry wissen.

»Na ja, er ist ziemlich fix mit dem Schießeisen«, räumte Mugs Magoo ein, »und er ist ein guter Schauspieler. Er hat diese Tour mit der Sanftmütigkeit regelrecht trainiert, weil kein Mensch sich vorstellen kann, daß ein Überfallprofi so harmlos aus der Wäsche guckt.«

»Na schön«, meinte Paul Pry, »es hat keinen Sinn, mir darüber den Kopf zu zerbrechen. Die Nachricht ist irgendwie verschlüsselt und scheint uns nicht so recht weiterzubringen. Ich muß mein Schönheitsschläfchen halten, denn morgen habe ich eine anstrengende Nacht vor mir.«

»Zieh'n Sie morgen was durch?« fragte Mugs Magoo interessiert.

»Nein«, erwiderte Paul Pry, »ich gehe morgen abend auf einen Ball.«

»Auf was für einen Ball?« wollte Mugs Magoo wissen.

»Auf einen Ball, zu dem ich Slick Stella Molay begleiten soll«, erklärte Paul Pry. »Sie sorgt dafür, daß ich eine Einladung bekomme. Ich werde ein ziemlich ausgefallenes Kostüm anziehen. Sie hat sich das alles genau überlegt, Mugs. Es ist recht originell: ich gehe als ganz gewöhnlicher Einbrecher, mit einer Maske und einer Kanone und einer Tasche mit Einbrecherwerkzeug.«

Mugs Magoo wirbelte herum und streifte dabei die Whiskeyflasche, die einen Augenblick lang hin und her schwankte und dann auf dem Boden zerschellte.

»Sie machen was?« brüllte er.

»Deswegen brauchst du nicht gleich so zu schreien«, beschwichtigte Paul Pry ihn. »Ich gehe lediglich als Einbrecher verkleidet auf einen Maskenball, in Begleitung von Slick Stella Molay.«

Kummervoll schüttelte Mugs Magoo den Kopf. Er preßte seine Hand an die Stirn, als wolle er versuchen, auf diese Weise seine fünf Sinne zusammenzuhalten.

»O mein Gott!« stöhnte er.

»Übrigens«, fügte Paul Pry hinzu, »du gehst zweifelsohne recht in der Annahme, daß Stella weiß, daß ich mir den Brief geschnappt habe, den Tom Meek für den Anwalt hinterlassen hat. Die werden versuchen, einen zweiten Brief aus dem Gefängnis zu schmuggeln. Wie lange werden sie dazu wohl brauchen?«

Mugs Magoo schüttelte immer noch traurig den Kopf.

»Was das betrifft«, meinte er, »das wird wahrscheinlich ein paar Tage dauern. Die müssen erst mal eine Nachricht zu Tompkins reinschmuggeln, und dann muß Tompkins Meek einen Brief übergeben, und der muß rausgebracht werden. Aber darüber brauchen Sie sich nicht den Kopf zu zerbrechen. Wenn es soweit ist, werden Sie nicht mehr da sein. Sie werden flach daliegen, in der Hand eine Lilie. Sie waren ein guter Kumpel, solange Sie am Leben waren, aber Sie sind eben wie der Krug, der zu oft zum Brunnen gegangen ist.

Ich will mich ja nicht in Ihre Privatangelegenheiten einmischen, aber wenn Sie mir sagen, welches Lied Sie am liebsten mögen, dann würd ich mich drum kümmern, daß der Leichenbuddler es spielen läßt, wenn es soweit ist.«

IV – Bunnys Nussknacker

Das Taxi reihte sich in die Schlange von Autos ein, die an den Randstein fuhren, und Slick Stella Molay erklärte: »Da sind wir.«

Wenige Augenblicke später half Paul Pry ihr aus dem Wagen und wurde dafür mit einem gnädigen Lächeln belohnt.

»Liebling«, schmeichelte sie, »du siehst so hinreißend aus, daß ich regelrecht Herzklopfen bekomme. Wirklich genau wie ein Einbrecher.«

Paul Pry nahm dankend das Kompliment entgegen und bezahlte den Taxifahrer.

»Das will ich wohl meinen, daß der wie ein Einbrecher aussieht«, bestätigte dieser und steckte das Geld in die Tasche. »Es hätte nicht viel gefehlt, und ich hätte ihm freiwillig meine Brieftasche gegeben statt der Taxirechnung. Sehen Sie, Lady, ich bin vor einer Woche überfallen worden, und da, wo die mir die Kanone reingebohrt haben, hab ich immer noch so ein komisches Gefühl im Magen.«

»Das ist also die Höhle des berüchtigten Silver Dawson?« fragte Paul Pry.

»Ja«, erwiderte sie, »des Erpresserkönigs der Unterwelt. Er ist ein Kämpfer. Ich wünschte, jemand würde ihn umlegen.«

»Werde ich ihm vorgestellt, wenn wir reinkommen?« wollte Paul Pry wissen.

»Nein«, entgegnete sie. »Du zeigst einfach dem Türsteher deine Einladung, und dann gehen wir rein und mischen uns eine Zeitlang unter die Leute. Wir trinken ein Glas Punsch und tanzen vielleicht ein bißchen. Dann gehst du nach oben. Das Arbeitszimmer ist im ersten Stock und geht nach vorne raus; die Briefe sind im Schreibtisch. Den Schlüssel habe ich dir ja gegeben.«

»Und dann?« erkundigte sich Paul Pry.

»Dann«, erklärte sie, »bleiben wir noch ein Weilchen dort und fahren anschließend in meine Wohnung.«

»Keine Demaskierung?« fragte Paul Pry.

»Keine Demaskierung«, antwortete sie. »Wenn du die Maske abnimmst, müßte ich das auch machen, und wenn Silver Dawson mich sieht, wüßte er sofort, daß irgend etwas nicht in Ordnung ist und daß unsere Einladungen gefälscht sind.«

»Und wenn ich irgendwelchen Dienstboten begegne?«

»Dann bohrst du ihnen die Kanone zwischen die Rippen. Fessle und kneble sie oder setz sie außer Gefecht, wenn es sein muß. Du brauchst dir keine Sorgen zu machen, denn wenn jemand was von dir will, kannst du ohne weiteres behaupten, daß du die Toilette suchst.«

Sie drehte sich um und schenkte ihm einen betörenden Blick aus ihren großen blauen Augen und ein Lächeln ihres sinnlichen, leicht geöffneten Mundes.

»Verstehst du«, fuhr sie fort, »jeder würde glauben, daß das deine Kostümierung ist, also kann gar nichts passieren.«

Paul Pry nickte.

»In Ordnung«, meinte er, »gehen wir.«

Sie traten in das Haus, zeigten einem Türsteher ihre gefälschten Einladungen und mischten sich unter die Leute. Ein Dutzend und mehr Paare waren bereits in äußerst vergnügter Stimmung – die Folge eines bemerkenswert starken Punsches, der von einem höflichen Menschen in Abendanzug, über dessen linkem Unterarm eine weiße Serviette hing, großzügig ausgeteilt wurde.

Paul Pry begleitete Stella zu dem Tisch, auf dem die Schale mit dem Punsch stand, und nach dem zweiten Glas zog sie ihn, als die Kapelle zu spielen begann, auf die Tanzfläche.

Sie schmiegte sich an ihn und flüsterte ihm zärtliche Koseworte ins Ohr, während sie dahinschwebten.

»Liebling«, gurrte sie, »du wirst überrascht sein, wie dankbar ich mich zeigen werde.«

»Tatsächlich?« fragte er.

»Ja«, bekräftigte sie. »Die Vorrechte einer alten Freundschaft, du weißt schon.«

Paul Pry ließ einen Tanzschritt aus und schloß unvermittelt die gertenschlanke Gestalt fester in die Arme, um ihr seine Zuneigung zu beweisen.

»Ich glaube«, schnurrte sie und drängte sich an ihn, so daß ihr Mund dem seinen ganz nahe war, »wir sollten lieber in die dunkle Ecke bei der Tür tanzen. Sie führt in die Halle, und von da aus gehst du die Treppe hinauf in das Zimmer auf der Vorderseite des Hauses. Ich vermute, Silver Dawson ist der Mann in dem roten Teufelskostüm, da drüben bei der Punschschale. Ich bin mir ziemlich sicher, daß niemand im oberen Stockwerk ist, denn ich habe die Augen offengehalten und mich auch nach den Dienstboten umgesehen, und ich bin überzeugt, daß sie alle hier unten sind.«

»Du scheinst dich in dem Haus recht gut auszukennen«, bemerkte Paul Pry.

»Ja«, stimmte sie zu, »ich war schon ein paarmal hier. Gelegentlich als Gast, und in letzter Zeit als Bittstellerin, die alles gegeben hätte, um die Briefe zurückzubekommen.«

»Alles?« fragte Paul Pry.

»Fast alles«, erwiderte sie sanft.

Die Musik hörte auf. Einen quälenden Augenblick lang preßte Stella sich an Paul Pry, dann hauchte sie: »Beeil dich, Liebster, dann können wir hier weg.«

Paul Pry nickte und schlich unauffälllig durch die Tür in die dunkle Halle.

Nirgends waren Dienstboten zu sehen. Eine Treppenflucht führte in den oberen Korridor; Paul Pry eilte sie leichtfüßig hinauf, flink und geschmeidig wie eine Katze.

Oben angelangt, wandte Paul Pry sich jedoch nicht nach links, um zur Vorderseite des Hauses zu gelangen, sondern drückte sich an eine Tür, die sich nahe dem oberen Ende der Treppenflucht auf den Korridor öffnete, und lauschte gespannt.

Nach ein oder zwei Sekunden ließ er sich auf Hände und Knie nieder und drehte versuchsweise am Türknauf.

Die Tür schwang nach innen auf, und Paul Pry, der flach am Boden lag, also außerhalb der Schußlinie, falls jemand in dem Durchgang gestanden hätte, spähte in den dunklen Raum.

Nichts regte sich. Es handelte sich um ein Schlafzimmer, und das Licht, das von der Halle hereindrang, fiel auf ein Bett aus Nußbaum, eine Kommode und einen Schreibtisch.

Unter der Tür am anderen Ende des Raumes war ein schmaler Lichtstreif zu sehen.

Paul Pry stand auf, trat behende in den Raum und zog hinter sich die Tür zu. Dann ging er zielstrebig auf die Tür zu, unter der das Licht durchsickerte.

Als er diesen Knauf probierte, war er etwas zuversichtlicher als vorhin, aber genauso sorgsam darauf bedacht, kein Geräusch zu machen. Mit seinem ganzen Gewicht lehnte er sich gegen die Tür, um die Spannung von dem Schnappschloß zu nehmen, und drehte den Knauf sehr behutsam, um jegliches Knirschen zu vermeiden. Als der Schnäpper offen war, zog er die Tür langsam auf sich zu.

Sie öffnete sich, und Paul Pry spähte hindurch. Sein Blick fiel in ein luxuriös ausgestattetes Badezimmer, an dessen anderem Ende sich eine Tür mit einem mannshohen Spiegel befand.

Paul Pry trat in das Badezimmer und löschte das Licht, indem er einfach die Birne um eine halbe Drehung lokkerte. Dann wandte er seine Aufmerksamkeit dem Knauf an der gegenüberliegenden Tür zu.

Er drehte ihn langsam, bis der Schnäpper offen war und Paul Pry die Tür Stück für Stück aufdrücken konnte.

Im Badezimmer war es jetzt dunkel, so daß hinter ihm kein Licht war, das in das angrenzende Zimmer dringen würde, sobald die Tür sich öffnete.

Sie führte in das Arbeitszimmer, das Stella ihm beschrieben hatte und das auf der Vorderseite des Hauses lag, das Zimmer, in dem der Schreibtisch stand, in dem die kostbaren Briefe verwahrt waren.

Der Schirm einer Stehlampe war so gedreht, daß das Licht direkt auf eine Tür fiel, die, so vermutete Paul Pry, auf den Korridor führte und durch die er seinen Auftritt hätte absolvieren sollen.

Im Schatten hinter der Lampe stand ein kleiner Mann mit fliehender Stirn, großer Nase und Kaninchenzähnen, die durch seine halb geöffneten Lippen spitzten. Seine Augen glitzerten kalt, und in der Rechten hielt er eine schwere Automatik.

Geräuschlos drückte Paul Pry die Tür auf und schlich sich mit katzengleichen Schritten in den Raum.

Als er drei Schritte gemacht hatte, warnte irgendein winziges Geräusch oder vielleicht ein Instinkt den Mann mit der Kanone. Mit einem Ausruf der Überraschung wirbelte er herum und hob die Waffe.

Blitzschnell holte Paul Pry mit seiner rechten Faust aus; gleichzeitig machte er einen Satz nach vorne.

Der Mann mit der Kanone gab erneut einen zischelnden Ausruf des Erstaunens von sich, dann war ein Trampeln zu hören und schließlich der Aufprall einer Faust auf Fleisch und ein unterdrücktes Stöhnen, als der Mann mit den Kaninchenzähnen auf dem Teppich in sich zusammensackte.

Paul Pry steckte die Pistole ein. »Einen Laut«, warnte er den Mann, »und ich schneide dir die Kehle durch.«

Der Mann lag jedoch reglos da; er hatte das Bewußtsein verloren.

Hastig stopfte Paul Pry ihm ein Taschentuch in den Mund, schlang eine Schnur, die er in der Tasche gehabt hatte, um seine Handgelenke und zog so kräftig zu, daß sie ins Fleisch schnitt. Dann durchsuchte er schnell und zielstrebig die Kleidung des Mannes und beförderte ein Bündel Geldscheine, ein Federmesser, ein Feuerzeug, ein Zigarettenetui, ein Taschentuch, einen Füllfederhalter, ein bißchen Kleingeld, ein Lederetui voller Schlüssel sowie einen Totschläger zutage.

Der Totschläger, mit einer dünnen Schnur unter der linken Achselhöhle befestigt, glänzte vom häufigen Gebrauch. An seinem Griff befand sich die übliche Lederschlinge, so daß sein Träger ihn bei Bedarf um sein Handgelenk kreisen lassen konnte.

Paul Pry riß den Totschläger von der Schnur und steckte ihn in seine Tasche, in der er auch die Geldscheine verstaute. Dann stand er auf, nahm die Schlüssel, durchsuchte in Windeseile den Raum und schloß versperrte Schubladen sowie den Deckel eines Rollpults auf.

Ganz hinten in einer Schublade fand er ein Bündel Briefe, die mit einer Kordel zusammengebunden waren. Er löste das Band und warf kurz einen Blick auf ein paar von den Briefen.

Die flüchtige Begutachtung zeigte, daß sie in einer weiblichen Handschrift abgefaßt, an den »herzallerliebsten Bunny« gerichtet und gelegentlich mit »ganz die Deine, Stella«, dann wieder mit »Deine in Liebe entbrannte Mama, Stella« unterzeichnet waren.

Paul Pry ließ die Briefe in seine Tasche gleiten, warf einen letzten Blick auf die Gestalt am Boden und ging in das Badezimmer. Er durchquerte es, ebenso das dunkle Schlafzimmer, trat auf den Korridor und stieg die Treppe hinunter.

Stella Molay stand in der Halle am Fuß der Treppe. Ihren Kopf hatte sie leicht zur Seite geneigt, als würde sie lauschen und jeden Augenblick mit einem plötzlichen Lärm rechnen, der die Stille der Nacht durchbrach, einem Lärm, dem passenderweise das Kreischen einer Frau folgen könnte.

Als Paul Pry leichtfüßig die Treppe hinuntereilte, starrte sie ihn ungläubig an.

»Großer Gott!« rief sie. »Was ist passiert?«

Er ging auf sie zu und verbeugte sich leicht. »Herzlichen Glückwunsch, meine Liebe«, erklärte er. »Deine Ehre ist gerettet.«

Er richtete sich auf und blickte in fassungslose, entsetzte blaue Augen.

»Wo ist Bunny?« fragte sie.

»Bunny?«

»Ich meine Silver, Silver Dawson«, verbesserte sie sich hastig. »Ein kleiner Mann mit komischen Zähnen und einer großen Nase.«

»Oh, der ist im Tanzsaal«, klärte Paul Pry sie auf.

»Weißt du nicht mehr? Der Mann im Teufelskostüm an dem Tisch mit der Punschschale.«

In den blauen Augen schimmerte ein Funken von Argwohn auf, als sie ihn jetzt ansah, aber Paul Pry hielt ihrem Blick mit Augen voll kindlicher Unschuld stand.

»Alsdann«, forderte er sie auf, »laß uns hier weg und in deine Wohnung gehen.«

»Hör mal«, sagte sie argwöhnisch, »irgend etwas stimmt da nicht. Du mußt die falschen Briefe erwischt haben.«

»Wie kommst du denn darauf?«

Sie biß sich auf die Unterlippe und erklärte gedehnt: »Nur so eine Ahnung, weiter nichts.«

Sanft nahm Paul Pry ihren Arm. »Ich bin überzeugt, daß alles seine Richtigkeit hat«, erklärte er. »Ich habe die Briefe.«

Sie schwieg einen Augenblick, als versuche sie, sich irgendeine Ausrede auszudenken, und folgte ihm dann widerstrebend durch die Tür, über die Veranda und die Reihe der parkenden Autos entlang. Paul Pry fand ein Taxi, dessen Fahrer eine Gelegenheit abgewartet hatte, ein Geschäft zu machen.

Als sie im Wagen saßen, schaltete Paul Pry die Innenbeleuchtung an und zog die Briefe aus der Tasche.

»Wir müssen uns vergewissern, daß du die richtigen Briefe hast«, erklärte sie, »ansonsten mußt du noch mal zurück. Die Briefe, die ich geschrieben habe, waren – ziemlich offenherzig.«

»Na ja«, meinte Paul Pry und zog einen Brief aus dem Umschlag, »mal sehen, ob der offenherzig genug ist.«

Er faltete den Brief auf, während sie sich zu ihm beugte, um ebenfalls einen Blick darauf zu werfen.

Als sie die Handschrift erkannte, schnappte sie nach Luft. »Dieser verdammte Narr«, stieß sie hervor, »ausgerechnet diese Briefe aufzuheben!«

Paul Pry tat so, als hätte er diese Bemerkung überhört, las eine Zeile laut vor und fing an zu lachen. »Das«, meinte er, »das ist dir bestimmt offenherzig genug.«

Sie riß ihm den Brief aus der Hand und starrte ihn wutentbrannt an.

»Na komm, Schätzchen«, sagte er, »wie wär's, wenn du mir jetzt eines der Vorrechte gewährst, die alte Freundschaft mit sich bringt?«

Mugs Magoo stand auf, als Paul Pry ins Zimmer trat, und lieferte die absolut perfekte Vorstellung eines Mannes, der ein Gespenst sieht.

Er schirmte seine Augen mit dem Arm ab.

»Verschwinde!« brüllte er. »Geh weg! Tu mir nichts! Ich war immer gut zu ihm, solange er gelebt hat! Sein Geist darf mich nicht heimsuchen! Geh weg, hab ich gesagt!«

Paul Pry ließ sich in einen Sessel fallen, ohne sich die Mühe zu machen, Hut und Mantel abzulegen. Lächelnd zündete er sich eine Zigarette an und steckte sie schräg in den Mundwinkel.

»Was ist denn los, Mugs?« fragte er.

»Mein Gott«, stieß Mugs hervor, »er spricht! Ein Geist, der spricht! Ich weiß, daß das nicht Sie sein können, weil Sie tot sind! Sie sind heute abend umgelegt worden, aber wie kommt es, daß Ihr Geist keine Kugeln im Bauch hat? Und außerdem, das ist das erste Mal in meinem Leben, daß ich einen Geist eine Zigarette rauchen sehe!«

Paul Pry lachte, griff mit der Hand in seine Hosentasche und förderte ein Bündel Banknoten zutage. Nachlässig schob er sie über den Tisch.

Mugs starrte den Stapel an. »Wieviel?« wollte er wissen.

»Oh, fünf- oder sechstausend«, erklärte Paul Pry beiläufig.

»Was!« rief Mugs aus.

Paul Pry nickte.

»Woher haben Sie das?«

»Na ja«, meinte Paul Pry, »teils ist es eine Schenkung von Bunny Myers. Die Schenkung war nicht ganz freiwillig, und Bunny wird sich wahrscheinlich nicht mehr daran erinnern, wenn er aufwacht, aber trotzdem, es war eine Schenkung.«

»Und das übrige?« wollte Mugs Magoo wissen.

Paul Pry setzte sich in seinem Sessel etwas bequemer hin.

»Weißt du, Mugs«, sagte er, »ich hatte so eine Idee, daß Tompkins möglicherweise nicht mal seiner eigenen Bande über den Weg traut und deshalb den Edelstein an einem Platz versteckt hat, wo niemand ihn vermutete. Das war diese komische Anspielung in seiner Botschaft, wegen Bunnys Nußknacker. Und als Bunny Myers mir seine unfreiwillige Schenkung gemacht hat, da habe ich mir den Totschläger genauer angesehen, den er unter seinem Arm versteckt hatte.

Eins steht fest, an dem Ding war eine Schraube locker. Man konnte sogar den ganzen Griff abschrauben, indem man den richtigen Druck ausübte. Offenbar hatte Tompkins diesen Totschläger Bunny gegeben, in der Absicht, ihn in einer Notlage als Versteck für etwas zu benutzen, das zu heiß war.

Als ich ihn aufgeschraubt habe, war der Legget-Diamant drin, und ein äußerst freundlicher Herr namens Mr. Edgar Patten, Gutachter der Versicherungsgesellschaft, die für den Diamanten zuständig war, hatte die Güte, darauf zu bestehen, daß ich eine kleine Belohnung für meine Dienste annehme, als ich ihm den Stein zurückgebracht habe.«

Mugs Magoo spitzte die Lippen und stieß einen leisen Pfiff aus. »Sie sind wirklich ein Glückspilz!« rief er aus.

»Eins ist sicher, Sie haben sich zwei der härtesten Nüsse in dem ganzen Spiel ausgesucht, aber Sie sind noch am Leben! Das darf einfach nicht wahr sein!«

Paul Pry lachte leise. »Es waren harte Nüsse, die ich knacken mußte, das stimmt, Mugs«, sinnierte er. »Aber mit Hilfe von Bunnys Nußknacker habe ich es geschafft.«

DER KREUZSTICHMÖRDER

1 – Gemordete Millionäre

Paul Pry polierte die rasiermesserscharfe Klinge seines Stockdegens mit der gleichen Sorgfalt, die ein Edelsteinschleifer aufwendet, um einem kostbaren Onyx das richtige Funkeln zu verleihen.

»Mugs« Magoo hockte in einem großen, weich gepolsterten Sessel rechts in der Ecke. In seiner Linken hielt er ein Glas mit Whiskey. Ab der Schulter fehlte ihm der rechte Arm.

Eva Bentley saß in einer kleinen verglasten Kabine und hörte im Radio den Polizeifunk ab. Von Zeit zu Zeit machte sie sich Notizen in Kurzschrift, die sie offenbar perfekt beherrschte, und gelegentlich tippte sie auf einer Reiseschreibmaschine, die auf dem Tisch neben ihr stand, ein paar Sätze.

Mugs Magoo dirigierte seine glasigen Augen Richtung Paul Pry. »Eines Tages«, erklärte er, »wird sich irgend so ein Gangster die Klinge von dem Stockdegen da schnappen und in zwei Teile brechen. Warum nehmen Sie nicht eine große Pistole und vergessen diesen Firlefanz mit dem Stockdegen? Die Klinge ist ja nicht mal groß genug, um einen Pfriem Kautabak abzuschneiden.«

Paul Pry lächelte. »Die Wirksamkeit dieses Stockdegens, Mugs, beruht darauf, daß er so leicht und so schnell ist. Das ist wie bei einem gewieften Boxer, der blitzschnell einen Treffer landet und sich zurückzieht, ehe ein Gegner, der schwerer ist als er, sich auch nur in Position bringen kann, um zuzuschlagen.«

Mugs Magoo nickte trübsinnig. »Na ja«, meinte er,

»ich weiß schon, warum Sie diese Waffe mögen – genauso spielen Sie selber rum: Sie sind immer ein bißchen schneller als die Polizei, Sie weichen den Gaunern aus, ducken sich weg, ehe jemand merkt, was eigentlich los ist, und hinterlassen einen Riesenschlamassel.«

Paul Prys Lächeln wurde zu einem Grinsen, und das Grinsen ging in ein leise glucksendes Lachen über. »Na schön, Mugs«, stimmte er zu, »kann durchaus sein, daß da was dran ist.«

In dem Moment sprang Eva Bentley auf, nahm ihren Stenoblock und stieß die Tür der von Glas umschlossenen Kabine auf, aus der jetzt das Krächzen des Polizeifunks zu hören war.

»Was gibt's, Eva?« fragte Paul Pry. »Irgend etwas von Bedeutung?«

»Ja«, antwortete sie, »man hatte gerade noch eine Leiche mit zusammengenähten Lippen gefunden. Wie bei der anderen handelt es sich auch in diesem Fall um einen Millionär – diesmal ist Charles B. Darwin das Opfer. Der Mord ist fast identisch mit dem an Harry Travers. Beide Männer wurden erstochen; beide hatten mit der Post Drohbriefe bekommen; beide Männer wurden tot aufgefunden, und bei beiden waren die Lippen in einem merkwürdigen Kreuzstichmuster zusammengenäht.«

Mugs Magoo schenkte sich einen Whiskey ein. »Gott sei's gedankt, daß ich kein Millionär bin«, meinte er.

Paul Pry hatte seinen Stockdegen fertig poliert und steckte die Klinge in die raffiniert getarnte Scheide. Seine Augen bildeten eine gerade Linie: ein Zeichen dafür, daß er sich konzentrierte; seine Worte kamen schnell und schneidend.

»Ich nehme an, bei der Polizei herrscht jetzt helle Aufregung«, mutmaßte er.

»Und wie«, berichtete Eva Bentley ihm. »Sie haben über Funk alles in Alarmbereitschaft versetzt; sämtliche Polizisten sollen alles andere stehen- und liegenlassen und sich darauf konzentrieren, den geheimnisvollen Mörder zu suchen. Es scheint dabei um Geld zu gehen. Genauer gesagt, die Polizei ist sich dessen sicher. Offensichtlich verfügen sie über irgendwelche Informationen, die sie nicht an die Presse weitergegeben haben. Allerdings ist allgemein bekannt, daß beide Männer Briefe erhalten haben, in denen sie aufgefordert wurden, eine bestimmte Geldsumme in einen Umschlag zu stecken und mit der Post unter einer bestimmten Adresse an eine bestimmte Person zu schicken. Beide Männer haben diese Aufforderung ignoriert und sind mit den Briefen zur Polizei gegangen.«

»Irgendwelche Informationen, daß auch noch andere Leute solche Briefe bekommen haben?« wollte Paul Pry wissen.

»Nichts. Die Polizeizentrale gibt lediglich Anweisungen an die Streifenwagen durch. Sie schicken welche in die Gegend, wo die Leiche gefunden wurde.«

»Wo war das – in einem Gebäude?«

»Nein, man hat sie in einem Auto gefunden. Der Mann war offenbar mit dem Wagen unterwegs, ist an den Randstein gefahren und hat angehalten. Er wurde hinter dem Steuer getötet. Die Beamten geben als Todeszeit ungefähr drei Uhr heute morgen an. Sie tendieren zu der Ansicht, daß eine Frau mit ihm im Wagen saß, und versuchen jetzt, sie zu finden. Sie glauben, daß sie etwas über das Verbrechen weiß oder zumindest irgendwelche Hinweise auf den Mörder geben kann.«

»Sonst noch was?« fragte Paul Pry.

»Das war so ungefähr alles«, erwiderte sie. »Oder wollen Sie die detaillierten Anweisungen, die an die Streifenwagen rausgehen?«

»Nein«, erklärte er, »nicht jetzt. Aber notieren Sie alles, was über Funk in Zusammenhang mit diesem Verbrechen kommt.«

Sie kehrte in ihre Kabine zurück, schloß die Tür, und erneut flog ihr Bleistift über die Seiten des Stenoblocks.

Paul Pry wandte sich zu Mugs Magoo um. Sein Gesicht war starr vor Konzentration. »Also gut, Mugs«, sagte er, »reiß dich zusammen und erzähl mir, was du über die Millionäre weißt.«

Mugs Magoo stöhnte. »Reicht es denn nicht, daß ich alles über Gauner weiß?« beklagte er sich. »Soll ich jetzt auch noch ein Lexikon für Millionäre werden?«

Paul Pry lachte. »Ich merke schon, worauf du hinauswillst, Mugs. Du möchtest verhindern, daß ich mich für den Fall interessiere, weil er dir Angst macht. Aber ich interessiere mich trotzdem dafür.«

Mugs Magoo kippte Whiskey in sein Glas, leerte es bis auf den letzten Tropfen, leckte sich die Lippen und richtete dann seine glasigen Augen auf Paul Pry.

Es waren bemerkenswerte Augen. Sie standen leicht vor und wirkten tot und ausdruckslos, als wären sie mit einem dünnen weißen Film überzogen. Es waren jedoch Augen, die viel sahen und nichts vergaßen.

Mugs Magoo war in der Lage, Namen, Vorgeschichte, Verbindungen und Vorstrafenregister fast aller aktenkundigen Gauner in den Vereinigten Staaten anzugeben. Darüber hinaus brauchte er ein Gesicht nur einmal anzusehen, um sich für immer an diese Person zu erinnern. Aller Klatsch, alle Informationen, die je an sein Ohr drangen, alle Ereignisse, die in seinem Gesichtskreis stattfanden, all das blieb unauslöschlich in seinem Gedächtnis gespeichert.

Früher war er das Kamera-Auge der Polizei gewesen. Ein politischer Umschwung hatte ihn um seine Stelle gebracht, bei einem unglückseligen Unfall hatte er seinen rechten Arm ab der Schulter eingebüßt. Da ihm klar gewesen war, daß er nie wieder bei der Polizei arbeiten könnte, hatte er sich ganz seinem Verlangen nach Schnaps hingegeben, bis er schließlich nur mehr ein versoffenes Wrack gewesen war, das um ein paar Groschen für seinen Lebensunterhalt als Krüppel bettelte, indem es an einer Straßenecke Bleistifte verhökerte. Damals hatte Paul Pry ihn aufgegabelt. Er hatte sich des Mannes angenommen und mit der Zeit seine Geschichte erfahren – und herausgefunden, über was für ein bemerkenswertes Talent dieser Mensch verfügte, ein Talent, das ihn für die Polizei ungeheuer wertvoll gemacht hatte. Er hatte ihm Kleidung, Essen und Geld gegeben und ihm ein bestimmtes Quantum Whiskey zugestanden, das dazu diente, das unersättliche Bedürfnis des Mannes nach Alkohol zu stillen. Von Zeit zu Zeit nutzte er die Informationen, die Mugs Magoo ihm aufgrund seiner enzyklopädischen Kenntnis der Unterwelt geben konnte.

»Mugs«, sagte Paul Pry, »was weißt du über Charles Darwin?«

Mugs Magoo schüttelte den Kopf. »Halten Sie sich da raus, Chef«, erklärte er. »Bitte, halten Sie sich da raus. Das ist Dynamit. Das ist nicht so ein Fall, bei dem Sie es mit irgendeinem billigen Gauner zu tun haben; hier legen Sie sich mit einem wahnsinnigen Mörder an.«

Paul Pry wartete einen Augenblick, dann sagte er noch einmal, langsam und mit Nachdruck: »Mugs, was weißt du über Charles Darwin?«

Mugs Magoo seufzte. »Erstens, er ist ein Millionär, der sein Geld an der Börse gemacht hat, als die Aktien raufgegangen sind, und sein Geld nicht verloren hat, als die Aktien runtergegangen sind. Das heißt, daß er entweder Verstand hat oder aber Glück.

Er hat eine von diesen frigiden Damen der besseren Gesellschaft geheiratet, und die Ehe hat nicht hingehauen. Also hat er angefangen, sich anderweitig zu amüsieren. Mrs. Darwin hat sich nie in ihrem Leben amüsiert, die weiß überhaupt nicht, was Sich-Amüsieren heißt. Für die ist das Leben eine ernsthafte Angelegenheit, bei der es um die Frage geht, wen sie zu ihrer nächsten Teeparty einladen und was sie beim Bridgespielen ansagen soll.

Darwin wollte die Scheidung. Sie hat sich geweigert und Detektive angeheuert, um genug gegen ihn in die Hand zu bekommen, daß er sich nicht scheiden lassen konnte. Ihr etwas anzuhängen ist ihm nie gelungen, weil es nichts gab, was man ihr anhängen konnte.«

»Woher weißt du das alles, Mugs?« fragte Paul Pry neugierig.

Mugs Magoo betrachtete grüblerisch das leere Whiskeyglas. »In die Gläser«, verkündete er schließlich, »geht nicht soviel rein wie in die anderen; sie . . .«

»Mach dir jetzt keine Gedanken wegen der Gläser, Mugs. Wie hast du alle diese Details über die Eheprobleme eines Millionärs rausbekommen?«

»Oh«, sagte Mugs verdrossen, »der Detektiv, den Mrs. Darwin aufgegabelt hat, ist ein Ex-Gauner. Ich hab ihn entdeckt, und er hat es mit der Angst zu tun gekriegt, daß ich ihn verpfeife, also hat er alles ausgeplaudert, was er gerade gemacht hat.«

»Na schön«, meinte Paul Pry, »aber du hast mir immer noch nicht erzählt, was passiert ist.«

»Also«, fuhr Mugs Magoo fort, »er war ein kluges Köpfchen, dieser Schnüffler. Nicht so wie die gewöhnlichen Privatdetektive. Natürlich nicht, weil zu seiner Zeit war er ein Gangster der ersten Klasse, und so hat er eine Menge Tricks gewußt, die eben nur ein Gangster kennt. Die Folge davon war, daß er ziemlich viel über Darwin rausgekriegt hat. Zum Beispiel hat er rausgefunden, daß Darwin ein Liebesnest hatte.«

»Ein Liebesnest?« fragte Paul Pry.

»Na ja, so heißt das in den Skandalblättern«, klärte Mugs Magoo ihn auf. »Es war einfach ein Apartment, das er gemietet hatte, ohne daß seine Frau etwas davon wußte.«

»Aber sie hat es rausgekriegt?«

»Die doch nicht«, sagte Mugs Magoo. »Der Detektiv hat es rausgekriegt, aber er war zu klug, als daß er diese Information seiner Agentur weitergegeben hätte. Ihm war klar, daß er aus der Agentur nicht mehr rausholen konnte als acht Dollar pro Tag und vielleicht hie und da einen Bonus für irgendwas zum Anziehen oder so. Also ist er zu Darwin gegangen, hat die Karten auf den Tisch gelegt, hat ihm gesagt, was er in der Hand hat, und hat ihm angeboten, ihm für fünftausend Dollar seine Informationen zu verkaufen. Natürlich hat er die fünf Riesen gekriegt.«

»Und was hat er der Agentur erzählt?« wollte Paul Pry wissen.

»Oh, denen hat er genug Material gegeben, daß die bei Mrs. Darwin einen ganz netten Bericht abliefern konnten. Ich glaube, er hat das sogar mit Charles Darwin selber abgesprochen, so daß der Bericht ausführlich genug war und Mrs. Darwin fast das ganze Beweismaterial gekriegt hat, das sie haben wollte.«

Nachdenklich runzelte Paul Pry die Stirn. »Wo war dieses Liebesnest, Mugs?« fragte er.

Mugs schenkte sich noch ein Glas Whiskey ein. Unvermittelt hielt er inne und setzte sich ruckartig auf. Seine Augen blinzelten nachdenklich. »Verdammt!« rief er. »Ich habe die Adresse irgendwo in meinem Kopf, aber – Mann, es war irgendwo im Westen draußen. Na, ist das nichts?«

Paul Pry langte nach Hut und Mantel. »In Ordnung, Mugs«, sagte er, »kram die Adresse aus deinem Hinterkopf hervor; ich brauche sie.«

II – Paul Pry als Voyeur

Das Wohnhaus vermittelte jenen Eindruck von Diskretion und Exklusivität, bei dem man an hohe Preise, aber nicht unbedingt an Ehrbarkeit denkt.

Wie ein lautloser Schatten huschte Paul Pry durch den mit einem flauschigen Teppich ausgelegten Korridor. Vor einer Tür blieb er stehen und inspizierte das Schloß. Dann suchte er aus einem Sortiment Schlüssel, die an einem Ring befestigt waren, einen Dietrich aus, steckte ihn in das Schloß und drückte langsam und gleichmäßig. Einen Augenblick später war ein Klicken zu hören, und der Schnapper glitt zurück.

Paul Pry trat in die Wohnung und schloß hinter sich die Tür.

Zufrieden stellte er fest, daß er der Polizei zuvorgekommen war. Zweifelsohne würde sie früher oder später von der Existenz des teuren Apartments des Playboy-Millionärs erfahren, der eine so tragische Rolle bei einem derart grausigen Mord gespielt hatte. Im Augenblick war jedoch Paul Pry am Zug und außerdem in der glücklichen Lage, den anderen einen Schritt voraus zu sein.

Paul Pry schaltete nicht das Licht ein, sondern bediente sich einer elektrischen Taschenlampe, deren Strahl er durch die Wohnung gleiten ließ. Er sah, daß die Fenster mit kostspieligen Gardinen verhängt und zudem die Rouleaus heruntergelassen waren. Es war daher praktisch unmöglich, von der Straße aus auch nur den winzigsten Lichtschimmer wahrzunehmen. Er sah teure

Teppiche, weich gepolsterte Sessel sowie ein gut ausgestattetes Bücherregal, dessen Inhalt allerdings mehr als Hintergrunddekoration denn als Lesestoff zu dienen schien. Im Schlafzimmer stand ein prachtvolles Bett aus Nußbaum, und die Geräumigkeit des gefliesten Badezimmers ließ einen Rückschluß auf die Höhe der Miete zu. Ein zweites Schlafzimmer grenzte auf der anderen Seite an das Badezimmer, und von dem Raum aus, den Paul Pry betreten hatte, kam man in die Küche und in ein Eßzimmer.

Paul Pry ging durch das Eßzimmer in die Küche.

Dann kehrte er in das Schlafzimmer zurück und leuchtete mit seiner Taschenlampe in den Schrank.

Darin hingen aus teuren Stoffen gefertigte Kleider. Es waren die Kleider einer Frau, und es bedurfte keiner Preisschilder, um zu sehen, daß sie von erlesener Qualität waren.

In den Kommodenschubladen fand Paul Pry hauchzarte Unterwäsche aus Seide, teure Strümpfe, seidene Pyjamas und Hausanzüge. Der Schrank in dem anderen Schlafzimmer war voller Herrenbekleidung. In diesem Raum stand ein Schreibtisch, und in einer Schublade des Schreibtischs lag ein Scheckbuch. Paul Pry nahm es heraus und sah sich die Quittungsabschnitte an.

Sie waren praktisch alle von einer Frauenhand ausgefüllt worden und beliefen sich insgesamt auf eine horrende Summe.

Als er das Scheckbuch wieder in die Schublade legte, fiel sein Blick auf einen Brief mit einer Marke für Sonderzustellung. Der Brief war an eine gewisse Gertrude Fenwick adressiert, und die fein säuberlich mit Schreibmaschine geschriebene Adresse stimmte mit der des Wohnhauses überein. Ein Absender war nicht angegeben.

Völlig ungeniert fuhr Paul Pry mit seinem Finger in den Umschlag, fischte ein mit Schreibmaschine beschriebenes Blatt Papier heraus und begann zu lesen:

Meine liebe Miss Fenwick,
Nur äußerst ungern ziehe ich Sie in diese Angelegenheit mit hinein. Aber ich wende mich an Sie, um sicherzugehen, daß Mr. Charles B. Darwin diese Nachricht zu sehen bekommt.
Ich habe das Gefühl, Mr. Darwin wird, wenn ihm klar wird, daß dem Unterzeichneten sogar das so sorgsam gehütete Geheimnis dieser Wohnung bekannt ist, möglicherweise geneigter sein, meinen Forderungen nachzukommen.
Mein letztes Schreiben hat er der Polizei übergeben, obwohl ich ihn gewarnt hatte, daß ein solches Vorgehen verheerende Folgen haben könnte. Hiermit gebe ich ihm eine letzte Chance.
Wenn er einen an den Überbringer zahlbaren Scheck in Höhe von fünfundzwanzigtausend Dollar ausstellt und ihn an Fremont Burke, postlagernd, schickt sowie sicherstellt, daß kein Versuch unternommen wird, der Person zu folgen, die diesen Brief abholt und den Scheck einlöst, wenn er außerdem keinen Versuch unternimmt, diese Person mittels markierter Banknoten oder auf irgendeine andere Weise aufspüren zu lassen, wenn er ferner seinen Einfluß dahingehend nutzt, seinen Freund Mr. Perry C. Hammond davon in Kenntnis zu setzen, daß eine solche Auszahlung stattfinden wird und daß es für letzteren besser wäre, wenn er diese Auszahlung genehmigt, dann wird er nicht weiter belästigt werden. Das Geheimnis dieser Wohnung wird ein Geheimnis bleiben, und er hat keinerlei physische Gewaltanwendung seitens des Unterzeichneten zu befürchten.

Sollte er sich jedoch weiterhin derart hartnäckig weigern, meinen Wünschen nachzukommen, sollte er weiterhin in Absprache mit Mr. Hammond Privatdetektive einsetzen, um meine Identität zu enthüllen, werden er wie auch Mr. Hammond das gleiche Schicksal erleiden wie Mr. Harry Travers.

Mit vorzüglicher Hochachtung
XXXX

Abgesehen von der Zeichnung, die einige sich überschneidende Kreuze darstellte, ähnlich den Kreuzstichen, mit denen die Lippen der Leiche Harry Travers' und später Charles B. Darwins vernäht worden waren, trug der Brief keine Unterschrift.

Als er den Brief gelesen hatte, stieß Paul Pry einen leisen Pfiff aus, faltete den Zettel zusammen und steckte ihn in seine Tasche. Gerade hatte er den Strahl seiner Taschenlampe noch einmal auf den Schreibtisch gerichtet, als das metallische Klicken eines Schlüssels, der in das Schloß der auf den Korridor führenden Tür gesteckt wurde, an sein Ohr drang.

Paul Pry schaltete die Taschenlampe aus und blieb reglos stehen.

Er hörte die Tür sich öffnen und wieder schließen und das Schnappschloß einrasten, dann das Rascheln von Gewändern und das Klicken eines Lichtschalters.

Paul Pry holte seinen Stockdegen hervor, den er unter den Arm geklemmt hatte, und schlich lautlos über den gefliesten Boden des Badezimmers, von dem aus er in das Schlafzimmer sehen konnte.

Im Schlafzimmer war niemand, aber in einem Spiegel sah er die Person, die die Wohnung betreten hatte.

Sie mochte an die sechsundzwanzig Jahre alt sein, war schlank und gut gebaut, hatte graue Augen und blonde Haare und schien äußerst nervös zu sein. Bei sich hatte sie zwei Koffer, die jetzt vor ihr auf dem Teppich lagen.

Einen Augenblick lang konnte Paul Pry ihr Spiegelbild deutlich erkennen. Dann verschwand sie aus seinem Blickfeld, und plötzlich merkte er, daß sie direkt auf das Badezimmer zuging.

Im Schatten direkt hinter der Tür drückte er sich an die Wand und wartete.

Im Schlafzimmer klickte ein Lichtschalter, dann war eine hastige Bewegung zu hören.

Mehr als eine Minute wartete Paul Pry. Dann gewann seine Neugierde die Oberhand, und er spähte um die Ecke.

Die junge Frau hatte sich ihrer Kleider entledigt und stand, nur in zarte Unterwäsche gekleidet, vor dem Spiegel und betrachtete sich. Paul Pry beobachtete, wie sie ein Kleid vom Bett nahm, hineinschlüpfte und das Ergebnis begutachtete.

Sie nickte sich zu, offenbar recht zufrieden mit dem, was sie im Spiegel sah, und zog sich das Kleid wieder über den Kopf.

Das graue Kleid, das sie getragen hatte, als sie in die Wohnung gekommen war, und das die Rundungen ihrer gertenschlanken Figur betont hatte, lag auf dem Bett. Paul Pry rechnete eigentlich damit, daß sie es jetzt wieder anziehen würde. Statt dessen holte sie jedoch verschiedene Wäschestücke aus der Schublade der Kommode, hielt sie gegen ihre seidig schimmernde Haut und betrachtete erneut kritisch ihr Spiegelbild.

Schließlich nahm sie das graue Kleid, streifte es über, zog es vor dem Spiegel glatt und ging dann eilig in das Wohnzimmer, wo sie die Koffer aufhob und in das

Schlafzimmer brachte. Sie legte sie auf das Bett, öffnete sie und begann, Kleider hineinzulegen.

Paul Pry, der sie von seinem Versteck aus beobachtete, sah, daß die Koffer leer gewesen waren, als sie sie hereingebracht hatte; daß sie die Kleider sorgfältig zusammenlegte und so viele wie möglich in die Koffer packte; daß sie außerdem die kunstvoll bestickte seidene Unterwäsche aus der Kommodenschublade nahm und in den Koffern verstaute.

Schließlich waren beide Koffer mit hochmodischen Kleidern, einem teuren Sortiment Unterwäsche und Accessoires so vollgestopft, daß sie beinahe platzten, und die junge Frau zerrte an den Riemen, um die Koffer zu schließen.

In diesem Augenblick trat Paul Pry, unter dem Arm seinen Stockdegen, in das Schlafzimmer.

»Ich bitte um Verzeihung«, sagte er.

Sie stieß einen Schrei aus, machte einen Satz nach hinten, von dem Bett weg, und starrte ihn aus großen, erschreckten Augen an.

Höflich verbeugte Paul Pry sich. »Ich habe mich zufällig im Badezimmer aufgehalten«, setzte er zu einer Erklärung an. »Und da konnte ich nicht anders – ich mußte Ihnen zusehen. Vielleicht ein Voyeurkomplex. Bis zu diesem Augenblick hatte ich keine Ahnung, daß ich einen solchen Komplex habe, aber Sie sind sehr schön, und ich war sehr neugierig. Muß ich noch mehr sagen?«

Ihr Gesicht, selbst ihre Lippen waren leichenblaß. Wortlos starrte sie ihn an.

»Da es mir nun einmal gestattet war, in die Intimität von Myladys Boudoir einzudringen, ist mir klar, daß diese besondere Gunst auch gewisse Verpflichtungen mit sich bringt. Offenbar brauchen Sie jemanden, der Ihnen beim Schließen der Koffer behilflich ist. Darf ich Ihnen meine Dienste anbieten?«

»Wer ... wer ... wer sind Sie, und was wollen Sie?« stammelte sie.

»Der Name«, erklärte er, »der Name tut, das kann ich Ihnen versichern, nichts, rein gar nichts zur Sache. Wenn Leute sich unter so bezaubernd zwanglosen Umständen kennenlernen, dann, so glaube ich, haben Namen nichts zu bedeuten. Nehmen wir daher einmal an, ich nenne Sie Gertrude, und Sie nennen mich Paul.«

»Aber«, meinte sie leicht verunsichert, »ich heiße nicht Gertrude.«

»Nicht?« fragte er.

»Nein«, erwiderte sie, »mein Name ist ...«

»Ja, ja«, ermutigte er sie, »sprechen Sie weiter. Nur den Vornamen, wenn es Ihnen recht ist. Nachnamen interessieren mich nicht.«

»Mein Name ist Thelma.«

»Ein bemerkenswert hübscher Name«, stellte er fest. »Und darf ich fragen, Thelma, was Sie in dieser Wohnung machen?«

»Ich habe ein paar Sachen geholt«, erklärte sie.

»Ihre Sachen?«

»Selbstverständlich.«

»Dann«, fuhr er fort, »wissen Sie mit Sicherheit auch, daß die Person, die diese Wohnung unterhält, tot ist.«

»Nein, nein«, rief sie, »darüber weiß ich überhaupt nichts. Ehrlich gesagt, ich weiß nicht mal Näheres über diese Wohnung.«

»Sie hatten lediglich Ihre Kleider hier deponiert?« fragte er.

»Ja«, erklärte sie. »Ich bin gerade erst eingezogen. Sehen Sie, ich habe die Wohnung als Untermieterin übernommen.«

»Von wem?« wollte er wissen.

»Von einem Agenten«, sagte sie.

Er lachte. »Kommen Sie«, meinte er, »da müssen Sie

sich schon etwas Besseres einfallen lassen. Die Miete für diese Wohnung wurde von Charles B. Darwin bezahlt. Und Darwin ist eben erst auf äußerst gewaltsame Weise zu Tode gekommen. Zweifelsohne haben Sie vom Hinscheiden Harry Travers' gehört. Die Umstände des Ablebens von Darwin waren fast identisch. Die Lippen – verzeihen Sie, wenn ich ein so grauenhaftes Thema erwähne –, die Lippen waren in einem merkwürdigen Kreuzstichmuster fest zusammengenäht. Nun, es leuchtet doch ein, daß eine Person, die die Lippen anderer Leute zusammennäht, ein bestimmtes Motiv dafür hat. Wäre das Opfer am Leben, dann könnte das Motiv sein, auf diese Weise sicherzustellen, daß es vorübergehend schweigt. Es gibt jedoch bessere und weniger schmerzhafte Methoden, jemanden zum Schweigen zu bringen. Die Lippen eines Toten zusammenzunähen hat nichts mit der Fähigkeit des Opfers, zu sprechen, zu tun. Man könnte daher den Schluß ziehen, daß dies eine Art Geste war, um den Mord noch grausamer erscheinen zu lassen. Genausogut könnte es aber eine Warnung an Leute sein, an die man auf bestimmte Weise herangetreten ist, dies der Polizei nicht mitzuteilen.«

Sie schwankte leicht.

»Ist Ihnen nicht gut?« fragte er. »Setzen Sie sich doch auf einen Stuhl.«

Sie schüttelte den Kopf. »Nein«, sagte sie, »mir geht es gut. Ich werde Ihnen die Wahrheit sagen.«

»Ich wünschte, Sie würden das tun, Thelma«, erwiderte er.

»Ich bin Modell in einem Schneideratelier«, erklärte sie. »Vom Sehen kenne ich die Dame, die Mr. Darwin begleitet hat, als er diese Kleider kaufte. Zufällig habe ich sie vor ungefähr einer Stunde auf der Straße getroffen. Sie hat gesagt, aufgrund von unvorhergesehenen Umständen müsse sie die Stadt verlassen; sie hätte eine sehr elegante Garderobe hier zurückgelassen und sei sicher, daß die Kleider mir passen würden, da wir fast gleich groß sind. Sie hat mir den Schlüssel zu der Wohnung gegeben und gesagt, ich solle mir nehmen, was ich will.«

»Warum haben Sie dann keinen Schrankkoffer mitgebracht?« wollte Paul Pry wissen.

»Weil ich nicht allzu viele Kleider mitnehmen wollte«, erläuterte sie. »Ich wollte nur ein paar von den besonders hübschen Sachen, um zur Abwechslung mal so etwas anzuziehen.«

»Und sie hat Ihnen den Wohnungsschlüssel gegeben?«

»Ja.«

»Liegt es im Bereich des Möglichen«, fragte Paul Pry, »daß das alles vielleicht Ihrer Phantasie entspringt?«

Sie schüttelte den Kopf.

»Und Sie sind nicht die junge Frau, die in diesem Apartment gewohnt hat?«

»Das müßten Sie sich eigentlich selber zusammenreimen können«, wandte sie ein. »Sie standen schließlich da und haben zugesehen, wie ich die Sachen anprobiert habe.« Sie schlug die Augen nieder.

»Sie versuchen doch nicht etwa zu erröten?«

Ihre Augen blitzten ihn an. »Sie sollten sich schämen«, warf sie ihm vor, »hier zu stehen und einer Frau beim Umziehen zuzuschauen!«

Zerknirscht neigte Paul Pry das Haupt. »Bitte nehmen Sie mein tiefstes Bedauern zur Kenntnis«, sagte er. »Und würden Sie mir vielleicht liebenswürdigerweise den Schlüssel zeigen, mit dem Sie in die Wohnung gekommen sind?«

Sie griff in eine kleine Tasche in ihrem Kleid, holte einen Schlüssel hervor und machte eine Bewegung, als wolle sie ihn Paul Pry reichen, hielt dann aber plötzlich inne.

Paul Prys Augen waren hart und unnachgiebig. »Den Schlüssel«, sagte er.

»Ich weiß doch gar nicht, wer Sie sind«, widersprach sie, »und ich weiß nicht, ob Sie das Recht haben, den Schlüssel zu verlangen.«

Paul Pry ging einen Schritt auf sie zu und fixierte sie mit kalt glitzernden Augen. »Den Schlüssel«, wiederholte er.

Ein paar Sekunden hielt sie seinem Blick stand, dann öffnete sie langsam die Hand.

Der Schlüssel fiel zu Boden.

Paul Pry beugte sich nieder, um ihn aufzuheben.

In dem Augenblick machte sie eine blitzschnelle Bewegung. Paul Pry drehte sich zur Seite und duckte sich, da sah er eine kleine Automatik mit Perlmuttgriff in ihrer Hand glitzern. »Hände hoch!« stieß sie barsch hervor.

Paul Pry machte einen Satz und packte sie bei den Knien. Sie stieß einen unterdrückten Schrei aus, kippte nach vorne und ließ die Pistole fallen. Zusammen landeten sie auf dem Boden, ein Gewirr von Armen und Beinen, aus dem Paul Pry sich augenblicklich löste, lächelnd und die Liebenswürdigkeit in Person.

»Das war aber gar nicht nett«, meinte er, »dafür sollte ich Sie wirklich übers Knie legen.«

Er nahm die Automatik und steckte sie in seine Gesäßtasche. Während die junge Frau auf dem Boden saß und sich bemühte, ihr Kleid so zurechtzuzupfen, daß ihre Beine bedeckt waren, suchte und fand er den Schlüssel, hielt ihn in die Höhe und lächelte wissend.

»Hab ich mir's doch gedacht«, erklärte er, »ein Dietrich.«

Ohne ein Wort zu sagen, starrte sie ihn an.

»Vor dem Gesetz sind Sie eine Einbrecherin, eine Person, die sich unrechtmäßig Zugang zu dieser Wohnung verschafft und Eigentum an sich genommen hat, das ihr nicht gehört.«

Sie blieb stumm.

»Unter diesen Umständen«, fuhr Paul Pry fort und schlenderte lässig durch das Zimmer, »werde ich wohl die Polizei verständigen müssen.«

Sie rührte sich nicht – reglos, schweigend und mit völlig ausdrucklosem Gesicht saß sie da.

Paul Pry ging auf die Wohnungstür zu, wandte sich dann aber um und lächelte. »Wenn ich es mir allerdings recht überlege«, sagte er, »werde ich, in Anbetracht dieser äußerst charmanten Vorführung weiblicher Schönheit, in deren Genuß Sie mich unwissentlich kommen ließen, doch lieber Gnade vor Recht ergehen lassen.«

Mit einer flinken Bewegung drehte er den Schnäpper des Schlosses, zog die Tür auf, trat auf den Korridor und warf hinter sich die Tür zu.

Nichts wies darauf hin, daß jemand ihm nachging. Aus dem Apartment drang kein Laut.

III – Der hölzerne Fisch

Paul Pry trug tadellose Abendkleidung, als er auf den Klingelknopf der prachtvollen Villa von Perry C. Hammond drückte.

Ein Butler mit mürrischem Gesicht öffnete ihm, Paul Pry erwiderte seinen griesgrämigen Blick mit einem entwaffnenden Lächeln.

»Ein Herr, der es ablehnt, seinen Namen preiszugeben, wünscht Mr. Hammond in einer äußerst dringlichen Angelegenheit zu sprechen.«

»Mr. Hammond, Sir«, brummte der Butler, »ist nicht zu Hause.«

»Sie werden Mr. Hammond wissen lassen«, fuhr Paul Pry unbeirrt fort, »daß ich auf meinem Gebiet Spezialist bin.«

»Sir, Mr. Hammond ist nicht zu Hause.«

»Schon gut, mein Freund, schon gut. Und würden Sie der Erklärung, die Sie Mr. Hammond gegenüber abgeben, hinzufügen, daß meine besondere Spezialität Veränderungen der Lippen sind – Veränderungen, die etwas mit ewigem, durch mechanische Mittel herbeigeführtem Schweigen zu tun haben.«

Paul Prys lächelnde Augen bohrten sich in die des Butlers, und plötzlich verschwand das Lächeln aus ihnen. Sein Gesicht wurde kalt und ernst.

»Sie werden«, erklärte er, »Mr. Hammond diese Nachricht unverzüglich überbringen. Ansonsten werde ich auf andere Weise mit Mr. Hammond Kontakt aufnehmen und ihm erklären, weshalb ich ihm meine Botschaft nicht persönlich übermitteln konnte. Ich kann Ihnen versichern, daß Mr. Hammond der Ansicht sein wird, Sie hätten sich eine große Unbedachtheit zuschulden kommen lassen.«

Einen langen Augenblick zögerte der Butler. »Würden Sie mir bitte folgen, Sir?« sagte er dann.

Er führte Paul Pry durch eine Empfangshalle in ein kleines Vorzimmer. »Bitte, nehmen Sie Platz«, forderte er ihn auf. »Ich werde nachsehen, ob Mr. Hammond möglicherweise schon zurück ist.«

Der Butler verließ den Raum. Kaum hatte die Tür sich hinter ihm geschlossen, als Paul Pry sie lautlos öffnete und wieder in die Empfangshalle trat.

Seine flinken Augen hatten ein kleines lackiertes Kästchen für die abgehende Post entdeckt; mit einer raschen Bewegung öffnete er den Deckel der Schachtel und durchsuchte den Inhalt.

Sie enthielt drei in einer verkrampften, eckigen Handschrift adressierte Briefe. Paul Pry blätterte sie der Reihe nach durch und überflog die Adressen. Der dritte Umschlag war an Fremont Burke, postlagernd, gerichtet.

Paul Pry steckte ihn in seine Tasche, legte die beiden anderen Briefe wieder in das Postkästchen und schlich in das Vorzimmer zurück.

Kaum hatte er sich hingesetzt, als der Butler durch eine andere Tür eintrat. »Mr. Hammond«, sagte er, »wird Sie empfangen.«

Paul Pry durchquerte das Zimmer, folgte dem Butler durch einen Korridor und trat durch eine Tür, auf die der Diener deutete.

Ein Mann mit großen Augensäcken, dessen Gesicht unendlich müde wirkte, starrte ihn fragend an. »Nun«, sagte er, »was wünschen Sie?«

»Ich habe Grund zu der Annahme«, begann Paul Pry, »daß Ihr Leben in Gefahr ist.«

»Ich glaube, da irren Sie sich«, widersprach Hammond.

»Ich habe Grund zu der Annahme«, fuhr Paul Pry fort, »daß Sie möglicherweise das gleiche Schicksal erwartet wie Charles B. Darwin.«

Perry Hammond schüttelte den Kopf. »Wer auch immer Ihnen diese Information hat zukommen lassen«, erklärte er, »er hat Sie falsch informiert.«

»Mit anderen Worten«, sagte Paul Pry langsam, »Sie leugnen, daß irgendwelche Forderungen an Sie gestellt worden sind, seitens einer Person, die Sie mit dem Tod oder sonst einem Unglück bedroht hat, falls Sie ihren Forderungen nicht nachkommen? Sie leugnen, daß Ihnen ein Tod ähnlich dem, der Mr. Charles Darwin in Aussicht gestellt worden war, angedroht worden ist?«

»Ich weiß nicht«, entgegnete Perry Hammond langsam und bedächtig, »wovon Sie sprechen. Ich habe Sie empfangen, weil ich daran interessiert war, irgendwelche

Informationen über Mr. Darwin zu erhalten. Was mich betrifft, so können Sie sich jetzt entfernen und weiterhin fernhalten.«

Paul Pry verbeugte sich leicht. »Haben Sie vielen Dank für dieses Gespräch, Mr. Hammond.« Und machte auf dem Absatz kehrt.

»Augenblick«, sagte der Millionär mit kalter, rauher Stimme. »Sind Sie Zeitungsreporter?«

»Nein«, erwiderte Paul Pry, ohne sich umzudrehen.

»Wer sind Sie dann, zum Teufel?« fragte Hammond gereizt.

Paul Pry wandte sein Gesicht dem Millionär zu. »Ich bin ein Mensch«, erklärte er liebenswürdig lächelnd, »den belogen zu haben Sie noch bitter bereuen werden.«

Damit drehte er sich erneut um und ging mit festen Schritten zielstrebig durch den mit einem Teppich ausgelegten Flur.

Mugs Magoo blickte von seinem Whiskeyglas auf, als Paul Pry die Wohnungstür öffnete. »Nun«, sagte er, »wie ich sehe, weilen Sie noch unter uns.«

»Zumindest vorübergehend, Mugs«, entgegnete Paul Pry lächelnd.

Er hängte Hut und Mantel weg, ging zu einem Schrank und öffnete ihn. Der Schrank enthielt eine Sammlung von Trommeln, Trommeln der verschiedensten Art und von ganz unterschiedlichem Aussehen.

Mugs schauderte. »Um Himmels willen«, flehte er, »fangen Sie nicht damit an!«

Paul Pry lachte leichthin und betastete die Trommeln mit der gleichen behutsamen Sorgfalt, mit der ein Jäger ein Gewehr aus seiner Sammlung aussucht.

Hastig füllte Mugs sein Glas. »Geben Sie mir wenigstens eine Viertelstunde Zeit, um mich zu betrinken, ehe

Sie anfangen«, bat er. »Diese verdammten Trommeln treiben mich zum Wahnsinn. Sie gehen mir ins Blut und machen mir Pulsjagen.«

Als Paul Pry einen runden Gegenstand auswählte, der abgesehen von einem Einschnitt entlang der einen Seite, an dessen Enden sich zwei Löcher befanden, aus massivem Holz zu bestehen schien, klang seine Stimme fast träumerisch.

»Genau das, Mugs, ist der Sinn und Zweck von Trommeln«, erklärte er. »Wir wissen nicht genau, wie das geschieht, aber sie scheinen in das Blut eines Menschen einzudringen. Du magst den Klang von Trommeln nicht, Mugs, weil du Angst vor dem Ursprünglichen hast. Du versuchst ständig, vor dir selber davonzulaufen. Wenn ein Psychoanalytiker sich mit deiner Vergangenheit beschäftigte, würde er zweifelsohne herausfinden, daß deiner Vorliebe für Whiskey irgendein realer oder eingebildeter Kummer zugrunde liegt.«

Mugs sah ihn zutiefst bestürzt an. »Sie werden mich doch nicht zu einem von diesen Psychofritzen schleppen?« fragte er.

Paul Pry schüttelte den Kopf. »Ganz bestimmt nicht, Mugs«, beruhigte er ihn. »Ich glaube, für eine Heilung ist es schon zu spät, und der einzige Effekt, Mugs, wäre, daß dir der Whiskey nicht mehr schmecken würde.

Trommeln, Mugs, bewirken bei mir das gleiche wie der Whiskey bei dir. Wenn du dich für Trommeln begeistern könntest, dann, glaube ich, könnte ich versuchen, dich von der Whiskeytrinkerei zu kurieren. Da du dazu jedoch nicht in der Lage bist, bleibt mir nichts anderes übrig, als dich auf deine Weise deinem Vergnügen frönen zu lassen und darauf zu bestehen, daß du mir das meine läßt.«

Paul Pry setzte sich auf den Stuhl gegenüber dem großen Kamin und nahm einen langen, schlanken Schlägel in die Hand, an dessen Ende ein Stück Hartholz in Form einer Rosenknospe befestigt war.

»Also, Mugs«, sagte er, »das ist eine *Mok Yeitt*, auch ›hölzerner Fisch‹ genannt. Es handelt sich dabei um eine Gebetstrommel, die die Buddhisten in China verwenden, damit ihre Gebete gnädig aufgenommen werden. Wenn du genau hinhörst, Mugs, spürst du die ungeheure Zartheit des Tons, den die besseren Exemplare dieser Trommelart hervorbringen. Sie werden kunstreich von Hand geschnitzt; an beiden Enden des Schlitzes wird ein Loch hineingeschnitten, und dann wird das Holz mit äußerster Sorgfalt ausgehöhlt . . .«

»Um Himmels willen!« rief Mugs Magoo. »Tun Sie's nicht! Sie machen mich wahnsinnig mit diesem Ding!«

Paul Pry schüttelte den Kopf und begann, mit dem Holzschlägel auf die Bauchung der Trommel zu klopfen. Ein pochender Klang erfüllte die Wohnung, ein Klang, dessen seltsam hohler Widerhall in vibrierende Obertöne überging.

Verzweifelt kippte Mugs Magoo seinen Whiskey, goß sich noch ein Glas ein, leerte es, schauderte und blieb reglos sitzen. Einen Augenblick später hielt er sich mit seiner einen Hand ein Ohr zu.

»Zur Hälfte kann ich jedenfalls das Geräusch ausschalten«, erklärte er schließlich.

Paul Pry beachtete ihn gar nicht, sondern schlug weiter in regelmäßigen Abständen auf die Trommel.

»Und was soll jetzt diese ganze Trommelei?« wollte Mugs Magoo wissen.

»Ich versuche, mich zu konzentrieren«, erklärte Paul Pry. »Ich glaube, ich bin der Lösung sehr nahe.«

Unvermittelt hörte er mit dem Trommeln auf und lächelte Mugs wohlwollend an. »Ja, Mugs«, sagte er, »ich habe sie.«

Mugs fröstelte. »Fünf Minuten wird es noch dauern, bis der Whiskey wirkt. Jedenfalls sind mir fünf Minuten dieser Tortur erspart geblieben. Was für eine Lösung?«

Paul Pry stellte die *Mok Yeitt* ab. Er griff in die Innentasche seines Mantels, zog einen Umschlag, dessen Lasche über Dampf geöffnet worden war, und ein getöntes, längliches Stück Papier heraus.

»Mugs«, sagte er, »ich habe hier einen Brief, der die etwas ungelenke Unterschrift von Perry C. Hammond, einem Multimillinär, trägt. Ich les ihn dir mal vor.

Mr. Fremont Burke
Stadtpostamt
Postlagernd

Sehr geehrter Mr. Burke,

hiermit komme ich Ihrer Forderung nach. Mein Scheck über fünfundzwanzigtausend Dollar, zahlbar an den Überbringer, liegt bei. Ich möchte Ihnen versichern, daß keinerlei Versuch unternommen wird, die Einlösung des Schecks zu behindern. Darüber hinaus habe ich meine Bankiers telephonisch davon in Kenntnis gesetzt, daß es sich bei dem Scheck um den Wechsel auf eine Vergütung in einem Bona-fide-Geschäft handelt und daß sie den Scheck unverzüglich honorieren sollen.

Im Vertrauen darauf, daß dies Ihren Forderungen voll und ganz entspricht und daß ich jetzt die Freiheit habe, die Angelegenheit als abgeschlossen zu betrachten, verbleibe ich

mit vorzüglicher Hochachtung

Ihr Perry C. Hammond

Mugs Magoo starrte Paul Pry an. »Ein Scheck über fünfundzwanzigtausend Dollar?« sagte er.

Paul Pry nickte. »Und vergiß nicht, Mugs: zahlbar an den Überbringer.«

»Aber«, fragte Mugs Magoo, »wer ist der Überbringer?«

Paul Pry stand auf, verstaute den hölzernen Fisch wieder im Trommelschrank, wandte sich zu Mugs um und lächelte erneut. »Mugs«, erklärte er, »der Überbringer bin ich.«

Aus Augen, die aus ihren Höhlen zu treten schienen, starrte Mugs Magoo ihn an. »Mein Gott«, sagte er, »Sie haben sich schon wieder in was eingemischt! Sie werden die Polizei auf dem Hals haben, wegen dem Diebstahl, Perry Hammond, wegen dem Betrug, und wahrscheinlich auch noch den Mann, der hinter den Kreuzstichmorden steht und mit aller Gewalt versuchen wird, Sie umzubringen und Ihnen den Mund zuzunähen!«

Nachdenklich schürzte Paul Pry die Lippen, dann nickte er.

»Ja, Mugs«, stimmte er zu, »ich würde sagen, das ist eine ziemlich realistische Umschreibung der wahrscheinlichen Konsequenzen. Ich würde sogar sagen, es ist eine eher vorsichtige Schätzung.«

Lächelnd ging er zu seinem Sekretär, klappte die schwere Holzplatte herunter, die als Schreibunterlage diente, und durchsuchte die in der Rückwand des Schreibtisches verborgenen Schubfächer.

»Du kannst dich wahrscheinlich daran erinnern, Mugs«, sagte er, »daß ich irgendwann mal einen langen, purpurfarbenen Umschlag mit rotem Rand aufgehoben habe. Du hast mich gefragt, was, zum Teufel, ich mit einem solchen Umschlag will, und ich habe dir gesagt, daß ich ihn aufhebe, weil er so unverwechselbar ist.«

Mugs Magoo nickte. »Ja«, meinte er, »daran kann ich mich erinnern.«

Paul Pry zog einen Füllfederhalter aus seiner Tasche und schrieb eine Adresse auf den purpurfarbenen Umschlag mit dem roten Rand.

»Mr. Fremont Burke, Stadtpostamt, Postlagernd«, sagte er, als er fertig war. »Die rote Tinte macht sich recht gut auf dem purpurfarbenen Hintergrund. Vermittelt einen äußerst harmonischen Eindruck.«

»Was ist in dem Umschlag?« erkundigte sich Mugs Magoo.

»Nichts«, klärte Paul Pry ihn auf.

»Was kommt hinein?«

»Nichts.«

»Und was soll das Ganze?« fragte Mugs Magoo.

Paul Pry lächelte. Aus einem anderen Schubfach holte er einen frankierten Umschlag, den er ebenfalls an Fremont Burke, Stadtpostamt, Postlagernd adressierte.

»Was kommt in den Umschlag?« wollte Mugs Magoo wissen.

»In diesen Umschlag«, erklärte Paul Pry lächelnd, »kommt die beste Fälschung eines Schecks, die ich zustande bringe, und ich bin sicher, Mugs, es wird eine ziemlich geschickte Fälschung.«

Wortlos musterte Mugs Magoo Paul Pry. Dann fragte er: »Sie werden also den echten Scheck einlösen?«

Paul Pry nickte.

»Und was ist mit dem gefälschten?«

Paul Pry zuckte die Schultern. »Das, Mugs, ist eine Angelegenheit, die zwischen der Bank und dem Mann geregelt werden muß, der den Scheck vorlegt.«

»Aber nehmen Sie mal an«, wandte Mugs Magoo ein, »daß der gefälschte Scheck als erster vorgelegt wird.«

Paul Pry lächelte herablassend. »Also komm, Mugs«, sagte er, »ein wenig Intelligenz mußt du mir schon zubilligen. Der echte Scheck wird eingelöst werden, noch ehe der gefälschte überhaupt auf dem Postamt landet.«

»Und was«, wollte Mugs wissen, »bezwecken Sie mit den beiden Briefen – dem einen in dem farbigen Umschlag und dem anderen in einem normalen Umschlag?«

»Das, Mugs«, klärte Paul Pry ihn auf, »fällt unter die Rubrik Betriebsgeheimnisse. Ehrlich, ich kann es dir nur sagen, wenn du mir erlaubst, noch ein wenig zu trommeln.«

Wie wild schüttelte Mugs den Kopf.

»Was soll dieses Kopfschütteln?« fragte Paul Pry.

»Wollte nur sehen, ob der Whiskey schon gewirkt hat«, erklärte Mugs Magoo, »wenn ja, hätte ich Sie noch ein bißchen trommeln lassen, aber ich merke, daß ich entweder noch nicht genug von dem Zeug in mich reingekippt oder mich in der Zeit verschätzt habe, die es braucht, um mich zu benebeln. Trommeln ertrage ich nicht, also behalten Sie Ihr verdammtes Betriebsgeheimnis für sich!«

Paul Pry lachte und steckte die Umschläge in seine Innentasche. »Morgen um diese Zeit, Mugs, werde ich um fünfundzwanzigtausend Dollar reicher sein. Darüber hinaus steht mir ein interessantes Abenteuer bevor.«

»Morgen um diese Zeit«, erklärte Mugs feierlich-schwermütig, »werden Sie auf einem Marmortisch liegen, und der Leichenbeschauer und der Doktor, der die Leichen aufschneidet, werden die Kreuzstiche anstarren, mit denen Ihre Lippen verziert sind.«

IV – Der zweite Scheck

Paul Pry trug einen Mantel, dessen Kragen er hochgeschlagen, und einen Filzhut, den er tief in die Stirn gezogen hatte. Seine Augen waren hinter einer dunkel getönten Brille verborgen. In dieser Aufmachung schob er den Scheck über den Schalter des Kassierers.

Der Kassierer musterte die dunklen Brillengläser, betrachtete den Scheck, sagte: »Augenblick, bitte«, und trat einen Schritt von dem vergitterten Fenster zurück. Er blätterte in einer Dienstanweisung, sah erneut auf den Scheck und holte mit offenkundigem Widerstreben ein Bündel Banknoten hervor.

»Wie würden Sie es gerne haben?« fragte er.

»In Hundertern«, erwiderte Paul Pry. »Wenn Ihnen das keine Umstände macht.«

Der Kassierer sortierte Hundert-Dollar-Scheine zu Zehnerstapeln, bündelte sie und streifte ein Gummiband darüber.

»Nehmen Sie sie so?«

»Ja.«

»Wollen Sie sie nachzählen?«

»Nein«, erklärte Paul Pry und drehte sich um.

Beim Gehen schlotterte sein langer Mantel um seine Knöchel. Den Blick des Kassierers spürte er fast körperlich zwischen seinen Schulterblättern.

Anschließend ging Paul Pry sofort zum Postamt und warf die beiden Briefe durch den mit »Stadtpost« markierten Schlitz. Anschließend aß er eine Kleinigkeit und spazierte dann zum Postamt zurück.

Es gelang ihm, sich so zu postieren, daß er, ohne allzusehr aufzufallen, den Schalter mit dem Schild »Postlagernd – A bis G« im Blickfeld hatte.

Kurz nach halb drei kam eine elegant gekleidete junge Dame und stellte sich vor dem Schalter an.

Paul Pry, der am Ende des Ganges stand, ungefähr zehn Meter von dem Schalter entfernt, sah, wie der Beamte ihr einen purpurroten Umschlag mit rotem Rand aushändigte. Die junge Frau nahm ihn entgegen und betrachtete ihn neugierig. Gleich darauf schob der Mann einen zweiten Brief über den Schalter. Sie nahm ihn und betrachtete verwirrt die beiden Umschläge. Dann trat sie einen Schritt zurück, blieb stehen und öffnete beide. Verdutzt starrte sie in den leeren purpurfarbenen Umschlag.

Offensichtlich hatte sie mit dem Scheck gerechnet, der in dem zweiten Umschlag steckte, denn als sie diesen öffnete, malte sich Erleichterung auf ihrem Gesicht. Paul Pry, der von seinem Standort aus jede einzelne ihrer Bewegungen beobachten konnte, sah, daß sie unter enormer Anspannung stand. Ihre Lippen bebten leicht, und ihre Hände zitterten, als sie den purpurfarbenen Umschlag zusammenknüllte und in einen großen eisernen Abfalleimer werfen wollte. Dann überlegte sie es sich jedoch offenbar anders, denn sie strich den zerknitterten Umschlag wieder glatt, faltete ihn zusammen und steckte ihn in ihre Handtasche.

Über die Granitstufen ging sie aus dem Postamt auf den Gehsteig; am Randstein wartete eine zweite junge Frau in einem Automobil.

Paul Pry, der ihr – vorsichtig, um nicht zu interessiert zu erscheinen – folgte, gelang es nicht, die Frau deutlich zu erkennen, die am Steuer saß. Er sah nur, wie diejenige, die die Briefe abgeholt hatte, schnell in den Wagen stieg, der augenblicklich mit Höchstgeschwindigkeit davonbrauste.

Paul Pry rannte die Stufen vom Postamt hinunter und zu dem Parkplatz, wo er sein Automobil abgestellt hatte. Er ließ den Motor an, entledigte sich des Mantels und der dunklen Sonnenbrille und setzte statt des Schlapphuts einen mit steifer Krempe auf, während der Motor warmlief. Dann stieg er ein und fuhr schnurstracks zu der Bank, wo er sich ein paar Stunden zuvor die fünfundzwanzigtausend Dollar hatte auszahlen lassen.

Er machte sich gar nicht erst die Mühe, nach einem offiziellen Parkplatz zu suchen, sondern stellte sein Auto vor einem Hydranten ab. Das bedeutete zwar, daß er mit Sicherheit einen Strafzettel bekommen würde, aber auch, daß der Wagen an einer günstigen Stelle stand, wenn er ihn wieder brauchte.

Er ging durch die Drehtür, blieb in der mit Marmor ausgekleideten Halle stehen und warf einen prüfenden Blick auf die lange Reihe vergitterter Schalter, die Schreibtische der leitenden Angestellten und die Kunden, die sich vor dem Schalter drängten, in dem Kassenschecks und Einzahlungsscheine aufbewahrt wurden.

Daraufhin stellte er sich am Ende der längsten Schlange an, die er sah, und fummelte an einem Einzahlungsschein herum.

Nach weniger als fünf Sekunden sah er die junge Frau, die im Postamt die Briefe in Empfang genommen hatte, mit schnellen, nervösen Schritten zum Schalter des Kassenbeamten gehen. Sie reichte ihm einen Scheck und wurde prompt zum Kassierer geschickt. Paul Pry beobachtete, wie sie den Scheck über den Schalter dem Kassierer zuschob, wie dieser den Scheck nahm, ihn hin und her drehte und gründlich prüfte.

Einen Augenblick darauf war das schwache Geräusch eines elektrischen Summers zu hören. Ein uniformierter Angestellter, der durch die Halle geschlendert war und müßig die Kunden beobachtet hatte, straffte sich plötzlich, blickte um sich und sah, daß der Kassierer ihm ein Zeichen machte. Unauffällig setzte er sich in Bewegung.

Währenddessen stand die junge Frau vor dem Schalter und schien gar nicht wahrzunehmen, was um sie herum vorging.

Paul Pry ging zu einer der Telephonzellen, warf eine Münze ein und wählte die Nummer von Perry C. Hammond.

Eine weibliche Stimme verkündete, daß Mr. Hammonds Sekretärin am Apparat sei; Paul Pry erklärte, er wünsche Mr. Hammond wegen eines Schecks in Höhe von fünfundzwanzigtausend Dollar, der an Fremont Burke geschickt worden sei, zu sprechen.

Fast augenblicklich hörte er Flüstern, und dann drang Hammonds Stimme durch die Leitung, eine Stimme, die rauh war vor Aufregung, obwohl der Millionär sich bemühte, beiläufig zu klingen.

»Wie geht es Ihnen, Mr. Hammond?« sagte Paul Pry herzlich.

»In welcher Angelegenheit wollten Sie mich sprechen?« fragte der Millionär.

»Oh«, erklärte Paul Pry lässig, »ich wollte Ihnen nur mitteilen, daß ich Ihnen fünfundzwanzigtausend Dollar gestohlen habe und davon ausgegangen bin, daß Ihnen das in keiner Weise irgendwelche Ungelegenheiten bereitet.«

»Sie haben was?« brüllte der Millionär los.

»Ihnen fünfundzwanzigtausend Dollar gestohlen«, erwiderte Paul Pry. »Ich finde eigentlich, daß Sie sich deswegen nicht weiter aufzuregen bräuchten. Soviel ich weiß, können Sie diese Summe ohne weiteres verschmerzen. Aber ich wollte vermeiden, daß Sie durch diesen Diebstahl in irgendwelche Schwierigkeiten geraten.«

»Was wollen Sie damit sagen?« fragte Hammond.

»Nur, daß ich zufällig Fremont Burke heiße«, erwiderte Paul Pry. »Ich war völlig pleite und hatte meinen Bruder in Denver gefragt, ob er mir fünf Dollar borgen könnte. Und als ich mich bei der Post erkundigt habe, ob irgendwas für mich gekommen ist, hat man mir einen Brief ausgehändigt. Ich hab ihn aufgemacht und gesehen, daß ein Scheck über fünfundzwanzigtausend Dollar drin war, zahlbar an den Überbringer.

Ich hab natürlich geglaubt, daß das irgendwie ein Scherz ist, aber dann hab ich mir gedacht, vielleicht könnte ich zumindest das Geld für eine Mahlzeit rausschinden, und bin mit dem Scheck zur Bank. Zu meiner Überraschung haben die mir das Geld sofort und ohne irgendwelche Fragen zu stellen ausbezahlt. Da ist mir klar geworden, daß ich das Glück gehabt hatte, eine Zahlungsanweisung, die eigentlich für jemand anderen bestimmt war, in meine Finger zu kriegen. Da ich es vermeiden wollte, jemand anderen zu enttäuschen, habe ich Ihren Namen auf einem Scheck gefälscht, diesen in einen Umschlag gesteckt und an Fremont Burke, postlagernd, aufgegeben.«

Der Millionär schrie entsetzt auf.

»Sie haben was?«

»Kommen Sie«, sagte Paul Pry. »Es besteht überhaupt kein Grund, sich derart aufzuregen. Ich habe Ihren Namen auf einem Scheck über fünfundzwanzigtausend Dollar gefälscht und weggeschickt. Dann ist mir eingefallen, daß die Person, die den Scheck erhält, möglicherweise eine offizielle geschäftliche Überweisung von Ihnen erwartet und wahrscheinlich versucht, den Scheck durch ihre Bank verrechnen zu lassen oder ihn vielleicht gleich selber bei der Bank einzulösen.

Unter diesen Umständen würde man vermutlich feststellen, daß der Scheck eine Fälschung ist. Ich habe zwar mein Bestes getan, um die Fälschung so gut wie möglich hinzukriegen, aber, verstehen Sie, sogar eine so große Bank wird sich einen zweiten Scheck über fünfundzwanzigtausend Dollar, zahlbar an den Überbringer, der am gleichen Tag eingereicht wird, genau ansehen.

Falls also die Bank Sie benachrichtigt, daß jemand einen Scheck gefälscht und zur Einlösung vorgelegt hat, wäre es vielleicht ratsam, daß Sie darauf verzichten, die betreffende Person wegen Scheckbetrugs anzuzeigen. Es könnte doch sein, daß sie wirklich in gutem Glauben handelt und ...«

Vom anderen Ende der Leitung war ein undeutlicher Schrei zu vernehmen, und gleich darauf wurde der Hörer auf die Gabel geknallt. Paul Pry vermutete, daß Perry Hammond die Verbindung unterbrochen hatte, um so schnell wie möglich bei der Bank anzurufen.

Er schlenderte von der Telephonzelle zu einem Stehpult, füllte ein Einzahlungsformular aus und ging zu dem Schalter direkt neben dem des Kassierers.

Dort stand inzwischen der uniformierte Angestellte; er hatte die junge Dame, die totenbleich war und zitterte, am Arm genommen.

»Wenn ich's Ihnen doch sage«, hörte Paul Pry sie, »ich weiß absolut nichts, außer daß ich den Auftrag bekommen habe, den Scheck von der Post abzuholen und einzulösen. Sobald ich das Geld hätte, sollte ich eine bestimmte Telephonnummer anrufen, um neue Anweisungen entgegenzunehmen, wie ich weiter vorgehen soll. Das ist alles, was ich weiß.«

Das Telephon neben dem Kassierer schrillte laut und hartnäckig. Er nahm den Hörer ab, sagte: »Hallo«, und Überraschung malte sich auf seinem Gesicht. Einen Augenblick später erklärte er: »Jawohl, Mr. Hammond, heute am späten Vormittag. Ich erinnere mich sehr gut daran, weil Sie diesbezüglich Anweisungen gegeben hatten, und . . .«

Aus dem Hörer drangen kreischende, metallisch klirrende Laute, die Paul Pry nicht verstehen konnte. Er sah jedoch, wie das Gesicht des Kassierers rot anlief.

»Augenblick bitte«, setzte er an, »ich glaube, Sie sind etwas nervös und erregt, Mr. Hammond. Ich will nur . . .«

Er wurde durch weitere kreischende Laute aus dem Hörer unterbrochen.

Die Schlange, in die Paul Pry sich eingereiht hatte,

rückte ein Stück vor, so daß er jetzt vor dem Schalter stand.

»Ich möchte das einzahlen«, erklärte er und schob ein Einzahlungsformular sowie zehn der Einhundert-Dollar-Scheine, die er am Vormittag in Empfang genommen hatte, über den Schalter.

Der Schalterbeamte lächelte freundlich. »Damit müssen Sie zu Schalter vier«, erklärte er, »zu dem Schalter mit dem Schild ›Einzahlungen – M bis R‹.«

Paul Pry machte ein verwirrtes, schuldbewußtes Gesicht.

»Gleich da hinten, wo Sie die Buchstaben über dem Schalter sehen«, erklärte der Mann mit öliger Stimme.

Langsam ging Paul Pry am Schalter des Kassierers vorbei, gerade rechtzeitig, um zu hören, wie dieser zu dem Uniformierten sagte: »Ist schon in Ordnung, Madson. Wir können den Scheck nicht einlösen, weil irgend etwas mit der Unterschrift nicht in Ordnung ist; Mr. Hammond hat jedoch zugesichert, daß er die Angelegenheit in Ordnung bringt, was Mr. Burke betrifft. Offenbar ist da ein grober Fehler unterlaufen, für den die Bank in keiner Weise verantwortlich ist. Das kommt davon, wenn Kunden unvorsichtigerweise Schecks, die an den Überbringer zahlbar sind, mit der Post verschicken . . .«

Den Rest konnte Paul Pry nicht verstehen, da der Kassierer mit sehr leiser, fast verschwörerischer Stimme sprach und da Paul Pry andererseits, um den Schein zu wahren, zu dem Schalter weitergehen mußte, an den man ihn verwiesen hatte.

Allerdings sah er, wie die junge Dame vom Schalter zu einer der Telephonzellen ging, eine Münze einwarf und eine Nummer wählte. Sie sprach schnell und erregt, schwieg dann ein paar Sekunden, um zuzuhören. Dann nickte sie und legte auf.

Als sie die Bank verließ, folgte Paul Pry ihr. Draußen

parkte am Randstein der gleiche Wagen, der vor dem Postamt gewartet hatte. Die junge Frau stieg ein, und der Wagen fuhr davon.

Diesmal hatte Paul Pry seinen Wagen an einer Stelle geparkt, wo er keinerlei Schwierigkeiten hatte, sich an das Coupé anzuhängen, dem er nachfahren wollte. Er riß den roten Strafzettel vom Lenkrad, steckte ihn in die Tasche und konzentrierte sich darauf, dem Wagen vor ihm zu folgen.

Das erwies sich als nicht gerade einfach. Die junge Frau in dem Auto vor ihm war eine gute Fahrerin, und sie hatte es offenbar sehr eilig.

Schließlich hielt der Wagen vor einem Gebäude, in dem sich anscheinend eine Flüsterkneipe befand. Die junge Frau stieg aus, ging eilig über den Gehsteig, drückte auf einen Klingelknopf und blieb völlig reglos stehen, während ein Paneel zur Seite glitt, hinter dem ein Gesicht zum Vorschein kam.

Kurz darauf öffnete sich die Tür, und die junge Frau verschwand.

Das Coupé fuhr vom Randstein los; die Fahrerin drehte sich um und warf einen letzten Blick auf die Tür, durch die die junge Frau getreten war.

Hastig ließ Paul Pry den Motor an, als er das Gesicht sah, das sich in dem Coupé an die hintere Scheibe preßte. Es war das Gesicht der jungen Frau, der er in der Wohnung begegnet war, die Charles B. Darwin heimlich gemietet hatte, der jungen Frau, die vor einem Spiegel Kleider anprobiert hatte. Jetzt war es allerdings zu spät: das Coupé fuhr davon, und Paul Pry begann mit der Umsetzung eines Plans, den er sich ganz genau überlegt hatte.

Auf der anderen Straßenseite befand sich ein Drugstore. Paul Pry ging hinüber, trat in den Laden und erstand eine Damenhandtasche, einen Lippenstift, eine Puderdose, ein Taschentuch und ein Päckchen Kaugummi. Er bezahlte mit einem der Hundert-Dollar-Scheine, die er vormittags erhalten hatte, und steckte das Wechselgeld und zwei weitere Hundert-Dollar-Noten in die Tasche. Der Verkäufer sah ihm neugierig zu, sagte jedoch nichts.

Dann überquerte Paul Pry die Straße und ging wieder zu der Flüsterkneipe. Er läutete, und das Paneel glitt zurück.

»Vor ungefähr vier oder fünf Minuten«, sagte Paul Pry, »hat hier eine junge Dame gestanden, brünett, in einem blauen Kleid und mit einer enganliegenden blauen Kappe. Sie ist aus einem Coupé ausgestiegen und hier reingegangen.«

»Und was ist mit der?« fragte der Mann, der durch das vergitterte Fenster feindselig Paul Pry anstarrte, mit frostiger Stimme.

»Ich muß mit ihr sprechen«, erklärte Paul Pry.

»Haben Sie eine Karte?«

»Nein. Aber ich muß mit dieser jungen Dame sprechen.«

»Die ist nicht zu sprechen.«

Paul Pry druckste herum. »Sehen Sie«, fing er an, »sie hat ihre Handtasche fallenlassen. Ich hab sie aufgehoben und wollte sie ihr eigentlich zurückgeben. Dann hab ich reingeschaut, und als ich gesehen hab, was drin ist, war die Versuchung einfach zu groß, und ich hab mich schleunigst aus dem Staub gemacht. Verstehen Sie, ich habe Frau und Kinder, die seit zwei oder drei Tagen kaum was zu beißen gehabt haben. Ich bin arbeitslos, und meine Ersparnisse sind fast aufgebraucht. Ich hab jede Arbeit annehmen müssen, um irgendwie über die Runden zu kommen. Als ich dann das Geld in der Handtasche gesehen hab, da hab ich mir überlegt, daß ich sie nicht zurückgebe. Dann, nachdem ich einen halben Block weit gegangen war, ist mir klar geworden, ich bin kein Dieb. Ich muß sie ihr zurückgeben.«

»Na schön«, meinte der Mann, »geben Sie mir die Tasche, ich bring sie ihr.«

Paul Pry öffnete die Tasche. »Schau'n Sie«, sagte er, »da sind fast dreihundert Dollar drin. Vielleicht gibt sie mir einen Fünfer ab oder sogar einen Zehner, oder sie ist ganz besonders großzügig und kommt mit einem Zwanziger rüber. Für mich wäre das eine ganze Menge. Die Tasche nehmen, das hab ich nicht fertiggebracht, aber einen Finderlohn, den würd ich todsicher nehmen.«

»Wenn sie Ihnen einen Finderlohn geben will, dann bring ich Ihnen den«, erklärte der Mann.

Paul Pry lachte verächtlich.

Der Mann auf der anderen Seite der Tür schien unschlüssig.

»Entweder Sie lassen mich rein, und ich geb sie ihr persönlich«, sagte Paul Pry, »oder sie kriegt sie nicht zurück. Wenn Sie verhindern wollen, daß eine Kundin ihre Tasche zurückbekommt, mir soll's recht sein; ich hab meine Pflicht getan und versucht, sie zurückzugeben. Wenn Sie nicht wollen, daß sie sie kriegt, lasse ich eine Anzeige in die Zeitung setzen, in der ich die näheren Umstände schildere.«

»Hören Sie«, erklärte der Mann und blickte finster durch die Öffnung in der Tür, »das hier ist ein Luxusrestaurant. Wir bieten Varietévorstellungen, und die junge Frau, die gerade reingegangen ist, ist eins von den Mädchen, die in der Show auftreten. Also, Sie haben eine Tasche, die ihr gehört. Wenn Sie probieren, sie zu klauen, ruf ich einen Bullen und laß Sie verhaften.«

Paul Pry grinste höhnisch. »Wirklich sehr wahrscheinlich, daß ausgerechnet Sie einen Bullen holen«, feixte er. »Ich würde hier einen mittleren Aufstand veranstalten und jedem, der es wissen will, erzählen, daß das hier eine Flüsterkneipe ist; daß ich versucht habe, die Tasche zurückzugeben, und daß Sie mich nicht reinlassen wollten und daß Sie statt dessen einen Bullen gerufen haben. Wenn das hier ein anständiges Restaurant ist, warum, zum Teufel, machen Sie dann nicht die Tür auf, so daß die Leute Sie beehren können?«

Die Riegel der Tür glitten zurück.

»Verdammt noch mal«, brummte der Mann, »kommen Sie schon rein und bringen Sie's hinter sich. Sie sind auch so eine von diesen verdammten Nervensägen, die ständig hier aufkreuzen.«

»Wo finde ich sie?« wollte Paul Pry wissen.

»Sie heißt Ellen Tracy und ist in einer der Garderoben im ersten Stock. Ich laß Sie von einem Kellner raufbringen.«

»Damit Sie einen Teil von dem Finderlohn abbekommen?« warf Paul Pry ein. »Einen Dreck werden Sie. Ich find alleine rauf.«

Er drängte sich an dem Mann vorbei und rannte die Treppe hinauf.

Neben dem Mann stand ein Telephon. Als Paul Pry die Treppe zur Hälfte hinaufgestürmt war, hörte er es läuten, hörte, wie der Mann sich meldete und dann plötzlich leiser sprach. Seine Stimme wurde zu einem vertraulichen Gemurmel.

Paul Pry hätte viel darum gegeben, das Gespräch mitanzuhören, aber dazu hatte er jetzt keine Zeit. Seine Hand umklammerte den Stockdegen, und er nahm zwei

Stufen auf einmal. Hastig überquerte er eine Tanzfläche, bahnte sich einen Weg durch eine mit einer Draperie verhängte Tür und rannte eine Treppenflucht hinauf. Vor sich sah er eine Reihe von Türen; an einer stand: »Ellen Tracy«. Er klopfte.

»Wer ist da?« rief eine weibliche Stimme.

»Ein Päckchen für Sie«, antwortete Paul Pry.

Die Tür öffnete sich einen Spaltbreit. Die Hand und der bloße Arm einer Frau waren zu sehen. »Geben Sie her«, sagte sie.

Paul Pry stieß die Tür auf.

Mit einem kleinen Schrei wich sie zurück.

Sie war aus ihrem Kleid geschlüpft und trug nur Unterwäsche, Strümpfe und Schuhe. Auf einem Hocker neben einem Schminktisch lag ein Kostüm, und über einen Stuhl hatte sie achtlos einen Kimono geworfen. Die junge Frau machte keinerlei Anstalten, sich den Kimono überzuziehen, sondern stand einfach da und starrte Paul Pry an; offenbar war ihr nicht klar, in was für einem Aufzug sie war.

»Also«, sagte sie schließlich, »was soll das Ganze?«

»Hören Sie«, erklärte Paul Pry, »ich komme von ihm – von dem Mann, der Sie dazu veranlaßt hat, den Scheck auf dem Postamt abzuholen. Sie wissen, wovon ich spreche.«

Aus ihrem Gesicht war plötzlich alle Farbe gewichen, und ihre dunklen Augen starrten ihn erschrocken an. »Ja«, sagte sie mit leiser, halb erstickter Stimme.

»Was haben die in der Bank Ihnen gesagt?« wollte Paul Pry wissen. »Das ist verdammt wichtig.«

»Mr. Hammond hat gesagt, er würde die Sache mit dem Scheck in Ordnung bringen«, berichtete sie. »Er wollte, daß die von der Bank mir das Geld geben, aber sie wollten keinen gefälschten Scheck einlösen. Er hat gesagt, er würde einen anderen Scheck unterschreiben. Vor ein paar Minuten habe ich angerufen und die ganze Geschichte erklärt. Das müßten Sie doch eigentlich wissen.«

»Irgendwas ist da schiefgelaufen«, sagte Paul Pry. »Sie haben die falsche Nummer angerufen. Jemand anderer scheint die Information bekommen zu haben. Sind Sie sicher, daß Sie die richtige Nummer gewählt haben?«

Sie runzelte verwirrt die Stirn. Dann nickte sie langsam.

»Wie lautete die Nummer?« fragte Paul Pry.

Plötzlich wich sie vor ihm zurück, als hätte er sie geschlagen. Ihr Gesicht war leichenblaß. Sie schien sich in sich selber verkriechen zu wollen. »Wer ... wer ... wer sind Sie?« fragte sie mit vor Furcht schriller Stimme.

»Ich habe Ihnen doch gesagt, wer ich bin«, antwortete Paul Pry.

Langsam schüttelte sie den Kopf. Ihre dunklen Augen waren weit aufgerissen. »Verschwinden Sie«, sagte sie halb flüsternd. »Um Gottes willen, verschwinden Sie von hier, solange noch Zeit ist!«

Paul Pry ging einen Schritt auf sie zu. »Hören Sie«, beschwor er sie, »entweder Sie wissen, in was für eine Geschichte Sie da verwickelt sind, oder Sie wissen es nicht. Auf jeden Fall ...«

Er wurde von dem schrillen, spitzen Schrei einer Frau unterbrochen, der aus einer der angrenzenden Garderoben zu kommen schien.

Paul Pry stand reglos da; seine Augen hatten sich zu Schlitzen verengt, sein Mund war nur mehr ein dünner, gerader Strich. Erneut schrillte ein Schrei, noch lauter, noch eindringlicher.

Paul Pry starrte die Frau an. »Wer hat da eben geschrien?« fragte er.

Vor Entsetzen konnte sie kaum antworten. Die Zunge schien ihr am Gaumen zu kleben, ihre Kehle war wie gelähmt. Schließlich stammelte sie: »Das war Thelma ... ihr Zimmer ist neben meinem.«

»Thelma?« sagte Paul Pry.

Sie nickte.

»Sagen Sie«, fuhr Paul Pry fort, »war das das Mädchen, das Sie mit dem Coupé zum Postamt und zur Bank gefahren hat?«

Sie nickte.

Paul Pry zielte mit dem Finger auf sie, als wolle er sie erdolchen. »Sie«, befahl er, »bleiben, wo Sie sind. Rühren Sie sich nicht von der Stelle. Versuchen Sie nicht, hier rauszukommen. Lassen Sie niemanden rein. Wenn ich zurückkomme, machen Sie mir auf. Haben Sie verstanden?«

Sie nickte.

Paul stieß die Tür auf.

Als Paul Pry durch die Tür in den Korridor stürmte und sich gegen die Tür der angrenzenden Garderobe warf, ertönte erneut ein Schrei.

Die Tür war nicht verschlossen.

Paul Pry drang in die Garderobe ein. Bei dem Anblick, der sich ihm bot, stieß er mit dem Fuß die Tür hinter sich zu.

Die junge Frau, die sich als Thelma vorgestellt hatte, als er sie in der Wohnung des Millionärs beim Anprobieren von Kleidern ertappt hatte, stand in der äußersten Ecke des Raumes. Ihr Mieder war der Länge nach aufgerissen. Die Träger ihres Büstenhalters hingen ihr über die Schultern. Ihr Haar war zerzaust, ihr Rock lag auf einem Stuhl. Ihr Unterrock war an zwei oder drei Stellen zerrissen. In der rechten Hand hielt sie einen Revolver. Als Paul Pry die Tür zustieß, schrie sie erneut.

Paul Pry starrte sie und die Kanone an.

»Okay, Thelma«, sagte er. »Was ist los? Schnell!«

Sie wirbelte zu ihm herum. »S-s-s-sehen Sie das denn nicht?« fragte sie.

»Ich sehe ziemlich viel«, antwortete er und betrachtete die weiße Haut des Mädchens, die mit roten Flecken übersät war. Ganz offensichtlich hatte sie ein Trommelfeuer von Schlägen über sich ergehen lassen müssen.

»Haben Sie den Mann gesehen, der hier raus ist?« fragte sie.

Paul Pry schüttelte den Kopf und starrte sie aus zusammengekniffenen Augen an.

»I-i-i-ich kann es Ihnen nicht sagen«, stammelte sie. »Kommen Sie zu mir rüber, d-d-d-dann sag ich es Ihnen ins Ohr. Es war schrecklich!«

Paul Pry ging auf sie zu.

Sie schauderte. »M-m-m-mir ist kalt«, wimmerte sie. »Ich glaube, ich werde ohnmächtig. Ziehen Sie Ihren Mantel aus und legen Sie ihn mir um die Schultern. Mir ist so k-k-k-kalt. Legen Sie mir Ihren Mantel um die Schultern.«

Paul Pry sprang vor und packte sie. Er drehte sie ruckartig, brutal zu sich um und stieß ihr dabei die Pistole aus der Hand.

Sie taumelte durch die Garderobe, ließ sich auf einen Stuhl fallen und starrte Paul Pry aus verwunderten Augen an.

»In Ordnung«, sagte dieser. »Sie erzählen mir jetzt, was passiert ist, und zwar schnell.«

»Woran haben Sie es gemerkt?« fragte sie.

»Es war ein bißchen zu dick aufgetragen«, sagte er. »Also, was ist passiert?«

»Ich glaube sowieso nicht, daß ich damit durchgekommen wäre, aber mein Leben hing davon ab.«

»Also schön«, warf er ein, »ich glaube, ich kenne die Antwort, aber sagen Sie es mir.«

»Ich habe gesehen, daß Sie uns gefolgt sind«, fing sie an. »Ich habe Sie wiedererkannt. Diese Information habe ich der Person durchtelephoniert, der ich Bericht erstatte.

Er hat gesagt, ich solle auf schnellstem Weg in meine Garderobe gehen, mir die Kleider vom Leib reißen, damit es so aussieht, als sei jemand über mich hergefallen. Er hat mir die Kanone gegeben, aber er hat mir nicht getraut und nur eine Kugel reingetan. Diese eine Kugel sollte ich abfeuern, wenn Sie nahe genug wären, daß ich Sie nicht verfehlen könnte. Sobald er den Schuß hören würde, wollte er reinkommen. Ich sollte schwören, daß Sie auf mich losgegangen sind.«

»Und dann?« wollte Paul Pry wissen.

»Das ist alles«, erwiderte sie, »das heißt, für den Fall, daß jemand den Schuß hören würde. Wenn nicht, dann wäre ich aus dem Ganzen draußen gewesen. Ich hätte gar nichts zu sagen brauchen. Irgendwie hätte er Ihre Leiche beiseite geschafft; wie, weiß ich nicht. Ich sollte dann nichts weiter tun, als meine Sachen packen und eine lange Weltreise unternehmen. Er wollte mir die Tickets geben und all das.«

»Und wenn Sie all das nicht gemacht hätten?«

»Dann«, erklärte sie, »wäre keiner von uns beiden lebend hier rausgekommen.«

»Wissen Sie von den mörderischen Unternehmungen des Mannes, für den Sie arbeiten?« fragte Paul Pry.

Sie zögerte einen Augenblick, dann nickte sie. »Ja«, sagte sie langsam, »jetzt weiß ich es. Vor ein paar Minuten habe ich es noch nicht gewußt.«

»Und er ist hier in dem Restaurant?« fragte Paul Pry.

»Es gehört ihm«, kam die Antwort.

Paul Pry schnippte die Trommel des Revolvers auf. Es war so, wie die junge Frau gesagt hatte – nur eine Kugel steckte im Lauf.

Paul Pry ließ die Trommel wieder zuschnappen. »Verschwinden wir hier«, sagte er.

Sie schüttelte den Kopf. »Das geht nicht«, erklärte sie,

»er wartet draußen, und er hat noch einen anderen bei sich. Die werden uns alle beide umbringen, wenn ich nicht tue, was er mir gesagt hat.«

»Angenommen, draußen hört niemand den Schuß?« fragte Paul Pry. »Was passiert dann?«

»Dann«, sagte sie, »dann, glaube ich ...«

»Weiter«, forderte er sie auf, als ihre Stimme versagte, »erzählen Sie mir, was Sie glauben, das dann passiert.«

Ihre Stimme war nur mehr ein Wispern. »Ich glaube, er wird Ihnen die Lippen zunähen und Ihre Leiche irgendwo abladen.«

Sie schauderte und zitterte, als würde sie frieren.

Paul Pry stellte sich vor sie hin und musterte sie gelassen. »Hören Sie gut zu, Thelma«, erklärte er, »wenn Sie mich anlügen, wird Sie das Ihr Leben kosten. Sagen Sie mir die Wahrheit. Wenn niemand den Schuß hört, wird er dann meine Leiche auf diese Weise beiseite schaffen?«

Sie nickte. Dann sagte sie mit dumpfer Stimme, in der äußerste Hoffnungslosigkeit lag: »Aber das hat jetzt sowieso alles keinen Sinn mehr. Wir werden beide sterben. Sie kennen ihn nicht. Sie haben keine Ahnung, wie absolut, wie unaussprechlich skrupellos, wie unsagbar grausam ...«

Paul Pry agierte blitzschnell. Er nahm den Schminktisch, stellte ihn in spitzem Winkel schräg, zog eine Schublade heraus, legte den Revolver hinein und drückte ab.

Ein dumpfer Schuß ertönte.

Paul Pry stieß den Schminktisch um, der mit einem Krachen zu Boden stürzte, daß die Wände bebten.

Paul Pry trat einen Schritt zurück, warf den jetzt nutzlosen Revolver zur Seite, zog die rasiermesserscharfe Klinge seines Stockdegens aus der Scheide, preßte sich direkt neben der Tür flach an die Wand, so daß sie ihn, wenn sie sich öffnete, vor jedem verbarg, der den Raum betrat.

Eine Zeitlang herrschte Stille.

Thelma begrub ihr Gesicht in den Händen und fing an zu weinen.

Langsam drehte sich der Knauf. Der Schnäpper glitt zurück; die Tür öffnete sich langsam, und zwei Männer traten in die Garderobe. Paul Pry hörte ihre Schritte, konnte sie aber nicht sehen.

Eine männliche Stimme fragte: »Wo ist er, Thelma?«

Das weinende Mädchen sagte kein Wort, sondern verbarg weiterhin das Gesicht in den Händen und schluchzte verzweifelt.

Die Männer gingen ein paar Schritte weiter, einer von ihnen in Richtung des Mädchens.

Paul Pry atmete tief ein und stieß die Tür auf.

Zwei Augenpaare starrten ihn verblüfft an. Einer der Männer war der Kerl, der die Tür der Flüsterkneipe bewacht hatte. Den anderen hatte Paul Pry noch nie gesehen – ein elegant gekleideter Herr mit lockigen schwarzen Haaren und Augen, in denen ein dunkles Feuer glimmte. Seine Miene war finster, und er strahlte eine Art hypnotische Kraft aus.

Beide Männer waren mit Revolvern bewaffnet.

Der Türwächter der Flüsterkneipe stand etwas näher bei Paul Pry. Er hob seine Kanone.

Paul Pry machte einen Satz nach vorne. Die schlanke Klinge seines Stockdegens, die kaum breiter schien als eine lange Stopfnadel, schnellte vor wie die Zunge einer Schlange. Der glitzernde Stahl bohrte sich in die linke Brust des Mannes.

Leblos sank er zu Boden. Von dem besudelten Degen tropfte Blut, als Paul Pry ihn ruckartig herauszog und herumwirbelte.

Der Schwarzlockige feuerte.

Die Kugel zischte so nah an Paul Prys Körper vorbei, daß sie sich in den Falten seines Mantels verfing und daran zog und zerrte, als hätte plötzlich eine unsichtbare Hand danach gegriffen.

Paul Prys wendige Klinge schnellte nach vorne. Die rasiermesserscharfe Schneide durchschnitt die Sehnen der rechten Hand des Mannes, und aus den nervenlosen Fingern fiel die Kanone zu Boden.

Mit einem Fluch sprang er zurück, griff blitzschnell mit der linken Hand in seinen Mantel und zückte ein Messer mit langer Klinge.

Paul Pry machte erneut einen Ausfall nach vorne. Der Mann parierte ihn mit seinem Messer; Stahl knirschte auf Stahl.

Mit seinem massiven Messer stieß der Schwarzlockige Paul Prys leichte Klinge beiseite. Durch den Schwung seines Ausfalls wurde Paul Pry nach vorne geschleudert. Der andere lachte hämisch, als er die Spitze seines Messers auf die Kehle seines Gegners richtete.

In einer übermenschlichen Anstrengung gelang es Paul Pry noch, sich in genau dem Augenblick zu fangen, als die Klinge fast schon seine Kehle zu durchbohren schien. Zu spät erkannte sein Gegner, daß er seinen Vorteil eingebüßt hatte. Er machte einen Ausfall mit dem Messer, aber da er sich dabei seiner Linken bedienen mußte, geriet der Stoß ungelenk und schwerfällig. Paul Pry machte einen Satz nach hinten. Erneut zischte die Spitze seines Stockdegens bedrohlich glitzernd nach vorne.

»Sie können also auch fechten?« bemerkte Paul Pry.

Der Dunkelhaarige hielt sein Messer bereit, um den nächsten Stoß zu parieren. »Ja«, erwiderte er, »und zwar weit besser als Sie, mein Freund.«

»Ich vermute«, sagte Paul Pry, »das ist das Messer, dem

die Männer zum Opfer gefallen sind, deren Lippen zusammengenäht waren.«

»Nur so ein kleines Markenzeichen von mir«, räumte der Mann mit dem Messer ein. »Und wenn ich den Raum hier verlasse, werden Ihre Lippen und die Thelmas auf die gleiche Weise vernäht sein. Ich werde Ihre Leichen ...«

In dem Augenblick stieß Paul Prys dünne Klinge blitzschnell nach vorne.

Der Mann parierte den Stoß. »Ziemlich plump«, kommentierte er.

Paul Pry veränderte jedoch in genau dem richtigen Moment die Stoßrichtung, und der schlanke Stahl traf exakt auf die Innenseite der Messerklinge.

Dem dunkelhaarigen Mann blieb gerade noch genügend Zeit, seinen Gegner mit einem Ausdruck der Verblüffung anzusehen. Dann bohrte sich Paul Prys blitzende Klinge in sein Herz, und sein Gesicht wurde völlig ausdruckslos.

VI – Fünfzig Riesen

Mit weit aufgerissenen Augen starrte Mugs Magoo Paul Pry an, als dieser in die Wohnung trat. »Sagen Sie was«, flehte er.

Paul Pry lächelte und legte Mantel und Hut ab.

»Was soll ich denn sagen?«

»Irgendwas«, erklärte Mugs Magoo, »damit ich sicher bin, daß Ihre Lippen nicht mit Kreuzstichen zusammengenäht sind.«

Paul Pry fischte ein Zigarettenetui aus seiner Tasche, nahm eine Zigarette heraus und betrachtete sie kritisch. »Na schön, Mugs«, meinte er, »wie wär's, wenn ich eine rauche? Würde das reichen?«

»Das wäre in Ordnung«, erwiderte Mugs Magoo. »Wo sind Sie letzte Nacht gewesen?«

»Oh, ich hatte so einiges zu erledigen«, erklärte Paul Pry. »Zum Beispiel mußte ich zwei junge Damen zum Flughafen bringen.«

»Attraktiv?« wollte Mugs Magoo wissen.

»Na ja«, meinte Paul Pry, »sie hatten beide eine tadellose Figur, und wenn sie nicht so fürchterliche Angst gehabt hätten, wären sie ganz attraktiv gewesen.«

»Und was haben Sie heute vormittag gemacht?«

»Ich mußte einen Scheck einlösen«, erwiderte Paul Pry.

»Ich denke, Sie haben gestern schon einen eingelöst?«

»Hab ich, Mugs, hab ich. Aber siehst du, es hat da ein Mißverständnis mit dem Scheck gegeben, den ich da gelassen hatte, wo er hingehörte, also hat Mr. Hammond einen zweiten Scheck über fünfundzwanzigtausend Dollar an die gleiche Person geschickt, postlagernd.«

»Und warum hat diese Person den nicht gekriegt?« fragte Mugs Magoo.

Paul Pry seufzte. »Das ist eine ziemlich lange Geschichte.«

Eva Bentley stieß die Tür der Glaskabine auf, in der sie den Polizeifunk abgehört hatte. »Da kommt eine Menge brandheißes Zeug im Radio«, stieß sie hervor, »über den Kreuzstichmörder.«

Paul Pry zog genüßlich an seiner Zigarette. »Was ist passiert?« fragte er. »Könnten Sie mir das mal berichten?«

»Ja«, meinte sie. »Eine Suchmeldung wurde rausgegeben, nach zwei Frauen. Die eine heißt Ellen Tracy, die andere Thelma Peters. Sie waren Varietékünstlerinnen und Animierdamen in einer Flüsterkneipe im Zentrum.«

Paul Prys Gesicht ließ, bis auf eine Andeutung von Neugierde, keinerlei Gefühlsregung erkennen. »Tatsächlich?«

meinte er. »Und was haben die beiden jungen Damen angestellt?«

»Die Polizei glaubt«, erklärte Eva Bentley, »daß sie wertvolle Informationen über den Kreuzstichmörder liefern könnten. Sie ist sogar der Ansicht, daß die beiden Mädchen möglicherweise in die Morde verwickelt waren – vielleicht unwillentlich.«

»Und was hat die Polizei dazu bewogen«, fragte Paul Pry immer noch den Ausdruck höflichen Interesses auf dem Gesicht, »diese Ansicht zu vertreten?«

»Weil sie heute vormittag so gegen zehn Uhr eine Razzia in der Flüsterkneipe gemacht und in der Garderobe von Thelma Peters zwei Leichen gefunden haben. Die Männer hatten offensichtlich mit einem Messer und einer Pistole gekämpft, und möglicherweise war noch ein Dritter im Raum. Genauer gesagt, die Polizei geht davon aus.

Bei einer der Leichen hat man eine Operationsnadel und Faden von genau der Sorte gefunden, wie sie bei den Kreuzstichen auf den Lippen der Mordopfer benutzt wurden. Die Polizei hat eine Untersuchung eingeleitet und ist sich ziemlich sicher, daß es sich bei dem Mann um den Kreuzstichmörder handelt. Man hat Beweise gefunden, die ihn mit einem Mordkomplott in großem Stil in Verbindung bringen. Es hat den Anschein, daß er von einem halben Dutzend Millionären Geld kassiert hat, indem er ihnen den Tod androhte, falls sie der Polizei irgendeinen Hinweis gäben. Die beiden Leichen, die man gefunden hat, waren die einzigen, die die Polizei eingeschaltet hatten. Der Kreuzstichmörder hatte aber wohl vorgehabt, auf jeden Fall ein paar Millionäre umzubringen, um so berüchtigt zu werden, daß seine anvisierten Opfer zu Tode erschrecken.«

»Ein ziemlich raffinierter Plan«, meinte Paul Pry. »Übrigens, hat die Polizei eine Ahnung, wo die beiden jungen Damen stecken könnten?«

»Noch nicht; die Personenbeschreibung ist eben erst durchgegeben worden.«

Paul Pry sah auf seine Armbanduhr. »Zweifelsohne sind die jungen Damen mittlerweile über alle Berge, was wahrscheinlich nicht weiter tragisch wäre. Vielleicht hat der Mann, für den sie gearbeitet haben, sie mit Drohungen dazu gezwungen, gewisse Schritte in Zusammenhang mit einem Mordkomplott zu unternehmen, ohne daß sie zu diesem Zeitpunkt wußten, wie die einzelnen Schritte miteinander zusammenhingen.«

»Vielleicht«, meinte Eva Bentley und starrte Paul Pry neugierig an. »Die Polizei hat jedenfalls die Beschreibung eines jungen Mannes, der ungefähr um die Zeit, als nach den Schätzungen der Gerichtsmediziner die beiden Männer getötet wurden, in die Flüsterkneipe gegangen ist. Möchten Sie die Beschreibung hören?«

Paul Pry gähnte und schüttelte den Kopf. »Nein«, lehnte er ab, »ich glaube nicht. Ehrlich gesagt, Miss Bentley, ich interessiere mich nicht mehr besonders für die Kreuzstichmorde.«

Mit sprachloser Verwunderung starrte Mugs Magoo ihn einen Augenblick lang an, dann schnappte er sich mit seiner linken Hand die Whiskeyflasche, setzte sie an die Lippen und ließ den Inhalt durch seine Kehle gluckern.

ERSTERSCHEINUNGSDATEN

Paul Pry jongliert *(The Crime Juggler)*: GANG WORLD MAGAZINE, Oktober 1930.

Das Huhn, das goldene Eier legt *(The Racket Buster)*: GANG WORLD MAGAZINE, November 1930.

Der Radieschenfreund *(The Daisy-Pusher)*: GANG WORLD MAGAZINE, Dezember 1930.

Wiker wird bedient *(Wiker Gets the Works)*: GANG WORLD MAGAZINE, Januar 1931.

Die Zwillingstasche *(A Double Deal in Diamonds)*: GANG WORLD MAGAZINE, Februar 1931.

Elegant und sauber *(Slick and Clean)*: GANG WORLD MAGAZINE, April 1931.

Die Lady sagt ja *(Hell's Danger Signal)*: BLUE STEEL MAGAZINE, Juni 1932.

Ein Maskenball *(Dressed to Kill)*: DIME DETECTIVE MAGAZINE, 1. September 1933.

Der Kreuzstichmörder *(The Cross-Stitch Killer)*: DIME DETECTIVE MAGAZINE, 15. November 1933.

Erle Stanley Gardner, geboren 1889 in Malden (Massachusetts), war Rechtsanwalt und Autor von zahllosen Kriminalgeschichten und über hundert Kriminalromanen. Seine Bücher wurden in zweiunddreißig Sprachen übersetzt. Gardner gilt heute als »World's Best-Selling Mystery Author«. Er starb 1970 in Temecula (Kalifornien).